Lucy Maud Montgomery
ANNE OF GREEN GABLES

7
무지개 골짜기
루시 모드 몽고메리/김유경 옮김

동서문화사

원제 : Rainbow Valley(1919)
그림 : 계창훈
디자인 : 동서랑 미술팀

ANNE OF GREEN GABLES
7
무지개 골짜기/차례

귀향 … 13

마을 소문 … 20

잉글사이드 아이들 … 35

산사나무꽃 … 45

지붕 밑의 영혼 … 59

메리, 목사관에 머물다 … 78

물고기 사건 … 86

미스 코닐리어 나서다 … 97

울지 마라, 우나 … 108

대청소 … 123

무서운 발견 … 134

설득과 도전 … 142

언덕 위의 집 … 154

데이비스 부인의 방문 … 168

여러 소문 … 182

보복 … 194

승리, 또 승리 … 211

메리 밴스, 폭탄을 떨어뜨리다 … 226

오, 가엾은 애덤이여 … 235

페이스, 벗을 사귀다 … 242

참을 수 없는 약속 … 251

조지는 알고 있다 … 265

천사들의 모임 … 274

자비로운 충동 … 290

맨발과 양말 … 301

미스 코닐리어, 생각을 바꾸다 … 312

성가음악회 … 322

단식일 … 329

무시무시한 이야기 … 337

돌담 위의 유령 … 343

칼, 속죄하다 … 351

두 고집쟁이 … 359

아빠의 결혼은 … 369

눈물의 힘 … 378

오라, 피리 부는 사나이여! … 387

《ANNE》의 짧은 이야기

공상놀이 … 395

꿈꾸는 여인 … 426

《ANNE》의 에피소드

요리·바느질·채소가꾸기·가축돌보기, 끝없는 집안일 … 457

고국의 아름다운 골짜기를
침략자의 파괴로부터 지키려 목숨바친
골드윈 랩, 로버트 브룩스, 모리 샤이어의
영혼에 바친다.

귀향

산뜻한 5월 어느 날 맑은 황록색 저녁 무렵, 어렴풋이 어두운 바닷가로 둘러싸인 포 윈즈 항구에는 저녁 노을에 황금빛 구름이 두둥실 떠다니고 있었다. 설레는 봄인데도 바다는 슬픈 듯 모래톱 저 멀리서 서글프게 울부짖고 있었지만 바다 안쪽 황톳빛 거리에는 장난기 넘치는 아이 같은 싱싱한 바람이 후—후— 노래하고 있었다.

그 거리를 따라 편안한 주부처럼 보이는 미스 코닐리어가 글렌 세인트 메리 쪽으로 걸어가고 있었다. 그녀는 마셜 엘리엇 부인이었다. 엘리엇 부인이 된 지 이미 13년이나 되었지만, 아직 엘리엇 부인보다 미스 코닐리어라고 불리는 경우가 더 많았다. 옛 친구들에겐 처녀 때 이름이 더욱 소중했기 때문이었다.

오직 한 사람만 예외가 있었다. 잉글사이드에 살고 있는, 블라이스 집안에 있는 충성스러운 할멈 수전 베이커였다. 까다로운 백발 노파인 수전은 기회만 있으면 적을 대하듯 그녀를 마셜 엘리엇 부인이라고 불렀으며 더욱이 신랄한 말투로 거리낌없이 말했다. 그것은 마치 이렇게 말하는 것 같았다.

"부인이 되는 게 꿈이었으니까 그 보상으로 넌더리날 만큼 부인이라고 불러주겠어요."

미스 코닐리어는 유럽에서 막 돌아온 블라이스 의사부부를 만나러 잉글사이드로 가는 길이었다. 부부는 지난 3월 런던에서 열린 유명한 의학회의에 참석하기 위해 출국해서 석 달쯤 집을 비웠던 것이다.

미스 코닐리어는 그동안 글렌 마을에서 일어났던 갖가지 사건, 특히 이번에 목사관에 새로 온 가족에 대해 이야기하고 싶어 좀이 쑤셨다.

'정말 굉장한 가족이야.'

미스 코닐리어는 유쾌하게 걸으면서도 그들 생각을 하면서 몇 번이나 머리를 흔들었다. 수전 베이커와 그 옛날 앤 셜리 눈에 미스 코닐리어 모습이 들어왔다.

수전과 앤은 잉글사이드의 넓은 베란다에 앉아 차츰차츰 달라져가는 해질 무렵 발그레한 단풍나무 사이에서 졸린 듯 재잘거리는 울새들, 잔디밭을 에워싼 오래된 붉은 벽돌 앞에서 노랑 수선화가 바람에 하늘하늘거리는 것을 즐기고 있었다.

앤은 베란다 계단에 고즈넉이 앉아 있었다. 두 손을 무릎에 올려놓고, 어슴푸레 황혼이 깃드는 부드러운 분위기에 젖어 있는 앤의 모습은 도저히 아이를 여럿 낳은 어머니로 보이지 않았다. 아름다운 잿빛 눈에는 처녀처럼 꿈꾸는 듯한 표정을 떠올린 채 항구거리 큰길을 내려다보고 있었다.

앤 뒤 해먹 속에는 잉글사이드의 막내인 통통하게 살찐 6살난 릴러 블라이스가 드러누워 있었다. 그녀는 곱슬곱슬한 빨강머리에 눈은 담갈색인데, 잠잘 때마다 우스운 주름을 만들며 꼭 감고 있었다.

'다갈색 도련님'으로 불리는 셜리는 수전에게 안겨 고이 잠들어 있었다. 그는 머리카락도 눈도 피부도 모두 갈색이고 뺨만이 발그레했다. 수전이 애지중지하는 아이였다. 앤은 셜리가 태어난 뒤 오랫동안

건강이 좋지 않아 수전이 '엄마 대신' 정성껏 길러왔다. 그러다보니 다른 아이들도 물론 사랑했지만 셜리에게는 더더욱 각별했다. 블라이스 의사는 만일 수전이 없었다면 셜리는 살지 못했을 것이라고 말할 정도였다.

수전은 입버릇처럼 말하곤 했다.

"나는 도련님 일로 마님 못지않게 애써왔답니다. 셜리는 마님 자식이지만, 내 자식이나 다름없지요."

셜리는 다쳐서 혹이 나면 수전에게로 달려갔고, 잠들 때에도 수전의 자장가를 들어야만 했다. 심한 장난질로 호된 벌을 받게 되면 또 수전에게로 쪼르르 달아났다.

수전도 다른 아이들에게는 모두 벌을 주고 나무라기도 했지만 결코 셜리에게는 손대지 않았으며, 엄마조차도 못하게 했다. 언젠가 블라이스 의사가 손바닥으로 셜리를 한 대 때리는 것을 본 수전은 선생님은 천사에게도 손을 댈 거냐며 분개했다. 기분이 언짢아진 수전은 몇 주 동안 파이를 만들려고 하지 않았다.

블라이스 의사부부가 집에 없는 동안 수전은 셜리만 자신의 오라버니 집으로 데려가 보살펴 주었다. 다른 아이들은 모두 애번리에 맡겨졌었다.

그렇더라도 수전으로서는 이처럼 또다시 잉글사이드 난롯가에서 모든 아이들에게 둘러싸여 있는 것은 아주 기쁘고 만족스러운 일이었다.

이 잉글사이드 난롯가야말로 수전의 온 세계이며, 여기서는 모든 권한을 떨칠 수 있었다. 앤조차 수전이 결정한 일에 이러니저러니 잔소리하는 일은 거의 없었다.

그린게이블즈에 있는 린드 부인은 이 일에 대하여 매우 불만이었다. 포 윈즈의 앤네 집을 찾아올 때마다 수전을 이렇듯 제멋대로 날뛰게 놔두면 앞으로 반드시 뉘우칠 거라고 앤에게 말하곤 했다.

수전이 말했다.

"저것 보세요, 코닐리어 브라이언트가 항구거리의 큰길을 걸어오고 있어요, 마님. 아마도 지난 석 달 동안 이런저런 소문을 낱낱이 털어놓으려고 오는가봐요."

"꼭 듣고 싶어요. 나는 글렌 세인트 메리 마을에 일어난 소문에 몹시 굶주려 있어요. 우리가 없는 동안 일어났던 일을 모두 다 미스 코닐리어가 말해 주면 좋겠어요. 누가 태어나고, 누가 결혼하고, 누가 만취한 일이 있으며, 또 누가 죽고, 누가 이사 갔고 이사 왔으며, 누가 싸웠고 누구 집에서 소를 잃고, 누구는 애인이 생겼는지……

이렇게 집에 돌아와 그리운 글렌 마을 사람들과 함께 있게 되어 정말 기뻐요. 다들 어떻게 지냈는지 빨리 듣고 싶군요.

그래요, 런던에서 웨스트민스터 성당을 걷고 있을 때에도 문득 밀리선트 드류는 마침내 그 두 후보자 가운데 어느 쪽과 결혼하게 되었을까, 하는 생각을 했어요. 나는 너무 뜬소문을 좋아하나봐요."

"그야 물론, 어엿한 부인이라면 누구나 새로운 일이 궁금하여 듣고 싶은 법이죠, 마님. 나도 이 밀리선트 드류 사건에 특별히 흥미를 가지고 있답니다. 나는 한 번도 연인을 가져본 적 없고, 하물며 두 사람의 연인이란 생각할 수도 없는 일이지만, 지금은 그런 것을 아무렇지도 않게 여기죠. 혼자 사는 늙은이라는 처지도, 익숙해지면 별로 이렇다할 문제가 없으니까요. 밀리선트의 머리카락을 보면 마치 비로 쓱쓱 쓸어놓은 듯하잖아요. 하지만 남자들이란 그런 데는 그다지 신경을 안 쓰나봐요."

"남자들에게는 오직 밀리선트의 예쁘고 오만하고 사람을 얕보는 듯한 조그만 얼굴밖에 보이지 않는 거예요, 수전."

"그것도 좋겠죠, 마님. 성경 말씀에 '고운 것도 거짓이고, 아름다운 것도 헛된 것'이라고 했으니까요. 하지만 하느님이 참으로 그렇게 정하신 것인지 스스로 확인하는 것도 괜찮다고 생각해요. 천당에 가서 천사가 되면 모두 아름다워질 텐데, 그때 미인이 된들 무슨 소용이 있겠어요? 뜬소문이라니 생각나는데요——지난주, 항구거리 저쪽에 사는 해리슨 밀러 씨 부인이 목매어 자살하려 했다더군요!"

"저런, 수전."

"진정하세요, 마님. 그녀는 성공하지 못했으니까요. 하지만 나는 그녀를 비난하고 싶지 않아요. 남편이 지독한 사람이거든요. 어쨌든 목맨다는 것은 바보 같은 일이라고 생각해요. 남편이 다른 여자와 결혼할 수 있는 길을 열어주니까요.

마님! 내가 밀러 씨 부인이라면 멋지게 골탕 먹여 도리어 남편이 자살하게 만들겠어요! 어떤 경우나 상황에 있어서도 목을 매는 사람을 감싸 줄 생각은 없지만요, 마님!"

"그런데 해리슨 밀러 씨는 무엇이 문제인가요?"

앤이 성급하게 물었다.

"그 사람은 늘 남들을 매우 화나게 만든다더군요! 어떤 사람은 종교 탓이라고 하고 또 얼간이가 천벌받는 거라고 하는 사람들도 있지요, 마님! 이런 말씀을 드려 죄송합니다. 해리슨 씨의 경우, 어느 편인지 아무도 모르지요.

자기는 전생부터 천벌을 받게 된 운명이라고 하면서 일방적으로 아무나 공격하기도 하고——그런가 하면 모든 것을 포기하고 만취 상태가 되기도 하고——내가 보기엔 머리가 어떻게 된 것 같아요. 밀러 집안에 정상인 사람은 하나도 없어요. 해리슨 씨 할아버지마저 정신이 돌았는데, 거대한 검은 거미떼에게 둘러싸여 있다는 망상과 함께 거미가 몸 속에 들어와 자기가 공중에 둥실둥실 떠 있다고 말했답니다.

마님, 나는 제발 미치는 일만은 없었으면 해요. 그런 일이 있을 거라고는 결코 생각하지 않지만요. 우리 베이커 집안에는 그런 기질이 없으니까요. 어쨌든 전지전능하신 하느님이 결정한다 해도 검은 거미

때는 아니었으면 해요. 나는 곤충은 질색이거든요.

밀러 씨 부인은 동정을 받을 만한 사람인지 어떤지 난 잘 모르겠어요. 소문으로는 리처드 테일러에게 복수하려고 해리슨과 결혼했다더군요. 그런 이상한 이유로 결혼해서야 되겠어요? 하기야 나로서는 결혼문제에 대해 뭐라고 이야기할 처지가 못되는 것을 알고 있지만요, 마님.

아, 코닐리어 브라이언트가 문 앞까지 왔네요. 그럼, 이 예쁜 다갈색 도련님을 침대에 눕히고 뜨개질이라도 시작해야겠어요."

마을 소문

Chang.kye

"다른 아이들은 어디 있지요?"

먼저 인사를 끝낸 미스 코닐리어가 물었다. 같은 인사였지만 미스 코닐리어는 진심이 담겨 있었고, 앤은 열광적인 기쁨에 넘쳐 있었다. 그리고, 수전은 위엄을 갖추고 있었다.

앤이 대답했다.

"셜리는 잠자리에 들었고, 젬과 월터와 쌍둥이는 그 애들이 아주 좋아하는 '무지개 골짜기'에 가 있어요. 그 아이들은 오늘 오후에 막 돌아와 저녁 식사가 끝날 때까지 기다리지 못하고 골짜기로 쏜살같이 달려갔죠. 그곳이 이 세상 어디보다도 좋은가봐요."

수전은 까다로운 얼굴로 말했다.

"좋아하는 것도 좋지만 정도가 지나치지 않은가 싶어요. 언젠가 젬 도련님은 나는 죽으면 천국보다도 '무지개 골짜기'에 가고 싶다고 말하던데, 이건 조심해야 할 일이에요."

미스 코닐리어가 말했다.

"다들 애번리에서 퍽 유쾌하게 지내고 왔을 테죠."

"그렇고말고요. 머릴러가 아이들 응석을 어찌나 잘 받아주는지. 특히 젬에 대해서라면 엄청나요. 그 아이가 어떤 나쁜 장난을 해도 머릴러 눈에는 나쁘게 비치지 않나봐요."

"미스 커스버트도 이제 연세가 많이 드셨겠군요."

미스 코닐리어는 말하면서 뜨개질감을 꺼냈다. 수전에게 지지 않기 위해서였다. 미스 코닐리어는 늘 손을 움직이고 있는 여자가 놀고 있는 여자보다 낫다고 믿고 있다.

앤은 한숨을 쉬면서 말했다.

"이미 85살이에요. 머리도 눈처럼 새하얘졌어요. 하지만 이상하게도 시력만은 60살 때보다 훨씬 좋아요."

"그래요? 정말이지 의사선생댁 식구들이 돌아와 정말 기뻐요. 그동안 퍽 쓸쓸했어요. 물론 글렌 마을에 아무 일도 없었던 건 아니에요. 정말 교회 일로 금년 봄만큼 시끄러운 적은 없었을 거예요. 그리고 가까스로 목사님이 결정되었답니다, 앤."

"그 목사님은 존 녹스 메러디스라는 분이에요, 마님."

수전은 미스 코닐리어에게만 뉴스를 말하게 할 수 없다고 결심한 듯 냉큼 말했다.

"훌륭한 분인가요?"

앤은 흥미진진했다. 그러나 미스 코닐리어는 한숨을 쉬고 수전은 신음했다.

미스 코닐리어가 말했다.

"목사로서만 본다면 좋은 분이지요. 매우 훌륭한 목사예요—아는 것도 많고, 신앙심도 철저한 분이고. 그런데 앤! 상식적으로 보면 전혀 문제가 달라요."

"그런데 어떻게 그분으로 결정됐죠?"

"아마 그분의 설교 실력만은 과장없이 글렌 세인트 메리 교회가 생긴 이래 가장 훌륭할 거예요."

미스 코닐리어는 이야기의 방향을 좀 바꿔 말하기 시작했다.

"도시 교회에서 그분을 초청하지 않은 건 늘 꿈꾸듯 멍하기 때문일 거예요. 시험적으로 듣게 된 설교는 무조건 훌륭했어요. 다들 진짜 황홀할 정도였으니까요—게다가 그 외모가—"

자기의 의사를 분명하게 밝힐 순간이라고 생각한 수전이 또 말참견을 했다.

"대단한 미남자예요, 마님! 결론적으로 나는 잘생긴 목사님을 보는게 좋아요."

미스 코닐리어가 말했다.

"더구나 사람들은 빨리 결정해버리자는 분위기였거든요. 특히 후보자 가운데 다들 좋다고 하는 분은 메러디스 목사가 처음이었어요. 다른 후보자들에 대해서는 반드시 누군가 반대하는 사람이 있었지요!

폴섬 씨로 하자는 의견도 있었어요. 그 사람도 꽤 훌륭한 설교를했지만 사람들이 그의 외모를 마음에 들어하지 않았어요. 얼굴색이검고 뚱뚱했거든요."

수전이 말했다.

"덩치가 큰 검은 수고양이 같았어요, 마님. 일요일마다 그런 사람의설교를 듣는다는 것은 딱 질색이지요."

미스 코닐리어가 말을 이었다.

"그 다음에 오신 분은 로저스 씨였는데, 오트밀에 섞여 있는 톱밥같은 사람으로 결국은 해로움도 이득도 없이 허무하게 끝났지요! 로저스 씨가 아무리 사도 베드로나 바울처럼 설교했더라도 별 볼일이없었을 거예요. 그날 칼레브 램지 노인이 키우던 양 한 마리가 교회안에 들어와, 로저스 씨가 성경구절을 말하려 할 때 크게 '음매'했거든요. 모두가 웃어버렸기에 그분도 황당했을 거예요.

그러자 스튜어트 씨를 초대하자는 의견도 있었지요. 학문적으로매우 깊은 분이었으니까요. 신약성서를 5개 국어로 읽을 수 있을 정도라니까요."

수전이 또 끼어들었다.

"하지만 그런 실력이 있다 해도 천당에 가는 문제에 대해서는 다른 사람보다 확신이 있는 것 같지 않았어요."

미스 코닐리어가 수전을 무시하듯 말했다.

"대부분 사람들은 그의 설교를 탐탁하게 생각하지 않았어요! 뭐라고 할까. 마치 으르렁거리는 듯했지요. 그리고 아넷 씨는 설교가 온통 엉망이고, 더구나 성경구절도 가장 나쁜 '저주받아라, 메로즈'였죠."

수전이 말했다.

"말이 막힐 때마다 성경을 '쾅' 내리치면서 '저주받아라, 메로즈'라고 엄숙하게 소리쳤어요. 누군지 모르지만, 가엾게도 그 메로즈라는 사람만 그날 철저하게 저주받았어요, 마님."

미스 코닐리어가 자못 심각한 태도로 말했다.

"목사가 되려면 시범적으로 설교할 때, 성구(聖句)를 잘 선택하지 않으면 안 될 거예요. 피어슨 씨가 그때 성경구절을 잘 선택했더라면 이번에 우리 목사로 결정됐을지도 몰라요. 그런데 '눈을 들어 언덕(hill)을 본다'라고 한 순간 그 사람의 운명은 결정됐지요. 사람들이 모두 웃고 있었거든요. 항구 곳에 사는 힐 집안의 두 딸이 지난 15년 동안 글렌에 왔던 독신 목사들을 모두 유혹했던 사실을 다 알고 있었기 때문이죠. 그리고 사실, 뉴먼 씨는 가족수가 너무 많았어요."

수전이 말했다.

"뉴먼 씨는 우리 형부인 제임스 클로 집에 머물고 있었어요. 아이들이 몇이나 되느냐고 묻자, 남자아이가 아홉이고 거기에 여자형제가 저마다 하나씩 있다고 말하는 게 아니겠어요. '18명!'이냐고 내가 말하자 그는 '대단한 가족이죠' 하더니 크게 웃었는데, 그 이유를 모르겠어요, 마님. 어쨌든 아이들이 18명이면 어떤 목사관이라도 너무 많은 편이지요?"

미스 코닐리어가 모욕적인 인내심을 가지고 설명했다.

"뉴먼 씨에겐 아이들이 열 명밖에 없었어요, 수전. 그런데 행동거지가 올바른 아이가 10명이라면 목사관이든 우리 교회 신자든 지금의 목사관 아이들 4명보다 크게 많은 것도 아니겠지요. 그렇다고 해서 그 애들이 악동들이라는 뜻은 전혀 아니에요. 나도 귀엽게 여기고 누구나 좋아하기는 해요.

다만 곁에 함께 붙어 있으면서 예의바른 행동과 옳고 그름을 가리도록 잘 가르쳐주는 사람이 있으면 아주 좋은 아이들이 될 거예요. 그래도 학교에서는 모범생이라고 선생님이 말할 정도니까요. 하지만 집에서는 망아지처럼 마구 날뛸 뿐이에요."

"메러디스 씨 부인은 어떤 분이죠?"

앤이 물었다.

"부인이 안 계셔서 난처하답니다. 메러디스 씨는 홀아비로 부인이 4년 전에 돌아가셨대요. 만일 그걸 미리 알았다면 우리 목사로 와달라고 하지 않았을 거라 생각해요. 홀아비 목사란 처음부터 독신인 경우보다 더 형편없으니까요.

메러디스 씨가 '우리 아이들'이라고 해서 틀림없이 아이들 어머니도 있으리라 생각했었어요. 그런데 메러디스 씨네가 이사를 왔는데, 마서 아주머니라는 노파뿐이잖겠어요. 듣건대 메러디스 씨 어머니 사촌으로 양로원에 가게 되어 있었는데 메러디스 씨가 모셔왔대요. 나이는 75살로 반쯤 눈이 멀고 귀가 먹은 데다 성질도 좀 까다로운 것 같아요."

"게다가 요리솜씨가 형편없이 나쁘답니다, 마님."

미스 코닐리어는 거침없이 말했다.

"목사관을 맡기는 데 그토록 어울리지 않는 사람은 없을 거예요! 그런데도 메러디스 씨는 마서 아주머니가 언짢아할 거라며 결코 다른 가정부를 두려 하지 않아요.

앤, 정말이지 지금의 목사관 모습은 차마 볼 수 없을 정도예요. 먼지투성이고 제자리에 버젓이 놓여 있는 물건이 하나도 없어요. 더욱이 그 사람들이 오기 전 우리는 페인트 칠을 하고 벽지를 다시 바르는 등 모두 깨끗이 해 놓았었는데 말이에요."

"아이들이 넷이라고 했죠?"

앤은 벌써 그 아이들에게 어머니다운 애정을 느끼기 시작했다.

"그래요. 마치 사다리처럼 줄줄이 이어져 있죠. 맏아들 제럴드는 12살로, 다들 제리라고 부르는데 아주 똑똑해요. 그 밑의 페이스가 11살, 굉장한 말괄량이 여자아이지만 인형처럼 예쁘죠."

수전이 엄숙하게 말했다.

"언뜻 보기에는 천사 같은데, 장난치는 데는 겁날 정도랍니다, 마님. 지난 밤 목사관에 갔는데 마침 제임스 밀리슨 부인이 와 있었어요. 계란 한 줄과 조그마한 우유상자를 가지고요. 작은 것이지만요, 마님.

페이스가 그걸 받자마자 지하실로 내려가다가 발이 걸려 넘어져 우유와 계란을 들고 맨 밑바닥까지 굴렀어요. 어떻게 됐는지 짐작되지요, 마님.

그런데도 그 아이는 웃으며 올라와서 '나는 페이스인지, 커스터드 파이인지 나 자신도 모르겠어요!'라고 하는 거예요. 이것을 듣고 제임스 밀리슨 부인은 화가 머리끝까지 나서, 저 모양으로 낭비되니 다시는 무얼 가지고 목사관에 안 오겠다고 펄펄 뛰었지요."

미스 코닐리어가 코웃음을 쳤다.

"목사관에 무엇을 가지고 갔다고 해서 머라이어 밀리슨이 손해 본 것은 없어요. 그날 밤, 그걸 가지고 간 것은 호기심을 채우기 위한 구실에 지나지 않아요. 하지만 페이스는 가엾게도 언제나 실수를 저지르곤 해요. 무척 덤벙거리고 충동적이거든요."

앤이 자신있게 말했다.

"꼭 나 같군요. 나는 그 페이스라는 아이를 좋아하게 될 거예요."

수전이 인정했다.

"아주 씩씩한 아이예요—난 씩씩한 아이가 좋아요, 마님! 어딘지 모르게 사람마음을 끄는 데가 있어요."

미스 코닐리어도 시인했다.

"언제나 웃고 있어서 상대방도 어느새 웃음을 터뜨리게 되지요. 그 아이는 교회에서도 얌전한 얼굴로 있지 못할 정도예요.

그 아래 우나는 10살 난 여자아이로 예쁘지는 않지만 퍽 상냥하고 귀염성 있어요. 막내 토머스 칼라일은 9살로 모두 칼이라고 부르죠. 두꺼비며 딱정벌레며 송장개구리를 잡아 집 안으로 들고 들어온대요."

수전이 말했다.

"어느 날 오후, 그랜트 부인이 목사관을 찾아갔을 때 응접실 의자 위에 있던 죽은 쥐도 그 애가 한 짓이 틀림없을 거예요. 부인은 너무나 놀라 정신을 못 차렸죠. 무리도 아니에요. 결코 목사관 응접실은 죽은 쥐를 놓아두는 데가 아니니까요.

쥐를 거기에 놓아둔 것은 어쩌면 고양이였는지도 몰라요. 그곳 고양이는 마치 악마 같은 녀석이니까요, 마님. 목사관 고양이란 속은 어떻든 겉보기만이라도 위엄을 갖추고 있어야 한다고 나는 생각해요. 그런 건달 같은 짐승은 본 적이 없어요.

더구나 거의 날마다 해질 무렵이면 목사관 용마루를 어슬렁거리며 꼬리를 흔들어댄답니다. 그 꼴은 정말 기분이 나쁘더군요."

"무엇보다도 나쁜 것은, 그 아이들은 한 번도 말쑥한 몸차림을 한 일이 없다는 거예요."

미스 코닐리어는 한숨을 쉬었다.

"그리고 눈이 녹은 뒤로는 맨발로 학교에 가요. 아무래도 목사관 아이들이 할 짓이 못돼요. 더욱이 감리교파 목사의 어린 딸은 언제나

단추 달린 훌륭한 구두를 신고 있는데 말이에요. 그리고 그 아이들이 감리교파 묘지에서 노는 것만은 그만둬주었으면 해요."

앤이 말했다.

"묘지가 목사관에 붙어 있으니 물론 놀고 싶어질 거예요. 묘지에서 놀 수 있다면 얼마나 재미있을까 어렸을 때 나도 늘 생각했었으니까요."

"설마, 마님이 그럴 리가 없어요. 상식이 풍부하시고 행동거지가 분명하신 분이면서."

충직한 수전이 앤을 지키려고 나섰다.

앤이 물었다.

"그보다도 어째서 그 목사관을 묘지 바로 옆에 지었을까요? 목사관 잔디밭은 아주 좁아서 묘지 말고는 놀 데가 없잖아요?"

미스 코닐리어도 솔직히 인정했다.

"확실히 그건 실패였어요. 하지만 그곳 땅을 아주 싸게 구했거든요. 그리고 이제까지 어느 목사님 아이들도 거기서 놀려고 한 아이는 아무도 없었어요. 메러디스 씨가 그렇게 하도록 내버려두기 때문이에요.

그 사람은 또 그 사람대로 집에만 있으면 책에 열중해버리죠. 읽고 읽고 또 읽거나 아니면 깊은 생각에 잠겨 서재 안을 왔다갔다 해요. 그래도 일요일에 교회에 오는 것만은 이제까지 잊지 않지만요. 하지만 두 번이나 기도회를 잊어버려 어떤 장로가 모시러 갔었어요.

아, 패니 쿠퍼 결혼식도 잊었었어요. 그 사람에게 전화를 걸었더니 글쎄, 여느 때 집에서 입는 옷차림 그대로 실내용 슬리퍼를 신은 채 달려왔지 뭐예요. 하지만 감리교파 사람들이 그토록 웃지만 않는다면 무슨 상관 있겠어요.

그런데 꼭 한 가지만은 마음 놓아도 되는 일이 있어요. 메러디스 씨 설교에는 아무도 비난하거나 시비하려고 하지 않아요. 메러디스 씨는 설교단에 서면 정신이 맑아지고 눈이 초롱초롱해져요. 감리교파 목사는 전혀 설교를 할 줄 모르거든요—그런 소문이에요. 다행히 나는 들어본 적이 없지만요."

미스 코닐리어는 결혼한 뒤로 남성에 대해 경멸하는 버릇이 좀 덜해진 듯했지만, 감리교파에 대해 무시하는 마음에는 너그러움이 전혀 없었다.

수전은 교활하게 미소 지으며 물었다.

"저, 마셜 엘리엇 부인, 듣자니까 감리교파와 장로교파가 하나로 합친다는 이야기가 있던데요."

미스 코닐리어가 말을 받았다.

"그래요? 만일 그렇게 된다면 내가 죽은 뒤로 미뤄주었으면 해요. 어떤 일이 있어도 나는 감리교파와 어떤 관계도 맺고 싶지 않거든요.

메러디스 씨도 그 사람들은 피하는 편이 좋다는 것을 알게 될 거예요. 정말이지 그 사람은 그들과 너무 지나치게 허물없이 접촉하고 있어요. 제이컵 드류 씨의 은혼식을 위한 저녁 식사 모임에도 참석해서 곤란한 일만 당했잖아요."

"무슨 일이 있었나요?"

"드류 씨 부인이 메러디스 씨에게 거위를 잘라주었으면 좋겠다는 부탁을 했어요—제이컵 드류는 자른 적이 없거나 자를 줄 모르는 거겠지요. 그래서 메러디스 씨는 자르기 시작했는데, 그만 옆에 앉아 있던 리즈 씨 부인 무릎 위로 떨어뜨리고 말았대요. 그는 건성으로 '리즈 부인, 그 거위를 돌려주시죠'라고 했지요. 리즈 부인이 얌전하게 돌려주긴 했지만, 틀림없이 화가 났을 거예요. 새로 만든 실크 드레스를 입고 있었다니까요. 게다가 리즈 부인은 감리교파이니, 이보다 더 지독한 일은 없지요."

그때 수전이 끼어들었다.

"나는 그녀가 장로교파가 아니어서 다행이라고 생각해요. 장로교파였다면 당장 교회에서 탈퇴했을 거예요. 더 이상 우리 교회 신자가 줄어들면 안 되잖아요. 리즈 부인은 매우 거만하므로 자기 교회에서도 그리 인기가 없어요. 그래서 솔직하게 말하면, 리즈 부인 옷이 망가진 것을 감리교파도 은근히 좋아해요!"

미스 코닐리어가 위엄 있게 말했다.

"내가 말하고 싶은 것은 메러디스 목사가 웃음거리될 짓을 했다는 것이지요. 우리 목사가 감리교파의 조소 대상이 되는 게 몹시 불쾌해요. 부인이 있었으면 이런 일이 없었을 텐데요!"

수전이 고집스럽게 말했다.

"부인이 한 다스 있었어도 드류 씨 부인이 은혼식에 어울리지도 않는 거위를 못 내놓게 할 수는 없었을 거라고 생각해요."

미스 코닐리어가 말했다.

"소문에는 남편이 부추겼다는 말도 있어요. 제이컵 드류라는 사람은 자만심이 강하고 인색할 뿐만 아니라 자기 과시가 심하답니다."

수전은 머리를 흔들면서 말했다.

"더구나 그 부부는 서로 미워하며 산다고 하더군요. 결혼한 두 사람이 함께 살면서 그러는 건 올바르지 않은 것 같아요. 물론 나는 그런 경험이 없지만요.

그런데 나는 나쁜 일이 모두 남자 탓이라고는 생각하지 않아요. 드류 씨 부인도 인색한 편이지요. 그분이 내놓은 것은 버터 한 단지에 지나지 않았죠. 그것도 쥐가 빠졌던 크림으로 만든 버터랍니다. 그것을 교회모임에 내놓았는데, 쥐와 관련된 일은 나중에 알게 되었지요!"

미스 코닐리어가 말했다.

"다행히 최근까지 메러디스네 사람들이 기분을 언짢게 만든 것은 감리교파뿐이에요. 제리가 2주일 전 밤 감리교파의 기도회에 가서 윌리엄 마시 할아버지 옆자리에 앉았는데, 마시 할아버지가 일어서서 평소와 같은 쉰 목소리로 신앙에 대한 자기의 소신을 말했답니다. 이야기가 끝난 뒤 앉자마자, 제리가 작은 소리로 '기분이 좀 나아지셨나요?'라고 물었지요. 제리는 동정하는 마음으로 말한 것인데, 마시 할아버지는 건방지다며 불같이 화를 냈대요. 확실히 제리가 그 기도 회에 간 것부터가 잘못된 것이지만요. 목사관 아이들은 가고 싶으면 어디나 가는 아이들이니까요."

수전이 말했다.

"하지만 항구 어귀의 앨릭 데이비스 부인만은 화나게 하지 말아주 었으면 싶군요. 그 부인은 걸핏하면 화를 벌컥 잘 내는 듯하지만 유 복하게 살아서 목사님 급료를 누구보다도 많이, 거의 모두 스스로 맡 아서 내고 있으니까요. 언젠가 메러디스 씨네 아이들처럼 멋대로 자 란 아이들은 이제까지 본 적 없다고 말했었죠."

앤이 딱 잘라 말했다.

"두 분의 이야기를 들을수록, 점점 메러디스네 가족은 요셉을 아는 사람들일 거라는 확신을 갖게 되는군요!"

미스 코닐리어도 인정했다.

"여러 가지 이야기했지만, 결국은 그래요. 그것으로 다 상쇄되는 거 죠. 아무튼 그 사람들이 와버린 이상 우리도 최선을 다해 메러디스 씨 편이 되어야 하고, 다들 힘을 합해 감리교파로부터 그 집을 지켜 주어야 해요.

자, 이제 가야겠어요. 마셜이 곧 돌아올 테니까요—오늘은 항구 건너편에 갔는데—저녁 식사를 함께 하고 싶어해서요. 남자들은 흔 히 그렇지요. 다른 아이들을 만나지 못해 유감이군요. 의사선생님은 어디 가셨죠?"

"항구 어귀 쪽으로 갔어요. 집에 돌아온 지 사흘밖에 안 됐는데, 자기 침대에서 잔 것이 3시간, 집에서 식사한 것이 고작 두 번 밖에 안 돼요."

"몸이 불편했던 분들은 지난 6주 동안 의사선생이 돌아오기를 고 대하고 있었으니까—그들을 비난할 수는 없어요. 항구 건너편에 사는 의사가 로브리지 장의사 딸과 결혼했을 때 다들 수상쩍게 생각했지요. 별로 좋아보이지 않았어요. 되도록 빨리 의사선생과 함께 와서 이번 여행에 대한 여러 가지 이야기를 들려주세요. 아주 좋았겠죠?"

앤이 고개를 끄덕이며 동의했다.

"네, 퍽 좋았어요. 오랫동안 품어온 꿈이 마침내 이루어졌으니까요. 옛 세계인 유럽은 참으로 아름답고 훌륭했어요. 하지만 돌아와 보니, 역시 우리 고향이 참 좋아요. 캐나다는 이 세상에서 가장 좋은 곳이에요, 미스 코닐리어."

미스 코닐리어는 만족스럽게 말했다.

"그야 그렇고말고요."

"게다가 그리운 프린스 에드워드 섬은 캐나다에서 가장 멋진 지방이고, 포 윈즈는 그 섬에서도 가장 훌륭한 곳이지요."

앤은 웃었다. 그리고 저녁해에 빛나는 골짜기며 항구며 만을 우러러보듯 바라보며 반가운 마음에 그들을 향해 손을 흔들었다.

"유럽에서도 이보다 더 아름다운 곳은 보지 못했어요. 미스 코닐리어, 벌써 돌아가야 하나요? 아이들이 만나뵙지 못해 서운해 하겠어요."

"어서 그 귀여운 얼굴을 보여주러 와달라고 아이들에게 말해주세요. 달콤한 도넛 항아리는 언제나 가득 차 있다고요."

"아, 저녁 식사 때 느닷없이 찾아갈 계획을 세우고 있어요. 곧 방문 드릴 거예요. 지금은 학교에서 다시 자리잡아야 하니까요. 그리고 쌍둥이 아이들은 음악교습을 받기로 했어요."

미스 코닐리어가 걱정스럽게 물었다.

"설마, 감리교파 목사부인으로부터 받는 것은 아니겠지요?"

"아니에요. 로즈머리 웨스트예요. 엊저녁에 결정했어요. 아주 예쁜 처녀더군요!"

"멋지게 젊음을 유지하고 있지요. 옛날 같진 않지만"

"매우 매력 있는 분으로 느껴졌어요. 이제까지 잘 모르고 있었던 것 같아요. 집이 꽤 후미진 곳에 있어서 교회에서가 아니면 만나기도 어려워요."

"로즈머리 웨스트를 다들 좋아해요. 사람들이 그녀를 이해한다고 말할 순 없지만요."

미스 코닐리어는 저도 모르게 로즈머리가 매력적이라고 찬사를 보내고 있었다.

"엘런이 억압적이라는 말이 있지만, 폭군처럼 행동하면서도 여러 가지로 응석을 받아주기도 하지요. 로즈머리는 마틴 크로포드라는 젊은이와 약혼한 일이 있었어요. 그런데 마틴이 탄 배가 마그달레나 섬에서 난파당해 모두 익사했지요. 그때 로즈머리는 겨우 17살이었어요. 그 뒤 그녀는 전과 많이 달라졌죠.

어머니가 돌아가신 뒤 로즈머리와 엘런은 둘이서 쓸쓸하게 조용히 지내왔어요. 로브리지에 있는 자기들 교회에도 잘 가지 않았고, 장로교파 교회에 가끔 나가는 것도 엘런이 허락하지 않는 것 같아요. 엘런은 절대로 감리교파 교회에는 가지 않는답니다. 그건 참 대단하다고 생각해요.

웨스트 집안은 옛날부터 열렬한 감독파*1 교회 신자였지요. 두 사람 모두 돈이 꽤 있어요. 로즈머리가 특별히 음악교습을 할 필요는 없어요. 취미로 할 뿐이죠. 레슬리하고는 먼 친척이 돼요. 포드네는 올여름에 항구로 오나요?"

"아니오, 가족이 모두 일본에 가서 1년 동안 거기 있게 되나봐요. 그래서 오언의 새 소설이 일본을 무대로 펼쳐진대요. 우리들이 떠난 뒤로 여름이 됐는데도 저 오랜 '꿈의 집'이 텅 비게 된 것은 이번이 처음이에요."

---

*1 그리스도교 프로테스탄트 교회의 한 파. 감독인 주교를 두어 교회를 맡아보게 했음.

"오언 포드 씨가 이제까지 발표한 작품 가운데 가장 걸작은 《짐 선장의 인생록》인데 그 작품 이야깃거리는 이곳 포 윈즈에서 얻은 거잖아요."

"그것은 대부분 짐 선장이 준 것이고, 그분은 세계 각 지방을 돌아다니며 입수한 것이지요. 하지만 오언의 모든 작품들은 매우 재미있다고 생각해요."

"작품으로서는 잘 됐죠. 오언의 작품을 빠짐없이 모두 읽고 있지만, 앤, 소설을 읽는 것은 시간낭비 같은 느낌이 들어요. 이번 일본행에 대한 나의 의견을 오언에게 반드시 보내려고 해요. 케니스와 퍼시스를 이교도로 만들 작정인가?"

이같이 대답하기 어려운 질문을 던지고 미스 코닐리어는 가버렸다. 수전도 릴러를 재우러 침대에 데려갔다.

앤은 별이 깜박이기 시작한 하늘 아래 베란다 층계에 앉아 옛날과 다름없는 꿈 속에 빠져 있었다. 그리고 오늘이 백 번째인지도 모르지만, 마냥 행복한 마음으로 새삼스럽게 포 윈즈 항구의 아름다운 달을 바라보고 있었다.

잉글사이드 아이들

한낮이면 블라이스네 아이들은 잉글사이드와 글렌 세인트 메리 못 사이에 있는 나뭇잎 우거진 어두컴컴한 단풍나무숲에서 즐겁게 놀았지만, 저녁 무렵 한바탕 떠들어댈 곳으로는 단풍나무숲 뒤의 작은 골짜기보다 더 좋은 데가 없었다.

그 골짜기는 아이들에게 있어 옛날이야기에 나오는 요정나라였다. 여름 오후 천둥과 소나기가 끝난 뒤 아이들이 잉글사이드 다락방에서 아지랑이가 몽롱한 밖을 내다보았을 때, 가장 좋아하는 곳에 갑자기 쏟아진 소나기는 신비한 안개를 불러오는 이것을 통해 골짜기에 화려한 무지개가 걸려 있는 것을 보게 해주었다. 무지개의 한쪽 다리는 골짜기의 낮은 곳으로 흐르고 있는 연못가에 잠긴 듯이 보였다.

"저기를 '무지개 골짜기'라 부르자."

월터가 기쁜 얼굴로 말했으므로 그 뒤부터 '무지개 골짜기'가 되었다.

'무지개 골짜기' 밖에서는 장난치며 소란스럽게 뛰어다니던 바람도 이곳에서는 언제나 다정하게 불면서 지나갔다. 여기저기 이끼 낀 전나무 뿌리 위로 조그만 요정의 오솔길이 구불구불 이어져 있었다.

꽃필 무렵 온 골짜기에 야생 벚꽃이 곳곳마다 거무스름한 전나무에 섞여 하얀 안개처럼 흩어져 있었다. 시냇물은 호박색 물을 가득히 담고 글렌 마을에서부터 골짜기를 달리고 있었다.

마을 집들이 있는 곳으로부터는 알맞게 떨어져 있었으며, 다만 골짜기 위쪽 끝에 '베일리네 옛집'이라는 작고 기울어져 가는 빈집이 꼭 하나 있었다. 여러 해 동안 사는 사람이 없었고, 풀이 무성한 돌담이 둘레를 빙 둘러쌌다. 뜰에는 지금도 꽃 피는 계절이 되면 제비꽃이며 데이지며 준 릴리가 흐드러지게 피어 있는 것을 잉글사이드 아이들은 보곤 했다. 뜰에는 그밖에 네덜란드미나리가 마음대로 자라 여름날 저녁 달빛을 받아 휘익 일렁이면 은빛 물결처럼 하얗게 거품이 일 듯 흔들거렸다.

남쪽에는 못이 있고, 아득히 먼 곳에 보랏빛 숲이 빽빽하게 우거져 있다. 높은 언덕 위에는 동그마니 한 채 헐어 빠진 잿빛 농가가 글렌 마을과 항구를 내려다보며 서 있었다.

마을에서 가까우면서도 '무지개 골짜기'에는 뭔가 깊은 산 속 숲처럼 쓸쓸함이 감돌아 그것이 잉글사이드 아이들 마음에 들었다.

골짜기에는 사랑스럽고 쓸모있게 우묵이 들어간 곳이 많았고, 그 가운데 가장 큰 곳은 아이들이 특히 좋아하는 놀이터였다. 아이들은 그날 저녁에도 거기에 모여 있었다.

이 골짜기에는 어린 가문비나무숲이 있고, 그 한가운데 풀이 우거진 빈터가 펼쳐져 시냇물의 둑과 이어져 있었다.

시냇가에 은빛 자작나무 한 그루가 서 있었다. 아직 어리고 늘씬하게 똑바로 뻗어 있어서 월터는 이 나무에 '흰옷 입은 숙녀'라고 이름을 붙였다.

'연인의 나무'도 이 골짜기에 있었다. 그것은 가문비나무와 단풍나무가 가까이 서 있어 서로 나뭇가지가 많이 얽혀 있는 것을 보고 월터가 붙인 이름이었다.

젬이 마을의 대장장이가 준 헌 썰매의 방울 한 쌍을 '연인의 나무'에 매달았는데, 산들바람이 불어올 때마다 댕그랑댕그랑 요정의 방울처럼 아름답게 울렸다.

낸이 말했다.

"돌아와서 참 기뻐. 역시 애번리의 어디보다도 '무지개 골짜기'가 가장 멋있어."

그렇지만 아이들은 애번리를 아주 좋아했다. 그린게이블즈에 가는 것은 언제나 엄청난 즐거움이었다.

머릴러 할머니도 레이철 린드 할머니도 무척 잘 대해주었다. 린드 할머니는 나이가 많은데도 틈만 나면 퀼트 이불을 만들었다. 앤의 아가씨들이 '출발'할 때를 준비하는 것이다. 애번리에는 유쾌한 놀이동무도 있었다—데이비 '아저씨'네 아이들, 다이애너 '아주머니'네 아이들이었다.

잉글사이드 아이들은 어머니가 옛날 그린게이블즈에서 지냈던 소녀시절에 참으로 좋아했던 장소—들장미 계절이 되면 울타리가 완전히 연분홍빛이 되는 길다란 '연인의 오솔길', 버드나무며 포플러가 있는 언제나 깔끔한 뜰, 옛날과 다름없이 맑고 아름다운 '드라이어드 샘', '빛나는 호수' 그리고 '윌로미어'—를 하나하나 남김없이 모두 알고 있었다.

쌍둥이들은 어머니가 옛날에 썼던 방을 점령했고, 밤이 되어 두 아이가 잠든 무렵이면 머릴러 할머니가 들어와 눈을 가늘게 뜨고 두 아이를 들여다보았다. 그러나 누가 뭐라고 해도 머릴러 할머니가 가장 귀여워하는 건 젬이라는 것을 누구나 알고 있었다.

그 젬이 지금 못에서 갓 잡아온 조그만 각시송어를 굽느라 바삐 서두르고 있었다. 붉은 돌을 둥그렇게 둘러놓고, 그 속에 불을 피운 것이 즉석 스토브였다. 요리도구라고는 두들겨서 납작하게 편 양철 깡통과 이가 하나뿐인 포크밖에 없다. 그래도 이제까지 아주 뛰어나게 훌륭한 음식을 이렇게 만들었다.

젬만이 '꿈의 집' 아이였으며, 다른 아이들은 모두 잉글사이드에서 태어났다. 젬은 어머니와 똑같이 곱슬거리는 빨강머리에 눈은 아버지를 닮아 분명 다갈색이었다. 보기 좋은 코는 어머니에게서 물려받았고, 꼭 다문 장난스러운 입매는 아버지로부터 받은 것이었다. 그리고 온 집안에서 수전이 만족할 만한 훌륭한 귀를 가진 것은 그뿐이었다.

젬은 수전이 아직까지도 자기를 '작은 젬 도련님'이라고 부르는 것이 몹시 약 올라 견딜 수 없었다. 13살이나 된 나를, 하고 그는 분개했다. 어머니가 훨씬 더 잘 알아준다.

8살 된 생일 때였다. 젬이 화가 나서 외쳤다.

"난 이제 작지 않아요, 어머니. 나는 이렇게 많이 크단 말이에요."

어머니는 한숨지으며 웃었다. 그리고 또 한숨지었다. 그 뒤로는 두 번 다시 '작은 젬'이라고 하지 않았다―적어도 젬에게 들리는 곳에서는 결코 말하지 않았다.

그는 본디 똑똑하고 믿음직스러운 소년으로 약속을 절대로 깨뜨린 일이 없었다. 그리 말수가 많은 편이 아니고, 선생님이 그를 수재로 여기지는 않았지만 착실하고 꾸준히 공부하는 좋은 학생이었다. 그는 무슨 일이든 그대로 받아들이려 하지 않고 정말인지 어떤지 알아보기를 좋아했다.

언젠가 수전이 이렇게 말한 적 있었다.

"서리가 앉은 문 고리쇠에 혀를 대면 홀랑 벗겨지고 만단다."

젬은 그렇게 되는지 어떤지 시험해 보기 위해 곧 해보았다. 그 결과 수전의 말이 틀림없음을 알았지만 덕분에 혀를 몹시 다쳐 며칠 동안 혼이 났다.

그러나 젬은 과학에 대한 일이라면 아무리 호된 꼴을 당하더라도 불평하지 않았다. 끊임없이 실험하고 관찰해서 여러 가지 사실을 알고 있었다. 동생들은 자기들의 작은 세계에 대한 젬의 지식을 매우 훌륭하다고 여기고 있었다.

젬은 언제나 가장 잘 익은 딸기가 맨 먼저 열리는 곳이 어디고, 연보랏빛 오랑캐꽃이 겨울잠에서 맨 먼저 수줍게 깨어나는 곳이 어디며, 단풍나무숲 울새 둥지에 파란 알이 몇 개 있는지 알고 있었다.

데이지 꽃잎으로 운세를 점치거나 붉은 토끼풀의 꽃에서 꿀을 나오게 하며, 연못 둑에 저절로 자라난 먹을 수 있는 풀뿌리를 찾아낼 수도 있었다. 그 때문에 수전은 아이들이 독성 있는 것을 먹지 않을까 하고 날마다 걱정하곤 했다.

젬은 가장 맛있는 가문비나뭇진이 필요할 때 어떻게 하면 찾을 수 있는지도 잘 알고 있었다. 바로, 나무껍질에 촘촘히 이끼가 끼어 있는 희미한 호박색 혹처럼 불퉁한 옹두리 속이다. 항구 어귀 언저리 너도밤나무 숲 속에서 가장 알찬 열매가 있는 곳은 어딘지, 그리고 송어는 시냇물 어디에서 가장 잘 잡히는지도 훤히 알고 있었다.

또 포 윈즈 가까이 들새며 동물이라면 어떤 것이라도 울음소리를 곧잘 흉내낼 수 있었고, 봄부터 가을에 걸쳐 어떤 꽃이 어디에 피는지도 모두 알고 있었다.

월터 블라이스는 '흰옷 입은 숙녀'라는 별명을 가진 자작나무 아래 앉아 있었다. 그 옆에 시집 한 권이 놓였지만 읽지는 않았다.

그는 눈을 크게 뜨고 즐거운 마음으로 못가에 서 있는, 에메랄드빛 안개에 둘러싸인 듯한 버드나무를 바라보기도 하고, 바람에 불려온 작은 은빛 양 같은 모양의 구름이 '무지개 골짜기' 위를 두둥실 떠돌아다니는 것을 올려다보기도 했다. 그 커다랗게 뜬 아름다운 눈은 기쁨으로 반짝이고 있었다.

월터의 눈은 훌륭했다. 땅 밑에 잠든 지난 몇 대 선조들의 기쁨과 슬픔과 웃음과 성실함과 열망이 짙은 잿빛 두 눈 밑바닥에서 차곡차곡 쌓여 내다보이고 있는 듯했다.

겉으로 보면 월터는 '아무도 닮지 않은 아이'였다. 알고 있는 한 어떤 친척과도 닮지 않았다. 그는 잉글사이드 아이들 가운데 가장 잘생겼고, 곱슬거리지 않는 검은 머리카락과 단정한 용모를 가지고 있었다. 그리고 어머니의 생동감 있는 상상력과 아름다움에 대한 정열적인 사랑을 고스란히 이어받고 있었다. 겨울의 서리, 봄의 손짓, 여름의 꿈, 가을의 마력(魔力) 등 모든 것들이 월터에게는 깊은 의미를 지니고 있었다.

학교에서 젬은 대장감이었지만 월터는 그리 대단한 존재가 되지 못했다. 그 까닭은 그는 결코 다투거나 싸우지 않았으며 학교에서 아이들과 하는 운동에도 좀처럼 끼지 않고 혼자 방해받지 않는 곳에서 책을, 특히 시집을 읽기 좋아했기 때문이었다. 그 때문에 사내녀석들은 월터를 여자아이 같고 젖비린내 난다고 여기며 놀려대기도 했다.

월터는 시인을 좋아했다. 조금씩 글을 읽을 수 있게 된 시절부터 이미 시집에 열중했다. 이들 시인이 연주하는 음악은—영원을 노래한 음악은 그의 뻗어가는 영혼에 깊이 짜여 들어갔다.

월터는 자신도 언젠가 시인이 되고 싶다는 야심을 품고 있었다. 그것은 이루어질 수 없는 일이 아니었다. 폴 아저씨라고 친밀함을 담아 부르고 있는 사람—저 신기한 '미국'이라는 곳에 지금은 살고 있는—이 월터가 동경하는 대상이었다. 폴 아저씨는 옛날에 애번리 초등학교에 다녔고, 지금은 그의 시가 어디를 가나 엄청난 칭찬을 듣고 있었다.

그러나 글렌 마을 남자아이들은 월터가 이런 꿈을 가지고 있는 줄 몰랐으며, 비록 알았다 하더라도 그리 대단한 감명을 느끼지는 못했을 것이다. 완력은 형편없었지만, 그가 '책에 대해서는 뭐든지 잘 이야기한다'는 점에서 마지못해 그에게 경의를 나타내고 있었다. 글렌 세인트 메리 학교에서 그만큼 말을 잘하는 아이는 달리 없었다.

한 소년이 말했다.

"목사처럼 말을 술술 잘해."

이 때문에 만일 다른 소년이 싸움하기 싫어하거나 무서워하는 것을 눈치채면 그야말로 마지막으로 한바탕 싸우듯 하지만, 월터만은 예외여서 괴롭힘을 당하지 않았다.

10살짜리 쌍둥이는 쌍둥이의 전통을 깨뜨리고 조금도 닮지 않았다. '앤'이지만 다들 '낸'이라고 부르는 아이는 아주 아름다웠다. 벨벳 같은 밤색 눈과 비단 같은 밤색 머리카락을 가졌고 쾌활하면서도 우아한 소녀였다. 이름이 블라이스여서 성격도 활달한 편이라고 낸의 선생님이 말했다. 뽀얀 피부도 나무랄 데 없으므로 어머니는 크게 만족했다.

"핑크빛 옷을 입을 수 있는 딸이 하나 있어서 나는 아주 기쁘단다."

이렇게 말하는 블라이스 부인은 퍽 즐거운 듯했다.

흔히 다이라고 불리는 다이애너 블라이스는 어머니를 꼭 닮아서, 해질 무렵이면 이상한 광채를 띠는 잿빛도는 초록색 눈과 빨강머리를 가지고 있었다. 다이를 아버지가 애지중지하는 이유도 아마 그 때문이리라.

다이와 월터는 특별히 사이가 좋았다. 그런데 월터는 자기가 쓴 시를 다이에게만 읽어주곤 했다. 월터가 다른 것은 몰라도 어떤 점에서는 스콧[1]의 '마미언'과 몹시 닮은 서사시를 아무도 모르게 열심히 쓰고 있는 것을 아는 사람은 다이 혼자뿐이었다. 다이는 월터가 말해준 비밀을 낸에게조차 말하지 않고 지켰으며, 자신의 일 또한 하나도 남김없이 월터에게만 이야기했다.

낸은 기품있는 코를 킁킁거리며 말했다.

"이제 곧 이 물고기구이가 다 되는 거야, 젬? 이 냄새를 맡고 있으면 못 견디게 배가 고파져."

"이제 곧 돼."

---

[1] 《아이반호》의 저자. 스코틀랜드 시인.

젬은 익숙한 솜씨로 물고기를 뒤집어놓았다.

"여자아이들은 빵과 접시를 놓도록 해. 월터, 이젠 눈을 떠."

월터는 꿈꾸듯 말했다.

"오늘 저녁에는 어쩌면 이토록 공기가 빛날까."

그는 결코 송어구이를 무시할 생각은 아니었지만, 그에게 있어서는 영혼의 음식이 무엇보다도 으뜸이었다.

"오늘은 천사가 꽃을 부르며 온 세상을 훨훨 날아다니고 있었어. 내게는 저 숲 옆 언덕 위를 날고 있는 천사의 파란 날개가 보여."

낸이 말했다.

"어머나, 내가 이제까지 본 천사의 날개는 어느 것이나 모두 하얗던걸."

"꽃을 부르는 천사의 날개는 그렇지 않아. 아지랑이 같은 얇고 희미한 파란빛으로 마치 골짜기에 스며든 안개 같아. 아, 나도 날아보았으면. 아마 엄청 멋질 거야."

다이가 말했다.

"꿈에서는 이따금 날아보았는데."

월터가 말했다.

"나는 내가 분명히 날고 있었던 꿈을 아직 한 번도 꾼 적 없어. 땅에서 쓱 날아올라가 울타리나 나무 위로 둥둥 떠가는 거라면 곧잘 꾸지만. 그건 정말 기분 좋아―'지금까지는 줄곧 꿈이었지만 이번에야말로 꿈이 아니다, 이건 정말이다' 하고 언제나 생각하지. 그런데도 역시 눈이 그만 번쩍 뜨여지고 마는데, 그때 기분은 정말 참을 수 없어."

젬이 명령했다.

"얼른 서둘러, 낸."

낸은 파티에 쓰는 널빤지를 꺼냈다―그것은 그야말로 안성맞춤이었다―여기에 다른 곳에선 꿈도 꿀 수 없는 맛난 요리를 올려놓고 몇 차례 '무지개 골짜기' 축제가 벌어졌다. 그것을 두 개의 큼직한

이끼낀 돌로 떠받치면 갑자기 식탁으로 바뀌는 것이다. 식탁보는 신문지였고 수전이 쓰다가 내버린 이빠진 접시와 손잡이 없는 찻잔이 식기였다.

가문비나무 밑둥에 감춰둔 양철통에서 낸은 빵과 소금을 꺼냈다. 시냇물은 수정 같은 맑은 물을 아이들에게 주었다. 또 거기엔 맑은 공기와 아이들의 식욕이 뒤섞인 듯한 소스가 있었다. 이것이 모든 요리를 맛있게 만든다. 황금빛과 짙은 보랏빛 황혼에 잠겨 있고, 봄이 한창 무르익은 숲 속에서 자란 발삼 전나무와 식물들의 향기에 둘러싸인 '무지개 골짜기'에 앉아, 주위는 창백한 별과 같은 산딸기꽃이 둘러 있고, 술렁대는 바람소리와 나뭇가지가 흔들릴 때마다 딸랑딸랑 울리는 방울소리를 들으며 구운 송어와 딱딱한 빵을 먹는다—이 세상의 어느 권력자도 여기 잉글사이드에 있는 아이들을 부러워하지 않을 수 없을 것이다.

"다들 자리에 앉아."

젬이 지글거리는 송어가 얹힌 큰 냄비를 식탁에 올려놓자 낸이 말했다.

"식사 전 감사기도는 젬 차례야."

젬이 불평했다.

"난 송어구이를 만들었으니까 의무는 다 끝난 거야."

젬은 기도하는 것을 싫어했다.

"월터에게 하라고 해, 좋아하니까. 하지만 배가 고프니까 짧게 해줘!"

그러나 짧든 길든 월터는 기도를 할 수가 없었다. 때마침 방해가 있었기 때문이다.

다이가 대뜸 물었다.

"목사관 언덕에서 내려오는 게 누굴까?"

산사나무꽃

마서 아주머니처럼 서투른 가정부는 보기 드물었다. 또 존 녹스 메러디스 목사만큼 흐리멍덩하고 엄격하지 못한 아버지도 드물었다.

그러나 글렌 세인트 메리 목사관에는 그 무질서함에도 불구하고 어딘지 가정적인 친밀함이 있음을 부정할 수 없었다. 말 많은 마을 주부들까지도 저도 모르게 조금씩 부드러워진 눈으로 목사관을 바라보았다.

아마도 목사관이나 그곳을 에워싸고 있는 분위기가 이따금 매우 매력적이기 때문인지도 모른다—회색 판자를 둘러친 벽은 온통 댕댕이덩굴로 가득하고, 그 주위를 어디서나 흔히 볼 수 있는 아카시아 나무와 길레아드 발삼 처마가 오랜 친구처럼 사방으로 가지를 뻗어 둘러싸고 있으며, 앞쪽 창문으로는 육지 사이에 긴 바다와 모래톱으로 된 아름다운 경치를 볼 수 있다.

그렇지만 이런 모습들은 메러디스 목사의 전임자가 있을 때도 똑같았고, 그때 목사관은 글렌 마을에서 가장 깨끗하게 정돈되어 있는 가장 지루한 집이었다. 지금처럼 된 것은 새로 입주한 주인의 개성 덕택임이 분명하다. 현재의 목사관에는 웃음소리와 우정이라는 분위기가 있었다. 문은 언제나 활짝 열려 있었으며, 집안과 바깥세계가 사이좋게 손을 마주잡고 있었다. 글렌 세인트 메리 목사관을 지배하는 단 하나의 법률은 '사랑'이었다.

신도들은 메러디스 씨가 자기 아이들을 너무 응석받이로 키운다고 말하고 있었다. 확실히 그는 아이들을 나무라고 야단칠 마음이 없었다. 메러디스 씨는 평소와 달리 특별히 눈에 띄는 문제에 맞닥뜨릴 때마다 한숨을 내쉬며 자신에게 타일렀다.

"이 아이들에게는 어머니가 없으니까."

그러나 메러디스 씨는 아이들이 하는 짓의 절반도 알지 못했다. 그는 한마디로 몽상가였다. 서재 창문은 묘지 쪽으로 열려 있었고, 그는 영혼의 불멸성에 대해 깊은 생각에 잠겨 방 안을 왔다갔다하면서도 제리와 칼이 아주 재미있어 하며 감리교파의 평평한 묘석 위에서 개구리처럼 팔짝팔짝 뛰는 것을 조금도 깨닫지 못했다.

이따금 메러디스 씨는 아내가 살아 있었던 때만큼 아이들을 육체적으로든 정신적으로든 잘 보살펴 주지 못한다는 것을 확실히 느끼는 일이 있었다. 또한 집 안이나 식사에 대해서도 아내 시실리어가 있었을 때와 마서 아주머니가 모든 살림을 꾸려나가는 지금은 아주 다르다는 것을 언제나 무의식중에 느끼고 있었다. 그러나 그밖에는 물질을 완전히 초월한 세계와 책 속에서 살고 있었다.

그러므로 옷에는 좀처럼 솔질이 되어 있지 않았고, 또한 마을 주부들이 그의 상아처럼 파리하고 단정한 얼굴이며 가느다란 손 등으로 미루어 언제나 식사를 충분히 못하는 거라고 서로 이야기한다 하더라도 그로서는 조금도 불행하게 여기지 않았다.

만일 이 세상에서 즐거운 묘지가 있다고 한다면, 글렌 세인트 메리의 감리교회에 딸린 오래된 묘지야말로 그러했다. 교회의 다른 한쪽에 있는 새로운 묘지는 잘 정돈되고 이상하게 점잔뺀 듯하여 음침한 장소였다. 그러나 오래된 묘지는 오랫동안 대자연의 손에 맡겨져 거

칠어진 채로 내버려두었으므로 이제는 아주 기분 좋은 곳이 되어 있었다.

묘지의 세 곳은 돌담으로 둘러싸여 있다. 돌을 쌓은 위에 잔디를 심고 거기에 거의 망가진 잿빛 울타리가 둘러쳐져 있었다. 돌담 바깥에는 한 줄로 늘어서 빽빽이 뻗은 키 큰 전나무가 향기 나는 나뭇가지를 길게 내밀고 있었다.

돌담은 이 마을에 맨 처음 이주해 온 사람들이 만든 것으로, 세월이 지남에 따라 점점 더 아름다워져, 갈라진 돌틈 사이로 이끼며 풀이 자라 이른봄부터 밑바닥 쪽에 보랏빛 제비꽃이 가득 피었고 가을에는 구석구석에 탱알이며 메역취가 보기 좋게 피었다. 작은 풀고사리가 돌과 돌 틈 사이를 조화롭게 메꾸어주었고 키 큰 고사리도 무성했다.

동쪽에는 울타리도 돌담도 없었다. 여기에서는 묘석도 드문드문해지고 어린 전나무 묘목들이 차츰 묘지 쪽으로 들어가고 있으며 그 바깥쪽은 우거진 숲과 이어져 있었다.

주위에는 언제나 하프 소리 같은 파도의 중얼거림이며 오랜 나무들의 음악으로 가득차서, 봄날 아침 이 두 교회를 둘러싸고 있는 느릅나무 숲 속에서 지저귀는 작은 새들은 죽음이 아니라 삶의 노래를 합창했다. 메러디스네 아이들은 이 옛날 묘지를 좋아했다.

담쟁이덩굴이며 가문비나무며 박하가 오래된 무덤 위에 가득히 펼쳐져 있었다. 전나무숲 앞의 모래땅 한쪽에는 키 작은 월귤나무들이 무성하게 자라고 있었다. 초기 이주자들의 넓적하고 붉은 타원형 사암판(砂岩板) 묘석에서부터, 그 다음 시대의 수양버들과 꽉 움켜쥔 손이 새겨져 있는 것, 그리고 최근 '돌비석'에 헝겊을 주름잡아 덮은 뼈항아리로 꾸며진 기괴한 무덤에 이르기까지 여기에는 3대에 걸친 사람들의 묘비가 여러 가지 모양으로 서 있었다.

그 가운데 가장 크고 가장 보기 흉한 것은 앨릭 데이비스라는 사람의 무덤이었다.

그의 아내는 장로교파였는데 감리교파인 남편을 개종시켜 자기의 종파에 넣었다. 그러나 그가 죽었을 때 항구 건너편 장로교파 묘지에 혼자서만 외롭게 잠들도록 할 수가 없어서 그의 친척들이 모두 묻혀 있는 감리교파 묘지에 묻었다.

그리하여 앨릭 데이비스는 죽어서 다시금 본디 교파로 돌아올 수 있었으며, 그의 아내는 다른 어떤 감리교 신도도 못 당할 만큼 많은 비용을 들여 묘비를 만들고 스스로를 위로했다.

메러디스네 아이들은 어찌된 일인지 이 무덤이 싫었지만 둘레에 키큰 풀이 우거진 납작한 벤치 같은 해묵은 무덤은 좋았다. 첫째 앉기가 무척 편했다. 지금도 그들은 그런 무덤 가운데 하나에 다 함께 앉아 있었다.

개구리뜀뛰기에 싫증난 제리는 쥬즈하프(이 사이에 물고 손가락으로 울리는 간단한 악기)를 켜고 있었고, 칼은 신기한 딱정벌레를 기쁜 듯 살펴보고 있었다. 우나는 인형옷을 만들고 있었고, 페이스는 햇볕에 그을린 가느다란 손을 뒷짐지고 맨발인 다리를 휘파람에 맞추어 힘차게 건들건들 흔들고 있었다.

제리는 아버지에게서 물려받은 검은 머리카락과 크고 검은 눈을 하고 있었으나, 그 눈은 아버지처럼 꿈꾸는 듯하지 않고 매처럼 날카롭게 반짝였다.

그 아래 페이스는 장미꽃처럼 아름답고 눈도 곱슬머리도 금갈색이었으며 뺨은 발그레했다. 페이스는 너무 잘 웃어 아버지의 교회 신도들이 불만스럽게 생각할 정도였다. 남편을 몇 번 앞세우고 쓸쓸한 세월을 보내고 있는 나이 많은 테일러 할머니에게 충격을 준 일도 있었다. 교회 입구에서 이 할머니에게 건방지게 말했기 때문이었다.

"이 세상은 눈물의 골짜기가 아니에요, 테일러 할머니. 웃으면서 살도록 되어 있어요!"

귀엽고 꿈꾸는 듯한 우나는 그리 잘 웃는 성격이 아니었으며, 땋아 늘어뜨린 곧고 검은 머리카락은 한 가닥도 흐트러져 있지 않았다. 아몬드형의 짙푸른 눈에 뭔가 그리워하는 듯한 슬픈 느낌이 있고, 늘 입을 벌리고 있어서 작고 가지런한 흰 이가 들여다보였다. 그리고 이따금 생각이 깊은 듯한 수줍은 미소가 그 작은 얼굴에 떠올랐다.

우나는 페이스보다 세상 소문에 민감해서 자신들의 생활방식에 뭔가 다른 집과는 다른 데가 있음을 느껴 불안한 마음이었다. 그러나 어찌하면 되는지 몰랐다.

이따금—먼지털이로 가구의 먼지를 털어보기도 했다—하지만 먼지털이는 한 번도 같은 자리에 놓여진 적이 없으므로 그것을 찾아내는 일 또한 골칫거리였다. 또 브러시가 완전한 상태로 있으면 우나는 토요일에 언제나 아버지의 가장 좋은 양복에 솔질을 했다.

한번은 떨어진 단추를 굵은 흰 실로 달아 다음날 메러디스 씨가 교회에 가자 많은 부인들의 눈이 모두 그 단추로 쏠려 시선이 꽂혔다. 그 뒤 부인회는 몇 주일 동안이나 그 소문으로 떠들썩했다.

칼은 어머니로부터 물려받은 두려움없이 솔직하고 맑으며 진한 파란 눈을 하고 있었다. 머리카락도 어머니처럼 금발에 가까운 다갈색이었다. 칼은 작은 곤충류의 비밀을 알고 있어서 벌이며 딱정벌레들과 하나의 동료의식 같은 기분으로 통하고 있었다.

그의 둘레에는 어떤 기분 나쁜 생물이 숨어 있을지 몰라 우나는 결코 그 곁에 앉으려 하지 않았다. 제리도 그와 함께 자는 것은 싫다고 했다. 언젠가 칼이 작은 가터 뱀을 침대 속에 넣어두었기 때문이다.

그래서 칼은 어릴 때부터 쓰던 작은 침대에서 잤는데, 그것은 팔다리를 펼 수 없을 만큼 작았다. 더욱이 그 침대에서도 기묘한 친구와 함께 있었다. 마서 아주머니의 눈이 잘 보이지 않는 것은 이 침대를 정돈하는 데 안성맞춤이었다.

그렇다고 해도 모두 사랑스러운 어여쁜 아이들이었다. 시실리어 메러디스는 아이들을 남겨놓고 떠날 수밖에 없다는 사실을 알았을 때 틀림없이 가슴이 아팠을 것이다.

페이스가 쾌활하게 말하기 시작했다.

"만일 감리교파라면 어디에 묻어달라고 하고 싶어?"

이것이 실마리가 되어 이런저런 재미있는 의견이 발표되었다.

제리가 말했다.

"선택할 여지가 그다지 없어. 이미 자리가 꽉 찼는걸. 나라면 길 옆 저 구석이 좋겠어. 그러면 소나 말이 지나가는 것이나 사람들이 이야기하면서 가는 것이 보이잖아."

우나가 말했다.

"나는 수양자작나무 밑 우묵이 들어간 저 작은 자리가 좋겠어. 저 자작나무에는 작은 새가 많이 찾아와 아침이면 배쫑배쫑 미친 듯이 노래하거든."

"나라면 저기 저 아이들이 많이 묻힌 포터 집안의 묘지로 하겠어. 나는 친구가 여럿 있는 게 좋으니까."

페이스가 말했다.

"칼, 너는 어디로 할래?"

"나는 땅에 묻히는 게 싫어. 무슨 일이 있어도 꼭 그렇게 해야 한다면 개미집이 좋겠어. 개미는 아주 재미 있으니까."

오래된 비문을 읽던 우나가 말했다.

"여기에 묻힌 사람은 모두 참으로 좋은 사람들뿐이었구나. 이 묘지 안에는 하나도 나쁜 사람은 없는 것 같아. 역시 감리교파가 장로교파보다 좋은가봐."

칼이 말했다.

"아마 감리교파에서는 나쁜 사람을 고양이 묻듯이 묻을 거야. 그런 사람들은 묘지까지 옮겨다주지도 않겠지."

페이스가 얼굴을 찌푸리며 나무랐다.

"그런 바보 같은 말은 하는 게 아니야. 여기에 묻힌 사람들이 다른 사람들보다 좋은 건 아니야, 우나. 하지만 누군가가 죽으면 그 사람의 좋은 점만 말하고 그 나머지에 대해서는 아무 말도 해서는 안 돼. 그렇지 않으면 귀신이 되어 나타난다고 마서 할머니가 말했어.

아버지에게 그게 정말이냐고 물어봤더니 아버지는 한참 동안 나를 유심히 보고 나서 말했어.

'정말이냐고? 정말이냔 말이지? 진실이란 뭐냐? 진실이란 뭐냔 말이다, 웅? 이 장난꾸러기 빌라도(본디오 빌라도. 기원 26~36년까지 갈릴리·유대를 다스린 로마의 총독. 그리스도의 무죄를 인정하면서도 십자가에 매달도록 유대인에게 내줌) 씨.'"

제리가 물었다.

"앨릭 데이비스 씨의 무덤에 올려놓은 뼈항아리에 내가 돌을 던지면 데이비스 씨가 귀신이 되어 나에게 찰싹 달라붙을까?"

페이스가 킬킬대며 말했다.

"아마 데이비스 아주머니가 달라붙겠지. 아주머니는 마치 고양이가 쥐를 노리듯 교회에서 우리를 감시하고 있으니까.

지난주 일요일 내가 그 아주머니의 조카에게 눈을 부릅뜨고 '아웅' 해보았더니 그 애도 똑같이 '아웅' 했어. 그때 그 아주머니 얼굴을 봤어야 하는데. 분명 밖으로 나와서 그 애 뺨을 갈겼을 거야.

마셜 엘리엇 부인이 데이비스 아주머니를 화나게 하는 일을 결코 해서는 안 된댔어. 그렇지 않다면 난 그 아주머니한테도 얼굴을 찌푸려보였을 거야."

제리가 말했다.

"언젠가 젬 블라이스가 그 아주머니에게 혀를 낼름 내보여서 아주머니는 두 번 다시 젬의 아버지한테 진찰을 부탁하지 않는대. 아주머니네 아저씨가 돌아가시게 되었을 때도 그랬대. 블라이스네 아이들은 어떤 애들일까?"

페이스가 말했다.

"나는 그 애들의 얼굴생김이 마음에 들어! 특히 젬의 얼굴이 멋있게 느껴졌어."

목사관 아이들은 그날 오후 블라이스 씨네 소대(小隊)가 역에 닿았을 때 마침 그곳에 함께 있었던 것이다.

제리가 말했다.

"월터는 여자아이 같다고 학교에서 평판났던걸."

그러나 우나가 반대했다.

"그렇지 않으리라고 생각해."

우나는 월터를 매우 훌륭하게 여기고 있었다.

"응, 아무튼 그 애는 시를 쓴단 말이야. 지난해에도 시를 써서 선생님한테 상을 받았대. 버티 셰익스피어 드류가 내게 말해줬어. 버티 어머니는 이름으로 봐서도 버티야말로 상을 받을 거라고 생각했대. 그런데 버티는 이름이야 어쨌든 아무래도 시 같은 건 쓸 수 없다는 거야."

페이스가 골똘히 생각에 잠기면서 말했다.

"그 아이들이 학교에 오게 되면 우리랑 곧 가까워질 것 같아. 그 여자아이들이 좋은 아이들이면 좋겠는데. 이 언저리 여자아이들은 좋은 아이라고 할 만한 애도 활기가 없어.

그런데 블라이스 씨네 쌍둥이는 재미있어 보여. 나는 쌍둥이란 똑같이 닮았다고 여겼는데 그렇지 않아. 그 아이들은 전혀 닮지 않았어. 빨강머리 아이가 훨씬 더 멋있었지."

희미하게 한숨을 내쉬며 우나가 말했다.

"나는 그 아이들 어머니 인상이 특히 좋았어!"

우나로서는 어머니가 있는 아이들은 누구나 부러웠다. 우나의 어머니는 우나가 겨우 6살 때 돌아가셨는데, 그녀에게는 어머니의 다정한 눈길이며 목소리, 쫓고 쫓기며 뛰어다닌 아침이며 해질 무렵 상냥한 말과 포옹, 더없이 맑고 밝은 웃음 등 갖가지 귀중한 추억이 보석처럼 가슴에 담겨 있었다.

제리가 말했다.

"그 어머니는 어딘가 다른 사람들과 다르다고 하던데."

페이스가 말했다.

"엘리엇 부인이 말하는데, 그건 정말로 그 아줌마가 어른이 될 수 없기 때문이래."

칼이 말했다.

"하지만 엘리엇 부인보다 키가 훌쩍 커."

"그래, 맞아. 하지만 그건 마음속이 그렇다는 말이야. 엘리엇 부인의 말은 블라이스 부인이 소녀 같은 마음 그대로 순수하다는 거야."

"아니, 이게 무슨 냄새지?"

말하는 도중에 칼이 코를 킁킁거렸다.

다들 그 냄새를 맡았다. 더없이 좋은 냄새가 목사관 아래 나무가 빽빽한 작은 골짜기 쪽에서 조용한 해질 무렵 공기 속을 감돌아왔다.

제리가 말했다.

"냄새 때문에 더더욱 배가 고파졌어!"

우나는 처량하게 말했다.

"점심에는 빵하고 당밀뿐이었고, 저녁 식사는 찬 디토('마찬가지'라는 뜻)뿐일 테지."

마서 아주머니는 주일 첫무렵에 큼직한 양고기를 푹 삶아놓은 다음, 식었거나 양기름 냄새가 나거나 아랑곳없이 그 고기가 없어질 때까지 질리도록 날마다 식탁에 내놓았다.

페이스가 문득 생각해 내어 이것에 디토라는 이름을 붙였다. 그래서 목사관에서는 일년 내내 변화라곤 찾아볼 수 없는 식단을 디토로 부르고 있었다.

제리가 말했다.

"저 냄새가 어디서 나는지 보러 가자."

모두 발딱 일어나 강아지떼처럼 장난치며 잔디밭을 가로지르고 나무 울타리를 기어오르며 점점 더 강해지는 냄새에 이끌려 골짜기를 곧장 힘차게 달려내려갔다.

2, 3분 뒤 그들은 가쁜 숨을 몰아쉬며 '무지개 골짜기' 깊숙한 곳에 닿았는데, 그곳에서는 블라이스네 아이들이 바야흐로 식사 전 감사 기도를 드리려 하고 있던 참이었다.

목사관 아이들은 부끄러워하며 멈춰섰다. 우나는 모두가 이처럼 허둥대며 오지 않았더라면 더 좋았을 거라고 생각했다.

그러나 다이 블라이스도 우나 못지않게 반응이 재빠른 아이였다. 그녀는 친밀하게 미소지으며 한걸음 앞으로 나섰다.

"너희들이 누군지 알아. 목사관 친구들이지? 그렇지 않니?"

페이스는 고개를 끄덕이며 미소를 짓다보니 뺨에 보조개가 옴폭 파였다.

"우리는 너희들이 송어요리를 하는 냄새를 맡고 무엇을 하려나 생각했었어."

다이가 말했다.

"자, 여기 앉아 함께 먹자."

제리가 양철냄비 쪽을 먹고 싶은 얼굴로 보며 말했다.

"하지만 너희들이 먹을 것밖에 없잖아?"

젬이 권했다.

"아주 많아—세 토막씩이나 먹을 수 있어. 자, 어서 앉아."

그 이상 사양할 필요는 없었다. 아이들은 모두 이끼긴 바위에 걸터 앉았다. 향연은 즐겁게 오래 이어졌다. 낸과 다이는 페이스와 우나가 이미 알고 있듯 칼이 작은 생쥐 두 마리를 겉옷 주머니에 몰래 넣고 있는 걸 알았다면 놀라서 기절하고 말았을 것이다. 그러나 낸과 다이는 그것을 몰랐으므로 태연했다.

다 함께 모여 웃고 떠들며 식사하는 것 이상으로 사람들을 친하게 만드는 일은 없을 것이다. 마지막 송어가 사라졌을 때 목사관 아이들과 잉글사이드 아이들은 어느새 굳게 맺어진 친구가 되었다. 그들은 말하지 않아도 서로의 속마음을 알고 있으며 언제까지나 그럴 것이다. 요셉을 아는 사람은 서로를 알아보는 것이다.

그들은 자신들이 이제까지 거쳐온 경험이며 여러 가지 일들을 털어놓았다. 목사관 아이들은 애번리와 그린게이블즈에 대한 것, '무지개 골짜기'의 전통, 젬이 태어난 항구 옆 조그만 집에 대한 이야기를 들었다.

잉글사이드 아이들은 메러디스 목사 집안이 글렌 마을로 오기 전에 살았던 메이워터 고장 일이며 우나의 소중한 외눈박이 인형에 대한 것, 페이스가 귀여워하고 있는 수탉 이야기 등을 들었다.

페이스가 수탉을 귀여워하는 것을 보고 남들이 웃어대서 곧잘 분개하곤 했는데, 블라이스네 아이들은 아무렇지도 않게 생각해 주었으므로 페이스는 그 애들이 좋아졌다.

페이스가 말했다.

"애덤처럼 잘생긴 수탉은 개나 고양이처럼 귀여워해주는 것이 좋다고 여겨져. 만일 애덤이 카나리아였다면 그 누구도 아무 말 하지 않을 텐데. 더욱이 애덤은 아주 작고 귀여운 병아리 때부터 내가 길렀거든! 전에 살던 메이워터의 존슨 아주머니가 주셨어. 애덤의 형제들은 족제비가 죽였어. 존슨 아주머니의 아저씨 이름을 따서 애덤이라고 이름을 붙였지. 나는 인형이나 고양이에겐 결코 정이 가지 않아. 눈매가 날카로운 고양이는 너무나 몰래 돌아다니기를 잘하고 인형은 이미 죽은 거잖아."

언덕 위 잿빛 집을 가리키며 제리가 물었다.

"저기 저 집에는 누가 살아?"

낸이 얼른 대답했다.

"두 사람 미스 웨스트—로즈머리와 언니 엘런이 살아. 다이와 나는 올여름 미스 로즈머리에게 음악교습을 받기로 했어."

우나는 행복한 쌍둥이를 부러워한다기보다는 좀 더 다정하고 동경하는 표정을 지으며 바라보았다. 아 나도 음악교습을 받을 수 있다면! 그것이야말로 우나의 인생에 감추어진 비밀스러운 꿈 가운데 하나였다.

"로즈머리는 아주 마음이 곱고 언제나 예쁜 옷을 입고 있어."

다이가 말하면서 정말로 부러운 듯이 덧붙였다.

"머리는 마치 갓 만들어낸 당밀과자 같은 빛깔이야."

어머니가 어렸을 때 느낀 것과 마찬가지로 다이도 자신의 빨강머리가 아무래도 견딜 수 없었다.

낸이 말했다.

"나는 언니인 엘런도 좋아. 교회에서 늘 달달한 사탕을 주곤 해. 그런데 다이는 엘런이 무섭대."

"눈썹이 시커멓고 목소리가 무시무시하게 굵은걸. 케니스 포드도 어렸을 때는 엘런을 무서워했었어.

어머니가 말했는데, 포드 부인이 케니스를 처음으로 교회에 데려갔을 때 엘런이 마침 뒤에 앉았었대. 케니스는 엘런을 보고 느닷없이 울음을 터뜨려서 끝내 밖으로 데리고 나갔대."

"포드 부인이 누구지?"

우나는 이해할 수 없는 표정을 지었다.

"포드 씨네는 여기에 살지 않아. 여름에만 와. 그런데 올여름에는 오지 않아. 항구쪽 작은 집에 살고 있지. 우리 어머니와 아버지가 오래 전에 살던 곳이야. 퍼시스 포드를 만나게 해주고 싶어. 정말 그림처럼 예뻐."

그때 페이스가 끼어들었다.

"포드 부인에 대해서는 익히 들었어. 버티 셰익스피어 드류가 말해

줬지. 죽은 사람하고 14년 동안이나 결혼했었대. 그랬더니 그 사람이 다시 살아났대."

낸이 내뱉듯 말했다.

"당치도 않아. 전혀 틀려. 나는 모조리 알고 있으니까 나중에 언제든 이야기해 줄게. 지금은 안 돼. 꽤 긴 이야기라서 이만 돌아가야 해. 저녁 무렵이 되면 축축해져서 너무 오래 밖에 있으면 어머니에게 꾸중 듣거든."

목사관 아이들은 습기찬 밖에 있거나말거나 아무도 마음을 써 주는 사람이 없었다. 마서 아주머니는 벌써 잠자리에 들었고 목사인 아버지는 영혼의 불멸성을 추구하기에 몰두하고 있으므로 언젠가는 소멸될 운명의 육체에 대해서는 생각할 겨를이 없었다. 그러나 목사관 아이들도 또한 앞으로 펼쳐질 즐거운 미래를 마음속에 그리면서 목사관으로 돌아왔다.

우나가 말했다.

"'무지개 골짜기'는 묘지보다 훨씬 멋있어. 나는 블라이스네 아이들이 정말로 좋아. 이 세상에는 싫은 사람이 많이 있는데 좋은 사람을 만나는 건 고마운 일이야. 아버지가 일요일 설교에서 누구나 다 사랑해야 한다고 했지만 그건 무리야. 특히 앨릭 데이비스 아주머니 같은 사람은 도무지 사랑할 수 없어."

페이스가 깨달음을 얻은 듯한 목소리로 말했다.

"흥, 아버지는 교회 설교니까 그렇게 말한 거야. 정말로 그렇게 할 수 있다고 생각할 만큼 아버지는 분별없지 않아."

젬 말고도 다른 블라이스네 아이들은 모두 잉글사이드로 올라갔다. 젬은 혼자 빠져나와 '무지개 골짜기'의 먼 끄트머리로 갔다. 거기에는 산사나무꽃이 활짝 피어 있었다. 그 꽃이 피어 있는 내내 젬은 어머니에게 꽃다발을 만들어가지고 돌아가기를 잊지 않았다.

지붕 밑의 영혼

수정처럼 맑게 갠 공기와 푸른 산들의 매력에 완전히 압도되어 페이스는 소리쳤다.

"정말이지 무슨 일이 일어날 듯한 날이야."

때마침 마차를 타고 지나가던 두 노처녀가, 온 몸에 즐거움을 가득 담고 옆으로 긴 헤저키어 폴록의 묘석 위에서 춤추고 있는 여자의 모습을 보고 그야말로 놀라서 간담이 서늘해진 듯했다.

페이스는 한쪽 발로 묘석 둘레를 뛰면서 다른 한쪽 다리와 두 팔을 허공에 쳐들고 있었다.

한 노처녀가 신음하듯 말했다.

"저 아이는 우리 교회 목사 딸이에요."

맞은편 앉아 있는 노처녀도 한숨을 쉬며 말했다.

"홀아비 살림 가정이니 당연하죠."

그러고는 두 사람 다 머리를 흔들었다.

토요일 아침 일찍 메러디스네 아이들은 쉬는 날이라 기쁨으로 부푼 가슴을 안고 이슬 젖은 세계로 나아갔다.

그들은 휴일에 아무것도 할 일이 없었다. 블라이스네 낸이나 다이

조차도 토요일 아침에는 집안일을 도왔지만 목사관 딸들은 마음내 키면 상쾌한 이른 아침부터 해가 지는 저녁 무렵까지 이리저리 돌아 다녀도 괜찮았다.

페이스는 이런 습성을 매우 좋아했지만 우나는 마음속으로 은근히 부끄럽게 여겼다. 할 줄 아는 게 아무것도 없었기 때문이다. 같은 학년인 여자아이들은 모두 요리며 바느질이며 뜨개질을 할 수 있었고 전혀 못하는 것은 자기들 뿐이었다.

제리는 다 함께 탐험하러 가자고 제의했다. 그래서 아이들은 어슬렁어슬렁 전나무숲 속으로 들어갔다. 가는 도중에 칼도 함께 가게 되었다. 칼은 촉촉히 이슬에 젖은 풀숲에 다가서서 개미들을 관찰하고 있었던 것이다. 그리고 전나무숲을 빠져나와 흰 유령 같은 민들레가 가득 피어 있는 테일러 씨네 목장으로 나갔다.

목장 끄트머리에는 기울어가는 낡은 헛간이 있는데, 그곳은 테일러 씨가 이따금 남은 마른풀 다발을 넣어둘 뿐 그밖에는 쓰이지 않았다. 메러디스네 아이들은 줄줄이 헛간으로 들어와서 잠시 동안 아래층을 서성거렸다.

별안간 우나가 속삭였다.

"저게 뭘까?"

그들은 모두 귀를 기울였다. 위층 마른풀 시렁에서 희미하지만 분명 무슨 소리가 났다. 놀란 아이들은 휘둥그레진 눈으로 서로의 얼굴을 마주보았다.

페이스가 소곤거렸다.

"뭔가 있어."

제리가 결연히 말했다.

"내가 올라가서 보고 올게."

우나는 그의 팔을 붙잡고 부탁했다.

"어머나, 가지 마."

"아니야, 가겠어."

페이스가 말했다.

"그럼, 우리 모두 함께 가자."

네 아이는 차례차례 흔들거리는 사다리를 천천히 올라갔다. 제리와 페이스는 눈 하나 까딱하지 않았지만, 우나는 무서움에 벌벌 떨었고 칼은 위에서 박쥐가 나올지도 모른다고 어렴풋이 생각했다. 어쨌든 밝은 낮에 박쥐를 보는 것도 멋있으리라 여겼다.

사다리를 다 올라갔을 때 아이들은 소리난 원인을 보고 잠시 놀라워 누구도 입을 열지 못했다.

작은 마른풀 둥지에 한 소녀가 막 잠에서 깨어난 듯 웅크리고 있었다. 소녀는 메러디스네 아이들을 보자 비틀비틀 일어섰다. 뒤의 거미줄투성이 창문에서 비쳐드는 밝은 햇빛으로 아이들은 소녀의 빼빼 마르고 햇볕에 그을린 얼굴이 무척 파리한 것을 보았다.

그녀는 길고 노르스름한 머리를 둘로 갈라 땋아 늘였으며, 눈도 매우 색달랐다—'흰 눈'이라고 목사관 아이들은 생각했는데, 그 소녀는 그 흰 눈으로 목사관 아이들을 바라보았다. 곧 싸울 듯한 눈인지, 동정을 바라는 눈인지 분간할 수 없었다. 매우 엷은 하늘색이어서 거의 희게 보이는 것이었다. 눈 언저리에 검은색 가는 줄이 둘러 있어 더욱 그렇게 보였다. 소녀는 맨발이었고 머리에는 아무것도 쓰지 않았다. 빛바랜 너덜너덜한 천으로 만든 바둑판 무늬 옷을 입었는데, 아주 짧고 답답해 보였다.

그 수척한 작은 얼굴만 보면 나이가 몇 살인지 분간하기 어려웠지만, 키로 미루어 12살쯤인 듯했다.

제리가 용기를 내어 물었다.

"너는 누구지?"

소녀는 달아날 길이라도 찾듯 두리번거리며 둘러보았으나 단념한 모습으로 희미하게 오들오들 몸을 떨었다.

"나는 메리 밴스야."

제리가 또 물었다.

"어디서 왔지?"

메리는 대답 대신 갑자기 마른풀 위에 허물어지듯 주저앉아 와락 울음을 터뜨렸다.

놀란 페이스는 소녀 곁으로 뛰어가 그 떨리는 여윈 어깨에 손을 얹으며 제리에게 명령했다.

"이 애를 난처하게 만들지 마."

그리고 집을 잃은 불쌍한 아이를 끌어안으며 말했다.

"울지 마. 그냥 어찌된 일인지만 말해 줘. 우리는 네 친구야."

메리는 흐느끼면서 말했다.

"나, 나는 배고파죽겠어. 참을 수가 없어. 나는 목요일 아침부터 아무것도 못 먹었어. 저기 시냇물을 조금 마셨을 뿐이야."

목사관 아이들은 너무도 끔찍스러워 서로 찌푸린 얼굴을 마주보았다.

페이스가 깜짝 놀라며 일어나 말했다.

"자, 얼른 목사관으로 가자. 아무튼 뭐든지 먹어야 해."

메리는 뒷걸음질쳤다.

"아, 안 돼. 너희들 아빠와 엄마가 뭐라고 할 것 같아? 그리고 모두 나를 쫓아버릴 거야."

"우리에겐 어머니가 안 계셔. 아버지는 네 일에 대해서는 상관하지도 않아. 마서 할머니도 마찬가지야. 자, 어서 가자."

페이스는 안타까워 발을 동동 굴렀다. 이 이상한 여자아이는 설마 목사관 바로 앞에서 굶어죽겠다고 우기려는 것일까?

마침내 메리는 승낙했으나, 무척 허약해져 있었으므로 사다리를 내려오기조차 힘들었다. 다들 가까스로 그녀를 부축하여 내려와 들판을 넘어 목사관 부엌으로 데려갔다.

마서 아주머니는 토요일 요리를 하느라 바빠서 메리에게 눈길도 보내지 않았다. 페이스와 우나는 벽장 안을 뒤져 얼마쯤 디토와 빵, 버터, 우유, 그리고 수상쩍은 파이를 가져왔다.

메리는 좋고 나쁨을 가릴 겨를도 없이 정신없이 먹기 시작했다. 그 동안 목사관 아이들은 둘레에 서서 말없이 그녀를 지켜보고 있었다.

제리는 메리의 귀여운 입매와 아주 가지런한 흰 이를 가지고 있는 것을 보았다.

페이스는 메리가 누더기옷 말고는 아무것도 몸에 걸치고 있지 않으리라 여기면서 속으로는 진저리쳤다.

우나는 오직 가엾은 마음으로 먹먹하였고 칼은 재미있는 듯 바라보았으며, 저마다 목사관 아이들은 호기심에 차 있었다.

이제 메리가 먹고 싶을 만큼 다 먹어버린 것을 보고 페이스가 말했다.

"자, 묘지로 가자. 네 일을 모조리 이야기해 줘."

메리는 기꺼이 받아들였다. 음식을 먹은 덕분에 천성적인 쾌활함을 되찾아 본디부터 말수가 적은 편이 아닌 그녀의 혀가 풀렸다.

폴록의 묘석에 앉은 메리는 다짐했다.

"이야기해 줘도 좋지만, 너희들 아빠나 그 누구에게도 말하지 않겠다고 약속해줘."

목사관 아이들은 그 맞은편 묘석에 한 줄로 죽 앉았다.

"응, 말하지 않아."

"맹세할 수 있어?"

"맹세해."

"그럼, 좋아. 사실 말이야, 도망쳐 나왔어. 나는 항구 건너편 와일리 부인 댁에 있었어. 너희들은 와일리 부인을 아니?"

"아니."

"모른다니 다행이야. 너무나 끔찍해서 몹시 싫은 사람이니까. 나를 호되게 부려먹고도 먹을 것이라고는 절반도 주지 않아. 게다가 거의 날마다 나를 두들겨팼어. 여기 좀 봐."

메리는 너덜너덜한 누더기옷 소매를 걷어올려 거의 생살이 나올 만큼 벗겨진, 뼈가 앙상한 두 팔을 내밀었다. 그곳은 멍들어 시커멓게 되어 있었다.

순간 아이들은 소름이 끼쳤다. 페이스는 얼굴이 빨개지며 분개했고 우나의 파란 눈에는 동정어린 눈물이 흘러 넘쳤다. 그러나 메리는 태연한 얼굴로 말했다.

"수요일 밤에도 몽둥이로 맞았어. 소가 우유통을 걷어찬 것이 내 책임이라는 거지! 빌어먹을 그 지긋지긋한 늙은 소가 걷어차리라는 것을 내가 어떻게 알 수 있었겠니?"

통쾌한 전율이 듣는 아이들의 등줄기를 내달렸다. 그들은 이런 점 잖지 못한 말을 쓰는 일은 꿈에도 생각지 못했지만, 누군가 다른 사람—더욱이 여자아이가 그런 말을 쓰는 것을 들으니까 오히려 흥이 났다. 확실히 이 메리 밴스라는 아이는 재미있는 여자아이였다.

페이스가 말했다.

"네가 도망친 것도 무리가 아니라고 여겨져."

"어머나, 나는 호된 매를 맞았다고 해서 달아난 게 아냐. 매 맞는 것은 날마다 있는 일인걸. 이제는 익숙해졌어.

그게 아냐. 나는 1주일 전부터 달아날 생각이었어. 와일리 부인이 농장을 남에게 빌려주고 로브리지로 옮겨가게 돼서 나를 샬럿타운에 있는 사촌에게 줘버리기로 했기 때문이지.

나도 그것만은 참을 수 없었어. 그 사촌은 와일리 부인보다 더 형편없이 나쁜 녀석이야. 지난해 여름 동안 나는 그 집에 가 있었는데, 그런 집에 갈 바에는 차라리 악마와 사는 편이 낫다고 생각해."

두 번째 전율, 하지만 우나는 믿어지지 않는 듯했다.

"나는 달아나야겠다고 마음먹었지. 지난 봄에 존 크로퍼드 부인네 감자를 심어주고 받은 70센트가 있었어. 와일리 부인은 그걸 모르거든. 마침 그때 사촌네에 가서 집을 비웠었으니까.

나는 이 글렌 마을까지 몰래 도망쳐서 여기서부터 샬럿타운까지 차표를 사서 거기서 뭐든 일거리를 찾을 생각이었어. 말해두겠는데, 나는 굉장한 일꾼이야. 내 몸에는 게으른 뼈 같은 것은 하나도 들어 있지 않아.

목요일 아침 부인이 아직 일어나기 전에 몰래 떠나 글렌 마을까지―6마일이나 걸어왔어. 그리고 역까지 와서 보니까 내 돈이 없어졌잖아. 어떻게 없어졌는지―어디서 잃어버렸는지 도무지 모르겠어. 아무튼 없어져버렸어.

나는 어떻게 할까 고민했지. 만일 와일리 할멈에게로 돌아가면 내 생가죽을 벗겨버리고 말 테니까. 그래서 저 헐어빠진 헛간에 숨어 있었어."

제리가 물었다.

"그럼, 이제부터 어떻게 할 생각이니?"

"알게 뭐야. 돌아가서 매맞아줄까 하는 생각도 해. 지금은 뱃속이 든든해졌으니까 어떻게든 버텨낼 수 있을 것 같아."

말로는 강한 척해 보이지만 메리의 눈에는 두려운 빛이 있었다.

갑자기 우나가 앉아 있던 묘석에서 미끄러져 내려 메리 곁으로 다가가더니 그녀의 팔을 잡았다.

"절대로 돌아가면 안 돼. 우리 집에 같이 있도록 해."

"하지만 와일리 부인이 나를 찾아낼 거야. 지금쯤 벌써 내 뒤를 쫓고 있을걸. 나를 찾아낼 때까지는 여기 있어도 좋아, 너희 집 사람들만 좋다면 말이야. 정말이지 도망쳐나오다니 바보짓이었어. 와일리 부인은 끝까지 찾아낼 거야. 하지만 나 사는 꼴은 말할 수 없이 한심했었는걸, 뭐."

메리는 말하면서 이가 아드득아드득 떨렸다. 그러나 그녀는 약한 모습을 보이는 게 몹시 부끄러웠다.

"지난 4년 동안 나는 개보다도 더 비참하게 살아왔단다."

그녀는 마치 싸움에 져서 분한 태도로 말했다.

"그렇다면 와일리 부인 댁에 4년이나 있었구나?"

"그래. 내가 8살 되던 해 그 사람이 호프타운에 있는 고아원에서 나를 데려왔어."

페이스가 외쳤다.

"거긴 블라이스 부인이 계셨던 곳이야."

"나는 고아원에 2년 있었어. 6살 때 들어갔었지. 우리 엄마는 목을 맸고 아버지는 목을 찔러 죽었어."

제리가 말했다.

"무시무시하구나. 왜 그랬지?"

"술 때문이야."

메리의 대답은 무심하면서도 간단했다.

"친척은 없니?"

"내가 아는 한 아무도 없어. 어디 있기는 있을 텐데 말이야. 내 이름은 여섯 명의 친척 이름을 따서 메리 마서 루실러 무어 볼 밴스야. 다 외울 수 있겠니? 할아버지는 부자였지. 너희들 할아버지보다 훨씬 부자였다고 생각해. 하지만 아빠가 깨끗이 말아먹었고 엄마는 엄마 대로 자기가 좋아하는 짓을 했대. 아빠도 엄마도 걸핏하면 나를 때리기만 했어. 정말이지 나는 너무너무 맞기만 해서 나중에는 매 맞는 것이 좋아지는 듯한 착각까지 들었단다."

메리는 머리를 번쩍 쳐들었다. 너무 맞았다고 해서 목사관 아이들이 자기를 가엾이 여기고 있는 것을 알아차렸다. 그녀는 남의 동정을 받는 것은 싫었다. 이상하게도 부러워해주기를 바랐다. 그리하여 쾌활하게 주위를 둘러보았다. 그녀의 눈에서 굶주림에 지쳐 멍한 모습은 사라지고 지금은 빛나고 있었다. 이 젖내 나는 아이들에게 자기가 어떤 사람인지 보여줘야지.

"나는 넌더리날 만큼 병을 앓았어. 나처럼 여러 가지 병을 앓고도 기적같이 살아 있는 아이는 흔치 않을 거야. 성홍열에 홍역에 볼거리에 백일해에 폐렴까지 앓았으니까."

우나가 물었다.

"치명적인 병에 걸린 적도 있었니?"

메리는 멍하니 대답했다.

"모르겠어."

제리가 비웃었다.

"걸린 적 없을 게 뻔해. 치명적인 병에 걸렸다면 이미 죽었을 테니까."

"그야 뭐, 나는 정말로 죽은 일은 없어. 하지만 한 번은 하마터면 죽는 데까지 갈 뻔했었어. 모두 죽은 줄 알고 묻을 준비를 하는데 내가 되살아났어."

제리가 갑자기 호기심에 불타 물었다.

"반쯤 죽는다는 것은 어떤 기분이었니?"

"아무렇지도 않아. 나는 내가 그 지경이었다는 걸 나중에야 알았어. 폐렴에 걸렸을 때였지. 와일리 부인은 의사를 부르지 않았어. 고용인 여자아이에게 그런 돈을 쓸 필요가 있겠느냐는 거야. 착한 크리스티너 매컬리스터 아줌마가 간병해 주셨지. 날 살려준 건 그 아줌마였어. 하지만 나는 이따금 차라리 죽어버려 모든 일을 깨끗이 끝내버리고 싶어지는 적이 있었어. 차라리 그편이 나을 테니까."

페이스는 좀 의심스러운 얼굴로 말했다.

"만일 네가 천국에 간다면 행복하겠지만."

메리는 당황한 듯했다.

"그럼, 그밖에 또 어디 갈 곳이 있다는 거니?"

"어머나, 지옥이 있잖아."

우나는 소리 죽여 말하며 메리의 어깨를 꼭 안았다.

"지옥? 그게 무슨 말이지?"

제리가 말했다.

"악마가 사는 곳이야. 악마에 대한 이야기를 들어본 적 있겠지?— 너도 아까 악마에 대해 말했었잖아?"

"아, 말했었어. 하지만 나는 악마가 어디에 사는지는 몰랐어. 그냥 여기저기 어슬렁거리고 있는 거라고 여겼어. 와일리 씨가 살아 있을 때 지옥이란 말을 했었어. 사람들에게 툭하면 지옥이나 가버리라고 늘 말했거든. 난 지옥이 와일리 씨가 태어난 뉴브런즈윅 어디인가 보다고 생각했지!"

"지옥이란 아주 무서운 곳이야. 나쁜 사람들은 죽으면 그곳에 가서 언제까지나 언제까지나 뜨거운 불 속에서 태워져."

이렇게 무서운 이야기를 하면서 페이스는 극적인 기쁨을 느꼈다. 메리는 믿어지지 않는 모습이었다.

"누가 그렇게 말했지?"

"성경에 씌어 있어. 메이워터의 아이적 크로더스 씨가 주일학교에서도 말했어. 그 사람은 교회 장로님이라 지옥에 대해 잘 알아. 하지만 메리, 걱정할 것 없어. 네가 좋은 사람이라면 천국에 갈 거야. 다만 나쁜 짓을 하면 지옥에 가는 게 아닐까 생각해."

메리가 단호하게 말했다.

"난 무조건 안 가. 내가 아무리 나쁘더라도 불에 태워지는 건 절대 싫어. 그게 어떤 건지 난 잘 알지. 일하다가 실수로 뜨거운 부젓가락을 잡은 일이 있었어. 그럼, 좋은 사람이 되려면 어떻게 해야 되니?"

우나가 대답했다.

"교회와 주일학교에 가고, 성경을 읽고, 밤마다 기도드리고, 전도를 위해 헌금도 해야 해."

"어려운 일 같구나. 그밖에 또 있어?"

"하느님께 네가 저지른 죄를 용서해 주십사고 간절히 진심으로 빌어야 해."

"하지만 나는 죄를―저지른 일이 없어. 대체 죄라는 게 뭐지?"

"오, 메리, 너도 죄지은 적이 있을 거야. 누구나 그래. 이제까지 한 번도 거짓말한 적 없니?"

메리가 선뜻 대답했다.

"산더미만큼 했어."

우나는 엄숙하게 말했다.

"그건 무서운 죄야."

메리가 말했다.

"그럼, 너는 내가 이따금 거짓말했다고 해서 고작 그런 이유로 지옥에 갈 거라는 말이니? 하지만 나는 그렇게 해야만 했었어. 만일 거짓말하지 않았다면 와일리 씨는 내 온몸의 뼈가 산산이 부러질 만큼 때렸을 거야. 거짓말한 덕분에 나는 야단을 많이 맞지 않았는지도 몰라."

우나는 한숨을 쉬었다. 너무 까다로운 문제여서 우나로선 섣불리 판단할 수 없었다. 심하게 매 맞는 것을 떠올리면서 우나는 부르르 몸을 떨었다. 그런 경우라면 틀림없이 자기도 거짓말할 게 틀림없다. 그녀는 메리의 거칠어진 작은 손을 꼬옥 쥐어주었다.

"너는 옷이 그것밖에 없니?"

페이스가 물었다. 천성이 쾌활한 그녀는 불길한 생각은 하고 싶지 않았다.

메리는 얼굴이 빨개지며 외쳤다.

"내가 이 옷을 입고 온 건 이게 아무 쓸모없기 때문이야. 와일리 부인은 내게 옷을 사주었지만 나는 아무것도 그 사람 신세를 지고 싶지 않았어. 게다가 나는 정직해. 달아나더라도 조금이나마 쓸모있는 그 사람 물건은 결코 가지려고 생각하지 않았어.

나는 이 다음에 어른이 되면 파란 공단옷을 사겠어. 너희들 옷도 그리 말쑥하지는 않구나. 목사님 아이들은 모두 훌륭한 옷차림을 하고 있으리라 여겼었는데."

메리는 성미가 급하고 또 어떤 점에서는 신경질적인 게 분명했다. 그러나 뭔가 기묘하고도 야성적인 매력이 있어서 아이들을 모두 사로잡아버렸다.

그날 오후 메리는 '무지개 골짜기'로 함께 가서 블라이스네 아이들에게 '항구 건너편에서 찾아온 친구'라고 소개되었다.

아무튼 메리를 다른 사람 앞에 내놓을 수 있을 만큼은 해놓았으므로 블라이스네 아이들은 의심하지 않고 메리를 친구로 받아들였다. 점심 식사가 끝난 뒤—식사 도중 마서 아주머니는 중얼거렸고, 아버지는 일요일에 설교할 내용만 생각한 끝에 비몽사몽 어렴풋한 상태였다—페이스가 잘 설득하여 메리에게 자기 옷을 입혔고 다른 것도 몇 가지 입혔다. 머리도 능숙하게 잘 땋아 이제는 누구 앞에서도 손색없을 만큼 볼품이 좋아졌던 것이다.

놀이친구로서 메리는 합격이었다. 새로운 게임을 몇 가지 알고 있었고 이야기도 재미있었기 때문이다. 그러나 낸과 다이는 메리의 말씨에 대해 고개를 좀 갸웃거렸다. 어머니는 뭐라고 할지 모르지만 까다로운 수전이 뭐라고 할지는 짐작할 수 있었다. 하지만 아무튼 목사관에 놀러온 손님이니까 괜찮을 거라 안심했다.

잘 시간이 되자 메리가 어디서 자야 하는지가 문제되었다.

페이스가 어찌할 바 몰라 우나에게 말했다.

"손님방에서 자라고 할 수는 없어."

메리가 기분을 잡쳤다는 듯 통명하게 말했다.

"나는 아무래도 좋아!"

페이스가 변명했다.

"어머! 그런 뜻이 아니야. 손님방에 문제가 생겼기 때문이야. 쥐가 새털이불을 긁어놓고 구멍을 내어 집을 만들었어. 지난주에 샬럿타운에서 오신 피셔 목사님이 그 방에 주무시러 들어갔을 때도 우리들은 미처 그 사실을 몰랐었어. 하지만 피셔 목사님은 금방 알았지. 그래서 아버지가 침대를 양보하고 서재에 있는 긴 의자에서 주무실 수밖에 없었단다!

마서 할머니는 시간이 없어서 아직 그 손님방 침대 이불을 수선하지 못했어! 그러니까 거기선 아무도 잘 수가 없어. 아무리 괜찮다고 해도 말이야. 게다가 우리들 방은 너무 작고, 침대도 작아서 함께 잘 수 없어."

메리가 생각하면서 말했다.

"이불만 빌려준다면 그 헛간의 마른풀에서 충분히 잘 수 있어. 어젯밤은 좀 추웠지만 다른 건 괜찮아. 내가 자던 데는 더 나빴는데, 뭐."

우나가 말했다.

"아니야! 그건 안 돼! 이렇게 하면 어떨까, 페이스. 지붕 아래 다락방에 접는 침대가 있잖아. 낡은 매트리스도 그 위에 있고. 전의 목사님도 잠시 거기 계셨지? 손님방에 있는 침구를 가져가 그 침대에서 메리를 자게 하자!

다락방에서 자는 것도 괜찮지, 메리? 우리들이 자는 방 바로 위야."

"어디든지 괜찮아. 정상적인 곳에서 자본 일이 없으니까. 와일리 부인 집에서는 부엌 위 다락방에서도 잤지! 그 방은 여름에 비가 새고 겨울엔 눈이 날아들었어. 내 침대란 볏짚을 마루에 올려놓은 것 뿐이었지! 난 어디서 자든 절대 불평 안 해!"

목사관의 다락방은 폭이 좁고 긴 편이었다. 천장도 낮고 어두컴컴했다. 합각머리의 한쪽 끝은 내려앉았다. 여기에 곱고 아름다운 휘갑장식이 되어 있는 이불과 자수로 꾸며진 침대시트로 메리의 잠자리가 마련되었다. 옛날 시실리어 메러디스가 손님방에 쓰려고 정성껏 만든 것으로 마서 아주머니의 엉터리 세탁에도 잘 견뎌 가까스로 남아 있는 것이었다.

잘 자라는 밤인사가 오가고 목사관은 이내 조용해졌다.

우나가 바야흐로 잠들려 했을 때였다. 바로 위의 방에서 울음소리 같은 것이 들려서 그녀는 벌떡 일어났다.

"저봐, 페이스, 메리가 울고 있어."

우나가 속삭였으나 페이스는 대답하지 않았다. 이미 깊이 잠들어 있었기 때문이다.

우나는 살그머니 침대를 빠져나와 흰 잠옷차림으로 복도에 나와 다락방 층계를 올라갔다.

다락방은 마루가 삐걱거려서 그녀가 오고 있음을 알려주었으나 우나가 구석으로 갔을 때 달빛에 비춰진 방은 조용했고 접는 침대는 가운데가 혹처럼 높아져 있을 뿐이었다.

우나가 속삭였다.

"메리."

대답이 없었다. 우나는 침대 곁으로 살그머니 다가가 이불을 잡아당겼다.

"메리, 네가 운 것을 알고 있어. 다 들렸어. 쓸쓸하니?"

메리는 갑자기 얼굴을 내밀었으나 아무 말 하지 않았다. 우나는 떨면서 말했다.

"내가 네 옆으로 들어갈게. 추워."

우나는 추위에 떨었다. 작은 다락방 창문은 활짝 열려 북해안의 차디찬 밤바람이 마구 불어들고 있었다.

메리가 움직여서 우나는 그 옆으로 파고들어 갔다.

"자, 이제는 외롭지 않을 거야. 첫날밤인데 너를 여기에 혼자 두는 게 아니었어."

메리가 코웃음쳤다.

"나는 쓸쓸하지 않았어."

"그럼, 어째서 울었지?"

"아, 여기 혼자 있게 되자 여러 가지 일들이 생각났을 뿐이야. 와일리 부인 집으로 돌아가야 한다고 생각하기도 하고—돌아가면 도망쳐 나왔으니까 매맞을 일이며—그리고—그리고 거짓말했으므로 지옥에 가는 일 따위를 생각했어. 모든 것이 다 한심스러웠어."

"어머나, 메리!"

마음 약한 우나는 몹시 안타까운 듯 말했다.

"네가 거짓말한 건 그게 나쁜 일이라는 걸 몰랐기 때문이었어. 하느님이 너를 지옥에 보내리라 여겨지지는 않아. 그렇게 하시지 않을 거야. 하느님은 정말 친절하고 좋은 분인걸. 물론 너도 이제는 나쁜 일이라는 걸 알았으니까 앞으로는 거짓말하면 안 되지만."

"만일 내가 거짓말해서는 안 된다면 나는 어떻게 해야 하지?"

메리는 또다시 흐느껴 울었다.

"너는 몰라. 너는 그런 일은 조금도 몰라. 네게는 집이 있고 친절한 아버지도 계시니까—물론 여기에는 절반도 안 계신 것 같지만 말이야. 하지만 아무튼 너희들을 때리지는 않으니까. 게다가 그처럼 먹을 게 충분히 있고—하기야 너희 할머니라는 그 노인은 요리라는 것을 전혀 모르고 있지만 말이야.

정말로 내가 배불리 먹은 것은 오늘이 처음이야. 이제까지 어디에 가나 내내 매만 맞았어. 고아원에 있었던 2년은 다르지. 거기선 매맞지는 않았지. 원장 할머니가 무서운 얼굴로 노려보긴 했지만. 세상에 와일리 부인같이 무서운 사람은 없어! 진짜야! 거기로 다시 돌아간다고 생각만 해도 소름이 끼쳐!"

"아마 돌아가지 않아도 되지 않을까? 와일리 부인네로 돌아가지 않아도 되도록 둘이 하느님께 부탁드리자. 너도 기도를 드리겠지?"

메리는 흥미 없는 듯 볼멘소리로 말했다.

"그래, 드리고 있어. 언제나 잠자리에 들기 전에 저 '잠들기 전에'라는 옛 노래를 부르고 있어.

하지만 꼭 이렇게라도 뭔가를 부탁드려야겠다고 생각한 일은 없었어. 이 세상에는 아무도 내 일을 걱정해 주는 사람이 없으니까. 하느님도 마찬가지라고 여겨. 하느님은 네 일에는 좀 더 마음을 써 줄지도 모르지. 목사님 딸이니까."

"공평한 하느님은 네게도 그야말로 똑같이 해주시리라 생각해. 네가 누구의 아이인가 하는 것은 아무 상관없어. 그냥 부탁하기만 하면 돼—나도 할게."

"그래, 좋아. 크게 효과는 없겠지만 그리 나쁠 것도 없으니까. 만일 네가 나처럼 와일리 부인을 알고 있다면 하느님도 그런 여자에게는 상관하고 싶어하지 않으리라는 것을 알 거야.

아무튼 나는 이제 그런 일로 속상해 하면서 울거나 하지 않을 거야. 어젯밤 그 헐어 빠진 헛간의 쥐가 소란피우고 왔다 갔다 다니는 곳에서 잔 일을 생각하면 오늘 밤은 얼마나 고마운지 몰라. 저 포 윈즈의 등대 불빛을 좀 봐. 아름답잖아."

우나가 말했다.

"우리 집에서 저 불빛이 보이는 것은 이 창문뿐이야. 나는 저걸 보는 게 아주 좋아."

"그래? 나도 그래. 와일리네 광에서 저 불빛이 보였지. 그때는 저것만이 나의 오직 하나뿐인 즐거움이었어. 매를 맞고 아파서 어떻게도 할 수 없을 때 저 불빛을 바라보며 아픔을 잊으려 애쓰곤 했었지.

배가 저기에서 머나먼 곳으로 가는 거라고 상상하고 나도 그 가운데 한 배에 올라타 멀고 먼 나라로—아무 인연도 없는 곳으로 가버렸으면 하고 바라곤 했었어. 겨울 밤, 불빛이 조금도 없을 때는 무척 쓸쓸했었지.

우나, 나 같은 낯선 아이에게 너희들 모두 어째서 이렇게 잘해주는 거지?"

"그렇게 하는 게 옳은 일이니까. 우리는 누구에게나 친절히 대해야만 한다고 성경에 써 있어."

"그래? 하지만 사람들은 거의 그런 데 그리 신경 쓰지 않는 것 같아. 이제까지 내게 따뜻하게 대해 준 사람은 기억에 없어. 정말이야.

우나, 벽에 있는 그림자가 아름답지! 작은 새가 떼지어 너울너울 춤추는 것 같아! 나는 너희들과 블라이스네 남자아이들과 다이도 모두 좋은데, 낸만은 싫어. 되게 잘난 척해."

우나는 열심히 부인했다.

"어머나, 그 애는 조금도 잘난 척하지 않아."

"아니, 그렇지 않아. 그렇게 머리를 꼿꼿이 들고 있는 사람은 뻐기기를 잘해. 나는 싫어."

"우리는 모두 낸을 좋아해."

메리가 시샘하여 말했다.

"그럼, 나보다도 좋아해?"

당황한 우나는 더듬거렸다.

"글쎄, 메리, 우리는 낸을 전부터 알고 있어. 너는 아직 안 지 몇 시간쯤밖에 안 됐잖아?"

"그래서 나보다 그 애가 좋다는 거지? 좋아, 얼마든지 좋아해줘. 난 관심없어. 나는 네가 좋아해 주지 않아도 괜찮아."

메리는 화를 내고 쿵 소리를 내며 벽 쪽으로 돌아누웠다.

우나는 다정하게 그 고집스러운 등을 쓰다듬어주었다.

"메리, 그런 말 하지 마. 나는 너를 아주 좋아해. 네가 그렇게 화내면 나는 너무너무 싫어."

대답이 없었다. 우나에게서 흐느끼는 소리가 들렸다. 메리는 별안간 우나 쪽으로 돌아누우면서 곰처럼 우나를 끌어안았다.

"울지 마. 내가 한 말은 생각하지 마. 잘못했어. 이토록 친절히 대해

주는데 정말 내가 나빴어. 난 악마같이 나쁜 애야! 그런 말을 하다니 생가죽을 잡아벗긴다 해도 어쩔 수 없을 정도야. 나 같은 건 싫어하는 게 당연해. 아무리 호된 매를 맞는다 해도 마땅하지.

이제 울지 마. 울음을 그치지 않으면 나는 이대로 항구로 가서 물에 뛰어들 테야."

우나는 이 같은 무서운 협박에 놀라서 억지로 눈물을 꾹 참았다. 메리는 손님방 배갯잇 레이스 장식으로 우나의 눈물을 닦아주었다.

용서한 사람과 용서받은 사람은 평화로운 마음을 되찾고 달빛에 비춰진 벽 위에 담쟁이덩굴잎 그림자가 흔들리는 것을 바라보다가 곧 새근새근 잠들었다.

아래층 서재에서는 존 메러디스 목사가 황홀한 얼굴로 눈을 빛내며 방 안을 왔다갔다하고 있었다. 다음날 아침에 할 설교에 대한 구상이 정리되었던 것이다. 어둠과 무지에 발 끝이 걸려 넘어질 뻔하고, 공포에 쫓기며, 이 넓고 냉담한 세계에서 불공평한 싸움을 하기에는 어른조차 너무도 버겁다. 크나큰 시련 속에 둘러싸인, 어리고 의지할 곳 없는 영혼이 자기집 지붕 밑에 깃들어 있는 것을 그는 전혀 알지 못했다.

메리, 목사관에 머물다

다음날 목사관 아이들은 메리 밴스를 교회에 데려갔다. 처음에는 좀처럼 따라가려 하지 않았다.

우나가 물었다.

"넌 항구 건너편 교회에 간 적 있니?"

"천만에. 와일리 부인은 교회 같은 건 생각지도 않아. 하지만 나는 일요일에 빠져나갈 수 있을 때는 어딘지 혼자 마음놓고 앉아 있을 수 있는 곳으로 달아나곤 했었어. 교회에 이런 누더기옷으로 갈 수는 없잖아."

페이스의 두 번째로 좋은 나들이옷을 입혀서 이 문제는 곧 풀렸다.

"빛깔이 좀 바래고 단추가 두 개 떨어졌지만 그런대로 괜찮을 거야."

"단추는 내가 달겠어."

우나가 놀라며 반대했다.

"일요일에 그런 일을 하면 안 돼."

"괜찮아. 좋은 날이라면, 좋은 일을 하면 더욱 좋지. 바늘과 실을 가져와. 눈깜짝할 사이에 달겠어."

메리는 페이스가 학교에 갈 때 신는 구두와, 시실리어 메러디스가 썼던 헌 검정 벨벳 모자로 옷차림을 갖추고 교회에 갔다.

교회에서 메리는 특별히 눈길을 끌 만한 행동을 하지 않았다. 목사관 아이들이 어디서 이런 초라한 소녀를 데려왔을까 고개를 갸웃한 사람도 몇몇 있었지만, 그 이상은 아무도 신경 쓰지 않았다.

설교도 예의 바르게 들었고 목청을 돋구어 찬송가도 열심히 불렀다. 맑고 또렷한 목소리로 음감(音感)도 확실했다.

메리는 쾌활하게 찬송가를 불렀다.

"주님이 흘리신 피로 제비꽃(vice(죄)와 violet(제비꽃)을 혼동했음)이 깨끗이 씻겨지다."

목사 가족석 앞자리에 앉아 있던 지미 밀그레이브 부인이 느닷없이 홱 돌아보며 메리를 머리꼭대기에서부터 발끝까지 쭉 훑어보았다.

메리는 단순한 장난기로 밀그레이브 부인에게 혀를 내밀어 보였으나 우나는 몸을 떨었다.

교회에서 돌아온 뒤 메리가 뾰로통하여 말했다.

"하는 수 없잖아. 어째서 나를 그렇게 아래위로 노려보는 거지? 버릇이 나빠. 혀를 내밀기 잘했어. 좀 더 길게 내밀었더라면 더 좋았을 걸. 항구 저쪽에 사는 롭 매컬리스터가 교회에 있었는데, 와일리 부인에게 일러바치지 않을까?"

와일리 부인은 나타나지 않았고 며칠이 지나자 아이들은 그녀 일을 잊어버렸다. 메리는 목사관에 자리잡은 듯했지만 학교에 가는 것만은 싫다고 했다.

"싫어. 학교는 이미 끝냈어. 와일리 부인네에 온 뒤로 네 번의 겨울 동안이나 학교에 갔으니 이제 됐어. 숙제를 해오지 않는다고 날마다 야단맞아서 이젠 지긋지긋해. 나는 숙제할 시간이 없었는데 말이야."

페이스가 격려했다.

"우리 선생님은 야단치시지 않아. 아주 좋은 선생님이야."

"어쨌든 나는 안 가. 읽고 쓸 줄 알고 분수계산까지 할 수 있으니까. 그만큼 할 줄 알면 내게는 충분해. 너희들이나 갔다와. 나는 집에 있 겠어. 뭔가 훔치지 않을까 하는 걱정 같은 건 안 해도 돼. 나는 정말 로 정직하니까."

메리는 다른 아이들이 학교에 가 있는 동안 청소를 시작했다. 2, 3 일 지나자 목사관은 몰라보리만큼 달라졌다. 바닥을 깨끗이 쓸어내 고 가구에는 먼지 하나 없게 말끔히 닦아냈으며 모든 물건이 제자리 에 놓여졌다.

메리는 손님용 침실의 쥐가 갉아먹은 이불을 기웠고, 떨어진 단추 를 제자리에 달았으며, 해진 옷에는 예쁘게 헝겊을 대어 기워놓았다.

그녀는 서재에까지 비와 쓰레받기를 들고 들어가 메러디스 씨에게 청소하는 동안 밖에 나가 있으라고 명령했다. 그러나 꼭 한 군데만 은 마서 아주머니가 결코 손대지 못하도록 했다. 메리가 온갖 수단을 다 써 보았으나 귀가 먹고 반쯤 장님에 어리석기까지 한 마서 아주 머니일지라도 부엌만은 자기 손 안에 넣어두려고 굳게 마음먹고 있 었다.

메리는 화가 나서 아이들에게 말했다.

"정말이지 마서 할머니가 내게 요리를 하도록 해주기만 하면 너희 들에게 제대로 된 음식다운 것을 먹여줄 수 있을 텐데. 디토 같은 음 식이나 멍울투성이 죽이며 날우유와는 모조리 영영 이별해 버릴 수 있을 거야. 대체 그 할머니는 크림을 모두 어떻게 하는 걸까."

페이스가 한숨을 쉬며 말했다.

"고양이에게 주겠지. 봐, 저 고양이는 할머니 것이니까."

메리는 가시돋힌 말을 했다.

"저 할머니야말로 고양이처럼 때려주고 싶어. 나는 고양이 같은 건 필요없어. 고양이는 악마에 속해 있지. 눈을 보면 알 수 있어. 좋아, 마서 할머니가 안 된다면 안 되는 거니까. 하지만 모처럼 좋은 음식

이 못쓰게 되는 걸 보면 화가 치밀어."

학교가 끝나면 그들은 언제나 '무지개 골짜기'로 갔다. 메리는 묘지에서 노는 것은 싫다고 했다. 귀신이 무섭다는 것이었다.

젬 블라이스가 말했다.

"귀신 같은 건 없어."

"정말 없니?"

"넌 본 적 있어?"

메리는 서슴지않고 대답했다.

"산더미만큼 봤어."

칼이 물었다.

"어떻게 생겼지?"

메리는 술술 대답했다.

"아주 무시무시하게 생겼어. 해골 같은 앙상한 손과 머리를 하고 새하얀 옷을 입고 있어."

우나가 물었다.

"그래서 어떻게 했니?"

"순식간에 악마처럼 달아났지."

메리는 월터의 눈과 마주치자 얼굴을 붉혔다. 그녀는 월터의 눈을 보면 왠지 움츠러든다고 목사관 아이들에게 말하곤 했다.

"그 눈을 보면 내가 이제까지 한 거짓말이 남김없이 다 생각나. 그리고 거짓말하지 않았더라면 좋았을걸 후회가 들게 되지."

젬은 메리의 마음에 꼭 들었다. 젬이 메리를 잉글사이드의 다락에 데려가 짐 보이드 선장이 젬에게 남겨준 진기한 물품들을 보여주었을 때 그녀는 매우 기뻐했으며 우쭐해 했다. 그녀는 칼이 키우고 있는 딱정벌레며 개미 등에 흥미를 보였으므로 칼의 마음도 완전히 사로잡아버렸다.

메리가 여자아이들보다 남자아이들과 마음이 잘 맞는 것은 확실했다. 그녀는 이틀째 되는 날 벌써 낸 블라이스와 심하게 말다툼을 했다.

메리는 무시하듯 낸에게 말했다.

"너희 어머니는 마녀야. 머리카락이 빨간 여자는 마녀란 말이야."

그 뒤 수탉 문제로 페이스와 충돌했다. 메리는 수탉 꼬리가 너무 짧다고 말했다. 페이스는 수탉 꼬리가 길고 짧은 것은 하느님이 정하시는 거라고 반박하여 이 일로 두 아이는 하루 종일 서로 말하지 않았다.

그러나 메리는 우나가 애지중지하는, 머리털이 없고 눈도 하나뿐인 인형에 대해서는 마음을 상하지 않게 조심했다. 그런데 우나가 아끼는 또 다른 보물인, 천사가 어린 아기를 가슴에 안고 천국으로 올라가는 그림을 보여주었을 때는 무의식적으로 유령처럼 보인다고 말해 버렸다. 여기에 격분한 우나는 가만히 자기 방에 들어가 훌쩍훌쩍 울었다. 이에 당황한 메리는 우나를 찾아내 잘못했다고 말하고 부둥켜안으면서 용서해 달라고 애원했다.

그러나 누구든지 메리와 싸움을 오래 이어 갈 수는 없었다. 오랫동안 화를 풀지 않는 성격이 없고 어머니를 마녀라고 모욕한 일을 결코 용서할 수 없는 낸도 그 예에서 벗어나지 않았다. 메리는 명랑하고 활발했다. 그리고 온 몸이 오싹할 만한 도깨비며 귀신이야기를 곧잘 재미있게 해주었다.

확실히 '무지개 골짜기'의 모임은 메리가 온 뒤로 전보다 훨씬 활기가 넘쳤다. 그녀는 쥬즈하프를 켜는 방법을 배워 곧 제리보다 더 잘하게 되었다.

메리는 기회만 있으면 자랑했다.

"내가 하려고만 마음먹으면 뭐든 못할 일이 없으니까."

꿩의비름 잎사귀로 주머니를 만드는 일도 아이들에게 자세히 가르쳐주었고, 묘지 돌담 구석에 있는 '시큼한 풀'을 입에 넣고 빨면 맛있는 것도 아이들은 메리에게 배웠다. 메리는 가늘고 길다란 손을 자유자재로 움직여 벽에 누구도 흉내낼 수 없는 화려한 그림자 그림을 만들어 보였다.

'무지개 골짜기'에서 나뭇진을 그러모을 때는 메리가 가장 큰 덩어리를 발견해 그것을 자랑했다.

아이들은 때로 메리가 싫어지는 일도 있었다. 그러나 언제나 그녀가 재미있는 점에는 변함이 없어서 모두들 얌전히 메리가 마음대로 행동하도록 내버려두었다.

2주일쯤 지날 무렵에는 메리가 언제나 자기들과 함께 있어 왔다고 아이들은 느끼게 되었다.

메리가 말했다.

"와일리 부인이 나를 쫓아오지 않다니, 이처럼 이상한 일은 없어. 나로서는 도무지 짐작되지 않아."

우나가 말했다.

"아마 네 일을 전혀 기억하지 않는 것인지도 몰라. 그렇다면 너는 여기에 내내 있을 수 있잖니?"

메리의 얼굴이 어두워졌다.

"마서 할머니와 내가 함께 살기에는 집이 너무 좁아. 먹을 게 충분히 있다는 것은 좋아―나는 가끔 그런 건 어떤 기분일까 생각한 일이 있었으니 말이야―그런데 나는 요리에 대해 좀 까다로워. 게다가 와일리 부인도 언제 어느 때 올지 몰라. 죽도록 때려주려고 단단히 벼르고 있을 거야.

나는 낮에는 그다지 생각하지 않지만, 밤만 되면 다락방에서 생각하게 되는걸. 차라리 부인이 빨리 와서 붙잡아 가버리는 편이 좋겠다고까지 여겨져. 매맞을지 모른다고 자나깨나 겁먹고 있는 것보다 한번 실컷 맞는 편이 편할지도 몰라. 너희들은 매맞아 본 적 있니?"

페이스는 맹렬히 부정했다.

"있을 리 있겠니? 아버지는 결코 때리지 않아."

메리는 자랑과 부러움을 반씩 섞어 말했다.

"그럼, 살아 있다는 것도 모르는 거야. 내가 어떤 고생을 해왔는지 너희들은 몰라. 블라이스 씨네 아이들도 맞은 일은 없겠지?"

"없을 거야. 어렸을 때는 손바닥으로 한두 번 맞은 듯하지만."

"손바닥으로 톡 치는 것쯤은 문제도 안 돼. 나는 부모님이 그렇게 한다면 쓰다듬은 것으로 여길걸. 아무튼 공평한 세상은 아니야. 난 내 몫만큼 때리는 건 상관 안 해. 하지만 나는 너무 엄청난 고생을 했어. 제기랄."

우나가 나무랐다.

"그런 말 하면 안 돼, 메리. 쓰지 않기로 약속했잖아!"

메리가 대답했다.

"관둬. 내가 하고 싶으면 말할 수 있는 다른 말들도 얼마든지 있어. 네가 만약 그걸 안다면, 제기랄쯤으로 그렇게 소란 떨지 않을 거야. 아무튼 여기 온 뒤로 거짓말하지 않은 건 너도 잘 알고 있잖아."

"그럼, 직접 보았다는 그 유령이야기는 뭐야?"

페이스가 묻자 메리는 얼굴이 빨개졌다.

메리는 당장 싸울 듯이 말했다.

"그건 달라. 너희들이 사실로 여기지 않을 걸 알고 있고 또 쉽게 믿을 거라고 바라지도 않아! 게다가 항구 건너편 묘지를 지날 때 정말로 이상한 것을 본 일도 있으니까.

유령이었는지 아니면 샌디 크로퍼드 씨네 집에서 키우는 늙어빠진 흰말인지 모르지만, 무척 기묘하고 기분 나쁘게 보였어. 난 아무도 따라올 수 없는 속도로 도망쳐왔지!"

물고기 사건

릴러 블라이스는 의기양양하게 으스대며 글렌 마을의 큰길을 지나 목사관이 있는 언덕을 올라갔다. 손에는 수전이 잉글사이드의 양지바른 밭에서 정성들여 키운, 혀가 녹아버릴 만큼 맛있는 처음 딴 딸기가 담겨 있는 바구니를 정성스레 들고 있었다.

수전은 릴러에게 이 바구니를 마서 아주머니나 메러디스 목사님 말고는 아무에게도 건네서는 안 된다는 말을 단단히 일러주었다. 그러므로 릴러는 중요한 일을 맡은 듯하여 크게 자랑스러움을 느끼며 수전의 말에 따르려고 마음먹고 있었다.

수전은 릴러에게 풀을 빳빳이 먹인 수놓은 흰 옷을 입히고 파란 허리띠를 매주고 동글동글 구슬이 달린 구두를 신겨주었다. 길고 붉은 곱슬머리는 반들반들하고 풍성했으며, 수전은 목사관에 경의를 나타내는 뜻에서 가장 좋은 모자를 씌워주었다. 매우 정성들인 멋쟁이로 변했다.

그날 릴러의 옷차림은 어머니인 앤이 좋아하는 것보다 하녀인 수전의 멋에 대한 감각이 더 강하게 나타나 있었다. 실크, 레이스, 꽃으로 화려하게 장식되어 릴러의 마음은 만족감으로 터질 듯했다.

릴러는 특히 모자가 자랑스러워 목사관 언덕을 으스대며 올라갔던 것이다. 뽐내는 모습 때문인지 또는 모자 때문인지 아니면 그 양쪽 다 때문인지, 잔디밭 문에 올라앉아 건들거리고 있던 메리의 부아를 크게 건드렸다.

더욱이 마침 메리는 기분이 좀 좋지 않았다. 메리가 감자껍질을 벗기겠다고 말했는데도, 마서 아주머니는 안 된다며 부엌에서 나가라고 말했기 때문이었다.

"할머니는 또 껍질이 붙은 감자를, 그것도 언제나처럼 덜 삶아진 채 쟁반에 담아 내오려는 거죠? 아, 빨리 할머니는 장례식에 가버렸으면 해요."

메리는 마구 소리치고 부엌에서 나오면서 무시무시한 기세로 문을 쾅 닫아서 온 집안이 흔들렸을 정도였으므로 마서 아주머니까지도 그 소리를 들었다.

서재에 있던 메러디스 목사도 순간 집이 흔들리는 것을 느꼈으므로 지진이 아닌가 하고 멍하니 생각했으나 곧 설교 내용을 다시 궁리하기 시작했다.

메리는 문에서 내려와 화려하게 꾸민 잉글사이드 아가씨 앞에 우뚝 섰다.

"뭘 가져왔니?"

메리가 바구니를 대뜸 뺏으려 했다.

릴러는 뺏기지 않으려고 하면서 혀 짧은 소리로 대답했다.

"이거 메러디스 씨에게 드리는 거야."

"내게 줘. 내가 메러디스 씨에게 전해줄 테니까."

릴러는 주장했다.

"싫어. 수전이 말했는걸. 아무에게도 주면 안 된다, 꼭 메러디스 씨나 마서 할머니에게만 드려야 한다고 했어."

메리는 언짢은 얼굴로 릴러를 노려보았다.

"너는 네가 대단한 인물이라고 잘난 척하는 거지? 인형처럼 멋을 부리고 말이야. 나 좀 봐. 내 옷은 너덜너덜한 누더기야. 나는 아무렇지도 않아. 나는 인형같이 하고 있을 바엔 차라리 누더기를 걸치겠다. 집에 돌아가서 유리상자에라도 넣어달라고 하렴. 날 봐, 날 봐, 날 보라고."

어쩔 줄 몰라하는 릴러 앞에서 메리는 빙글빙글 거칠게 춤추기 시작하여 누더기 스커트 자락을 펄럭이며 줄곧 소리쳤다.

"날 봐, 날 봐."

가엾은 릴러는 그만 머릿속이 어질어질해지고 말았다. 그래도 가만가만 가장자리를 따라 문 안으로 들어가려 하자 또다시 메리가 릴러에게 덤벼들었다.

메리는 얼굴을 무섭게 찌푸리며 명령했다.

"그 바구니 이리 달라니까."

'얼굴 찌푸리기'는 메리가 최고였다. 무시무시한 효과를 내는 기묘하게 빛나는 흰 눈을 번득이기만 해도 기괴하고 섬뜩한 인상을 줄 수가 있었다.

릴러는 무서웠지만 단호했고 결코 물러나지 않았다.

"싫어. 지나가게 해줘, 메리 밴스."

메리는 잠시 릴러를 놀려대던 것을 멈추고 주변을 둘러보았다. 문을 열고 들어선 곳에 생선 말리는 작은 시렁이 있고 큼직한 대구가 여섯 마리쯤 널려 있었다.

메러디스 목사의 교회 신자 한 사람이 얼마전 가져왔는데, 아마도 목사의 월급 일부를 부담하기로 했으나 한 번도 지불 못해 그 대신 가지고 온 것 같았다. 메러디스 씨는 감사하다고 말하고 나서 곧 잊어버렸다. 이때 마침 메리가 생선 말리는 시렁을 만들고 잘 말리지 않았다면 금방 썩었을지도 모른다.

메리는 순간 악마 같은 영감이 떠올랐다. 메리는 시렁 쪽으로 달려가 그 가운데 가장 크고 납작한 것으로 거의 자기 키만한 물고기를 집어들었다.

"우워!"

무서운 외침소리와 함께 메리는 불쾌한 물건을 머리 위로 번쩍 쳐들면서 부들부들 떨고 있는 릴러에게 덤벼들었다.

릴러의 용기는 흔적도 없이 사라져버렸다. 마른 대구 같은 것으로 협박받는다는 것은 들어본 적도 본 적도 없는 일이었다.

"엄마아!"

릴러는 외마디 비명을 지르며 바구니를 떨어뜨리고 달아나기 시작했다.

수전이 목사님을 위해 그토록 정성들여 골라 담은 맛있고 새빨간 딸기는 먼지투성이 언덕길을 붉은 폭포처럼 데굴데굴 굴러떨어져 릴러와 메리의 발 밑에 무참히 짓밟혀버렸다.

그러나 메리의 눈에는 바구니도 그 속에 담긴 물건도 보이지 않았다. 다만 릴러에게 죽도록 무서운 꼴을 보여줄 수 있다는 기쁨이 있을 뿐이었다. 예쁜 옷을 입었다고 거드름피우며 으스대다니 한 번 더 골탕먹여 줘야지.

릴러는 언덕을 뛰어내려 큰길을 달려갔다. 너무도 무서워 다리에 날개가 돋친 듯 빨랐으므로 가까스로 메리에게 잡히지 않았다.

메리는 큰 소리로 웃어대면서 뛰었으므로 생각하는 만큼 속력은 빠르지 않지만, 그래도 대구를 휘두르며 이따금 피가 얼어붙을 듯 무시무시하게 '우워!'하는 소리를 지르면서 쫓아갔다.

두 아이가 글렌 마을에 있는 큰 길을 뛰어가자 온 마을사람들이 문으로 달려나와 이 광경을 보았다. 메리는 자기가 엄청난 소동을 일으키고 있다는 것을 느끼고 의기양양했다.

무섭고 숨이 차서 정신이 하나도 없게 된 릴러는 이제 더 이상 뛸 수 없음을 알았다. 다음 순간 릴러는 대구를 가진 이 무시무시한 여자아이에게 붙잡힐 듯했다. 그 순간 가엾은 릴러는 도로 끝 흙탕 속으로 넘어졌다. 그와 동시에 미스 코닐리어가 카터 플래그네 가게에서 나왔다.

미스 코닐리어는 한눈에 그 자리에서 벌어진 상황을 알아보았다. 메리 쪽에서도 그랬다. 그녀는 엄청난 기세로 달려오던 것을 딱 멈추더니 미스 코닐리어가 미처 입을 열기 전에 홱 돌아서서 오던 때와 같은 기세로 달아났다.

미스 코닐리어는 무서운 표정으로 입술을 꽉 물었으나 메리를 뒤쫓지 않고 엉망진창인 모습으로 흐느껴 울고 있는 릴러를 안아 일으켜 집으로 데려갔다.

릴러는 몹시 낙심해 버렸다. 옷이며 구두며 모자가 모두 못 쓰게 되어버린데다 6살난 릴러의 명예와 체면이 형편없이 구겨지고 말았기 때문이었다.

미스 코닐리어로부터 메리 밴스가 한 짓을 들은 수전은 새파랗게 질려 화를 냈다.

"그 말괄량이 계집애가, 그 조그만 말괄량이가."

수전은 릴러를 씻어주며 위로하기에 바빴다.

미스 코닐리어가 결심한 듯이 말했다.

"이제는 내버려둘 수 없어요. 앤, 어떻게든 해야만 해요. 목사관에 머무르는 그 아이는 대체 누구죠? 어디서 왔죠?"

앤이 대답했다.

"항구 건너편 마을에서 손님으로 와 있다는 말을 들었어요."

앤은 이 사건을 재미있어 하고 있었다. 대구라는 생선을 들고 달려가는 것도 재미있고, 릴러는 좀 우쭐대니까 뜨끔한 맛을 보여주는 것도 괜찮다고 혼자서 생각했다.

"항구 건너편 사람으로 우리 교회에 오는 사람이라면 나는 다 알고 있는데, 저 말괄량이는 어느 집 아이도 아니에요. 마치 누더기 같

은 옷을 입고 있는데 교회에 갈 때는 페이스의 헌옷을 입는다더군요.

뭔가 납득되지 않는 점이 있잖아요? 내가 꼭 알아내겠어요. 그대로 내버려두면 어느 누구도 그런 일에 마음 쓰는 사람이 없으니까요.

얼마 전 워런 미드의 전나무 숲에서 소란스러운 말썽이 일어났었어요. 그 사건도 이 말괄량이가 뒤에서 조종한 게 틀림없어요. 워런 어머니가 너무 놀라 발작을 일으켰다는 말 들었지요?"

"아뇨! 길버트가 불려가 진찰을 했지만 무엇 때문인지는 못들었어요."

"그 사람은 심장이 약해요. 지난주 일이었죠. 베란다에 혼자 서 있는데 '살인이야' 하는 소리가 들려오더니 '살려줘'라는 비명이 들렸대요. 그 소리는 전나무숲 쪽에서 났는데—무서운 소리였으므로 워런 어머니 심장에 곧 이상이 생긴 거지요. 워런도 헛간에서 그 소리를 듣고 숲으로 달려가본 모양이에요.

그곳에 목사관 아이들이 있더래요. 쓰러진 나무에 올라앉아 '살인이야' 하고 소리를 지르고 있었다지 뭐예요. 워런을 보더니 인디언들의 '매복작전놀이'라면서 다른 사람들이 들으리라고는 생각 못했다고 하더래요. 워런이 집에 돌아와보니 어머니가 정신을 잃고 베란다에 쓰러져 있었대요."

수전이 돌아와 비웃는 투로 말했다.

"기절한 것과는 이야기가 달라요, 마셜 엘리엇 부인. 그렇게 믿고 싶은 것 아닌가요. 어밀리어 워런은 40여 년 동안이나 줄곧 심장병을 앓아 왔다고 들었으니까요. 20살 때부터 그렇게 말해온 걸요. 큰 소란을 떨며 의사를 부르는 게 그녀의 즐거움이니까요."

앤더 맞장구를 쳤다.

"길버트도 그리 심각하게 여기지 않는 듯해요."

미스 코닐리어가 말했다.

"그거 참, 그럴지도 모르지요. 하지만 큰 소문거리가 되었어요. 더군다나 미드 집안이 감리교도라 더 난처해졌어요.

그 아이들은 대체 어떻게 된 거죠? 나는 가끔 밤에 문득 잠이 깨어 그 아이들 일을 생각하며 잠들지 못할 때가 있어요, 앤. 대체 먹을 것은 충분할까요? 아버지는 알다시피 몽상가라서 자신에게 위주머니가 있다는 것조차도 잊어버리는 적이 있는 듯하니까요.

게다가 마서 아주머니는 제대로 요리를 하지 못하거든요. 아이들을 멋대로 놀게 내버려두는데, 지금은 마침 학교가 방학중이어서 더욱 심해요.”

“그 아이들은 아주 즐겁게 지내는 것 같던걸요.”

앤은 이따금 듣는 ‘무지개 골짜기’의 소동에 대한 소문이 떠올라 웃었다.

“게다가 모두 정직하고 착하대요”

“그건 틀림없어요, 앤. 결국 전에 계신 목사님댁의 말 많고 정직하지 못한 두 아이 때문에 교회가 시끄러웠던 것에 비하면 메러디스 씨네 아이들은 얼핏 보아도 좋은 편이죠.”

수전이 말했다.

“어쨌든 마님, 그 아이들은 모두 착한 편이에요. 그 아이들도 선천적인 결점은 어느 정도 있는 듯 하지만, 이것이 오히려 도움이 될지도 몰라요. 지나치게 의존적이고 응석받이가 되면 잘못될지도 모르니까요. 다만 묘지에서 노는 것만은 절대로 나쁘다고 생각해요!”

앤이 너그러이 감싸면서 말했다.

“그래도 거기서는 아주 얌전하게 놀아요. 다른 곳에서 하듯이 뛰어다니거나 큰소리로 떠들지는 않아요. 가끔 ‘무지개 골짜기’에서 들려오는 울부짖는 소리와 비교해 봐요! 더구나 우리 집 아이들이 주로 그러는 것 같아요. 엊저녁에도 군사작전 놀이를 했다는데, 대포로 큰소리를 낼 수 없으니까 고함지르지 않을 수 없었다더군요. 젬이 그렇게 말했어요. 남자아이들이 군인을 열망하는 시기가 있는데, 젬이 지금 딱 그 시기를 지나고 있어요."

미스 코닐리어가 말했다.

"고맙게도 젬은 결코 군인이 되지 않을 거예요! 나는 이 나라 젊은 이들이 저 남아프리카의 분쟁*1에 참가하는 데 결코 찬성할 수 없었지요. 어쨌든 그 문제도 끝났고, 두 번 다시 그런 일이 생기는 일은 없을 거예요. 세상은 점차 합리적으로 변하는 것 같아요. 그리고 메러디스 씨 집 일인데, 여러 번 말했지만 다시 한 번 강조해야겠어요. 메러디스 목사에게 부인이 있으면 모든 문제가 잘 해결될 거예요."

수전이 말했다.

"메러디스 목사는 지난주 커크 씨 집에 두 번 들렀다고 들었어요."

미스 코닐리어가 곰곰이 생각하면서 말했다.

"나도 목사가 자기 교회 신자와 결혼하는 건 찬성하지 않아요. 그렇게 되면 목사의 평판이 떨어지는 것이 일반적이거든요. 그러나 이번 경우는 별 문제가 없을 거예요. 모두들 일리저버스 커크를 좋아하고, 지금은 저 아이들의 계모될 사람이 달리 없으니까요. 힐 씨 집 자매조차 꽁무니를 뺐어요. 메러디스 씨에게 덫을 놓은 적이 없거든요.

메러디스 목사만 마음이 있으면 일리저버스는 좋은 부인이 될 거예요. 다만 문제는 용모가 예쁘지 못한 것인데, 목사님은 멍해 보여도 미인을 좋아하는 것 같아요. 그 점에서 볼 때 목사님은 다른 남자와 조금도 다를 바가 없어요."

수전이 어두운 표정으로 말했다.

"일리저버스 커크는 매우 좋은 분인데, 소문에 의하면 그녀의 어머니는 깔끔하고 규칙적인 분이어서 손님이 그 집에서는 편하게 잠도 못잘 정도였다더군요.

만일 나에게 목사님의 결혼에 대해 의견을 묻는다면, 목사님 부인

---

*1 1899년 남아프리카의 트란스발 공화국 및 오렌지 자유국과 영국과의 사이에 일어난 보어 전쟁. 영국은 그 두 나라를 침략해 식민지로 삼았음.

으로는 항구 건너편에 사는 일리저버스의 사촌인 세러가 좋다고 생각해요."

미스 코닐리어는 마치 수전이 목사관의 신부로 호텐토트족을 추천하기라도 한 것처럼 화들짝 놀라 말했다.

"하지만 세러 커크는 감리교파잖아요."

수전이 의연하게 다시 말했다.

"메러디스 목사와 결혼하면 장로교파로 바꾸겠지요."

하지만 미스 코닐리어는 머리를 흔들었다. 미스 코닐리어에게는 한 번 감리교파가 되면 언제까지나 감리교파인 것이다.

미스 코닐리어가 분명하게 말했다.

"세러 커크는 절대 안 돼요. 에밀린 드류도 마찬가지구요. 드류 집안에서는 어떤 방법으로든 메러디스 목사와 결혼시키려 애쓰고 있지만, 결국 불쌍한 에밀린만 내쫓기는 꼴이지요. 메러디스 씨는 전혀 관심이 없거든요."

수전이 말했다.

"에밀린 드류가 재치 없는 여자인 건 맞아요. 에밀린이라는 여자는 여름 밤 침대 속에 탕파를 넣어주고는 고마워하지 않는다고 화내는 사람이거든요, 마님. 더구나 그녀의 어머니는 전혀 집안일을 못하는 것으로 유명해요.

그 행주 이야기를 들어보셨어요? 어느 날 행주를 잃었다가 다음날 찾았는데, 어디서 발견했느냐 하면 거위 뱃속을 채운 것들과 함께 식탁에 나타났더래요. 이런 여자가 목사님의 장모가 될 수 있다고 생각하세요? 결코 아니라고 여겨요.

나는 이웃에 대해 험담보다는 젬의 바지를 수선하라고 이 집에 고용된 건 확실하지만요. 어젯밤 '무지개 골짜기'에서 놀다가 많이 찢어졌거든요."

앤이 물었다.

"월터는 어디 있어요, 수전?"

"마님, 월터 때문에 큰일이에요. 다락방에서 연습장에 무언가 글을 쓰고 있어요. 이번 학기에는 수학을 잘 못했다고 선생님으로부터 주의받았답니다.

나는 그 이유를 잘 알죠. 수학을 공부해야 할 때 쓸모없는 시를 끄적끄적 쓰고 있으니까요. 아무래도 도련님은 배고픈 시인이 될 것 같아 걱정이에요, 마님."

"월터는 이미 시인이에요, 수전."

"대단히 침착하시군요, 마님. 계속 시인으로 성공할 수 있는 힘이 있으면 좋을 텐데요. 우리 집안 아저씨 가운데 시인이 있었는데, 마지막에는 떠돌이가 됐거든요. 그 아저씨를 우리 집안에서는 매우 부끄럽게 여기고 있지요."

앤이 웃으며 물었다.

"수전은 시인을 대단치 않게 생각하나보군요?"

수전은 참으로 놀라는 듯했다.

"누구라도 시인과는 상대하지 않아요, 마님."

"밀턴과 셰익스피어는 어때요? 그리고 성경 속 시인들은요?"

"밀턴은 부인과 사이가 나빴다더군요. 그리고 셰익스피어는 품행이 그다지 좋지 않았다잖아요.

성경이라면―물론 그 먼 옛날에는 지금과 생각하는 바가 달랐겠지만―그렇더라도 다윗 왕*² 같은 사람은 좋게 여겨지지 않아요.

시 같은 것을 써서 행복해졌다는 말은 지금까지 듣지 못했어요. 부디 도련님이 싫증내버리면 좋겠어요. 만일 나아지지 않는다면―간유라도 계속 먹이는 게 어떻겠어요, 마님?"

---

*2 밧세바라는 유부녀를 사랑함.

미스 코닐리어 나서다

미스 코닐리어는 다음날 목사관으로 찾아가 메리에게 여러 가지 일을 따져물었다. 메리는 나이는 많지 않았지만 퍽 분별 있고 빈틈없는 아이였다. 그래서 미스 코닐리어에게 자신의 처지를, 불평이나 허세를 모두 빼고 있는 그대로 이야기했다. 미스 코닐리어는 생각했던 것보다 좋은 인상을 받았지만, 한번 단단히 야단쳐주는 것이 자기가 맡은 의무라고 생각했다.

그녀는 엄하게 나무랐다.

"그래, 너는 이렇게 친절히 대해주는 이 댁 분들에 대한 감사로 어제처럼 이 댁 친구를 골탕먹이거나 쫓아다녀도 괜찮다고 생각하니?"

메리는 선뜻 인정했다.

"아니에요, 그건 내가 아주 나빴어요. 그 대구라는 녀석이 너무도 손 가까이에 있었어요. 나는 무척 나빴다고 여겨요. 어젯밤도 이불 속에 들어가 그걸 생각하고 울었어요. 정말이에요, 우나에게 물어보면 알아요.

나는 부끄러워서 우나에게 그 까닭을 말하지 않았기에 아무것도 모르는 우나도 울어버렸어요. 누군가가 내 기분을 언짢게 하지 않았나 여긴 거죠. 당치도 않아요.

다만 무엇보다도 걱정스러운 것은 어째서 와일리 부인이 나를 찾으러 오지 않을까 하는 것이에요. 그 부인답지 않은 일이거든요."

미스 코닐리어도 그것을 이상하게 여겼으나 메리에게는 다만 더 이상 목사님 집에 있는 대구를 멋대로 다루어서는 안 된다고 날카롭게 다짐해 두고 잉글사이드로 보고하러 갔다.

"만일 그 아이 말이 사실이라면 이 일을 한번 조사해 봐야겠어요. 와일리 부인에 대해서 좀 들었거든요. 마셜이 항구 건너편에 살았던 무렵 와일리 부인을 잘 알았죠.

지난 해, 마셜이 와일리 부인과 그녀가 맡아 기르는 아이에 대해 뭔가 이야기했었어요. 그게 바로 메리에 대한 일이었던 거예요. 듣기에는 먹을 것도 넉넉히 주지 않고 호되게 부려먹었대요. 입을 것에 대해서는 전혀 마음을 써 주지 않았다더군요.

저, 앤도 알다시피 나는 이제까지 항구 건너편 사람들에게는 결코 상관하지 않기로 해왔어요. 하지만 내일 마셜을 항구 건너편으로 보내 되도록 빨리 일의 잘잘못을 가리도록 하겠어요. 그런 다음에 나는 목사님에게 이야기해 볼 생각이에요.

메러디스 목사님 아이들은 메리가 테일러 씨네 헛간에서 굶어죽어가고 있는 것을 데려온 거예요. 우리가 배불리 먹고 따뜻한 잠자리에서 깊이 잠들었을 때 그 아이는 하룻밤 내내 헛간에서 배고픔과 추위에 얼어 덜덜 떨고 있었죠."

앤은 자기가 어렸을 때 춥고 배고프고 외로웠던 상황을 떠올리며 말했다.

"가엾어라. 그토록 학대받았다면 굳이 그곳으로 돌려보낼 것 없어요. 나도 옛날에 그와 똑같은 고아였으니까요."

미스 코닐리어가 말했다.

"호프타운에 있는 고아원 사람들과도 의논해야겠어요. 아무튼 목사관에는 그대로 둘 수 없어요. 그 착한 아이들이 그 애한테 무엇을 배울지 알 수 없어요. 그 애는 거친 말씨를 쓴다잖아요.

거기에 2주일 동안이나 있었는데도 메러디스 목사가 모르다니 대체 어찌된 일일까요? 그런 사람은 가족을 거느릴 자격이 없어요. 수도원에라도 가는 게 낫지요, 앤."

이틀 뒤 저녁 무렵, 미스 코닐리어가 다시 잉글사이드로 찾아왔다.

"글쎄, 놀랍잖아요. 와일리 부인은 이 메리라는 아이가 뛰쳐나간 이튿날 아침 침대에 죽어 있는 것이 발견되었대요. 벌써 몇 해 전부터 심장이 나빠 언제 어떻게 될지 모른다고 의사선생님이 주의를 주었었대요. 남자 고용인은 휴가를 주었고, 집에는 아무도 없어서 이웃에 사는 사람이 이튿날 발견했다더군요.

사람들은 모두 메리가 보이지 않는 것을 알아차렸지만 와일리 부인이 말했던 대로 부인의 사촌에게 보낸 모양이라고 생각했대요. 그 사촌이 장례식에 오지 않아서 메리가 그곳에 없다는 것을 아무도 알지 못했다는군요.

와일리 부인이 메리를 어떻게 다루었는지 여러 사람에게 들었을 때 마설은 피가 부글부글 끓더래요. 그 아이가 조그만 잘못이나 실수를 저질러도 곧 혹독하게 매질을 했대요. 고아원 책임자에게 편지하는 게 좋겠다고 의논한 사람도 몇 있었지만, 남의 일이라고 아무도 손쓰지 않고 그대로 내버려둔 거죠."

수전이 비정함에 치를 떨며 말했다.

"와일리 부인은 참으로 지독했군요. 죽지 않았다면 지금이라도 항구 건너편으로 달려가 마음껏 욕해 주고 싶어요. 아이를 때리고 먹을 것마저 주지 않았다니, 원. 안 그래요, 마님? 버릇을 가르치기 위해 손바닥으로 한 대 때리는 것쯤은 모르지만, 그 이상은 안 돼요.

그럼, 이 가엾은 아이는 앞으로 어떻게 되는 거죠, 마설 엘리엇 부인?"

미스 코닐리어가 말했다.

"호프타운으로 돌려보내야 하지 않을까요. 이 가까이에 고아원 아이가 필요한 집은 어디나 한 사람쯤 있으니까요. 내일 메러디스 씨를 만나 이 문제에 대한 내 의견을 이야기해 볼 생각이에요."

미스 코닐리어가 돌아간 뒤 수전이 말했다.

"마님, 저 분은 반드시 목사님과 담판지을 거예요. 그녀가 하기로 맘먹으면 교회 탑을 수리하는 일이라도 거뜬히 해낼걸요. 상대가 목사님이라도 아랑곳없이 마치 여느 사람에게 잔소리하듯 말을 해요. 정말 어이가 없어요."

미스 코닐리어가 돌아가버리자 해먹에서 학과 공부를 하던 낸 블라이스는 일어나 살그머니 '무지개 골짜기'로 갔다.

다른 아이들은 이미 거기에 모여 있었다. 젬과 제리는 마을 대장간에서 빌려온 낡은 편자로 고리던지기를 하고 있었다. 그리고 칼은 꿈틀꿈틀 기어가는 개미 옆에 붙어 있었다.

양치류 위에 배를 깔고 엎드린 월터는 다이와 메리와 페이스와 우나에게 책을 읽어주고 있었다. '프레스터 존 왕'이며 '떠돌이 유대인 이야기', 그리고 '마법의 지팡이'며 '꼬리달린 남자 샤미어 이야기', 바위를 깨고 황금 보물이 묻힌 곳까지 길을 만들어 주는 벌레이야기, 행운의 섬이며 백조 아가씨 이야기 같은 황홀한 이야기들이 담긴 멋진 전설집이었다.

그러나 빌헬름 텔과 겔러트[*1]가 실제로 있었던 게 아닌 것을 알고 월터는 충격을 받았다. 하토 주교 이야기는 그날 밤 월터를 잠 못 들게 만들었다. 그러나 월터가 가장 좋아하는 것은 '하멜론의 피리 부는 사나이'와 '성배(聖杯) 이야기'였다. 그가 오싹오싹 몸을 떨며 책을 읽는 동안 '연인의 나무' 방울이 여름바람에 딸랑딸랑 울리고 서늘한

[*1] 영국 전설에 나오는 충직한 사냥개.

저녁 그림자가 골짜기로 떨어져 왔다.

월터가 책을 덮자 메리가 감탄하며 말했다.

"그래, 재미있는 거짓말들이구나."

다이는 분개했다.

"어머나, 거짓말이 아냐."

메리는 믿어지지 않는 듯 물었다.

"설마 진짜 이야기라는 건 아니겠지?"

"그야 그렇지만. 네가 들려준 도깨비이야기 같은 거야. 진짜 이야기는 아니지만—그러나 너도 우리가 믿을 거라고는 생각지 않았겠지? 그러니까 꼭 거짓말이라고는 할 수 없잖아."

"그렇게 말한다면 그 마법의 지팡이 이야기는 거짓말이 아냐. 항구 건너편 크로퍼드 노인이 그런 지팡이를 가지고 있어. 우물을 팔 때 크로퍼드 노인에게 부탁하면 그 지팡이를 가지고 와서 여기저기 두드려보고 좋은 곳을 정해 준대. 그리고 나는 떠돌이 유대인을 알고 있어."

우나는 숨이 멎을 듯 놀랐다.

"어머나, 메리!"

"알아—분명 안단 말이야. 와일리네 집에 지난 가을 나이든 남자가 찾아왔는데, 아주 훌륭해 보이는 노인이었어.

와일리 부인이 삼나무 기둥이 오래 가느냐고 물었더니 '오래 가느냐고요? 아, 그렇고말고요. 1천년은 가지요. 나는 분명 알고 있소. 두 번이나 시험해 보았으니까요'라고 말했어. 1천년씩 두 번이면 2천년이 잖니. 그 사람은 분명 이야기 속에 나오는 '떠돌이 유대인'이었어."

페이스가 딱 잘라 말했다.

"하지만 떠돌이 유대인은 와일리 부인과는 사귀지 않아."

다이가 말했다.

"나는 하멜론의 피리 부는 사람 이야기가 좋아. 어머니도 좋아해.

절름발이여서 다른 아이들과 함께 산 속으로 갈 수 없었던 아이가 가엾어 견딜 수 없어. 너무나 낙담했을 거야. 다른 아이들이 얼마나 멋진 광경을 보았을까 궁금해 하고 다른 아이들과 함께 갔으면 좋았을걸 하며 오래오래 생각했을 거야.”

우나가 조용히 말했다.

“하지만 그 애 어머니는 안심했을 거야! 자기 아이의 다리가 절름발이인 것을 평생 가엾게 생각하면서 그것 때문에 울었는지도 모르지만! 하지만 그 뒤부터는 두 번 다시 불쌍하게 생각하지 않았겠지! 두 번 다시—그 덕택으로 아들을 잃지 않게 되었으니까.”

월터가 하늘 저 멀리 눈길을 돌리며 꿈꾸듯 말했다.

“언젠가는 하멜론의 피리 부는 사나이가 즐겁고 아름답게 피리를 불면서 저 언덕을 넘어 ‘무지개 골짜기’로 내려올 거야.

그러면 나는 그를 따라갈 테야—그리고 바닷가를 지나—그 안까지 따라갈걸—모두들 여기에 남겨두고.

나는 가고 싶은 생각은 없어, 젬이라면 가고 싶겠지만—너무 큰 모험인걸—하지만 나는 아니야—단지 음악이 나를 부르고 부르고 또 불러서 마지막에는 아무래도 따라가지 않을 수 없게 되어버릴 거야.”

들뜬 다이도 외쳤다.

“우리들 모두 함께 가자.”

월터가 일으킨 상상의 불꽃을 뒤쫓던 다이는 아득히 먼 희미하게 보이는 골짜기 끝에 그 이상한 피리 부는 사람의 뒷모습이 얼핏 보이는 것 같았다.

월터가 말했다.

“아냐, 너희들은 여기에 앉아서 기다려.”

그의 크고 반짝이는 눈에 이상한 매력이 넘치고 있었다.

“너희들은 우리가 다시 돌아오기를 기다리고 있어. 그렇지만 우리는 돌아오지 않을지도 몰라. 피리 부는 사나이가 피리 부는 동안은

내내 돌아올 수 없으니까. 피리를 불면서 우리와 함께 온 세계를 두루두루 돌아다닐지도 몰라.

그래도 너희들은 여전히 여기에 앉아서 기다려—영원히 기다리고 있는 거야."

메리가 몸을 떨었다.

"오, 그러지 마. 그런 표정 하지 마, 월터. 소름끼쳐! 날 큰 소리로 울게 만들 거야? 내게는 그 무서운 피리 부는 노인이 멀어져간 뒤, 너희들 남자아이가 떠나가버리고 우리 여자아이만 여기에 잠자코 앉아서 기다리는 모습이 눈에 보이는 것 같아.

왜 그런지는 알 수 없지만—난 잘 우는 편이 아닌데—네가 그 이야기를 시작하면 나는 언제나 울어버리고 싶어져."

월터는 의기양양하게 미소 지었다. 그는 이렇게 친구들에게 힘을 떨치기를 좋아했다. 그들의 감정을 자유로이 끌고 돌아다니며 두려움을 불러일으켜 부들부들 떨게 했다. 그것은 그의 극적인 본능을 만족시켰다.

그러나 월터의 우쭐하는 마음 밑바닥에는 뭔지 까닭모를 공포가 있어 기분 나쁘게 으스스했다. 그에게는 하멜론의 피리 부는 사람이 이 세상에 정말로 있는 것 같은 느낌이 들고, 별이 빛나는 '무지개 골짜기'의 저녁 무렵에 앞날을 감추고 있는 베일이 한순간 옆으로 걷히며 미래를 몽롱하게 그에게 보여준 듯 여겨졌던 것이다.

그러나 칼이 와서 개미 왕국의 사건을 보고하여 모두들 현실세계로 되돌아왔다.

메리가 큰소리로 말했다.

"개미는 재미있는 생물이야!"

어쩐지 기분 나쁜 피리 부는 사람의 포로 상태에서 뛰쳐나올 수 있어 메리는 마음이 놓였다.

"토요일 점심 때부터 계속 칼과 함께 저 묘지에 있는 개미집을 관찰했어! 개미가 저렇게 많으리라고는 생각도 못했어.

그런데 개미들은 몽땅 걸핏하면 싸우려들더라—아무 이유도 없이 곧바로 싸우기 시작했어. 겁쟁이도 있고, 무서워 견딜 수 없어 몸을 오그려 작은 공처럼 되면서 다른 개미가 덤벼도 싸우려 하지 않는 것, 게을러서 일하지 않으려는 개미도 있었어. 맥없이 처져 일하지 않는 놈도 봤어.

어떤 것은 자기 짝이 죽은 게 너무 슬퍼서 죽어버린 것도 있었어—일도 안 하고—먹지 않고—그대로 죽어버렸어. 진짜야! 맹세해! 하느님 나부랭이……."

모두들 조용해졌다. 메리가 '하느님 나부랭이'라는 말을 쓰지 않으려 한 것을 알았던 것이다. 페이스와 다이는 서로 눈짓했다. 이렇다면 미스 코닐리어의 마음에도 들 것이다. 월터와 칼은 거북한 듯했고, 우나는 입술을 파르르 떨었다.

메리도 거북한 듯 머뭇거리며 말했다.

"미처 생각하기도 전에 입에서 불쑥 튀어나왔어! 사실이야. 그렇지만 반은 삼켰어. 항구의 이쪽 편에 살고 있는 여러분들은 꽤 까다로운 것 같아. 와일리네 집에서 싸우는 소리를 들려주고 싶어."

페이스가 새치름하게 말했다.

"숙녀는 그런 말을 쓰면 안 돼!"

우나가 조그맣게 말했다.

"그건 좋지 않아!"

메리가 덧붙여 말했다.

"난, 숙녀가 못돼! 어떻게 나 같은 사람이 숙녀가 될 수 있겠어! 하지만 가능한 한 앞으로는 그런 말 하지 않을게. 약속해!"

우나가 말했다.

"게다가 함부로 하느님 이름을 입에 올리면 하느님이 네 기도를 들어주지 않아, 메리."

"어차피, 바라는 대로 들어주시리라고는 기대하지 않아!"

사실, 메리는 믿고 있지 않았다.

"지난 1주일 동안 와일리 아주머니와 관련된 일을 어떻게 잘 해결해 주십사고 하느님께 기도했는데, 하느님은 아무것도 안 했어. 난 포기할 거야!"

이때 낸이 숨을 헐떡이며 뛰어왔다.

"오, 메리, 네게 알려줄 일이 있어. 엘리엇 부인이 항구 건너편에 다녀왔는데, 어떤 이야기를 들었다고 생각해? 세상에, 와일리 부인이 죽었대. 네가 달아난 다음날 아침, 침대 속에 죽어 있었다는 거야. 그러니까 이제 그곳으로 돌아가지 않아도 돼."

"죽었다고?"

메리는 멍하니 앉아 있더니 이윽고 몸을 벌벌 떨었다. 그녀는 애원하듯 우나에게 외쳤다.

"우나, 설마 내 기도가 이 일과 무슨 관계가 있다고 여겨져? 만일 그렇다면 나는 이제 살아 있는 한 다시는 기도를 하지 않을 테야. 틀림없이 부인은 귀신이 되어 내게 달라붙을 거야."

우나가 위로했다.

"그런 일은 없어, 메리. 왜냐하면 부인은 네가 기도를 시작하기 훨씬 전에 죽었잖아?"

"아참, 그렇지."

그제서야 메리는 마음을 놓았다.

"하지만 난 정말 가슴이 뜨끔했어. 나는 기도로 누구를 죽게 했다고 생각하고 싶지 않아! 기도드릴 때는 그런 일은 꿈에도 생각지 못했어. 도무지 죽을 것 같지 않은 사람이었거든. 엘리엇 부인이 뭔가 내 이야기를 했니?"

"아마도 너는 고아원으로 돌아가야 될 거라고 했어."

메리는 어두운 얼굴이 되었다.

"그럴 거라고 생각했어. 그리고 또 어딘가에 보내지겠지―틀림없이 와일리 부인 같은 사람에게로. 하지만 참을 수 있을 거야. 나는 단단하니까."

목사관으로 돌아오는 도중 우나가 메리에게 속삭였다.

"난 네가 고아원에 돌아가지 않아도 되도록 기도할 테야."

메리는 딱 잘라 말했다.

"그건 네가 하고 싶은 대로 하면 돼. 그렇지만 나는 절대로 기도 안 해! 기도가 두려워! 어떻게 되었는지 좀 봐. 만일 내가 기도드리기 시작한 다음에 부인이 죽었다면 내가 죽인 게 될 뻔했잖아?"

"아니야, 그럴 리 없어. 내가 좀 더 설명을 잘 할 수 있으면 좋겠는 데―아버지라면 할 수 있을 거야―난 알아. 네가 이야기해봐, 메리."

우나가 말했다.

"어림도 없어. 너희 아버지가 어떤 분인지 난 도무지 모르겠어. 대낮에 내 곁을 지나가면서도 결코 내가 눈에 띄지 않는 모양이니까. 나는 건방지지도 않고―구두에 묻은 흙을 터는 것도 아니건만."

"어머나, 메리, 그건 아버지의 버릇이야. 아버지는 우리들마저도 미처 알아차리지 못한단다. 무언가에 열중해 골똘히 생각하고 있는 거야. 그뿐이야.

나는 하느님에게 너를 포 윈즈에 계속 머물게 해주도록 기도하려고 마음 먹었단다. 왜냐하면 나는 네가 좋으니까, 메리."

"좋아. 다만 기도드렸으므로 또 누군가가 죽었다느니 하는 말은 하지 말아줘. 솔직히 나도 포 윈즈에 있고 싶어.

여기도, 항구도, 등대도 좋으니까―그리고 너와 블라이스네 아이들도 모두 좋아해. 너희들은 내가 이 세상에서 처음으로 가진 친구들이야. 헤어지는 건 정말 싫어."

울지 마라, 우나

미스 코닐리어는 메러디스 씨를 만나러 갔다. 그녀는 이 방심한 신사를 뒤흔들어 놓았다. 미스 코닐리어는 메리 같은 떠돌이 아이를 가족 가운데 끼어들게 하고, 더욱이 그 아이에 대해 전혀 알지도 못하는 채 그의 자식들과 사귀도록 내버려두며, 조사해 보려고도 하지 않은 것을 나무랐다. 어버이로서의 의무를 충분히 다하지 못했음을 기탄없이 지적했다.

드디어 미스 코닐리어는 결말지어 말했다.

"물론 해를 끼쳤다는 말은 아니에요. 여러 가지를 들어 이야기했지만, 이 메리라는 아이는 질적으로 나쁜 아이는 아니에요. 목사님 아이들과 블라이스네 아이들에게도 알아보았는데, 말투가 상스러운 점은 있으나 다른 결점은 별로 없었어요.

그러나 더부살이로 심부름시키는 아이들 가운데에는 다양한 아이들이 많지요. 메리가 나쁜 아이였다면 무슨 일이 생겼을지 생각해 보세요. 짐 플래그네 집에서 고용한 아이가 그 집 아이들에게 좋지 못한 것을 가르쳐 피해가 많았다는 사실을 목사님도 아실 거예요."

메러디스 목사는 알고 있었고 이번 일에 자기가 너무 무심했다는 것에 실로 충격을 받았다.

그는 어떻게 해야 할지 몰라 쩔쩔매며 말했다.

"어떻게 하면 좋겠습니까, 엘리엇 부인? 그렇다고 가엾은 아이를 쫓아낼 수는 없습니다. 누군가 보살펴 줄 사람이 반드시 있어야 할 테니까요."

"물론이죠. 호프타운에 있는 고아원으로 곧 편지를 보내는 게 좋지 않겠어요? 회답이 올 때까지 2, 3일쯤은 여기에 있어도 괜찮을 거예요. 하지만 방심하지 말고 지켜보세요, 메러디스 씨."

그날 밤 메러디스 씨는 메리에게 서재로 자기를 따라오도록 일렀다. 메리는 두려워서 덜덜 떨며 따라갔다.

그러나 그녀는 가엾게 살아온 삶 속에서 처음으로 뜻밖의 일을 당했다. 아주 무섭게 생각하며 마주앉은 이 남자는 이제까지 본 적 없을 만큼 친절하고 다정한 사람이었다. 저도 모르게 메리는 지금까지 겪어온 고생을 남김없이 다 털어놓고, 상상할 수 없었던 동정과 따뜻한 배려를 받았다.

서재에서 나온 메리의 얼굴이 환해지며 눈이 너무 정답게 부드러워져 있었으므로 우나도 잘 알아보지 못했을 정도였다.

메리는 코를 훌쩍여 흐느낌을 얼버무렸다.

"네 아버지는 몽상에서 깨셨을 때에는 정말 버젓한 분이야. 좀 더 자주 깨어나지 않는 게 안타까워. 와일리 부인이 죽은 일은 조금도 내탓이 아니라고 했어. 다만 부인의 좋은 점만을 떠올리고 나쁜 점은 생각지 말라고 하시더구나. 좋은 점이라고는 버터를 잘 만드는 것과 깨끗한 것을 좋아한 일 말고는 아무것도 생각나지 않지만 말이야. 옹이박힌 주방바닥을 문지르느라 내 팔이 닳아 없어질 뻔한 건 알고 있어. 아무튼 너희 아버지가 말씀하신 일은 뭐든지 이제부터 잊지 않겠어."

그러나 이튿날부터 메리는 기운이 조금 없어졌다. 그녀는 고아원으로 돌아갈 일을 생각하면 할수록 싫어진다고 힘없이 우나에게 털어놓았다. 우나는 어떻게든 그렇게 하지 않아도 될 방법이 없을까 하고 작은 머리를 쥐어짜보았는데, 낸이 생각지도 못했던 구원의 손길을 내밀어 주었다.

"엘리엇 부인이 메리를 맡아줄지도 모르겠어. 그 집은 아주 넓어서 아저씨가 언제나 집안일을 도와줄 사람을 두라고 한다잖아. 메리에게는 더없이 훌륭한 집이라고 여겨져. 메리가 얌전하게 굴기만 한다면 말이야."

"아, 낸, 부인이 메리를 맡아줄까?"

"네가 부탁해 보면 어떨까?"

처음에 우나는 자기가 할 수 있다고 생각하지 않았다. 누구에게 부탁한다는 것 자체가 우리에게는 견디기 어려운 고통이었다. 거기에 부산스럽고 열정적인 엘리엇 부인이 두렵기도 했다. 우나는 그녀를 좋아하고 그 집에 놀러가는 것도 즐거웠지만 메리를 맡아달라는 부탁을 하는 건 너무 뻔뻔스럽게 생각되었다. 겁 많은 우나는 몸이 움츠러들고 말았다.

호프타운의 고아원에서는 곧 메리를 보내라는 회답이 왔다. 그날 밤 메리는 목사관 다락방에서 서럽게 울며 밤을 지새웠다.

다음날 저녁나절 우나는 필사적으로 용기를 내어 아무도 모르게 살그머니 목사관을 빠져나왔다. 우나는 엘리엇 부인 집을 향해 항구의 큰길로 나섰다.

'무지개 골짜기'에서 떠들썩한 웃음소리가 들려왔지만 우나의 행선지는 그곳이 아니었다. 얼굴이 새파랗게 질려서 오직 한마음으로 발길을 서둘렀다. 너무 열중하여 누구를 만났는지도 기억하지 못했다. 나이든 스탠리 플래그 부인 같은 사람은 우나의 모습을 보고 그 아이는 어른이 되면 아버지 못지 않은 몽상가가 될 거라고 말했다.

미스 코닐리어는 글렌 마을과 포 윈즈 곶의 중간쯤 되는 곳 푸른 집에 살고 있었다. 전에는 정신이 번쩍 들 만큼 산뜻한 초록색이었으나 지금은 차분하고 보기 좋은 빛깔로 바래 있었다.

마셜 엘리엇이 집 주위에 나무를 빼곡히 심어 전나무 산울타리와 장미꽃 정원을 만들어 놓았다. 덕분에 전에는 경치가 보잘 것 없던 집이 몰라볼 만큼 훌륭하게 달라졌다. 목사관 아이들도, 잉글사이드 아이들도 여기에 가끔 놀러오는 것을 아주 좋아했다. 오랜 항구의 큰길은 걷기 좋았고, 도넛이 가득 든 항아리가 언제나 기다리고 있었다.

부옇게 안개가 낀 바다는 흐렸고, 파도가 조용히 바닷가를 씻어내고 있었다. 커다란 배 세 척이 흰 바닷새처럼 항구를 미끄러져 갔다. 돛단배 한 척이 항구 쪽으로 달려왔다.

포 윈즈 세계는 찬란한 색채와 희미한 가락이 넘치고 신비로운 반짝임 속에 떠올라 그곳에서는 누구나 모두 행복해질 터였다. 그러나 미스 코닐리어네 집 문 앞에 온 우나는 아무래도 발길이 앞으로 나아가지 않는 것처럼 느껴졌다.

미스 코닐리어는 베란다에 혼자 있었다. 우나는 엘리엇 아저씨도 집에 있어주기를 바랐다. 아저씨는 곰처럼 몸집이 크고 친절하며 유쾌해서 아저씨와 함께 있으면 용기가 생길 것 같았다.

우나는 미스 코닐리어가 갖다준 받침대 위에 앉아 그녀가 권하는 도넛을 먹으려고 했다. 자꾸만 목에 걸리는데도 열심히 삼킨 것은 미스 코닐리어를 화나게 하면 큰일이라고 생각했기 때문이었다.

핼쑥한 얼굴로 말없이 앉아 있는 우나의 크고 검은 눈이 너무도 가엾어 보였으므로 미스 코닐리어도 예삿일이 아니라고 생각했다.

"왜 그러지? 무슨 걱정거리가 있는 모양이구나. 이야기해 보렴."

우나는 입 속에 남아 있는 마지막 도넛 한 조각을 꿀꺽 겨우 삼켰다.

"엘리엇 아주머니, 제발 부탁이에요. 메리 밴스를 맡아주세요."

이 말을 느닷없이 들은 미스 코닐리어는 어안이 벙벙했다.

"내가? 메리 밴스를 맡으라고? 데리고 있으라고 말하는 거냐?"

"데리고—양녀로—삼는 거예요."

일단 입을 열자 우나는 용기가 솟았다.

"오, 엘리엇 아주머니, 제발 부탁이에요. 메리는 고아원으로 돌아가고 싶어하지 않아요. 밤마다 잠 못 자고 울고 있어요. 고아원에서 또 어딘가 힘든 일을 해야 할 곳에 보낼 거라고 걱정하고 있어요. 메리는 아주 영리하고 똑똑해요. 못하는 일이 없어요. 메리를 맡는다 해도 결코 난처한 일은 없을 거예요."

미스 코닐리어는 어떻게 해야 할지 알 수 없었다.

"나는 그런 일은 생각해 보지도 않았는걸."

"그럼, 한번만 생각해 주시지 않겠어요?"

"사실 우리 집에는 집안일을 도와줄 사람이 필요하지 않아. 나 혼자서 충분히 해나갈 수 있으니까. 게다가 일할 사람을 둔다 하더라도 고아원 아이를 데려다가 양어머니가 되려는 생각은 전혀 해보지 않았단다."

우나의 눈에서 희망을 담은 빛이 사라지고 입술이 바르르 떨렸다. 우나는 비참하게 절망에 빠진 모습으로 엉엉 울기 시작했다.

난처해진 미스 코닐리어가 외쳤다.

"울지 마라—우나—울지 마."

어린아이가 우는 것을 보면 미스 코닐리어는 참지 못하는 성미인 것이다.

"아직 맡지 않겠다는 말은—하지 않았어—다만 너무나도 뜻밖의 이야기여서 조금 놀란 거야. 잘 생각해 보기로 하자."

"메리는 정말 똑똑해요."

"그렇다는 말은 들었어. 하지만 욕설을 한다는 말도 들었지. 그게 정말이냐?"

우나는 더듬거렸다.

"난 욕하는 건 들어본 적 없어요. 정말이에요, 좋지 않은 말은 아는 모양이지만."

"네 말을 믿겠다. 그리고 언제나 사실대로 말하겠지?"

"네, 그래요—하지만 매맞는 게 두려울 때는 달라요."

"그런 아이를 나더러 맡으라는 거냐?"

"네, 누군가가 맡아야만 해요. 누군가가 그 아이를 돌봐줘야 돼요, 엘리엇 아주머니."

미스 코닐리어는 한숨을 쉬었다.

"아무튼 엘리엇 아저씨와 의논해 봐야 하니까 지금은 아무에게도 말하지 않도록 해라. 도넛을 하나 더 먹으렴."

우나는 도넛을 하나 더 받았다. 도넛은 아까보다 훨씬 부드럽고 맛있었다.

"나는 도넛을 아주 좋아하는데, 마서 할머니는 만들어주지 않아요. 그래도 잉글사이드의 수전이 만드니까 가끔 '무지개 골짜기'에서 쟁반 가득히 놓고 먹어요. 도넛을 몹시 먹고 싶을 때 내가 어떻게 하는지 아세요?"

"모르겠구나. 어떻게 하니?"

"돌아가신 어머니의 요리책을 꺼내 도넛 만드는 법을 읽어요—그리고 다른 것도요. 배가 고프면 언제나 그렇게 해요—특히 디토를 먹은 다음에는요. 그때는 치킨 프라이와 로스트포테이토 요리법도 읽어요. 어머니는 그런 맛있는 음식을 모두 만들어주셨거든요."

우나가 돌아간 뒤 미스 코닐리어는 남편을 붙잡고 분개하여 말했다.

"메러디스 씨가 재혼하지 않으면 아이들은 굶어죽어 버리겠더군요. 무슨 일이 있어도 재혼하지 않겠다고 하는 모양이지만요. 그리고 여보, 그 메리라는 아이를 우리가 맡을까요?"

"맡지."

대답은 짤막했다.

아내는 어이가 없었다.

"남자가 할 만한 말이로군요. 맡는다고요? 단순히 맡는 것뿐이라면 간단하죠. 하지만 그 일에 관련해서 생각해야 할 문제가 너무너무 많아요."

"그냥 맡는 거요. 문제는 나중에 생각합시다, 코닐리어."

마침내 미스 코닐리어는 메리를 데려가기로 했다. 그리고 잉글사이드 사람들에게 그 일을 알려주러 갔다.

앤이 기쁨에 넘쳐 말했다.

"멋있어요. 나는 미스 코닐리어가 그렇게 하면 좋겠다고 생각했었어요. 그 아이에게는 누구보다 좋은 가정이 필요해요. 나도 가정이 없는 고아였었기 때문에 잘 알아요."

하지만 미스 코닐리어는 우울한 목소리로 말했다.

"아무래도 이 메리라는 아이는 앤하고는 다르고 앞으로도 결코 앤처럼 되지는 못할 거예요. 정말이지 좀 색다른 아이예요. 그렇지만 이 아이 역시 구원받아야 할 영원히 사라지지 않을 영혼이 있는 사람이니까요.

나는 어린아이용 교리문답책과 어린이 칫솔을 준비했어요. 내 의무는 다해야 한다고 여겨져서요. 이미 쟁기를 잡았으니 이제 뒤돌아보지 말아야지요.*¹ 어떻게든 잘 해낼 생각이에요."

메리는 이 소식을 듣고 그런대로 괜찮겠다는 체념과도 비슷한 만족스러움을 나타냈다.

메리가 말했다.

"생각보다는 행운이군!"

낸이 말했다.

---

*1 제1권 《만남》 452쪽 일곱째줄의 3. 참조.

"엘리엇 부인 집에서는 예의 바르게 행동하지 않으면 안 돼!"

"그래! 염려하지 마!"

메리는 얼굴을 붉혔다.

"나도 마음만 먹으면 너처럼 예의 바르게 숙녀처럼 할 수 있어, 낸 블라이스!"

우나가 걱정스레 말했다.

"점잖지 못한 말도 쓰면 안 돼! 그런 짓을 하면 아주머니가 질색하겠지."

메리가 해죽 웃었다. 엉뚱한 일을 생각한 것이 재미있어 흰 눈이 빛났다.

"걱정하지 마, 우나! 이제부터는 시치미를 뚝 떼고 있을 테니까. 점잔빼는 말만 할게!"

페이스가 덧붙였다.

"거짓말도 하지 말고."

메리가 외쳤다.

"채찍으로 맞아도 안 돼?"

다이가 소리쳤다.

"엘리엇 아주머니는 때리는 일이 없을 거야, 절대로!"

"정말?"

메리는 믿어지지 않는 듯했다.

"채찍으로 매맞지 않는다면 천당에 있는 것과 같겠지! 그럼, 난 두려움 때문에 거짓말하지 않아도 되겠구나. 난 거짓말하고 싶지 않아—할 이유가 없다면 말이야."

메리가 목사관을 떠나기 전날 아이들은 '무지개 골짜기'에서 작은 송별회를 열었다. 그날 밤 목사관 아이들은 저마다 소중히 간직하고 있던 물건을 이별의 선물로 주었다.

칼은 소중하게 간직했던 조가비를, 제리는 두 번째로 좋아하는 쥬즈하프를 주었다. 페이스는 작은 머리빗을 선물로 주었다. 뒤에 거울이 달려 있어 메리가 전부터 멋있다고 생각했던 것이다.

우나는 오래된 구슬지갑을 줄까 아니면 사자굴 속에 있는 예쁜 다니엘 그림으로 할까 망설인 끝에 메리에게 좋아하는 쪽을 고르도록 했다. 메리는 구슬지갑을 갖고 싶었지만 우나가 무척 소중히 여기는 것이므로 이렇게 말했다.

"다니엘을 줘. 나는 사자를 좋아하니까 그걸 갖고 싶어."

잘 시간이 되자 메리는 우나에게 함께 자달라고 부탁했다.

"마지막 밤이니까. 게다가 오늘 밤은 비가 주룩주룩 내리고 있잖니. 저 묘지만 없다면 아무렇지도 않겠지만, 여기 나 혼자 있으면 쓸쓸해서 울어버릴 거야. 너희들 모두와 헤어지는 것은 정말 괴롭고 싫어."

우나가 말했다.

"엘리엇 부인은 이따금 너를 '무지개 골짜기'로 놀러 보내줄 거라고 생각해. 그리고 넌 착하고 좋은 아이가 되겠지?"

메리는 한숨을 쉬었다.

"아무튼 애써보겠어. 하지만 너희들과 달라서 나로서는 좋은 아이가 되는 게 쉽지 않아! 밖으로 나타나는 것뿐이 아니고 마음도 착해야 하는데—너처럼 말이야. 너는 나처럼 지독한 친척들은 없잖아."

우나가 이어 말을 받았다.

"그 가운데에는 나쁜 점도 있겠지만 좋은 점도 분명 있을 거야. 좋은 점만 참고하고 나쁜 점은 질끈 눈감는 게 좋아!"

"아직은 좋은 점이 있다고는 생각되지 않아."

메리가 어두운 표정을 지었다.

"전혀 듣지도 못했어. 할아버지는 돈이 많았다고 하지만, 모두들 나쁜 사람이었다고 하더군! 소용없어! 자기 힘으로 시작해서 할 수 있는 데까지 해봐야 될 것 같아."

"그렇게 해달라고 기도하면 하느님께서 도와주실 거야, 메리."

"글쎄, 어떨지."

"어머나, 메리, 우리가 너에게 집을 주십시오 하고 기도했더니 하느님께서 들어주셨잖아."

"나로선 하느님이 그것과 무슨 관계가 있는지 모르겠어. 왜냐하면 그 일을 엘리엇 부인 머릿속에 불어넣은 것은 너였잖아."

"하지만 부인에게 너를 맡을 마음이 들도록 한 것은 하느님이야. 내가 아무리 부탁한다 해도 하느님께서 그렇게 해주시지 않았다면 아무 소용 없었을 거야."

"그래, 그럴지도 모르겠구나. 들어봐 우나, 난 특별히 하느님을 거부하는 것은 아니야! 하느님에게 기회는 드리려고 해. 정말로 하느님이란 끔찍이도 네 아버지와 똑같다고 생각해. 여느 때는 대개 아무것도 보이지도 들리지도 않는 꿈결 같은 상태인 듯싶은데, 때로는 갑자기 생각이 나서 친절하고 분별 있게 세상일을 모조리 처리하시니 말야!"

우나는 깜짝 놀라며 말했다.

"어머나, 메리, 그렇지 않아. 하느님은 아버지와 조금도 닮지 않으셨어—아버지보다 몇천 배나 훨씬 더 좋은 분이고 친절하셔."

메리가 말했다.

"하느님이 네 아버지처럼 좋은 분이면 도움이 될 텐데. 네 아버지가 나에게 여러 가지를 말씀해 주셨을 때, 난 두 번 다시 나쁜 짓할 생각이 없어졌어!"

우나가 한숨을 쉬었다.

"아버지로부터 하느님 이야기를 들을 수 있으면 좋으련만. 아버지라면 나보다 훨씬 잘 설명할 수 있거든!"

"그래. 듣기로 하자. 다음에 제정신이 드시면 말이야."

메리가 약속했다.

"그날 밤, 네 아버지께서 서재에서 여러 가지 좋은 말씀을 해주셨는데, 와일리 아주머니가 돌아가신 것은 내가 기도했기 때문이 아니라고 확실하게 이해시켜 주셨어. 그때부터는 마음이 편해졌지만 그래도 기도를 할 때는 조심하기로 마음먹었어. 어렸을 때 배운 시를 암송하는 게 가장 안전해.

그런데, 우나! 어쩔 수 없이 기도해야만 한다면 하느님보다 악마에게 하는 편이 좋을 것 같아. 하느님은 어쨌든 선하다고 네가 말했으니까 인간에게 어려움을 주는 일은 하지 않겠지만 내가 판단하는 한 악마는 살살 달래줄 필요가 있어. 악마에게 기도하는 게 이치에 맞을 것 같아.

'좋은 악마여! 부탁드리오니 날 나쁘게 부추기지 말아주십시오. 그대로 가만히 두도록 기원합니다'라고. 그렇지 않니?"

"아냐! 악마에게 기도하다니 잘못된 일이지! 악마는 나쁘니까. 거기에 기도해도 소용없어! 더욱 화나게 만들어 더 나쁜 짓을 할지도 모르지."

그래도 메리는 고집스러웠다.

"하느님에 대한 문제는 우리 모두 잘 모르는 것이니까 더 이상 말해도 소용없어. 확실히 알 수 있을 때까지 기다려야 해. 그때까지 나 혼자서 열심히 노력할 거야!"

"우리 어머니가 살아계시면 무엇이든지 잘 가르쳐주실 텐데."

우나는 한숨을 쉬었다.

메리가 말했다.

"너희 어머니가 살아 있었으면 좋았을 텐데. 내가 가버리면 너희들 어린아이들은 어떻게 될까 싶어. 아무튼 집안을 좀 더 잘 정리해둬야 겠어. 굉장한 소문이 나 있으니 말이야. 그리고 무엇보다도 먼저 네 아버지가 한 번 더 아내를 데려오리라는 것을 잘 알아둬야 해. 그렇게 되면 너희들을 밀쳐내고 대신 그 자리를 차지할 테지."

우나는 소스라치게 놀랐다. 아버지가 재혼한다는 것은 이제까지 생각해 본 적도 없었다. 상상만 해도 싫고 몸이 오싹하여 우나는 가만히 있었다.

메리는 말을 이었다.

"계모란 정말 무섭단다. 내가 알고 있는 일을 모두 들려주면 너는 피가 굳어버릴 거야. 와일리 부인네 집 건너편에 살고 있던 윌슨 씨 집에 계모가 들어왔는데, 아이들을 와일리 부인이 날 때리듯이 했거든. 계모가 집에 들어오면 정말 큰일이야!"

우나는 바들바들 떨면서 말했다.

"우리 집에 계모는 오지 않을 거라고 생각해. 아버지는 누구와도 결혼하지 않을 테니까."

메리는 우울한 얼굴로 말했다.

"결국은 어쩔 수 없이 그렇게 될 거야. 이 마을에서 아직 시집가지 못한 여자들이 모두 네 아버지 뒤꽁무니를 졸졸 쫓아다니고 있어. 그들은 결코 포기하지 않아. 게다가 무엇보다도 나쁜 것은 계모란 아버지와 너희들 사이가 나빠지도록 갈라놓지. 그렇기 때문에 아버지는 언제나 계모나 계모 아이들 역성만 들게 되는 거야. 계모는 아버지에게 너희들이 모두 나쁜 아이인 것처럼 여기도록 한단다."

우나는 참지 못하고 울음을 터뜨렸다.

"메리, 그런 말 하지 않았더라면 좋았을걸. 너무너무 슬퍼져 버렸어."

메리도 좀 후회되는 모양이었다.

"나는 다만 주의를 주고 싶었을 뿐이었어. 물론 너희 아버지는 저렇듯 여느 사람과 다르니까 다시 아내를 데려오는 일은 생각조차 않을지도 모르지. 다만 조심하는 것보다 더 나은 일은 없다고 생각했을 뿐이야."

메리가 잠든 뒤에도 우나는 오래도록 잠을 이루지 못하고 눈을 말똥말똥 뜨고 말았다. 너무 많이 울어서 빨개진 눈이 따끔따끔하였다. 아, 아버지가 어떤 사람과 결혼하여 그 때문에 아버지가 나, 제리, 페이스, 칼을 싫어하게 된다면 얼마나 끔찍할까! 우나는 견딜 수가 없었다.

미스 코닐리어가 메러디스 씨의 재혼에 대한 걱정으로 남편에게 말한 것은 목사관 아이들의 마음에 닿지 않았지만 메리는 좋은 뜻에서 우려를 남겼던 것이다. 그러나 메리는 꿈도 꾸지 않고 푹 잤지만 우나는 잠을 못 이루었다. 낡은 잿빛 목사관 주변에서는 사나운 비바람이 울부짖고 있었다.

존 메러디스 목사는 성 아우구스티누스 전기를 읽는 데 푹 빠져 자는 것도 잊어버렸다. 그는 새벽녘이 되어서야 2천 년 전 어려운 문제와 씨름하면서 2층으로 올라갔다. 딸아이들의 방문이 열려 있어 장밋빛으로 물든 얼굴로 잠들어 있는 아름다운 페이스를 볼 수 있었다. 우나는 어디에 있을까 목사는 고개를 갸웃했다. 아마도 블라이스네 딸들과 함께 있겠지 하고 생각했다. 가끔 있는 일이며 우나는 즐거워하는 듯했다.

존 메러디스 목사는 한숨을 쉬었다. 우나가 어디에 있는지도 모른다는 것은 있을 수 없는 일이라고 여겼다. 아내 시실리어가 있다면 틀림없이 우나를 잘 돌보아줄 것임에 틀림없었다.

시실리어가 살아 있다면 얼마나 좋을까! 그녀는 참으로 예쁘고 명랑했다. 메이워터 목사관에는 시실리어의 노랫소리가 아름답게 울려 퍼지고 있었다!

그런데 갑자기 떠나고 말았다. 웃음소리도, 음악도 사라지고 침묵만 남았다. 너무나 갑작스러워 어이가 없었던 그즈음 슬픔에서 그는 아직도 벗어나지 못하고 있었다. 그토록 아름답고 건강했던 시실리어가 죽으리라고는 상상조차 할 수 없었다.

재혼에 대해서는 한 번도 진지하게 존 메러디스 목사의 머리에 떠오른 적이 없었다. 아내를 깊이 사랑했기에 다른 여자를 좋아한다는 것은 생각조차 할 수 없었다. 곧 페이스가 성장하여 엄마의 뒤를 이어주리라고 막연히 생각해 왔다. 그때까지는 자기 혼자서 최선을 다해 가능한 모든 노력을 다하지 않으면 안 된다.

　메러디스 목사는 한숨을 쉬면서 자기 방에 들어갔다. 침대는 흐트러져 있었다. 마서 아주머니가 말쑥하게 정리하는 것을 잊은 것이다. 메리도 마서 아주머니로부터 목사님 방에 있는 물건은 일체 손대지 말라고 당부를 받았기에 감히 정리할 용기가 없었다. 하지만 메러디스 목사는 흐트러진 침대에 관심이 없었다. 잠들기 전 그의 머릿속에는 성 아우구스티누스에 대한 생각뿐이었다.

대청소

"아, 추워. 오늘은 비가 오는구나. 난 비오는 일요일이 정말 싫어. 일요일은 날씨가 좋아도 따분한데."

페이스는 침대에 일어나 앉으며 부르르 몸을 떨었다.

늦잠잤다는 꺼림칙한 양심의 가책에서 벗어나려는 듯 우나는 잠이 덜 깬 목소리로 말했다.

"우린 일요일이 따분하다는 말을 해선 안 돼."

페이스가 거짓없이 말했다.

"하지만 따분하잖니. 메리가 말했었지. 일요일은 따분하고 따분해서 목을 매달고 싶어질 지경이라고."

"우리는 메리보다는 좀 더 일요일을 좋아하지 않으면 안 돼. 목사님 아이들이잖아."

우나는 후회하는 듯한 투로 말을 이었다.

"차라리 대장장이네 아이였으면 좋았을걸. 그렇다면 아무도 우리가 다른 아이들보다 착하고 좋은 아이들이어야 한다는 생각을 하지 않을 텐데."

페이스는 성내며 양말을 찾았다.

"어머나, 이 뒤꿈치에 난 구멍 좀 봐. 메리가 가기 전에 모두 꿰매줬는데 또 뚫어져버렸어.

자, 우나, 어서 일어나. 나 혼자서는 아침 식사를 만들 수 없으니까. 아, 아버지와 제리가 집에 있었으면 좋을 텐데. 아버지가 안 계시면 쓸쓸하리라고는 생각 못했어—아버지는 집에 계시더라도 별로 볼 수 없었는데. 그런데도 모두 다 가버려서 텅 빈 것 같아. 난 가서 마서 할머니 병이 좀 어떤지 보고 올게."

페이스가 돌아오자 우나가 물었다.

"할머니는 좀 좋아지셨어?"

"웬걸. 좋지 않아. 아직도 괴로워 신음하고 계셔. 블라이스 의사 선생님께 말씀드려야 할까봐! 그런데 할머니는 필요없대. 평생 동안 한 번도 의사를 만나본 일이 없으시다니까 무리도 아니지. 의사란 독약으로 조제한 약을 파는 장사꾼이라는 거지! 정말 그렇게 생각해?"

우나는 분개했다.

"물론, 그럴 리 없어! 블라이스 선생님이 독약을 넣을 리 없어!"

"아침 식사가 끝나면 또 할머니의 등을 문질러 드려야겠어. 플란넬을 어제처럼 뜨겁게 하지 않도록 조심해야지."

페이스는 어제 일이 생각나서 깔깔 웃었다. 페이스와 우나는 어제 하마터면 가엾게도 마서 할머니의 등가죽을 홀랑 벗겨버리고 말 뻔했던 것이다.

우나는 한숨을 쉬었다. 등이 아플 때, 어느 정도로 플란넬을 뜨겁게 하면 좋은지 메리라면 알 것이다. 메리는 모르는 것이 없다. 우나 형제들은 아무것도 모른다. 어쨌든 이번 경우 가엾은 마서 할머니가 운수 나쁜 일을 당했지만, 이 쓰라린 경험을 살려서 앞으로는 그런 일이 없도록 해야 한다.

월요일에 메러디스 씨는 짧은 휴가를 보내려고 노바 스코샤로 제리를 데리고 떠났다.

수요일에는 마서 할머니가 갑자기 병이 났다. 그것은 가끔 일어나는 원인불명의 귀찮은 난치병으로, 반드시 가장 형편이 나쁠 때 일어나곤 했다. 그리고 조금만 움직여도 아파서 가만히 누운 채 꼼짝도 하지 못했지만, 결코 의사의 진찰을 승낙하지 않았다.

페이스와 우나는 음식을 만들고 나서 할머니를 돌보았다. 음식만드는 솜씨는 솔직히 말하지 않는 편이 좋다―마서 할머니의 솜씨와 비교하면 비슷했다.

마을 사람들 사이에는 기꺼이 도우러 와 주는 부인들도 많았지만, 마서 할머니는 자신의 병이 남에게 알려지는 것을 싫어해 가까이 오지 못하게 했다.

"내가 움직일 수 있을 때까지, 너희들끼리 노력하여 날 도와주어야 해!"

마서 할머니는 신음했다.

"마침 존이 없어서 다행이야. 삶은 고기를 냉동시킨 것과 빵은 얼마든지 있고, 오트밀은 너희들이 스스로 만들어 먹어보렴!"

페이스와 우나가 시도해 보았으나 그때까지 잘 된 적이 없었다. 처음에는 너무 묽고, 다음날은 너무 딱딱하고, 그 다음은 태우고 말았다.

페이스는 불만이 쌓여 내뱉듯 말했다.

"나는 오트밀에 질려버렸어. 결혼하면 오트밀 같은 거 쳐다보지도 않을 거야!"

우나가 물었다.

"아이들은 어떻게 하지? 아이들에겐 오트밀을 먹여야 해. 그렇지 않으면 키가 크지 않으니까! 이건 상식이야."

페이스는 완강했다.

"오트밀 없이 그럭저럭 자라든지 아니면 그냥 크지 않고 있어야지, 뭐! 자, 우나, 내가 식탁을 차리는 동안 이걸 좀 휘젓고 있어. 조금이라도 손을 놓으면 이 오트밀이 금방 타버리니까. 벌써 9시30분이야.
주일학교에 늦겠어."

우나가 말했다.

"아직 아무도 지나가지 않았어. 별로 많이 모이지 않을지도 몰라.
어쩌면 저렇게도 비가 내린담. 게다가 설교가 없으니 멀리서 아이들
을 데리고 올 사람도 없을 거야."

페이스가 말했다.

"칼을 불러와."

칼은 어젯밤 '무지개 골짜기' 늪지대에서 빨간 잠자리를 쫓아다니
다가 비에 젖어 후두염에 걸린 듯했다. 그는 양말도 구두도 푹 젖어
서 돌아와 잘 때까지 그대로 있었던 것이다. 칼은 아침 식사를 할 수
없는 것 같아서 페이스는 다시 침대에 눕혔다.

그런 다음 페이스와 우나는 식탁치우는 일은 나중에 하기로 하고
우선 주일학교에 갔다. 가보니 교실에는 아무도 없었고, 11시 무렵까
지 기다려도 누구 한 사람 오지 않았으므로 두 소녀는 다시 집으로
털레털레 돌아왔다.

우나가 말했다.

"감리교회 주일학교에도 아무도 오지 않은 것 같아."

페이스가 대답했다.

"그렇다면 잘됐어. 비오는 날인데도 감리교회 사람들이 장로교회보
다 주일학교에 더 많이 간다면 약오르잖아. 그쪽 교회에서도 오늘은
설교가 없으니까 주일학교는 오후에 시작할지도 몰라!"

우나는 메리 밴스에게 배워서 꽤 솜씨 있게 설거지를 했다. 페이스
는 그럭저럭 마룻바닥을 쓸어내고 점심 식사 준비로 감자를 벗기다
가 손가락을 살짝 베었다.

우나가 한숨을 쉬며 말했다.

"점심에는 디토 말고 다른 음식을 좀 먹었으면 좋겠어. 난 이것을

먹는 게 싫증났어. 블라이스네 아이들은 디토라는 게 어떤 건지 알지도 못해.

게다가 우리는 한 번도 말랑말랑한 푸딩을 먹어본 일이 없는데, 낸의 말로는 일요일에 푸딩이 없다면 자기네 수전은 기가 막혀서 기절하고 말 거라지 뭐야. 어째서 우리는 다른 사람들과 다른 것일까, 페이스?"

페이스는 피가 흐르는 손가락을 붙들어매며 웃었다.

"난 다른 사람과 똑같이 되고 싶지 않아. 나는 나니까 다른 사람과는 다른 편이 훨씬 재미있어. 제시 드류는 그 애 어머니 못지않을 만큼 집안일을 썩 잘하지만, 너는 그 애처럼 하찮은 사람이 되고 싶니?"

"하지만 우리 집은 깨끗이 정돈되어 있지 않아. 메리가 말했는데 우리 집은 더럽다고 소문났다잖아?"

페이스는 갑자기 좋은 생각이 나서 큰 소리로 말했다.

"우리끼리 깨끗이 청소하자. 내일 하지 않을래? 마침 마서 할머니가 병으로 누워 있어서 아무 방도 받지 않을 테니까 이런 좋은 때는 없을 거야. 아버지가 돌아오실 때까지는 완전히 해놓기로 하자. 쓸고 먼지를 털고 창문을 깨끗이 닦는 일쯤은 누구나 할 수 있어.

이제부터는 우리 집에 대해 이러쿵저러쿵 말하는 사람들이 없어질 거야. 그런 말을 하는 건 다만 심술궂은 노파들뿐이라고 젬 블라이스는 말했지만, 어떤 사람이든 남을 비방하는 것은 기분 나빠!"

우나도 신이 나서 말했다.

"내일 날씨가 좋아졌으면 좋겠는데. 아, 페이스, 모두 깨끗해져서 다른 집과 같아진다면 얼마나 멋있을까?"

"마서 할머니 병이 내일도 계속되면 좋겠어. 그렇지 않으면 잔소리 때문에 우린 아무것도 할 수 없을 거야."

페이스의 이런 마음씨 고운 소망대로 다음날도 마서 아주머니는 일어나지 못했다. 칼도 여전히 아파서 침대 속에 기어들어가 있도록 설득하는 것은 간단했다.

페이스도 우나도 칼이 얼마나 아픈지 전혀 알지 못했다. 자상한 어머니가 있었다면 곧 의사에게 보였을 것이다. 가엾은 칼은 목구멍이 따끔따끔 아프고 머리도 쿡쿡 쑤셨다. 더군다나 열이 있어 얼굴이 시뻘개져 꾸깃꾸깃한 이불에 둘러싸인 채 혼자 끙끙 앓으며 괴로워하고 있었다. 그를 위로해 주는 것이라고는 겨우 그의 누더기 같은 잠옷 주머니에 든 작은 초록색 도마뱀 정도였다.

날씨가 활짝 개어 대청소하기에 더없이 좋은 날씨였으므로 페이스도 우나도 기쁜 마음으로 기운차게 일하기 시작했다.

"식당과 응접실을 깨끗이 하자!"

페이스가 말했다.

"서재는 건드리면 안 되고 2층은 별로 할 게 없어. 먼저 방 안에 있는 가구를 모두 밖으로 내놔야겠어."

그래서 살림살이를 모두 밖으로 들어냈다. 가구는 베란다와 잔디밭에 쌓아 놓았다. 감리교파 묘지 울타리에는 카펫과 깔개가 화려하게 널렸다.

그런 다음 우나가 먼지떨이로 먼지를 탈탈 털어내고 페이스가 식당 창문을 뽀드득뽀드득 닦는 등 크게 소란을 피웠다. 페이스는 유리창을 한 장 깨뜨렸고 두 장에 금이 가게 했다. 페이스는 가까스로 창문을 다 씻어냈으나 먼지로 더러워진 물이 줄을 그은 듯 흘러내리고 있었다.

그것을 보고 우나가 말했다.

"그리 깨끗해지지 않았잖아. 엘리엇 아주머니하고 수전네 유리창은 반짝반짝하던데."

페이스가 쾌활하게 말했다.

"괜찮아. 햇빛이 통하는 데는 변함이 없으니까. 자, 벌써 11시야. 마룻바닥 쓰레기를 치우고 나서 밖으로 나가자. 너는 가구의 먼지를 털어. 나는 카펫하고 깔개를 털 테니까. 나는 묘지에서 할까 해. 잔디밭에 온통 먼지가 날아들면 난처하니까."

카펫의 먼지를 터는 일은 매우 유쾌했다. 헤저키어 폴록의 묘석 위에 서서 카펫을 탁탁 때리기도 하고 크게 흔들어 터는 것은 참으로 재미있었다.

그런데 마침 큼직한 마차를 타고 그곳을 지나가던 교회 장로 에이브러햄 클로 씨와 그 부인이 매서운 얼굴을 찌푸리며 뚫어지게 페이스를 보았다.

엄한 목소리로 에이브러햄 장로는 말했다.

"저게 무슨 짓이람."

에이브러햄 장로부인은 남편보다도 한층 더 엄하게 말했다.

"내가 내 눈으로 본 게 아니었다면 도저히 믿을 수 없을 거예요."

페이스는 그들에게 쾌활하게 구두닦는 깔개를 흔들어 보였다. 이런 그녀의 인사에 대해 장로도 부인도 답례를 해주지 않았으나 그런 일은 그리 아무렇지도 않았다. 왜냐하면 14년 전 주일학교 감독으로 지명된 뒤 에이브러햄 장로는 결코 남에게 웃는 얼굴을 보이지 않는다는 평판이었기 때문이다.

그러나 미니와 애딜러도 손을 흔들어주지 않아 페이스는 크게 분개했다. 페이스는 블라이스네 아이들 다음으로 미니와 애딜러를 좋아했다. 학교에서는 이 두 아이와 가장 친한 사이여서 언제나 애딜러의 수학공부를 도와주곤 했던 것이다.

'메리 밴스가 말한 대로, 요 몇 해 동안은 새로 묻힌 사람도 없는 해묵은 묘지에서 깔개를 털었다고 해서 모른 체 인사도 하지 않는다니 정말 너무하잖아.'

페이스가 머리끝까지 화가 나서 베란다로 뛰어오자, 그곳에서는 또 우나가 클로네 소녀들이 인사를 받아주지 않았다며 시무룩해져 있는 참이었다.

페이스가 말했다.

"그 애들은 틀림없이 뭔가 화난 일이 있었다고 생각해. 아마 우리가 '무지개 골짜기'에서 블라이스네 아이들하고만 늘 놀기 때문에 샘내는 걸 거야. 좋아, 학교가 시작되기만 해보라지. 애딜러가 '이 계산은 어떻게 하니?' 하고 물으면 나도 똑같이 모른 체 해줄 테니까.

자, 물건들을 도로 집 안에 들여놓자. 이젠 녹초가 되었어. 그런데도 방은 대청소를 하기 전과 그리 달라지지 않은 것 같아. 묘지에서 먼지를 말끔히 털고 왔는데도 말이야. 이제 나는 대청소 같은 건 질색이야."

2시가 되어서야 지칠 대로 지친 두 소녀는 방 두 개의 청소를 겨우 끝냈다.

그런 다음 부엌에서 맛없는 식사를 끝내고 곧 설거지를 시작할 생각이었다. 그런데 페이스는 무심코 다이 블라이스가 빌려준 이야기책을 집어들고 보다가 그대로 저녁때까지 정신없이 책 읽는 데 열중하고 말았다.

우나는 맛이 지독한 차 한 잔을 칼에게 가져갔으나 칼이 곧 잠들어 있었으므로 자기도 제리의 침대에 파고들어 깊이 잠들어버렸다.

한편 글렌 세인트 메리 마을에는 엄청난 소문이 자자하게 퍼져 마을 사람들은 이 목사관의 장난꾸러기들을 어떻게 하면 좋을지 서로 열심히 의논하고 있었다.

"이번 일은 웃어넘길 일이 아닌 것 같아요, 정말로."

미스 코닐리어는 남편에게 말하면서 한숨을 쉬었다.

"처음 들었을 때는 도저히 믿을 수 없었어요! 미랜더 드루가 어제 오후 감리교파 주일학교에서 듣고 오늘 오후 우리 집에 와서 나에게 말했는데 그때는 가벼이 웃어넘겼지요! 그런데 에이브러햄 장로부인이 그러는데 자기와 그녀 남편이 직접 봤다는군요!"

"뭘 봤는데?"

마셜이 물었다.

"메러디스 목사의 아이들인 페이스와 우나가 어제 주일학교에는 가지 않고 대청소를 했대요!"

미스 코닐리어의 말투로 보아서 무척 난감해 하는 것을 알 수 있었다.

"에이브러햄 장로가 도서관 책을 정리한 다음 집으로 돌아가려고 교회를 나왔는데 그 아이들이 감리교파 묘지에서 깔개의 먼지를 털고 있는 게 목격됐다는군요! 이제는 감리교파 사람들에게 체면이 안 서게 됐어요. 시끄러워지면 어떡하지요!"

이것은 예상대로 스캔들이 되었다.

소문은 퍼져나감에 따라 점점 더 부풀려서 드디어 항구 건너편 마을 사람들 귀에 들어갔을 때에는, 목사관 아이들이 일요일에 집안청소며 빨래를 했을 뿐 아니라 마지막에는 감리교파에서 주일학교를 열고 있는데도 묘지에서 피크닉을 한 것으로까지 되어 있었다.

이 엄청난 소문을 모르는 것은 오직 목사관뿐이었다. 페이스도 우나도 화요일인 줄로만 여겼던 다음날 또 비가 왔고, 그로부터 사흘 내내 비가 내렸으므로 아무도 목사관 가까이 오지 않았고 목사관에서도 나가지 않았다. 잉글사이드에 가려고 해도 수전과 의사선생 말고는 모두 애번리에 가고 없었다.

페이스가 말했다.

"이제 이 빵이 마지막이야. 디토도 다 없어졌고. 마서 할머니가 빨리 낫지 않으면 우리는 어떻게 해야 좋을지 모르겠어."

우나가 말했다.

"마을에서 빵을 조금 사오면 돼. 그리고 메리가 바짝 말려놓은 대구도 있어. 하지만 대구를 어떻게 요리해야 하는지 모르잖아."

페이스가 웃었다.

"아, 그런 건 문제없어. 그냥 삶으면 돼."

두 소녀는 대구를 삶기는 했지만 미리 물에 담가놓지 않았기 때문에 짜서 도저히 먹을 수가 없었다.

그날 밤 아이들은 배가 무척 고파서 견딜 수 없었으나, 두 소녀의 고생도 이튿날로 끝났다.

해님은 다시 반짝이기 시작했고, 칼은 건강해졌으며, 마서 아주머니는 병이 시작되었을 때와 마찬가지로 갑자기 나아버렸고, 고기장수가 목사관에 와서 굶주림으로부터 아이들을 구해주었던 것이다.

무엇보다도 기쁜 일은 블라이스네 아이들이 돌아와서 그날 저녁때 블라이스네 아이들과 목사관 아이들과 메리 밴스가 오랜만에 '무지개 골짜기'에 모인 일이었다. '무지개 골짜기'에는 데이지가 여기저기 풀 위에 이슬의 요정처럼 피어 있고, '연인의 나무'에 매달린 방울은 좋은 향기가 가득찬 황혼 속에서 요정의 종소리처럼 딸랑딸랑 울리고 있었다.

무서운 발견

"정말이지 너희들 어이없는 짓을 저질렀더구나."

'무지개 골짜기'에 오자마자 느닷없이 던진 메리의 첫마디였다.

미스 코닐리어는 잉글사이드에서 앤과 수전과 함께 괴로운 비밀회의를 열고 있었다. 메리는 이 모임이 길어지기를 바라고 있었다. 벌써 2주일이나 좋아하는 '무지개 골짜기'에서 다정한 친구들과 놀 수 없었기 때문이다.

모두들 입을 모아 물었다.

"뭘 했다는 거야?"

"너희들 목사관 아이들 말이야. 정도가 심했잖아! 나 같으면 그런 짓 절대 안 해. 난 목사관에서 자라지 않았고—어디서든 키워준 일도 없고 그냥 자라났을 뿐이지만."

페이스가 어안이 벙벙해서 물었다.

"우리가 뭘 했다는 거지?"

"뭘 했다는 거냐고? 용케도 그런 말을 하는구나. 글쎄, 소문을 좀 들어봐. 그 일 때문에 너희 아버지는 이곳 신도들의 믿음을 모조리 잃고 말 것 같아. 오랜 세월이 흘러도 명예회복이 어려울 거야. 모든 게 너희 아버지 때문이래. 물론 불공평한 일이지. 하지만 이 세상에서 공평한 건 하나도 없어. 너희들 조금은 부끄럽게 생각해야 해."

우나가 어찌할 바를 모르며 다시 한번 물었다.

"우리가 뭘 어떻게 했다고 그래?"

페이스는 침묵을 지켰으나 번쩍이는 눈으로 무시하듯 메리를 노려보았다.

그러자 메리가 좀 기죽은 듯 말했다.

"제발 시치미떼지 말아줘. 누구나 너희들이 한 짓을 모두 알고 있으니까."

젬 블라이스가 화가 나서 말했다.

"나는 몰라. 우나를 울리기만 해봐. 가만두지 않을 테니까. 메리 밴스, 대체 무슨 말을 하는 거야?"

젬은 언제나 메리를 복종시킬 수 있었으므로 메리는 좀 얌전하게 말했다.

"넌 모를 거야. 서부에서 막 돌아왔으니까. 하지만 다른 사람은 다 알고 있는 일이야."

"뭘 알고 있다는 거니?"

"페이스와 우나가 지난 일요일 주일학교에는 가지 않고 대청소를 했다는 것 말이지."

페이스와 우나는 정신없이 손사래를 치며 외쳤다.

"그런 일 하지 않았어."

메리는 업신여기듯 두 소녀를 노려보았다.

"그렇게 내게 거짓말하면 안 된다고 단단히 설교해 놓고서 설마 '그런 일 하지 않았다'고 뻔뻔하게 말하는 건 아니겠지? 그런 말 해도 아무 소용 없어. 클로 장로님과 부인이 틀림없이 너희들을 보았는걸. 어떤 사람들은 '이젠 교회가 엉망진창이 되고 말겠군' 하고 혀를 차며 말하지만, 나는 그렇게 생각지 않아. 너희들은 정말 멋있는 아이들이야."

낸 블라이스가 일어나 어떻게 해야 할지 몰라 우두커니 서 있는 페이스와 우나에게 팔을 걸치면서 말했다.

"그렇고말고. 네가 테일러 씨네 헛간에서 굶어죽게 되었을 때 집에 데려가 먹을 것과 옷을 주었잖아. 정말 멋있는 아이들이지. 메리 밴스, 너는 은혜를 아는구나."

메리가 대꾸했다.

"난 은혜를 알아. 내가 어떤 어려운 꼴을 당하더라도 메러디스 목사님 역성을 드는 걸 보면 알 거야. 이번주만 해도 목사님을 위해 말하고 말하고 또 말했는걸.

메러디스 씨가 나쁜 게 아니라 일요일에 청소한 것은 아이들이고, 메러디스 씨는 집을 떠나 있었지 않았느냐고 말이야. 그건 사람들도 다 아니까."

우나가 항의했다.

"하지만 우리는 하지 않았어. 청소를 한 것은 월요일이었어. 그렇지, 페이스?"

페이스는 눈을 반짝이며 말했다.

"물론이지. 우리는 비가 내리는데도 주일학교에 빠지지 않고 갔었어—그랬더니 아무도 와 있지 않았어—에이브러햄 장로님조차 오지 않았어. 사람들을 보고 맑은 날에만 크리스천이니 뭐니 하고 설교했으면서."

"비가 온 것은 토요일이었어. 일요일은 활짝 개어 햇빛이 쨍쨍 나는 좋은 날씨였는걸. 나는 이가 아파 주일학교에 가지 않았지만 다른 사람들은 모두 갔으므로 너희들이 여러 가지 집안 물건들을 잔디밭에 내놓은 것을 보았어. 그리고 에이브러햄 장로님과 부인이 네가 묘지에서 깔개를 흔드는 것을 보았다던걸."

우나는 데이지 꽃 속에 주저앉아 울기 시작했다. 젬이 분명하게 딱 잘라 말했다.

"좋아, 이건 확실히 밝혀야만 하겠어. 누군가가 틀린 거야. 일요일은 날씨가 좋았어, 페이스. 어째서 토요일을 일요일이라고 생각했지?"

페이스가 소리쳤다.

"목요일 밤에 기도회가 있었어. 그리고 금요일에는 애덤이 마서 할머니의 고양이에게 쫓겨 수프 냄비 속에 뛰어들어 점심 식사를 망쳐 버렸고, 토요일에는 지하실에 뱀이 들어와 칼이 밖으로 들고 나갔고, 일요일에는 비가 왔단 말이야. 그렇게 된 거야."

메리가 말했다.

"기도회는 수요일 밤이었어. 백스터 장로님이 지도하시기로 되어 있었는데, 목요일 밤에는 형편이 나쁘다고 해서 수요일로 바뀌었지. 너는 다만 하루를 틀린 셈이야, 페이스 메러디스. 그러니까 일요일에 일을 한 게 된 거란 말야."

느닷없이 페이스는 큰 소리로 까르르 웃기 시작했다.

"아, 그래, 그렇게 되었구나. 어쩌면 이렇게 우스울 수가 있니?"

메리가 불쾌한 얼굴이 되어 말했다.

"너의 아버지에게는 그리 우습지 않을 거야."

페이스는 가벼운 마음으로 말했다.

"그저 실수였다는 걸 사람들이 알게 되면 그것으로 끝나는 거야. 우리가 설명하겠어."

"아무리 네가 얼굴이 온통 시뻘개질 만큼 말하고 다닌다 해도 이미 늦었어. 내가 너희들보다 세상을 좀 더 알아. 게다가 실수였다고 해도 사람들은 대개 믿지 않을 테니까."

페이스가 말했다.

"내가 이야기하면 알아줄 거야."

메리가 말했다.

"설마 한 사람 한 사람에게 붙들면서 말하고 다닐 수는 없을 테지.

안 돼. 아무튼 너희들 아버지가 부끄러운 꼴을 당하시게 됐어."

모처럼 모인 이 저녁이 우나에게는 엉망진창이 되어버렸지만, 페이스는 그 일로 언제까지나 걱정하지 않았다. 페이스는 모든 사정을 밝힐 계획을 꾸미고 있었던 것이다. 그래서 지나가버린 일은 그대로 내버려두고 현재를 마음껏 즐겼다.

젬은 낚시하러 갔고, 월터는 꿈의 세계에서 되돌아와 천국에 있는 숲 속을 설명했다. 메리는 한 마디도 빠뜨리지 않으려고 진지한 표정으로 들었다. 월터에게는 좀 어렵고 거북스러운 점도 있지만, 독서한 내용을 이야기해주는 것은 매우 즐거운 일이었다. 언제 들어도 즐겁고 가슴이 설레었다. 월터는 그날 평소 좋아했던 콜리지의 저서를 읽었으므로 눈으로 본 것처럼 생생하게 천국을 그릴 수 있었다.

"정원에는 꾸불꾸불 흐르는 실개천이 빛나고, 향기 좋은 나무들은 꽃으로 가득하고, 태고 때부터 있었던 언덕과 그보다 더 오래된 숲이 해가 눈부시게 빛나는 초록색 들판을 에워싸고 있다."[1]

메리가 탄식조로 말했다.

"천국에 숲이 있다고는 생각 못했어. 천국에는 길만 많은 것으로 생각했지—저쪽에도 길—이쪽에도 길."

낸이 말했다.

"물론 숲이 있어! 우리 어머니는 숲이 없으면 살 수 없고 나도 마찬가지야! 그러니까 숲이 없다면 천국에 가도 그리 좋지 않을 거야!"

어린 몽상가가 말했다.

"도시도 있어! 훌륭하고 멋진 도시—저녁노을 진 붉은 하늘빛이면서 사파이어 색깔의 탑이 높이 솟아 있고, 일곱 색깔 무지개 돔이 질서정연하게 세워져 있어. 황금과 다이아몬드로 되어 있지—모든 길은 다이아몬드로 꾸며져 태양처럼 빛나고 있어. 도시의 광장에는 수

---

[1] 영국 시인·비평가인 새뮤얼 T. 콜리지(1772~1834)의 시 《쿠블라 칸》에서.

정 같이 맑은 분수가 퐁퐁 솟아오르고 햇빛이 키스하고 있어. 그리고 모든 곳에 아스포델이 피어 있어—이것은 천국에만 피는 꽃으로 결코 시들지 않아."

흥분한 메리가 말했다.

"굉장해! 옛날에 샬럿타운에 있는 번화가를 보았을 때—매우 훌륭하다고 생각했는데—천국과 비교하면 아무것도 아니잖아. 월터의 이야기를 듣고 있으면 모두 멋있게 여겨지지만 좀 따분하기도 해!"

페이스가 태평스럽게 말했다.

"천사가 보는 데서 즐겁게 놀 수 있을 거야."

다이가 선언했다.

"천국에는 즐거운 일만 있어!"

메리가 말했다.

"성경에는 그렇게 기록되어 있지 않아!"

메리는 요즈음 일요일 오후가 되면 미스 코닐리어의 감시 아래 성서를 읽었으므로 제법 권위자인 체하고 있었다.

낸이 말했다.

"성경 말씀은 비유적인 거라고 어머니가 말했어."

메리가 재미있다는 듯 물었다.

"그럼, 사실이 아니라는 거니?"

"응! 꼭 그렇다는 것은 아니지만—하지만 천국이란 이렇게 됐으면 좋겠다고 바라는 곳을 의미하는 거라고 생각해!"

메리가 말했다.

"나는 '무지개 골짜기' 같은 곳이라고 생각해. 우리들 모두가 있고, 이야기하고 놀 수도 있는 곳. 나로서는 그런 곳이면 충분해. 어쨌든 죽지 않으면 천국에 갈 수 없고 죽었다고 해도 못 갈지 모르는데 벌써부터 끙끙 앓을 필요가 있겠니? 젬이 잡아온 송어가 몇 마리 있는데 내가 구울 차례야."

목사관으로 돌아오면서 우나가 말했다.

"천국에 대해서는 우리들이 월터보다 더 잘 알아야 한다고 생각해! 목사관 아이들이니까."

페이스가 말했다.

"우리들도 알아야 될 만한 것은 알고 있어. 다만 월터는 상상할 수 있는 거야. 그것은 어머니로부터 물려받은 것이라고 엘리엇 부인이 말했어."

우나는 한숨 쉬었다.

"일요일의 실수는 안 저질렀으면 좋았을 텐데."

"걱정 마. 사람들이 이해할 수 있게 설명하려고 멋진 계획을 세웠으니까. 내일 저녁 때까지 기다려."

설득과 도전

이튿날 밤, 목사인 쿠퍼 박사가 글렌 세인트 메리에서 설교한다는 소식을 듣고 멀고 가까운 곳에서 많은 신도들이 웅성웅성 모여들어 장로교회가 가득찼다. 쿠퍼 박사는 웅변가로 평판이 높았다. 게다가 '도시에서는 최고의 멋쟁이', '시골에서는 최고의 설교'로 보답해야 한다는 옛 말씀대로 확실히 학구적이고 감명 깊게 설교했다.

하지만 그날밤 집으로 돌아오면서 사람들이 서로 대화한 것은 쿠퍼 박사의 설교가 아니었다. 다들 그것은 깨끗이 잊어버렸다.

쿠퍼 씨는 모여든 사람들에게 열렬하게 호소하여 이야기를 끝내고 송골송골 맺혀 있는 이마의 땀을 닦은 다음 말했다.

"기도합시다."

그는 자신의 명성에 걸맞게 기도를 드렸다. 잠시 동안 물을 끼얹은 듯 조용했다.

글렌 세인트 메리 교회에서는 설교 전에 헌금을 하는 새로운 방법에 따르지 않고 지금도 여전히 설교가 끝난 다음에 하는 예부터 전해 내려오는 습관을 지키고 있었다. 감리교파가 새로운 방법을 채택하고 있었으므로 미스 코닐리어와 클로 장로가 강력히 주장하여 장로교회에서는 옛날 식으로 이어졌다.

그래서 헌금 그릇을 돌리는 일을 맡은 찰스 백스터와 토머스 더글러스 두 사람이 바야흐로 일어서려 하고 있었다. 오르간 연주자는 찬송가를 치기 시작하고, 성가대는 노래를 시작하려 목을 가다듬고 있었다.

그때 별안간 페이스 메러디스가 목사 가족석에서 일어서더니 설교단으로 올라가 아연해하는 사람들 앞에 섰다.

미스 코닐리어는 저도 모르게 일어서려다가 다시 앉아버렸다. 그녀의 자리는 훨씬 뒤였다. 때문에 페이스가 무엇을 할 생각이든 그것을 말리기에는 이미 늦었다는 생각이 들었다. 더욱 심한 웃음거리로 만들 필요는 없었던 것이다. 괴로운 표정으로 블라이스 의사부인을 잠시 보고 다시 감리교회의 워런 집사를 잠깐 훔쳐본 미스 코닐리어는 단념하고 새로운 나쁜 소문을 받아들이기로 했다.

"적어도 옷차림만이라도 제대로 해주었더라면 좋을 텐데."

미스 코닐리어는 마음속으로 신음했다.

페이스는 좋은 옷에 잉크를 엎질러버려서 얼룩지고 빛바랜 연분홍 사라사 헌 옷을 태연히 입고 있었다. 스커트의 찢어진 곳을 새빨간 무명실로 꿰매었고, 올렸던 치맛단은 내려져 스커트 둘레에 색이 뚜렷한 연분홍색이 빙 둘러져 있는 형편이었다.

그러나 페이스는 옷에 대한 일은 전혀 신경쓰고 있지 않았다. 그녀는 갑자기 긴장이 되었다. 머릿속으로 생각하고 있을 때에는 어렵지 않게 여겨졌는데, 실제로 앞에 나서 보니 무척 어려웠던 것이다.

대체 어찌된 일이냐는 듯이 눈이 휘둥그레져 똑바로 자기를 지켜보는 사람들 모두와 마주서자 페이스의 용기는 어디론가 사라져버리고 말았다.

불빛은 유난히 밝았다. 쥐죽은 듯 조용한 침묵은 무서울 정도였다. 이래서는 도저히 말을 꺼낼 수 없다고 페이스는 생각했다. 그러나 무슨 일이 있어도 말해야만 한다. 아버지에 대한 잘못된 평판을 바로잡아야만 한다. 다만 아무래도 말이 쉽게 나오지 않는 것이었다.

우나의 파리하고 조그마한 얼굴이 애원하듯 그녀 쪽을 초조하게 보고 있었다. 블라이스네 아이들은 멍하니 앉아 있었다.

특별석 아래쪽에 정답게 미소 지은 로즈머리 웨스트와 흥미로운 표정으로 앉아 있는 엘런을 페이스는 보았다. 그러나 그 사람들을 보아도 아무 도움이 되지 않았다.

급한 자리에서 구해준 것은 버티 셰익스피어 드류였다. 특별석 맨 앞에 앉아 있던 그는 페이스에게 비웃는 얼굴을 잔뜩 일그러뜨려 보였다. 페이스는 얼른 무섭게 얼굴을 찌푸려 버티에게 보복해 주었다. 그리고 모든 두려움과 걱정은 버티 셰익스피어에게 놀림받은 노여움으로 잊어버릴 수 있었다.

그녀는 맑은 목소리로 용감하게 말하기 시작했다.

"나는 꼭 설명하고 싶은 일이 있습니다. 소문을 들으신 분들 모두에게 말씀드리고 싶기에 지금부터 이야기하려고 합니다.

여러분은 우나와 내가 지난번 일요일 주일학교에 가지 않고 집에서 청소했다고 말씀하십니다. 그렇습니다. 우리는 청소했습니다. 하지만 결코 처음부터 그럴 생각은 아니었습니다. 우리는 요일을 혼동해 버렸던 겁니다. 그것은 모두 백스터 장로님 때문이었습니다."

백스터 집안 좌석이 웅성거렸다.

"왜냐하면 백스터 장로님은 요일을 바꾸어 기도회를 수요일 저녁에 하셨습니다. 그래서 우리는 다음날—목요일을 금요일로 잘못 생각해 버리고, 토요일을 일요일로 착각한 겁니다.

칼은 앓아누웠고, 마서 할머니도 몸이 불편하여 침대에 계셔서 두 사람 다 맞는 날을 가르쳐줄 수가 없었습니다.

우리는 토요일에 비가 쏟아지는데도 주일학교에 갔습니다. 그러나 아무도 오지 않았습니다. 그래서 우리는 월요일에 대청소를 해서 심술사나운 할머니들이 '목사관은 어쩌면 저렇게 더럽담!' 흉보는 말을 하지 못하게 하려고 했던 겁니다."

온 교회가 떠들썩해지기 시작했다.

"그래서 우리는 대청소를 했습니다. 나는 감리교파 묘지에서 카펫과 깔개를 털었는데, 그것은 죽은 사람에 대해 실례되는 짓을 할 마음에서가 아니라 먼지를 털기에 퍽 좋은 장소였기 때문이었습니다. 이 일로 크게 떠들어댄 것은 죽은 사람들이 아니라 산 사람들입니다.

그리고 어떤 사람일지라도 이 일로 우리 아버지를 나쁘게 말하는 것은 지나친 잘못입니다. 아버지는 집을 떠나 있었으므로 모르셨고, 아무튼 우리는 그날을 월요일로 생각했었기 때문입니다. 우리 아버지야말로 이 세상에서 가장 좋은 분이며, 우리는 진심으로 아버지를 사랑하고 있습니다."

페이스는 힘을 다해 흐느껴 우는 것으로 그 설명을 끝냈다.

그녀는 층계를 뛰어내려오자 얼른 옆문으로 달려나갔다. 밖에서는 친밀하게 깜박거려 주는 별이며 여름날 포근한 밤이 엄마처럼 페이스를 위로해 주었으므로 아프던 눈도 목구멍도 깨끗이 나아버렸다.

페이스는 매우 행복했다. 이로써 그 소름끼치는 설명도 끝났고, 이제는 누구나 다 아버지 때문이 아니었다는 것을 알게 되었으며, 게다가 페이스도 우나도 일부러 일요일에 대청소를 할 만큼 나쁜 아이가 아니라는 걸 알았을 것이었다.

교회 안에서는 사람들이 멍하니 서로 얼굴을 마주보고 있었지만, 토머스 더글러스만은 엄숙한 얼굴로 일어나 통로를 걷기 시작했다. 자신의 의무는 분명한 것이다. 비록 하늘이 내려앉을지라도 헌금은 모아야만 하는 것이다.

마침내 헌금은 모아졌고, 심각한 일이 방금 있었으므로 성가대 찬송가는 형편없었다. 쿠퍼 박사는 찬미하는 말씀으로 축복했지만 여느때와 달리 힘이 없었다. 그래도 박사에게는 유머 감각이 있었으므로 페이스의 행동을 재미있게 여겼다. 게다가 존 메러디스는 장로파 동료들 사이에 잘 알려진 인물이었다.

메러디스 씨는 다음날 오후에 돌아왔는데, 그 전에 또다시 페이스는 글렌 세인트 메리에 소문거리를 뿌리는 일을 저질렀다.

일요일 저녁 긴장에 대한 반동으로 페이스는 특히 월요일에 장난을 치고 싶어졌다. 미스 코닐리어라면 당장 '악마의 소행'이라고 단정했을 것이다. 페이스는 그 '악마'의 부추김으로 월터 블라이스를 돼지 등에 올라타게 하고, 자신도 다른 돼지 등에 훌쩍 올라타 글렌 마을 큰길을 달려 빠져나가는 짓을 했던 것이다.

크고 뒤룩뒤룩 살찐 문제의 돼지 두 마리는 버티 셰익스피어 드류의 아버지가 기르던 것으로 2, 3주 동안 목사관 옆 길 주변을 떠돌고 있었다.

월터는 돼지를 타고 글렌 세인트 메리 마을을 빠져나갈 생각이 없었는데, 페이스가 고집을 부리면 어떤 일도 하지 않을 수가 없었다. 두 사람은 언덕을 정신없이 뛰어내려 글렌 마을을 빠져나왔다. 페이스는 두 다리를 벌리고 공포에 질린 돼지 등에 올라타 몸을 반으로 접은 듯이 하면서 자지러지게 웃었고 월터는 부끄러워 얼굴이 붉어졌다.

때마침 역에서 집으로 가고 있던 메러디스 목사의 곁을 두 사람은 바람처럼 지나쳤다. 목사는 여느 때와 달리 침착했다―기차 안에서 이미 미스 코닐리어를 만나 대화했기 때문인데, 그녀의 도움을 받으면 메러디스 목사도 얼마 동안은 깨우친 상태가 되는 것이었다―목사는 두 아이를 알아보고 이번에는 페이스를 불러서 그런 보기흉한 행동을 하지 말도록 엄하게 꾸짖어야 되겠다고 생각했다. 그러나 집에 도착한 다음에는 싹 잊어버리고 말았다.

페이스와 월터는 앨릭 데이비스 아주머니 옆을 지나갔다. 아주머니는 무서워서 비명을 고래고래 질렀다. 두 사람은 미스 로즈머리 웨스

트의 옆도 지나갔지만 미스 로즈머리는 큰 소리로 웃은 다음에 한숨을 쉬었다.

마지막으로 두 마리 돼지는 버티 셰익스피어 드류의 집 뒤뜰로 뛰어들어 두 번 다시 거기에서 나오지 못했다. 이번 일은 그만큼 돼지들에게 크게 충격을 주었다. 돼지가 뒤뜰로 뛰어들기 직전 페이스와 월터가 뛰어내린 곳으로 때마침 블라이스 의사부부가 마차를 타고 달려왔다.

"과연, 이것이 당신의 남자아이 교육방법이군."

길버트의 목소리는 격했지만, 얼굴은 웃고 있었다.

"그래. 너무 응석을 받아주었는지도 모르겠어!"

앤은 후회하는 듯한 말투였다.

"하지만 길버트! 그린게이블즈로 오기 전 내 어린 시절을 생각하면, 난 엄하게 할 수가 없어. 애정과 놀이에 대해 너무 메말라 있었거든—아직 어린데도 사랑을 제대로 받지 못하고 부지런히 일할 뿐 놀 틈이 없었지. 우리 집 아이들은 목사관 아이들과 함께 즐겁게 지내고 있어!"

길버트가 물었다.

"돼지들이 가엾다고 생각하지 않아?"

앤은 진지한 표정으로 말하려 했으나 잘 안 되었다.

"돼지들이 정말 그 일로 고통받았다고 생각해? 그 돼지들은 아무 감각도 없었을 거야. 그 돼지들은 여름 동안 이 언저리를 황폐화시켜 주위에서 싫어했는데도 드류 씨 집에서는 가두어두려고 하지 않았어. 그래도 월터에게는 잘 이해하도록 말하겠어—말할 때 웃음을 참을 수 있으면."

그날 저녁 미스 코닐리어가 잉글사이드에 왔다. 일요일 밤에 있었던 페이스의 행동에 대해 울분을 털어놓으려는 것이었다. 그런데 앤이 자기와 견해가 다른 것을 알고 내심 놀랐다.

앤은 말했다.

"교회가 넘칠 만큼 많은 사람들 앞에서 고백했을 때 페이스는 용감했고 마음을 움직이게 하는 무언가가 있었어요. 그 아이는 매우 두려워했지요—그러나 어떤 일이 있어도 아버지의 결백성을 증명하려고 노력했어요. 그래서 난 그 아이가 좋아요!"

미스 코닐리어는 한숨을 쉬었다.

"물론 그 아이는 좋은 일을 할 작정이었어요. 하지만 의도야 어떠했든 엄청난 일을 저지른 셈이지요. 일요일에 대청소한 것보다도 이런저런 일로 여러 가지 말이 많아요. 그 문제는 사그라들고 있었는데, 이로써 다시 소문에 불을 붙인 셈이 됐어요.

로즈머리 웨스트는 앤처럼 생각하고 있어요. 엊저녁 교회에서 나갈 때, 저런 짓을 하는 페이스가 용기 있게 여겨지면서도 한편 가엾어 보인다고 했어요. 미스 엘런은 오락처럼 느껴졌다고 하면서 교회에서 이같은 즐거움을 준 일은 최근에 없었다고 말하더군요. 뭐니뭐니해도 두 사람에게는 상관없는 일이지요—감독파 교회 사람들이니까요.

하지만 우리들 장로교인들에겐 간단하지 않아요. 더구나 어제 저녁에는 호텔에 숙박했던 손님들도 많이 참석했고 감리교인도 많았거든요. 리앤더 크로퍼드 씨 부인은 너무 지나치다면서 울고 있었어요. 엘릭 데이비스 부인은 저 말괄량이 아가씨의 볼기를 때려 징계해야 된다고 했어요."

수전이 경멸하는 투로 말했다.

"리앤더 크로퍼드 씨 부인은 교회에서 늘 울어요. 목사님이 뭔가 감동시키는 말만 하면 반드시 울지요. 그런데도 헌금자 명단에는 그분 이름이 전혀 기록된 예가 없답니다, 마님. 눈물만 흘리는 것은 값싼 행동이지요.

언젠가는 마서 아주머니가 주부로서 깔끔하지 못하다고 나에게 설명하려고 한 일이 있었어요. 이쪽에서도 공격해 주려고 했지요. '아주머니가 케익 가루를 뒤섞을 때 부엌에 있는 세탁통을 쓰고 있다는 것을 모두들 알고 있답니다, 리앤더 크로퍼드 부인!'이라고요.

하지만 나는 입을 다물었지요, 마님. 나 스스로가 소중하므로 그런 사람과의 언쟁으로 체면을 떨어뜨리고 싶지 않았으니까요. 하지만 내가 마음만 먹으면 리앤더 크로퍼드 부인에 대해서 얼마든지 나쁜 얘기를 할 수 있어요.

또 앨릭 데이비스 부인 문제인데, 그런 것을 가지고 나에게 말한다면 내가 뭐라고 할 것 같아요? 이렇게 말하겠어요. '당신 입장에서는 페이스를 징계하고 싶겠지만, 데이비스 부인, 이 세상에서뿐 아니라 어디서나 목사의 딸을 징계하는 일은 결단코 없을 것입니다.'"

미스 코닐리어가 새삼스럽게 한탄했다.

"가엾은 페이스가 옷차림만이라도 버젓했더라면 이렇게까지 나빠지지 않았을 거예요. 어쨌든 설교단에 섰을 때 그 옷차림은 너무 심했어요."

수전이 말했다.

"그래도 깨끗하긴 했어요, 마님. 그 애들은 늘 깨끗해요. 좀 주의가 모자라고 분별이 없을 뿐이지요, 마님. 그렇지 않다고는 말할 수 없어요. 하지만 귀 뒤를 닦는 것을 잊는 일은 결코 없어요!"

미스 코닐리어가 끈질기게 앞질러 말했다.

"페이스는 일요일이 언제인가를 깜박 잊었지요! 페이스는 어른이 되어도 아버지를 닮아 주의가 모자라고 세상일에 조금은 어두운 사람이 될 거예요. 칼이 아프지 않았으면 알았을 텐데요. 도대체 어디가 아픈지 모르겠어요. 묘지에서 자라고 있는 월귤나무 열매를 먹은 게 아닌가 싶군요. 병이 생기는 것도 당연해요. 내가 감리교파라면 적어도 선조 묘를 깨끗하게 해놓을 거예요."

수전이 희망적으로 말했다.

"칼은 돌담에서 자라나고 있는 시큼한 풀을 잘못 먹은 것뿐일 거라고 나는 생각해요. 목사의 아들이 죽은 사람들의 묘에서 자라는 월귤나무를 먹을 이유가 없어요. 돌담에서 자라는 것을 먹는 건 그다지 나쁠 리 없잖아요, 마님."

미스 코닐리어가 말했다.

"어젯밤 페이스 행동 중에서도 가장 나빴던 것은 이야기를 시작하기 전에 얼굴을 찡그리며 모여 있는 교인 가운데 누군가를 매섭게 노려본 거예요. 클로 장로는 자기를 노려보았다고 말하고 있어요. 그런데 오늘은 돼지 등에 올라 타고 달려가는 것을 보았다는 사람들이 있는데 들었어요?"

"내가 봤어요. 월터도 같이 있었지요. 월터에겐 이 문제에 대해 좀 야단을 쳤어요. 월터는 별다른 이야기가 없었지만 페이스가 나쁜 게 아니고 자기에게 책임이 있는 듯 나를 이해시키려는 것 같았어요."

수전이 분개하여 주장했다.

"난 절대로 믿지 않아요, 마님! 그것은 월터가 자신이 한 짓이라고—책임을 스스로 뒤집어쓰는 것이지요. 하지만 월터가 돼지를 타고 달릴 생각을 하지 못한다는 사실은 마님도 잘 아시잖아요. 물론 시는 잘 쓸 수 있지만요!"

미스 코닐리어가 말했다.

"그것은 페이스 메러디스가 생각해낸 게 틀림없어요! 에이머스 드류의 늙어빠진 돼지들이 당한 돌발사고에 대해 불쌍한 생각이 드는 건 아니에요. 그렇지만 목사 딸이 이런 행동을 했다니 말예요!"

"의사 아들하고요!"

앤이 미스 코닐리어의 말투를 흉내내면서 크게 웃었다.

"미스 코닐리어! 그 애들은 그저 아이들일 뿐이에요. 그리고 진실로 나쁜 짓은 아직까지 한 일이 없어요—다만 충동적으로 생각없이 행동할 뿐이지요—어렸을 때 나도 그랬거든요. 앞으로 침착하고 냉정한 사람이 될 거예요—나처럼."

미스 코닐리어도 웃었다.

"가끔 앤의 눈에 그렇게 씌어 있는 것이 보일 때가 있어요. 매우 침착한 것처럼 보이지만, 그것은 밖으로 드러나보이는 것일 뿐 사실은 아직도 어린이 같이 되고 싶은 미련을 갖고 있는 것 같아요. 어쨌든 조금은 기운이 생기는군요. 어떤 이유인지 모르나 앤과 이야기를 나누면 반드시 예상치 못한 보람이 있거든요.

그런데 바버러 샘슨을 만나면 그 반대예요. 모든 일이 잘못되어 있고 언제까지나 그러리라는 불길한 느낌을 줘요. 물론 조 샘슨 같은 남자와 평생을 같이 산다는 게 결코 즐거운 일이라고는 할 수 없겠지만요."

수전이 말했다.

"바버러는 다른 사람과도 결혼할 기회가 있었는데 결국 샘슨과 인연을 맺은 게 참으로 이상해요. 그분은 처녀 때 청혼자가 많은 아가씨였어요. 애인이 21명인데, 그 가운데 페식 씨도 있다는 것을 나에게 자주 자랑하곤 했었지요."

"페식 씨란 누구죠?"

"그 사람은 어디나 끼지 않는 곳이 없는 활발한 사람이에요, 마님. 다만 애인이라고 부를 수는 없는 정도지요. 사실은 그럴 의도가 없으니까요. 누구는 애인이 21명인데 나에게는 한 사람도 없었다니!

그런데 바버러의 경우 숲 속에 들어가서 결국은 구부러진 몽둥이를 잘못 선택한 것이지요. 그래도 스콘(핫케익 비슷한 과자빵)을 구울 때는 바버러보다 남편이 만든 게 더 맛있다는군요. 손님이 찾아올 때는 늘 남편에게 스콘을 만들도록 한답니다."

미스 코닐리어가 말했다.

"지금 생각이 났는데 손님이 찾아오기로 되어 있어요. 집에 가서 빵을 구워야 해요! 메리가 빵을 반죽하는 정도는 할 수 있다고 말했고, 그 애는 분명 할 수 있을 거예요. 하지만 내가 움직일 수 있는 한 건강할 때는 이런 일을 다른 사람에게 시킬 생각이 없어요."

앤이 물었다.

"메리는 잘하고 있지요?"

미스 코닐리어가 왠지 모르게 어두운 표정으로 말했다.

"결점은 아직 발견하지 못했어요. 살도 좀 찌고 청결하게 하며 예의 범절도 나쁘지 않아요—다만 그 아이에겐 내가 알 수 없는 무언가가 있어요. 깜찍한 계집아이지요. 천년을 계속 파고 들어도 그 아이 마음속을 알 수 없을 거예요.

일에 대해서 말한다면 난 아직까지 이런 아이를 본 적이 없어요. 필사적이라고 할 정도로 열심이에요. 와일리 부인이 메리를 지독하게 매질했는지는 잘 모르지만 혹사시켰다는 그 까닭은 알 수가 없어요. 메리는 정말이지 타고난 일꾼이에요. 이따금 나는 메리의 다리와 혀 중에서 어느 쪽이 먼저 닳아버릴까 생각할 때가 있어요.

요즘 나는 할일이 없어 장난거리라도 없을까 생각할 정도예요. 개학하면 내가 하던 일을 다시 할 수 있게 되니 그나마 마음이 편할 거예요. 메리는 학교에 가기 싫다고 고집부렸지만, 꼭 가야 한다고 딱 잘라 말했어요. 자기가 빈둥빈둥 놀려고 메리를 학교에 보내지 않는다는 감리교파들의 비난을 받을 필요가 없거든요."

언덕 위의 집

'무지개 골짜기' 아래쪽 습지대 언저리 자작나무로 둘러싸인 곳에 얼음처럼 차고 맑은 샘이 있었다. 그런 곳에 샘이 있는 것을 아는 사람은 그리 많지 않았다.

물론 마법의 골짜기에 대해 모든 것을 알고 있는 목사관과 잉글사이드 아이들은 그것을 알고 있었다. 그들은 이따금 그 물을 마시러 갔으며, 샘은 많은 놀이에서 옛 로맨스의 원천이 되어주었다.

앤도 그 샘을 알고 있었고 사랑했다. 그린게이블즈에 있는 '드라이어드 샘'을 떠올려주기 때문이었다.

로즈머리 웨스트도 그 샘을 알고 있었다. 그녀의 로맨스가 생긴 곳이기도 했다. 18년 전 봄날 황혼 무렵, 그 샘 옆에서 마틴 크로퍼드라는 젊은이가 우물거리면서 열렬한 사랑을 고백했던 것이다. 그녀도 가슴속 깊이 생각했던 사랑을 작은 소리로 털어놓았다. 그리고 키스를 나누면서 수풀 속 샘터에서 장래를 약속했었다.

두 사람은 두 번 다시 그 샘터에 앉을 기회가 없었다. 그 뒤 곧 마틴은 다시 돌아올 수 없는 항해를 떠나버렸으므로, 로즈머리에게 이곳은 언제까지나 청춘과 사랑의 영원한 낭만과 관련된 신성한 추억이 깃든 장소였다.

지금도 샘 옆을 지날 때면 시간과 공간을 넘어 그 옛날 아련한 꿈과 몰래 만나는 것이다. 꿈에서는 오래전 겪었던 괴로움이 사라지고 잊을 수 없는 달콤한 추억만이 남아 있다.

샘은 사람 눈에 잘 띄지 않는 곳에 있었다. 10피트도 안 되는 거리에서 그냥 지나칠 수도 있으므로 거기에 샘이 있는 것을 모르는 사람들이 많았다. 두 세대 전에 거대한 소나무가 샘터 바로 위로 넘어졌다. 지금은 오래되어 너덜너덜한 나무줄기만 남아 있는데, 거기에 풀고사리가 무성하게 번식하여 샘 위에 푸른 지붕을 만들어 덮개가 되었다.

샘터 가까이에 단풍나무가 한 그루 자라고 있었다. 나무줄기는 기묘하게 마디가 생기고 꼬불꼬불 구부러져 옆으로 뻗었다가 하늘 쪽으로 올라가 멋진 의자 같았다. 샘터 둘레에는 9월이 칙칙하고 희미한 하늘색 과꽃 스카프를 펼치고 있었다.

어느 날 저녁무렵, 존 메러디스 목사는 항구 주변에 사는 신도 집 몇 군데를 들르고 집으로 오는 도중 '무지개 골짜기'로 빠져나가는 길목 바로 옆에 있는 작은 샘에서 물을 마시려고 그쪽으로 향했다. 2, 3일 전에 월터 블라이스가 샘터의 위치를 가르쳐 주었고 단풍나무 의자에 앉아 오래도록 대화를 나누었다.

존 메러디스 목사는 내성적이고 서먹서먹해 보이지만 그 안에는 소년의 영혼이 숨겨져 있었다. 글렌 세인트 메리 마을 사람들은 결코 믿지 않겠지만, 어렸을 때는 잭이라고 불렸다.

월터와 메러디스 목사는 서로 마음에 들어 허물없이 친구처럼 여러 가지 대화를 나누었다. 메러디스 목사는 다이도 엿보지 못한 월터의 영혼 속, 외부 세계와는 단절된 신성한 방으로 들어갈 수 있는 길을 발견한 것이다. 이같은 다정한 시간을 보내고 두 사람은 가까운 친구가 되었다. 월터도 두 번 다시 목사를 두려워할 필요가 없다는 것을 알게 되었다.

그날 밤 월터는 어머니에게 말했다.

"난 목사님과 진실로 친구가 되리라고는 전혀 생각하지 못했어요."

존 메러디스는 호리호리한 하얀 손으로 물을 떠 마셨다. 그의 가느다란 손은 보기와는 달리 강철처럼 강해 누구나 악수한 경험이 있는 사람들은 놀라워하는 경우가 많았다. 서둘러 집에 갈 생각이 없었으므로 그는 물을 마신 다음 단풍나무 의자에 털썩 앉았다. 그곳은 너무나 아름다웠다. 여기 저기에서 착하지만 어리석은 사람들과 흥미 없는 대화를 나누면서 걸어다녔으므로 메러디스 목사는 꽤 피곤했다.

둥근 달이 떠오르면서 '무지개 골짜기'에서 그가 앉아 있는 방향으로 선선한 바람이 불어왔고 별이 파수꾼처럼 빛나고 있었다. 그리고 골짜기 위에서는 아이들이 즐겁게 웃으며 떠드는 소리가 들려왔다.

달빛을 받아 천사처럼 어여쁜 과꽃, 반짝반짝 빛나는 샘물, 부드럽게 소곤대는 실개천, 한들한들 흔들리는 우아한 풀고사리, 이 모든 것들이 하나가 되어 메러디스 목사 둘레에서 마술을 부리고 있었다.

존 메러디스는 교회 안에서 일어나는 걱정거리도, 신학상 겪을 수 있는 문제점도 모두 다 잊었다. 세월도 어디론가 사라져버렸다. 존 메러디스는 다시 한번 젊은 신학생이 되어 있었고, 여왕 같은 시실리어의 검은 머리 위에서는 6월 붉은 장미꽃이 한창 피어올라 향기로운 꽃향기를 흩뿌리고 있었다.

존 메러디스는 그 자리에 앉아 소년처럼 꿈을 꾸고 있었다. 마침 그때 로즈머리 웨스트가 길을 따라 조금은 아찔하고 마법에 걸려 있는 존 메러디스가 앉아 있는 곳으로 다가왔다. 존 메러디스는 일어서서 옆에 온 로즈머리를 보았다—진실된 의미에서 제대로 본 것은 이번이 처음이었다.

교회에서 한두 번 만나 악수를 나눈 적 있지만 통로를 걸을 때 만나면 누구를 대하든 마찬가지로 멍한 상태였었고, 다른 곳에서는 로즈머리와 만난 적도 없었다. 웨스트 집안은 감독교회파로 로브리지 교회에 속해 있어 그때까지 메러디스 목사가 웨스트 집안으로부터 초대받은 일도 없었기 때문이다.

그날 밤 이전에 누군가가 로즈머리 웨스트의 얼굴 생김새를 메러디스에게 물었다면 전혀 짐작도 못했을 것이다. 하지만 로즈머리가 부드러운 달빛의 마력에 둘러싸여 샘터 옆에 앉아 있던 존 메러디스 앞에 나타난 뒤부터는 두 번 다시 잊을 수 없는 존재가 되었다.

로즈머리는 시실리어와 전혀 닮은 점이 없었다. 존 메러디스에게 시실리어는 가장 아름다운 여성이었다. 아담한 시실리어는 머리가 검고 생기가 넘치며 밝고 쾌활했다. 한편 로즈머리 웨스트는 키가 크고 금발이며 조용했다. 존 메러디스는 순간 이렇듯 아름다운 여성은 본 일이 없다고 생각했다.

로즈머리는 모자를 쓰지 않았다. 윤기 있는 황금빛 머릿결—따뜻한 금빛으로 다이 블라이스는 '당밀 같은 태피*¹색'이라고 했다—을 알맞게 머리에 감아올리고 있었다. 평안을 주는 크고 푸른 눈은 늘 상냥함이 넘쳤고 하얀 이마가 넓게 균형 잡힌 용모였다.

로즈머리 웨스트는 '상냥한 여성'으로 알려져 있었다. 매우 다정하여 성장과정에서 오는 당당한 자신감에 따른 '거만하다'라는 말을 듣는 경우가 거의 없었다. 다른 사람의 경우라면 틀림없이 글렌 세인트 메리 마을에서 그 같은 평판을 들었을 것이다.

로즈머리는 이제까지 지내온 인생에서 용기와 인내력, 사랑과 용서가 무엇인지를 배웠다.

그 옛날, 애인이 탄 배가 포 윈즈 항구에서 황혼의 바다로 출항하는 것을 바라보았다. 그러나 그 뒤 아무리 오랫동안 기다려도 배는

---

*1 땅콩 넣은 버터볼.

항구로 돌아오지 않았다. 잠 못 이루는 밤이 이어지면서 처녀다움이 많이 상실되었으나 놀랄 만큼 젊음을 유지하고 있었다. 대부분 사람들이 어린시절에 두고 온, 삶에 대하여 기뻐하며 놀라는 태도를 로즈머리는 늘 간직하고 있기 때문이리라. 그것은 로즈머리 자신을 젊어 보이게 할 뿐 아니라 그녀와 대화하는 사람들까지도 젊어지는 듯한 느낌을 주어 즐거워지게 했다.

존 메러디스는 로즈머리의 아름다움에 놀라고, 로즈머리는 존 메러디스를 그곳에서 만난 사실에 놀라움을 감출 수 없었다. 로즈머리는 그같은 울창한 수풀 속 샘터에 누군가가 있으리라고는 꿈도 꾸지 못했다. 더구나 글렌 세인트 메리의 목사관에 사는 속세를 떠난 사람인 메러디스 목사가 있으리라고는 생각조차 못했다.

로즈머리가 껴안고 온 몇 권의 무거운 책은 조금만 읽으면 완전히 끝날 참이었다. 글렌 도서관에서 빌린 책이었다. 예상치 못한 상황에 당황한 나머지 아무리 훌륭한 여성도 때에 따라서는 자연스레 나오는 작은 거짓말이 로즈머리의 작게 오므린 입에서 나왔다.

"나—나는. 그저 물을 마시러 왔어요."

로즈머리는 말을 더듬거리면서 말했다. 메러디스 목사가 진지한 표정으로 "안녕하세요, 미스 웨스트!"라고 한 인사에 대한 대답이었다. 로즈머리는 스스로 바보 같은 여자라고 느끼면서 똑바로 정신차려야 한다고 생각했다.

그러나 존 메러디스 목사도 허영심이 강한 사람은 아니었기에 로즈머리가 이 같이 예상하지 못한 곳에서 클로 장로를 만났다 하더라도 틀림없이 놀랐을 거라고 이해할 수 있었다. 로즈머리가 당황하는 것을 본 메러디스 목사는 오히려 마음이 편해져 평소 내성적인 성격을 잊고 말았다. 비교적 내성적인 사람도 달빛 아래에서는 때에 따라 대담해지는 것이다.

"컵을 갖다 드리지요."

메러디스 목사는 빙긋이 웃었다. 목사는 몰랐지만 사실은 컵이 바로 옆에 있었다. 손잡이가 떨어진 파란색 컵을 '무지개 골짜기' 아이들이 단풍나무 밑에 감추어둔 것이다. 그러나 목사는 그 사실을 알지 못하므로 자작나무에 다가서서 하얀 껍질을 조금 벗겨내어 능숙한 솜씨로 삼각형 컵을 만든 다음 샘물을 가득 담아 로즈머리에게 건네주었다.

로즈머리는 컵을 받아 한 방울도 남기지 않고 마셨다. 거짓말을 한 자기 스스로를 벌주기 위해서였다. 솔직히 말해서 그녀는 전혀 목마르지 않았다. 그럴 때 큰 컵에 가득 담은 물을 마신다는 것은 무척 괴로운 일이다.

그러나 그때 목사가 떠준 물을 마신 기억은 로즈머리에게 즐거운 추억으로 남았다. 몇 년이 지나 생각했을 때, 그때의 추억은 신성한 것처럼 느껴지기까지 하였다. 아마도 로즈머리가 컵을 돌려준 다음 목사가 한 행동 때문일 것이다.

메러디스 목사는 다시 한 번 몸을 굽혀 컵에 물을 가득 채워 자신도 그것을 마셨다. 로즈머리의 입술이 닿은 곳에 목사가 그의 입술을 댄 사실은 우연한 일이었고 그것을 로즈머리도 알고 있었다. 그런 줄 알면서도 로즈머리에게는 신비하고도 설레는 느낌을 갖게 하였다. 두 사람이 같은 컵으로 물을 마신 것이다.

로즈머리에게 어렴풋한 기억이 다시금 떠올랐다. 두 사람이 같은 컵으로 물을 마시면 그 다음부터 두 사람은 행운이든—불운이든 관계없이—어떤 형태로든 관계를 갖게 된다고 나이 많은 할머니가 말씀하신 일이 있었다.

존 메러디스 목사는 컵을 손에 쥐고 머뭇거리고 있었다. 어찌할 바를 몰랐기 때문이다. 버리는 게 가장 옳은 방법이었지만, 목사는 왠지 그렇게 하고 싶지 않았다.

로즈머리가 먼저 손을 내밀면서 말했다.

"나에게 주시겠어요? 참 멋지게 잘 만드셨군요. 자작나무 껍질로 이렇게 컵을 만들 수 있는 사람은 어디에도 없을 거예요. 아주 옛날 어렸을 때 오라버니가 만들어준 일이 있었지만―돌아가시기 전에."

메러디스 목사는 미소 지으며 말했다.

"나도 어렸을 때 배운 것이지요. 여름 캠프에 갔을 때 나이든 사냥꾼이 가르쳐주었어요. 그 책을 들어드릴 테니 이리 주세요, 미스 웨스트!"

깜짝 놀란 로즈머리는 또다시 무겁지 않다고 거짓말했다. 그렇지만 목사는 마땅히 신사로서 해야 될 일인 것 같은 표정으로 그녀의 손에서 책을 받아들고 나란히 그곳을 지나갔다.

로즈머리가 봄날 '무지개 골짜기'의 샘에 와서 마틴 크로퍼드를 생각하지 않게 된 것은 이때가 처음이었다. 옛날 애인과 마음속으로 비밀스럽게 만나는 일도 이로써 끝난 것이다.

가느다란 샛길이 습지 둘레를 한 바퀴 휘돌아 나무가 울창한 길다란 언덕으로 이어져 있었다. 로즈머리는 그 언덕 위에 살고 있었다.

좁은 길을 올라가자, 숲 건너편으로 펼쳐진 꽃밭 위에 달빛이 쏟아지고 있었다. 그러나 오솔길은 좁기 때문에 짙은 나무그림자로 둘러싸여 있고 나뭇가지가 머리 위를 뒤덮고 있었다.

숲은 밤이 되면 낮처럼 인간을 부드럽게 대하지 않는다. 자기들끼리 뭉쳐서 인간을 멀리 하는 것이다. 바스락바스락 거리거나 소곤거리면서 교묘한 계략을 짜낸다. 인간이 손을 벌려도 이제까지와는 달리 주저주저하면서 쌀쌀맞게 대할 뿐이다. 어두워진 다음 숲 속을 걸어갈 때는 의식하지 못하는 가운데 저도 모르게 바짝 몸이 긴장된다. 몸과 마음이 하나가 되어 주위를 둘러싸고 있는 정체를 알 수 없는 적군과 맞서기 위한 것이다.

한 걸음 걸을 때마다 로즈머리의 드레스가 존 메러디스가 입은 양복과 스쳤다. 의식상태가 흐린 목사이지만 아직 젊고, 비록 스스로가

더 이상 낭만적인 시절은 없다고 여길지라도 밤하늘 아래 오솔길을 함께 걷고 있는 이 여성이 만들어내는 오묘한 매력을 느끼지 않을 수 없었다.

인생은 이제 끝나버렸다는 식의 사고는 믿을 게 못된다. 이야기가 이제 끝났다고 생각하는 순간에 운명의 장난 같은 예상치 못한 새로운 역사가 시작되는 경우도 있는 것이다.

로즈머리도 메러디스 목사도, 자기들 마음은 철저하게 지난 시간 속에 묻혀 있다고 생각해 왔다. 그런데 지금 두 사람은 어깨를 나란히 하고 언덕길을 오르는 것이 모처럼 즐겁게 느껴졌다.

로즈머리는 글렌 마을의 목사가 소문처럼 내성적이지 않고 말이 없는 편도 아니라고 생각했다. 메러디스 목사는 힘들이지 않고 마음 편히 자유롭게 대화하는 것 같았다. 만일 그때 메러디스 목사가 이야기하는 것을 글렌 마을의 주부들이 들었다면 분명히 놀랐을 것이다. 그러나 글렌 마을 주부들이 말하는 이야기나 소문이란 별것 아니므로 존 메러디스 목사는 그리 흥미가 없었다.

그는 로즈머리에게 책과 음악, 세상이야기, 자기의 과거에 대해 숨김없이 투명하게 이야기했다. 이에 대하여 로즈머리가 충분히 이해하고 자기 의견을 설명할 줄 아는 것도 알 수 있었다. 그리고 로즈머리가 자신이 흥미를 느끼면서도 아직 읽지 못한 책을 갖고 있는 것도 알 수 있었다. 로즈머리는 기꺼이 책을 빌려주겠다고 말했다. 언덕 위 낡은 저택에 이르러 메러디스 목사는 책을 빌리기 위해 안으로 들어갔다.

집은 고풍스러운 잿빛 건물로 담쟁이덩굴이 완벽하게 뒤덮이고 그 덩굴잎 사이사이에서 다정하게 깜박이는 불빛이 거실로부터 새어나왔다. 그 저택에서는 글렌 마을이 훤히 내려다보이고 마을 앞에는 달빛을 받아 은빛으로 빛나고 있는 항구, 그보다 훨씬 앞쪽에 있는 모래언덕, 슬프게 신음하는 바다도 보였다.

메러디스 목사와 로즈머리는 정원을 걸어갔다. 정원에는 늘 장미 향기가 감돌고 있는 듯했다. 장미가 피지 않았을 때도 마찬가지였다. 문 옆에는 하얀 백합꽃이 피어 있고 넓은 통로 양편에는 과꽃이 리본처럼 줄줄이 피어 있었다. 집 뒤 언덕 위에는 전나무가 드문드문 늘어서 있었다.

존 메러디스가 말했다.

"이 집 문 앞에 서면 온 세상이 자기 것처럼 느껴지겠군요! 뭐라고 표현할 수 없는 경치입니다. 이 멋진 전망! 난 저 아래 글렌 마을에서 숨이 막힐 듯한 느낌을 갖는 경우가 있습니다. 여기서라면 마음껏 숨 쉴 수 있겠군요."

로즈머리가 웃었다.

"오늘 밤은 온화하군요. 하지만 바람이 불 때는 숨쉬기가 어렵지요. 이렇게 높은 곳까지 심하게 불어오거든요. 여기는 항구가 아닌 포 윈즈*²라고 할 만해요."

메러디스 목사가 말했다.

"나는 바람을 좋아합니다. 바람이 불지 않는 날은 마치 죽은 날 같습니다. 바람이 불어야 정신이 들지요."

메러디스 목사는 의식적으로 웃었다.

"바람이 없는 조용한 날은 멍하니 나도 모르게 몽상 속에 빠집니다. 나를 다른 사람들이 뭐라고 하는지 물론 아시겠지요, 미스 웨스트. 다음에 만날 때, 내가 모른 체하더라도 예의가 없다고 생각하지 마십시오. 다만 멍한 상태에 있는 거라고 너그럽게 이해해 주세요. 그리고 나서 나에게 말을 걸어주십시오."

집 안으로 들어가자 엘런 웨스트가 거실에 앉아 있었다. 엘런은 읽고 있던 책 위에 안경을 벗어 놓고 놀라움뿐만이 아닌 다른 관점의

---

*2 동서남북 네 방향에서 바람이 불어오는 장소.

눈길로 두 사람을 지그시 바라보았다. 그러면서도 붙임성 있게 메러디스 목사의 손을 잡고 인사했다. 목사가 앉아서 엘런과 이야기하고 있는 동안 로즈머리는 책을 찾으러 나갔다.

엘런 웨스트는 로즈머리보다 10살 위로 서로 닮은 데가 없어 자매라고 보기 어려울 정도였다. 엘런은 얼굴빛이 검은 편이고, 여느 여성보다 체격이 크며, 풍부한 머리숱과 눈썹이 검고, 눈은 북풍이 불고 있을 때의 세인트 로렌스 항구처럼 잿빛을 띤 파란색으로 맑았다.

성격은 엄숙해 가까워지기 어려운 표정을 하고 있지만 사실은 매우 명랑하고 친절했으며, 큰 소리로 웃어대고, 남성적인 목소리도 원만한 느낌으로 기분이 좋았다.

전에 로즈머리에게 말한 일이 있었지만, 엘런은 글렌에 있는 장로파 교회의 목사와 대화를 나누고 싶다고 생각하고 있었다. 궁지에 몰리면 여자와도 말을 할 수 있는지 한번 보고 싶었기 때문이다. 때마침 기회가 좋았으므로 엘런은 세계정치에 대하여 문제를 제기했다. 엘런은 상당한 독서가였고 독일의 카이저 황제에 대한 서적을 탐독했으므로 그에 대해 어떻게 생각하는지 의견을 물었다.

"위험한 남자입니다."

이것이 목사의 짧은 대답이었다.

"나도 그렇게 생각해요."

엘런은 고개를 끄덕였다.

"그 남자는 전쟁을 일으키고 말 거예요. 전쟁을 일으키려고 안절부절 못하고 있으니까요. 세계에 불을 지르려 하고 있어요."

메러디스 목사는 말했다.

"그가 뚜렷한 명분 없이 큰 전쟁을 일으키려는 의도라면 그러한 시대는 이미 끝났다고 생각합니다."

엘런이 큰 목소리로 말했다.

"천만의 말씀이에요. 끝나지 않았어요. 남자와 국가가 어리석은 짓

을 하고 주먹을 휘두르는 시대는 결코 없어지지 않아요. 천년왕국*³
은 그리 쉽게 오지 않아요, 메러디스 씨. 이같은 문제에 대해서는 나
보다 더 잘 아실 거예요. 카이저는 곧 골치 아픈 존재가 될 거예요."

엘런은 무릎 위에 놓인 책을 긴 손가락으로 힘껏 두드렸다.

"꽃봉오리가 벌어지기 전에 잘라버리지 않으면 귀찮은 사건을 일으
킬 거예요. 아마 우리들이 살아 있는 동안에 그것을 보게 될걸요. 당
신도 나도 그때까지 살아 있을 거예요, 메러디스 씨. 문제는 아직 봉
오리일 때 누가 그것을 없애느냐 하는 것이지요. 영국이 해야 하는데,
하지 못할 거예요. 그럼, 누가 해야 된다고 생각하세요, 메러디스 씨?"

메러디스 씨는 이에 대해 선뜻 대답하지 못했으나 두 사람은 그대
로 독일이라는 군국주의 국가에 대한 논의를 시작했다. 토론은 로즈
머리가 책을 찾아온 뒤에도 오랫동안 이어졌다.

로즈머리는 말없이 엘런 뒤의 흔들의자에 앉아 깊은 생각에 잠긴
듯한 모습으로 몸집이 큰 검은 고양이를 쓰다듬고 있었다. 존 메러디
스는 엘런과 함께 유럽의 큰 전쟁을 탐색하고 있었으나 그 사이에도
엘런보다 로즈머리의 얼굴을 바라보는 경우가 훨씬 많았다. 엘런도
그것을 느끼고 있었다.

문가에서 목사를 배웅하고 로즈머리가 되돌아오자 엘런이 일어서
서 나무라듯 그녀를 보았다.

"로즈머리 웨스트, 그 남자는 너에게 청혼해올 거야."

로즈머리는 몸을 떨었다. 주먹으로 얻어맞은 느낌이었다. 그 한방
이 즐거웠던 저녁에 핀 꽃을 모두 떨어뜨렸다. 그러나 로즈머리는 그
녀가 받은 상처를 엘런에게 보여주고 싶지 않았다.

"그런 말도 안 되는 소리를."

로즈머리는 말하면서 애써 웃었지만 아무렇지 않다기보다는 오히

려 부자연스러웠다.

"언니는 숲이 있으면 반드시 내 연인이 숨어 있다고 생각하는군요. 목사님은 오늘 밤 돌아가신 부인에 대하여 그분이 어떤 사람이었는지, 얼마나 소중했고 돌아가신 뒤 얼마나 허무한 인생을 보내왔는지 말씀했어요."

"그것이 그 사람의 청혼방법인지도 모르지. 남자란 여러 가지 방법을 잘 활용하니까. 어쨌든 약속은 잊지 않겠지, 로즈머리?"

로즈머리는 좀 피곤한 듯한 태도로 말했다.

"이제 나에겐 잊는 것도 기억하는 것도 부질없는 일이에요. 내가 이미 노처녀라는 것을 언니는 까맣게 잊은 모양이군요. 내가 동생이니까 아직은 젊고 꽃다운 나이로 위험한 존재라고 잘못 생각하는 거예요. 메러디스 목사는 친구가 필요했을 뿐이에요—그것조차도 의심스럽지만. 우리 두 사람 문제 같은 것은 목사관에 닿기도 전에 잊을 거예요."

"네가 그분과 친구가 되는 것은 전혀 문제될 게 없어."

엘런은 한발 양보했다.

"하지만 우정에서 더 발전하지 않도록 해야 해. 홀아비에겐 안심할 수 없다는 게 내 생각이야. 우정을 낭만적인 것으로만 생각하지 않으니까.

뭣때문에 주위에서는 이 장로교파 목사에 대해서 모두들 내성적이라고 방심하지? 사실은 내성적이지도 않은데, 좀 멍하기는 하지만—너무 방심한 나머지 네 뒤를 따라 방을 나갈 때 나에게 인사하는 것조차도 잊었지. 머리는 상당히 명석하더군. 이 언저리에는 논리적인 사람들이 거의 없는데. 오늘 밤은 즐거운 시간을 보냈어. 가끔 만나는 것은 좋은 일이야. 하지만 달콤한 사랑의 유희는 안 돼, 로즈머리. 잘 들어둬."

로즈머리는 남자와 점잖지 못하게 새롱거리지 말라는 엘런의 충고에 너무 익숙해 있었다. 18살 이상 80살 미만의 결혼 가능한 남성들과 5분만 대화해도 금방 문제가 되는 것이다. 로즈머리는 주의를 받아도 늘 웃어넘겼다. 솔직히 말해서 우스꽝스럽고 비정상적으로 여겨졌기 때문이다. 그런데 이번은 우습게 느껴지지 않고—그녀는 화가 조금 났다. 무엇이 사랑의 유희라는 건가.

"그런 어처구니없는 말 하지 말아요, 언니."

로즈머리는 쌀쌀맞게 말하고 등불을 손에 든 다음 인사도 없이 2층으로 올라가버렸다.

엘런은 이해할 수 없다는 표정으로 머리를 흔들면서 검은 고양이에게 말을 걸었다.

"저 아이는 무엇 때문에 저렇게 화가 났니, 세인트 조지? 누구나 지나치게 자주 떠들어대면 얻어맞게 된다는 건데. 어쨌든 그 애는 약속했어, 세인트 조지, 분명히 약속했지. 그리고 우리 웨스트 집안사람들은 반드시 약속을 지키거든. 그러니 목사가 쫓아다닌다고 해도 문제없단다, 세인트 조지. 굳게 약속했으니 걱정할 것 없어."

2층에서 로즈머리는 자기 방 창가에 앉아 오랫동안 달빛이 쏟아지는 정원과 그 앞쪽 멀리에서 빛나는 항구 쪽을 바라보고 있었다. 웬일인지 마음이 뒤숭숭하여 가라앉지 않았다. 갑자기 낡아빠진 오랜 꿈이 싫증나게 느껴졌다.

정원에서는 마지막까지 남아 있던 붉은 장미꽃잎이 갑자기 불어닥친 바람 때문에 사방으로 흩어졌다. 어느덧 여름이 가고 가을이 찾아온 것이다.

데이비스 부인의 방문

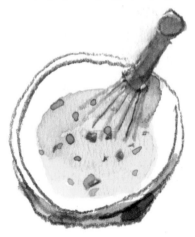

존 메러디스 목사는 천천히 집 쪽으로 걸어갔다. 처음에는 얼마쯤 로즈머리에 대해 생각하고 있었지만, '무지개 골짜기'에 닿을 무렵에는 그녀 일을 고스란히 잊어버리고 엘런이 제기한 독일 신학에 대해 곰곰이 생각하고 있었다. '무지개 골짜기'를 지나가는 것도 몰랐다. 이 골짜기의 매력도 독일 신학의 힘에는 미칠 수 없었던 것이다.

목사관에 닿자 곧 서재로 들어가 두터운 책을 꺼낸 다음, 자기의 주장이 옳았는지 엘런의 의견이 옳았는지 조사하기 시작했다. 메러디스 목사는 미로 같은 어려운 문제를 풀기 위해 새벽녘까지 매달렸다. 그러는 동안 새로운 이론의 실마리를 만나 다음 주말까지 경찰견처럼 그 길을 탐색하며 세상에서 일어나는 일뿐 아니라 교회 일도 가족관계도 완전히 잊고 말았다.

그는 밤낮없이 독서에 빠져들었다. 집에서 우나가 독촉하지 않을 때는 식사하는 것조차 잊었다. 로즈머리며 엘런에 대한 일도 전혀 머릿속에 없었다.

메러디스 목사는 항구 건너편에 살고 있는 마셜 할머니가 병으로 위독하여 방문해 달라는 편지를 받았으나, 뜯지도 않고 책상 위에 내버려둔 채 먼지만 쌓이고 있었다. 마셜 할머니는 다행히 건강을 되찾았지만 목사의 태도를 결코 용서할 수 없다고 했다.

젊은 남녀가 결혼하기 위해 목사관에 찾아왔다. 메러디스 목사는 머리에 빗질조차 않고 슬리퍼를 신고 허름한 실내복을 입은 모습으로 두 사람의 결혼 주례를 맡았는데, 장례식 때 인용하는 성경구절을 읽기 시작하여 '재는 재로, 먼지는 먼지로'에 이르러서야 뭔가 잘못된 듯한 느낌을 갖게 되었다.

그는 멍하니 말했다.

"참 이상해—정말 이상해."

신부는 긴장하고 있었고 어처구니없는 주례에 울기 시작했다. 신랑은 전혀 긴장하지 않았으므로 킥킥 웃으며 넘겼다.

"제발, 목사님, 우리들을 결혼시키는 게 아니라 매장하려는 것 같아요."

"실례했소."

메러디스 목사는 큰 실수가 아닌 듯한 태도로 곧 결혼식 예배에 인용되는 성경구절을 찾아내 무사히 끝냈으나 신부는 정식으로 결혼했다는 만족감도 없이 평생을 보내게 되었다.

메러디스 목사는 기도회에 참석하는 것도 잊은 적이 있었다. 그러나 별다른 문제가 없었다. 다행히 비가 내리는 밤이어서 참석자가 없었기 때문이다.

앨릭 데이비스 부인이 방문하지 않았으면 일요일 예배를 잊었을지도 모른다. 토요일 오후, 데이비스 부인이 찾아와 응접에서 기다리고 있다고 마서 아주머니가 전하자 메러디스 목사는 한숨을 쉬었다. 글렌 세인트 메리 교회에서 메러디스 목사가 뚜렷한 이유 없이 싫어하는 오직 한 여성이 데이비스 부인이었기 때문이다.

그러나 유감스럽게도 데이비스 부인은 교회 신자 가운데 가장 재산가였다. 그러므로 메러디스 목사는 교회 이사들로부터 부인을 결코 화나게 하지 말도록 거듭 다짐받고 있었다. 목사는 자기의 월급 같은 세속적인 문제를 전혀 생각한 적이 없었다. 하지만 꼼꼼한 이사들은 빈틈이 없었다. 헌금 문제 같은 것은 전혀 언급하지 않으면서도 메러디스 목사의 마음속에 데이비스 부인의 신경을 건드리지 않도록 하는 신념을 주입시키는 데 성공했다. 그렇지 않았다면 마서 아주머니가 서재에서 나간 순간 데이비스 부인의 방문을 깨끗이 잊어버렸을 것이다.

목사는 마음이 초조하면서도 읽고 있던 '에발트'를 책상 위에 겨우 놓고 복도를 지나 응접실로 들어갔다.

데이비스 부인은 소파에 앉아 경멸과 마음에 들지 않는다는 표정으로 주위를 유심히 둘러보고 있었다.

그야말로 형편없는 방이었다. 창에는 커튼도 없었다. 전날 페이스와 우나가 놀면서 궁전의 커튼으로 이용한 뒤 다시 제자리에 갖다놓는 걸 깜박 잊은 것이다. 그러나 데이비스 부인은 그 사실을 몰랐다. 만일 알았다고 해도 이때보다 더 심하게 나무랄 수 있다고는 생각할 수 없다. 미늘창도 금이 가서 갈라졌고 벽에 걸린 그림 액자는 몹시 비뚤어져 있다. 깔개도 일그러져 있었다. 꽃병에는 시든 꽃이 가득했다. 먼지도 보통 많은 게 아니었다.

"대체 어떻게 되어가는 것일까."

데이비스 부인은 혼잣말을 하면서 볼품없는 입을 꼭 다물었다.

데이비스 부인은 제리와 칼이 환성을 지르면서 계단의 난간을 타고 내려올 때 현관으로 들어왔었다. 부인이 들어오는 것을 보지 못한 제리와 칼은 와아 와아 마구 소리지르면서 미끄러져 내려왔으므로 부인은 틀림없이 고의적인 것으로 여겼다.

페이스가 귀여워하는 수탉 애덤이 천천히 홀을 걸어오더니 응접실 문 앞에서 걸음을 멈추고 데이비스 부인을 찬찬히 바라보았다. 부인의 얼굴 표정이 마음에 들지 않았던지 그는 안으로 들어오지 않았다.

데이비스 부인은 콧방귀를 뀌었다. 정말 훌륭한 목사관이로구나, 수탉들이 으스대고 복도를 돌아다니며 사람 얼굴을 흘끔흘끔 구경하다니.

"헛, 이 녀석."

데이비스 부인은 애덤을 입으로 쫓으면서 가장자리에 장식이 달린 비단 양산으로 수탉을 쿡쿡 찔렀다. 애덤은 달아나기로 했다. 애덤은 영리한 수탉이었으므로 50년이라는 긴 세월 동안 그 깨끗한 손으로 셀 수 없이 많은 수탉의 목을 비틀었던 데이비스 부인 주위에 처형인의 분위기가 감도는 걸 느낀 것이다. 목사가 방으로 들어온 것과 동시에 애덤은 서둘러 복도로 달아났다.

그때도 메러디스 목사는 슬리퍼에 실내복 차림이었고 검은 머리가 흐트러진 채 넓은 이마를 뒤덮고 있었다. 그래도 메러디스 목사는 어딘가 신사로 보였다. 앨릭 데이비스 부인 쪽은 부드러운 실크 드레스를 입고 깃털 장식 모자에 염소가죽 장갑을 끼고 금줄을 늘어뜨린 화려한 차림이었지만 품격 낮은 여자로 보였다.

두 사람은 서로 상대방의 인품에 대하여 반감을 품고 있었다. 메러디스 목사는 움츠러든 반면 데이비스 부인은 전쟁을 준비한 태세였다. 부인은 목사에게 제안할 일이 있어서 목사관에 찾아온 것이므로 시간을 낭비하지 말고 곧바로 말하려고 마음먹었다. 목사를 위해 유익한 일을 하려는 것이다. 그러니까 한시바삐 목사에게 알려주어야 한다.

데이비스 부인은 여름 내내 이 문제를 신중히 생각한 끝에 겨우 결심했던 것이다. 중요한 것은 바로 그 점이라고 생각했다. 부인이 무엇인가를 정했다면 그것이 결론이 된다. 다른 사람은 이제 더 이상 관여할 수 없다. 이것이 이제까지 행해 온 부인의 방법이었다. 앨릭 데이비스와 결혼하기로 마음을 굳히자 그와 결혼했고 그것으로 끝났다. 앨릭도 어떻게 해서 그렇게 됐는지 알 수 없었지만 대수로울 것도 없잖은가.

그러므로 이번 일도 데이비스 부인은 자기가 만족할 수 있도록 모든 것을 결정해 놓은 상태였다. 남은 건 메러디스 목사에게 알려주는 것뿐이었다.

데이비스 부인은 꽉 다물었던 입을 조금 벌리고 무뚝뚝한 투로 말했다.

"문을 꼭 닫아 주시겠어요? 중요한 이야기라 복도에서 시끄러우면 곤란합니다."

메러디스 목사는 그녀의 요청대로 문을 꼭 닫았다. 그리고 데이비스 부인과 마주앉았다. 데이비스 부인이 버젓이 눈 앞에 있는데도 목사에게는 그것이 확실하게 느껴지지 않았다. 머릿속에서는 아직도 읽고 있던 '에발트'의 이론과 씨름하고 있었기 때문이다. 데이비스 부인은 목사가 멍하니 앉아 있는 것을 느끼면서 순간 화가 치밀었다.

데이비스 부인은 날카롭게 말했다.

"메러디스 씨, 오늘 내가 찾아온 것은 우나를 입양하기로 결정했다는 것을 말하기 위해서입니다."

"우리 우나를—양녀로—말입니까?"

메러디스 목사는 멍하니 데이비스 부인을 쳐다보았다. 무슨 뜻인지 전혀 알 수가 없었다.

"그래요, 오랫동안 생각해 왔던 일이에요. 남편이 돌아가신 뒤 종종 아이를 하나 양자로 데려와야겠다고 가끔 생각해 왔어요. 다만 마땅한 아이가 없었지요. 우리 식구가 될 만한 아이는 드물지요. 고아원에서 데려올 생각은 없습니다. 빈민굴에서 온 떠돌이일 경우가 많을 테니까요.

지난해 가을, 항구에 사는 어부가 여섯 형제를 두고 죽은 일이 있었어요. 어떤 분이 그 가운데 한 아이를 양자로 추천했는데, 그런 질 나쁜 아이를 입양시킬 수 없다고 거절한 일이 있었어요. 옛날, 그 아이들의 할아버지가 말을 훔친 일이 있었기 때문이지요.

　내가 바라는 것은 얌전하면서도 말 잘 듣고 올바르게 교육시키면 귀부인으로 성장 가능한 여자아이가 필요해요. 내 보기에는 우나가 바로 그런 아이입니다. 페이스와는 전혀 다르지요. 우나를 입양시켜 좋은 환경과 훌륭한 집안 분위기를 제공하면 틀림없이 착하고 좋은 아이로 성장할 거예요.

　메러디스 씨, 우나가 훌륭하게 자라면 내가 죽을 때 나의 모든 재산을 그 아이에게 남겨줄 생각입니다. 어떤 일이 있어도 친척들에게는 한푼도 남겨주지 않을 거예요. 그것만은 확실하게 결심했어요. 그들이 나를 화나게 하여 아이를 입양하려고 생각한 것이니까요.

　우나에게 예쁜 옷을 입히고 최고의 교육을 받게 하며, 예의범절을 가르칠 작정이에요. 음악과 그림도 배우도록 해서 친자식처럼 교육시킬 계획입니다."

　이때쯤 메러디스 목사는 몽상에서 깨어나 있었다. 너무 놀란 나머지 창백한 뺨은 좀 붉은 빛을 띠었으며 맑고 검은 눈에서는 위험한 빛을 내뿜고 있었다.

　저속하면서도 철저한 배금주의자인 이 여자가 그에게 정말로 우나를 달라고 하고 있는 것일까?—시실리어처럼 짙푸른 눈을 가진 그의 소중하고 가여운 작은 우나—다른 아이들이 울며 방에서 나간 뒤에 어머니가 죽기 직전 가슴에 꼭 안고서 눈물짓던 그 우나를. 시실리어는 죽음이 그들 사이를 갈라놓을 때까지 이 아이를 품에서 떼어 놓으려고 하지 않았었다.

　"이 아이를 잘 보살펴줘요, 존. 이 아이는 너무 어리고—예민해요. 다른 아이들은 컸으니까 스스로 길을 갈 수 있지만 세상은 이 여린 아이에게 상처를 입힐 거예요. 존, 당신과 이 아이가 어떻게 고난과 역경을 헤쳐나갈지 모르겠어요. 당신도 이 아이도 내가 필요한데. 당신이 늘 옆에서 이 아이를 돌봐주어야 해요—당신이 바로 옆에서 돌봐주어야 해요."

이것이 시실리어의 마지막 말이라고 할 수도 있었다—그 뒤 목사 자신에 대하여 잊을 수 없는 몇 마디를 더 남겼지만. 그런데 데이비스 부인은 뻔뻔스럽게도 이 아이를 목사로부터 데려가겠다고 말하고 있는 것이다.

메러디스 씨는 몸을 일으켜세우고 데이비스 부인 쪽을 내려다보았다. 너덜너덜해진 실내복을 입고 닳아빠진 슬리퍼를 신고 있었지만 그에게는 무언가 데이비스 부인으로 하여금 그녀가 배워온 '성직자'에 대한 존경을 느끼게 하는 분위기가 있었다. 비록 가난하고 세상사에 능숙하게 대처하지 못하는 바보 같은 목사일지라도, 목사라는 직책에는 어떤 신성함이 깃들어 있는 것이다.

메러디스 씨는 상냥하고 분명하게, 그리고 무서울 만큼 공손한 태도로 잘라 말했다.

"친절한 그 마음은 고맙습니다만 나의 아이는 결코 드릴 수 없습니다, 부인."

데이비스 부인은 멍해지고 말았다. 거절하리라고는 꿈에도 생각지 못했던 것이다.

"뭐라고요, 메러디스 씨. 설마 정신이 돌아—설마 그런 건 아니시겠지요? 한 번 더 잘 생각해 보셔야 해요—그 아이가 얼마나 행복해질는지 천천히 생각할 필요가 있어요."

"다시 생각할 필요는 조금도 없습니다, 데이비스 부인. 전혀요. 부인께서 그 아이를 위해 헤아려주시는 세속적인 행복을 산더미처럼 쌓아올린다 해도 친아버지의 사랑과 정성에는 미치지 못합니다. 되풀이해서 말씀드립니다만, 두 번 다시 고려할 여지도 없습니다."

실망한 데이비스 부인은 평소에는 견딜 수 있는 일도 못 참을 만큼 화가 났다. 그녀의 크고 시뻘건 얼굴은 보랏빛으로 변하고 목소리가 부들부들 떨렸다.

"나는 이렇게 말하면 당신이 고맙다는 인사를 백 번이나 하리라고 생각했었어요."

메러디스 씨는 조용히 물었다.

"어째서죠?"

데이비스 부인은 모욕적으로 반박했다.

"왜냐하면 당신이 아이들을 제대로 보살펴주지 못한다는 것을 이 마을에 모르는 사람이 없으니까요. 아이들을 차마 눈뜨고 볼 수 없는 모습으로 내버려둔다는 게 이 마을의 평판이랍니다. 먹을 것도 입을 옷도 쓸 만한 것을 주지 않고, 예절도 가르치지 않아서 마치 천방지축 야만인 같은 행동을 하지 뭐예요. 그러고도 당신은 아버지로서의 의무를 다했다고 생각하시나요?

어딘가에서 떠돌이 아이가 와서 2주일 동안이나 머물러 있었는데도 전혀 아무렇지 않게 여겼다지요—그 아이는 엄청 욕을 해댄다더 군요. 물론 당신은 버릇없는 그 아이로부터 자식들에게 천연두가 옮았다 해도 아무렇지 않겠지만 말예요.

페이스는 또 설교단에 올라가 연설을 하지 않나! 그것도 모자라 돼지 등에 올라타 길을 내달렸지요—당신의 눈앞에서 말예요. 도대체 아이들이 하는 짓이란 도무지 당치도 않지만 당신은 그것을 못하게 하지도 않고 세상의 이치를 가르치지도 않죠.

그러면서도 한 아이나마 맡아서 좋은 가정과 앞날의 걱정을 해주려고 하는데 당신은 그것을 거절하고 나를 모욕했어요. 입으로는 아이들을 사랑하느니 뭐니 하면서 참으로 우러러볼 만한 아버지로 군요."

메러디스 씨는 쓸쓸히 웃으며 말했다.

"이제 됐습니다."

메러디스 씨는 자리에서 일어나 똑바로 데이비스 부인을 노려보며 다시 말했다.

"이제 됐습니다. 더 이상 듣고 싶지 않습니다. 확실히 나는 어떤 점에서 아버지로서 해야 할 의무를 게을리했는지도 모르겠습니다만, 댁이 그런 식으로 애써 가르쳐주실 필요는 없습니다. 그럼, 이만 실례하겠습니다."

데이비스 부인은 작별인사도 하지 않고 돌아섰다. 그녀가 옷자락을 끌며 목사 옆을 지날 때 긴 의자 밑에 있던 칼의 커다란 두꺼비가 느닷없이 부인의 발 밑으로 튀어나왔다.

놀란 부인은 징그러운 두꺼비를 밟지 않으려 허둥지둥 비키다가 파라솔을 밟고 앞으로 넘어지며 문에 호되게 부딪쳤다. 머리꼭대기에서 발끝까지 심한 충격이었다.

메러디스 목사는 두꺼비를 보지 못했으므로 데이비스 부인이 중풍이나 마비를 일으켰나보다고 생각하며 놀라 달려가 도우려고 했다. 그러나 일어난 부인은 불같이 화가 나고 말았다.

"감히 나에게 손대지 말아요."

데이비스 부인은 마치 호통치는 것 같았다.

"이것도 이 집 아이 짓일 테지요. 이런 데는 점잖은 부인이 올 곳이 못 되는군요. 파라솔을 이리 주세요! 다시는 목사관이든 교회든 찾지 않을 테니까요."

메러디스 목사는 화려한 파라솔을 매우 온순하게 집어서 데이비스 부인에게 주었다. 데이비스 부인은 파라솔을 낚아채듯 집어 들고 당당하게 집을 나섰다.

제리와 칼은 층계 난간에서 줄타기를 그만두고 페이스와 함께 베란다 끝에 앉아 있었다. 공교롭게도 셋이서 기운차게 큰 소리로 '오늘 밤 마을에 큰 소동이 벌어질 거야'라는 노래를 부르고 있었다.

데이비스 부인은 자기를 겨냥하여 빈정대는 것으로 생각했다. 부인은 우뚝 서서 아이들을 향해 파라솔을 치켜들었다.

데이비스 부인은 말했다.

"너희들 아버지는 바보 천치야. 너희 해충들 셋은 회초리로 흠씬 때려줘야 해!"

페이스가 아버지를 두둔하며 고개를 빳빳이 들고 소리쳤다.

"아니에요! 우리는 해충이 아니에요!"

남자아이들은 자기들을 변명했다. 그러나 이미 데이비스 부인은 가버린 뒤였다.

메러디스 목사는 잠시 응접실 안을 서성거렸다. 그리고 서재에 가서 의자에 털썩 앉았으나 독일 신학으로 돌아가지는 않았다. 슬퍼질 정도로 마음이 심란하여 매우 우울했다. 데이비스 부인이 완전히 환상을 깨운 것이다.

자기는 데이비스 부인이 비난한 것처럼 그렇게 태만하고 무심한 아버지인가? 어머니가 없는 어린 네 아이들이 모든 걸 자기에게 의지하고 있는데도 돌보지 않고 내버려둔 것일까? 마을사람들도 데이비스 부인처럼 그렇게 생각하고 있는 것일까?

데이비스 부인이 그렇게 자신만만하게 우나를 맡겠다고 했으니 틀림없이 마을 사람들도 그렇게 생각할 가능성이 있다. 부인은 내가 우나를 네, 네하면서 기쁜 마음으로 흔쾌히 줄 것이라고 믿고 있었던 것은 아닐까? 마치 환영받지 못하는 고양이 새끼를 주어버리듯. 그리고 만일 그것이 사실이라면 어떻게 해야 할까?

존 메러디스는 신음소리를 내면서 지저분한 먼지투성이 방 안을 왔다갔다했다. 그는 무엇을 할 수 있을까? 어떤 아버지와 비교해도 손색없을 만큼 아이들을 사랑하고 있었다. 아이들 또한 그런 아버지를 마음속 깊이 사랑하고 있는 것을 그 자신도 알고 있었다. 데이비스 부인이나 이 부인과 비슷한 사고방식을 가진 다른 마을 사람들이 뭐라고 판단하건 그 확신에는 변함이 없었다.

하지만 자신이 아이들을 돌보는 데 적합할까? 자기에게도 약점과 능력의 한계가 있다. 필요한 것은 착실한 여성이 있어서 좋은 영향과 상식을 가르쳐주는 것이다. 문제는 이같은 여성을 어떻게 발견하는가 하는 것이다.

만일 이 같은 능력있는 가정부를 발견해도 마서 아주머니는 좋아하지 않을 것이다. 아주머니는 지금도 필요한 일은 얼마든지 할 수 있다고 믿고 있다. 불쌍한 노인의 기분을 언짢게 하면 안 된다. 지금까지 자기뿐 아니라 가족들에게 최선을 다해왔다. 시실리어를 얼마나 끔찍하게 예뻐해 주셨는지 모른다. 더구나 시실리어로부터도 아주머니를 잘 보살펴드리라고 부탁받지 않았는가?

여기에서 문득 메러디스 목사는 마서 아주머니가 재혼하면 어떻겠느냐고 넌지시 물었던 일을 생각했다. 마서 아주머니도 가정부가 새로 들어오는 것은 반대하지만 재혼하는 것은 허락할 듯한 느낌이 들었다. 그러나 그것은 안 된다. 결코 결혼할 의사가 없기 때문이다— 시실리어 아닌 다른 여성을 사랑할 마음도 없고 사랑할 수도 없다고 생각했다. 그러면 무엇을 할 수 있을까?

이때 문득 좋은 생각이 떠올랐다. 이 어려운 문제를 잉글사이드의 블라이스 부인과 상의해 보자. 내성적이고 과묵한 그가 대화할 수 있는 여성은 겨우 몇 사람에 지나지 않는데, 블라이스 부인은 그 가운데 한 사람이었다.

블라이스 부인은 어떤 경우에도 동정심이 많아 의욕과 원기를 북돋아준다. 이번 같이 곤란한 문제에 대해서도 어떤 해결법을 제시할지 모른다. 그럴 수 없다 할지라도 메러디스 목사는 데이비스 부인 때문에 괴로운 지금, 보다 진실된 인간과 대화를 나누고 싶었다. 즉 목사의 머리에서 데이비스 부인이 남긴 분위기를 싹 없애는 것이 필요했다.

메러디스 목사는 서둘러 옷을 갈아입고 여느 때와 달리 침착하게 저녁 식사를 끝냈다. 목사는 음식들이 빈약하게 느껴졌다. 목사는 아이들을 살펴보았다. 모두 건강한 장밋빛 볼이었고 나무랄 데 없이 행복해 보였다—우나만 좀 달랐지만 어머니가 살아 있을 때도 우나는 그리 건강한 편이 못되었다. 아이들은 함께 웃거나 떠들어댔다—틀림없이 행복해 보였고 특히 칼은 가장 즐거운 듯했다. 멋지게 생긴 두 마리 거미를 가지고 접시 둘레를 기어 돌아다니게 하고 있었기 때문이다. 아이들의 목소리는 쾌활했고 예의범절도 나빠 보이지 않았으며 서로가 관심을 가지고 있고 다정스러웠다.

그런데도 불구하고 데이비스 부인은 신자들 사이에서 이 아이들의 평판이 나쁜 것처럼 말하고 있다.

메러디스 목사가 문을 나섰을 때, 로브리지로 이어진 길을 블라이스 의사와 부인이 마차를 타고 지나가고 있었다. 메러디스 목사는 실망했다. 블라이스 부인이 외출해 버렸다—이제 잉글사이드에 갈 필요가 없는 것이다.

그래도 메러디스 목사는 여느때와 달리 누구와 만나서 대화를 나누고 싶은 마음이 간절했다. 어느 정도 실망하여 메러디스 목사가 먼 곳을 바라보았을 때, 언덕 위에 있는 고풍스러운 웨스트 저택의 창문에 석양이 비치고 있었다. 창문은 소원성취를 약속하는 봉화처럼 장미색으로 타오르고 있었다.

갑자기 메러디스 목사는 웨스트 집안의 로즈머리와 엘런을 떠올렸다. 그리고 엘런과 자극적인 대화를 다시 한 번 갖는 것도 좋으리라 생각했다. 로즈머리의 여유 있게 번져가는 부드러운 미소와 평온하고 훌륭한 파란 눈을 바라보는 것도 좋으리라 여겨졌다.

필립 시드니 경의 죽음을 애도한 옛 시에는 뭐라고 표현했던가?—'그 얼굴은 늘 위안을 준다*1—로즈머리에게 꼭 맞는 말이다. 메러디스 목사에게는 위안이 필요했다. 못 갈 이유가 무엇인가?

메러디스 목사는 가끔 들러달라던 엘런의 말을 기억했다. 그리고

---

*1 영국 시인 매슈 로이든(1564~1622)의 시 《불사조 둥지》에서.

로즈머리에게 돌려줘야 할 책이 있다. 잊어버리기 전에 돌려주어야 한다. 메러디스 목사는 돌려주는 일을 잊어버려 여러 사람으로부터 빌린 많은 책이 자기 서재에 있다는 것을 느끼며 불편해졌다. 이번에는 꼭 돌려주도록 해야 된다.

메러디스 목사는 다시 서재로 가서 빌린 책을 챙긴 다음 '무지개 골짜기' 쪽으로 걷기 시작했다.

여러 소문

항구 건너편에 살고 있던 머리 집안의 마이어러 부인 장례식이 끝난 날, 미스 코닐리어가 메리를 데리고 잉글사이드로 찾아왔다. 마음껏 이야기하고 싶은 일이 여러 가지 있었기 때문이다. 장례식에 대해서는 물론 모두 털어놓아야 한다. 미스 코닐리어와 수전은 둘이서 이야기를 시시콜콜 나누었다.

앤은 그러한 잔인한 대화에 끼지 않았고, 그것을 즐기지도 않았다. 조금 떨어진 마당에 다소곳이 앉아 가을 불꽃처럼 피어오른 달리아와 저녁놀진 9월 하늘 아래 꿈처럼 펼쳐진 아름다운 항구를 바라보고 있었다.

메리 밴스는 앤 옆에 앉아 뜨개질을 하고 있었다. '무지개 골짜기'에서는 아이들의 즐거운 웃음소리가 희미하게 들려왔다. 메리의 마음은 '무지개 골짜기'로 달려가 있었지만, 손가락은 미스 코닐리어의 눈아래 있었다. 양말을 몇 바퀴 더 떠야 '무지개 골짜기'로 갈 수 있을 것이다. 메리는 뜨개질하면서 입은 조용했지만 귀는 예민하게 움직이고 있었다.

미스 코닐리어가 마치 재판관처럼 말했다.

"죽은 사람의 모습이 그렇게 고운 건 처음 봤어요. 마이어러 머리는 언제나 예뻤죠. 로브리지의 코리 집안 출신인데, 그 집안은 미남미녀가 많기로 유명해요."

수전이 한숨을 쉬었다.

"작별하기 위해 갔을 때, 돌아가신 분의 관을 향해 '참으로 안됐습니다. 그 평안한 모습처럼 행운이 같이 하시길 기도합니다'라고 했지요. 살아 계셨을 때와 그리 차이가 없었어요. 검은 공단 드레스를 입었는데, 그것은 14년 전 따님이 결혼할 때 만든 것이었어요. 그때 그녀의 아주머니가 그 옷을 장례식에 대비해 잘 간수하라고 했었지요. 그러자 그녀는 웃으면서 이렇게 말했답니다.

'그때 입을지도 모르지만 그 전에 먼저 입고 즐겁게 지내려고 해요.'

그리고 그 말씀대로 실천하셨어요. 마이어러 부인은 인생의 즐거움을 모르고 돌아가실 분이 아니었거든요. 그 뒤에도 여러 번 인생을 즐겁게 보내는 것을 볼 때마다 저는 남모르게 생각했죠.

'마이어러 머리 부인은 참으로 아름다워. 그 드레스가 아주 잘 어울리지만, 마지막에는 그것이 수의가 될지도 모르지.'

그랬는데 바로 내 말대로 된 셈이에요. 마셜 엘리엇 부인."

수전은 다시 한 번 한숨을 깊게 쉬었다. 그녀는 대화를 매우 즐기고 있었다. 장례식은 정말 즐거운 화제인 것이다.

미스 코닐리어가 말했다.

"마이어러와는 언제 만나도 즐거웠어요. 늘 명랑하고 쾌활한 분이었으니까요! 그분이 손만 잡아줘도 기분이 좋아졌죠. 어떤 문제든 공명하고 떳떳하게 극복하는 분이셨어요."

수전이 말했다.

"옳은 말씀이에요. 마이어러의 시누이로부터 들은 이야기인데, 의사로부터 더 이상의 치료 방법이 없고 두 번 다시 침대에서 일어나기는 불가능하다는 말을 듣고도 마이어러는 매우 명랑하게 말했대요.

'그런 상태가 됐군요. 과일 설탕조림을 모두 끝낸 뒤라 그나마 다행이고, 덧붙여서 이번 가을에 대청소를 하지 않게 되어 감사하군요. 대청소가 봄에는 괜찮지만 가을에 할 때는 무척 싫어했는데 올해는 그대로 지나가게 되어 고맙군요.'

좀 불성실하다고 말하는 사람도 있겠지요, 마셜 엘리엇 부인. 그 시누이는 이것을 부끄럽게 여기며 병 때문에 머리가 좀 이상해진 게 아닌지 모르겠다고 해서 나는 말해 주었지요.

'아니에요, 걱정할 필요 없어요. 마이어러 머리 부인은 그처럼 밝은 면을 보면서 인생을 즐겁게 보내셨으니까.'"

미스 코닐리어가 말했다.

"언니 루엘러는 마이어러와 정반대였어요. 루엘러는 명랑한 성품이 전혀 없었어요—시커먼 잿빛 그림자뿐이지요. 여러 해 동안 언제나 자기는 곧 죽게 될 거라고 말해 왔거든요.

'오래 살아서 여러 사람에게 부담주고 싶지 않아'라고 가족들에게 말하고는 신음소리를 내고—가족 가운데 누군가가 장래의 계획 같은 것을 이야기하면 신음소리를 내면서 '그때 나는 이 세상에 없을 거야'라고 아우성치고.

내가 루엘러를 만나러 가면 언제나 그녀의 말에 찬성해서 그녀를 화나게 했죠. 그 덕택으로 그 뒤 며칠 동안은 여느때보다 훨씬 상태가 좋아졌어요. 전보다 지금은 원기를 꽤나 회복한 셈인데, 그렇다고 마음이 명랑해진 건 아닌 것 같아요.

그러나 마이어러는 전혀 달랐지요. 하는 일도, 하는 말도 늘 상대편을 즐겁게 하는 것뿐이었어요. 이것은 아마 결혼상대자와도 관계가 있을 거예요. 루엘러의 남편은 난폭한 성질이 타타르인[1] 못지 않

---

[1] 몽골계의 한 부족. 또는 러시아 안의 터키계 주민을 가리킴.

왔지만, 짐 머리는 남자치고는 매우 착한 사람이죠. 그는 오늘 슬픔에 빠져 있었어요. 부인의 장례식에서 남편을 딱하게 생각하는 경우는 드문데, 짐 머리에게는 동정심이 느껴졌어요."

수전이 말했다.

"짐 머리가 슬픈 표정을 하는 것도 무리가 아니지요. 마이어러 같은 부인을 발견하기란 쉽지 않을 테니까요. 찾을 생각이 없을지도 몰라요. 아이들이 모두 다 자랐고 집안일은 미러벨이 할 수 있을 테니까요. 하지만 홀아비가 무슨 일을 할지는 알 수 없는 일이니 이번에도 여기에 대하여 이러쿵저러쿵 말할 생각은 없어요."

미스 코닐리어가 말했다.

"마이어러가 없어서 교회에 손실이 커요. 모든 일들을 매우 원만하게 잘 처리해 주었으니까요. 어떤 일에도 굴복하는 일이 없었지요. 풀기 힘든 문제도 지혜롭게 잘 풀어나갔고, 문제점을 풀지 못하면 아무 일도 없었던 것처럼 태연했어요. 사실상 대개의 경우 잘 풀렸지요.

'인생의 여행이 끝날 때까지 어떤 일이나 좌절하지 않고 잘 풀어나갈 작정이에요.'

마이어러는 나에게 그렇게 말한 일이 있어요. 마이어러의 여행은 마침내 끝난 셈이지요."

앤이 꿈나라에서 온 것처럼 갑자기 물었다.

"그렇게 생각하세요? 그분의 여행이 끝났다는 것을 도저히 생각할 수 없어요. 마이어러 머리가 아무것도 하지 않고 두 손을 잡고 앉아 있는 것을 상상할 수 있어요?—열심히 무엇이나 알려고 노력하면서 미래에 대하여 모험심을 갖고 있었던 마이어러가! 아니에요. 마이어러는 돌아가신 뒤에도 문을 열고—어디까지나—어디까지나—새롭고 빛나는 모험을 찾아나갈 거예요."

미스 코닐리어도 그 말에 동의했다.

"그럴지도 모르지요—그럴지도 몰라. 사실은 앤, 나 자신도 이 영원한 휴식이라는 종교적 가르침이 마음에 썩 들지 않아요. 이같은 말이 하느님을 멀리하는 것으로 오해되지 않기를 바라지만, 천국에서도 이승에 있을 때와 마찬가지로 부지런히 활동하고 싶어요.

　그리고 천국에서도 파이나 도너츠를 대신할 음식이 있기를 바라고 있어요—무엇인가 만들 게 있어야 한다고 생각해요. 물론 누구나 피곤해질 수 있고, 나이가 들수록 피곤의 정도도 심해지겠지요. 하지만 아무리 피곤해도 영원히 쉬지 않고도 원기를 회복할 수 있을 거예요—다만 게으른 사람은 제외하고요."

　앤이 말했다.

　"마이어러를 다시 만나게 되면 이승에서 보여준 것과 같이, 늘 건강한 모습으로 웃으면서 맞아주길 원해요."

　수전은 충격을 받은 것 같았다.

　"그럴 리가 있나요, 마님. 설마, 마이어러가 저 세상에서 웃고 있다고 생각하는 것은 아니겠지요?"

　"어머나, 왜 안 된다는 거예요, 수전? 저쪽에선 늘 울고 지낸다고 생각하는 거예요?"

　"아니에요, 마님. 오해하지 마세요. 우리들은 울지도 않고, 웃지도 않는다고 생각하거든요."

　"그러면 어떻게 하고 있어요?"

　수전은 질문에 쫓겼다.

　"글쎄요, 내 생각으로는 마님, 다만 진지하고 엄숙한 표정을 하고 있을 거라 생각해요."

　앤은 진지한 태도로 물었다.

　"그러면 수전, 마이어러 머리나 내가 늘, 언제나 진지하고 엄숙한 얼굴을 가지고 있으리라고, 참으로 그렇게 생각해요?—언제나, 언제까지나—"

　수전도 마지못해 인정했다.

"그렇군요! 마님도 마이어러 머리 부인도 가끔은 웃지 않고 견딜 수 없는 경우가 있으리라는 것은 인정해요. 하지만 천국에서 웃는다는 것만은 인정할 수 없어요. 그런 생각은 하느님에 대한 결례라고 생각해요, 마님."

미스 코닐리어가 말했다.

"이제 이야기를 이승으로 돌립시다. 일요일 주일학교에서 마이어러가 맡았던 성경공부반을 누군가로 바꿔야 해요. 그동안은 마이어러 대신 줄리어 클로가 맡아왔는데, 겨울에 샬럿타운으로 이사간다고 하니 다른 사람이 해야 하지요."

앤이 말했다.

"로리 제이미슨 부인이 관심 있어 한다고 들었어요. 제이미슨 집안은 로브리지에서 글렌으로 이사온 뒤, 빠짐없이 교회에 나오고 있어요."

미스 코닐리어가 의심스러운 듯 말했다.

"새로 온 신자가 아닌가요! 신앙생활이 착실한지 1년쯤은 잘 살펴보아야 해요."

수전이 매우 진지하게 말했다.

"제이미슨 부인은 조금도 믿을 수 없어요, 마님. 그분은 한 번 돌아가신 일이 있지요. 깨끗한 수의를 입혀 누인 다음 관을 만들려고 키를 재고 있는데 되살아났어요. 마님, 그런 사람은 믿기 어렵지요."

미스 코닐리어가 말했다.

"언제 감리교 신자로 바뀔지 알 수 없거든요. 로브리지에서는 장로교회에 가는 것과 비슷하게 가끔 감리교회에도 갔다고 해요. 이곳에서는 그 현장을 확인하지 못했지만, 어쨌든 제이미슨 부인에게 주일학교를 맡긴다는 것은 찬성할 수 없어요. 그렇긴 하지만 그 사람들을 화나게 하면 안 돼요. 심기가 불편하거나 사망으로 교회 신도수가 차츰 줄고 있으니까요.

앨릭 데이비스 부인이 교회를 떠났는데 그 이유는 아무도 모르고 있어요. 메러디스 목사의 월급에 1센트도 협조하지 않겠다고 얼마 전 교회 이사님들에게 말했다더군요. 마을 사람들은 목사관 아이들이 부인을 화나게 했다고 하지만 나는 그렇게 여기지 않아요.

페이스에게 알아보았더니, 데이비스 부인이 찾아왔었다더군요. 부인이 의기양양하게 아버지를 만난 다음, 돌아갈 때 화를 무척 내면서 아이들에게 '해충들'이라고 호통친 일밖에 페이스는 아는 것이 전혀 없다고 했어요."

수전이 얼굴을 붉히면서 화냈다.

"아이들한테 해충들이라니, 정말! 앨릭 데이비스 부인은 자기 아버지쪽 아저씨가 부인을 독살했다는 혐의를 받았던 사실을 벌써 잊은 모양이군요. 증거가 확인된 것은 아니지만요. 마님, 소문이긴 하지만 만일 아저씨 부인이 납득할 만한 이유없이 돌아가셨다면, 아무것도 모르는 순진한 아이들에게 해충들이라고 하지는 않을 거예요."

미스 코닐리어가 말했다.

"결국 문제는 데이비스 부인이 그동안 기부금을 많이 냈으니 그 공백을 어떻게 메우냐는 거죠. 게다가 친척인 더글러스 집안사람들까지 부추겨서 메러디스 목사를 싫어하게 할 텐데, 그렇게 되면 메러디스 목사는 여기를 떠나야만 할 거예요."

수전이 말했다.

"나는 친척들도 데이비스 부인을 그리 좋게 여기지 않는 것으로 알고 있어요. 그녀에게 친척들을 부추길 만한 힘은 없을 거예요."

"그렇지만 더글러스 집안사람들은 굳게 뭉쳐져 있답니다. 만일 한 사람을 건드리면 그 집안 전체를 건드린 게 되는 거죠.

아무튼 우리는 그 사람들이 없으면 어떻게도 할 수 없어요. 그건 확실해요. 그 집안사람들이 급료의 절반을 내고 있으니까요. 그래도 더글러스 집안은 어쨌든 인색하지는 않아요. 노먼 더글러스 같은

사람은 훨씬 전 아직 교회에 다니던 시절 1년에 1백 달러나 내놓았 었죠."

앤이 물었다.

"어째서 교회에 나오지 않게 되었나요?"

"교회 이사 한 분이 소를 흥정하다가 그 사람을 속였기 때문이라더 군요. 교회에 안 나온 지 벌써 20년은 될 거예요. 그 부인은 살아 계 실 때 아픈 날 빼고는 나오셨지요.

하지만 노먼 씨는 부인이 주일마다 1센트 이상 못 내게 했어요. 그 녀는 몹시 부끄럽게 생각했지요. 부인에게 들은 건 없지만 노먼 씨는 훌륭한 남편이라고 말하기 어려울 거예요. 늘 겁먹은 듯한 표정이었 죠. 노먼 씨는 30년 전에 바라던 여자를 얻지 못했는데, 더글러스 집 안은 2등을 참지 못하는 편이었지요."

"노먼 더글러스가 바란 여자는 누구였나요?"

"엘런 웨스트지요. 약혼까지 발전된 관계는 아니었지만 2년쯤 교제 하다가 갑자기 헤어졌어요. 그 이유는 아무도 몰라요. 하찮은 말다툼 에 지나지 않았겠죠. 화가 가라앉을 새도 없이 노먼은 헤스터 리스와 결혼해버렸지요. 엘런에 대한 복수로 결혼한 셈이에요. 남자들에게 흔히 있을 수 있는 일이지요.

헤스터는 마음씨가 곱고 예쁘장한 여자로, 지나치게 소극적이었어 요. 그나마 노먼이 완전히 기를 꺾어버렸지요. 노먼에게는 지나치게 얌전했거든요. 노먼에게는 자기와 논쟁할 수 있는 대등한 여자가 필 요했어요.

엘런이었다면 노먼을 철저히 감독할 수 있었을 것이고 노먼도 그것 을 높이 평가하며 고맙게 생각했을 거예요. 노먼은 헤스터를 바보 취 급했어요. 헤스터가 언제나 복종했기 때문이지요.

노먼은 아주 오래 전 젊었을 때 자주 이렇게 말했답니다. '씩씩한 여자가 좋아—무슨 일이나 적극성을 가지고 대처하는.' 그런데 결혼한 상대가 거위조차 쫓아버리지 못하는 사람이었으니까 —남자로서는 그럴 수도 있었을 거예요.

리스 집안은 무기력한 사람들뿐이었어요. 숨만 쉬고 있는 모습을 갖추었을 뿐 진실로 살아 있는 존재가 아니었지요."

수전이 지난 날을 떠올리며 말했다.

"러셀 리스는 재혼했을 때, 첫번째 부인의 결혼 반지를 다시 끼워주었대요! 절약이 너무 지나쳤다고 생각해요, 마님. 더구나 동생인 존은 항구 건너편 묘지에 자기 사망일만 빼고 모든 걸 새긴 비석을 세워놓고 일요일마다 방문한답니다. 그것을 즐겁게 생각하는 사람은 드물 텐데 존은 좀 다른 것 같아요. 사람에 따라 즐기는 방법도 꽤 차이가 있으니까요.

노먼 더글러스는 전혀 믿음이 없는 사람이에요. 전에 있던 목사님이 노먼에게 무슨 이유로 교회에 나오지 않느냐고 하니까 이렇게 말했어요. '저렇게 못생긴 여자들만 있으니 교회에 가보고 싶은 의욕이 생기겠습니까? 목사님, 빠짐없이 모두 미인과는 거리가 먼 여자들뿐이니.'

나는 그런 남자에게 가서 '지옥에 떨어져라!'고 엄숙하게 말해주고 싶어요."

미스 코닐리어가 말했다.

"노먼은 그런 장소가 있는 것조차 믿지 않을 거예요. 어쨌든 죽기 전에 자기 잘못을 깨닫기를 기도해야죠. 자, 메리, 3인치 되는 곳까지 짰으면 아이들에게로 가서 30분쯤 놀다와도 돼."

메리는 얼른 뜨개질감을 내려놓고 '무지개 골짜기'로 쏜살같이 달려갔다. 그리고 페이스에게 앨릭 데이비스 부인의 일을 모조리 말해 주었다.

"그리고 엘리엇 부인이 말씀하시더라. 데이비스 부인이 친척인 더글러스 씨네 가족들을 모두 너희 아버지로부터 등지게 만들 거라고. 그렇게 되면 급료를 받을 수 없으니 너희 아버지는 글렌 마을에서 떠나야만 한다는 거야.

정말이지 나도 어떻게 하면 좋을지 모르겠어. 만일 노먼 더글러스 아저씨가 교회로 돌아와 전처럼 기부해 준다면 그리 곤란하지 않겠는데. 하지만 돌아올 수 없는 일이니—더글러스 집안은 떨어져나가고—너희들은 모두 다른 곳으로 가버려야 될 테지.”

페이스는 그날 밤 무거운 마음으로 침대에 들었다. 글렌 마을을 떠나다니 생각만 해도 견딜 수 없었다. 이 세상 어디를 찾아봐도 블라이스 씨네 아이들 같은 친구는 없었다.

지난번에 살았던 메이워터를 떠날 때에도 그녀는 얼마나 괴로웠는지 모른다. 메이워터의 다정한 친구들이며, 어머니를 잃은 그 오래된 목사관과 헤어질 때 그녀는 몹시 울었던 것이다. 또 그런 마음아픔을 겪어야 하는가 생각하니 페이스는 가만히 있을 수가 없었다. 어떤 일이 있어도 글렌 세인트 메리 마을에 있는 아주 마음에 쏙 드는 ‘무지개 골짜기’며 저 멋진 묘지와 헤어질 수 없었다.

페이스는 신음했다.

“목사 가족은 참으로 싫어. 좋은 곳이라고 여겨 마음 붙이게 되면 곧 다른 곳으로 옮겨가야 되니까. 나는 아무리 훌륭한 사람일지라도 결코 목사에게는 시집가지 않을 테야.”

페이스는 침대에 일어나 앉아 담쟁이덩굴이 착 달라붙은 작은 창문으로 밖을 내다보았다.

주위는 쥐죽은 듯 조용했고 오직 잠든 우나의 새근거리는 숨소리가 들릴 뿐이었다. 페이스는 이 세상에 자기 혼자만 있는 것 같은 쓸쓸함에 사로잡혔다.

별이 총총히 떠 있는 가을밤 하늘 아래 글렌 마을이 펼쳐져 있고, 골짜기 건너편에는 잉글사이드 소녀들의 방 불빛과 또 하나 월터의 방 불빛이 반짝이고 있었다.

페이스는 생각했다.

'또 월터의 이가 욱신욱신 아픈 게 아닐까?'

그리고 낸과 다이가 부러워 깊은 한숨을 내쉬었다. 그 아이들에게는 다정한 어머니와 안정된 가정이 있는 것이다. 까닭없이 화내곤 하는 사람들이 우리를 해충이라 부르며 무시당하는 일에 신경 쓰지 않아도 된다.

글렌 마을 건너편 모두 잠든 조용한 들판 한가운데에 아직도 불이 하나 켜져 있었다. 페이스는 그것이 노먼 더글러스네 집에서 내비치는 불빛임을 알고 있었다. 그는 늦게까지 책을 읽는다는 소문이 있었다.

그를 잘 설득해서 교회에 나오도록 하기만 하면 된다고 메리가 말했었다. 한번 그렇게 해볼까?

페이스는 감리교회 문 옆에 서 있는 키큰 전나무 우듬지 위에 커다란 별이 나직이 떠 있는 것을 바라보았다.

그러자 갑자기 어떤 영감이 떠올랐다. 그녀는 무엇을 해야 할 것인지를 알았다. 그리고 나 페이스 메러디스는 그렇게 할 것이다. 그렇게 하면 모든 일이 다 잘 될 것이다.

만족스러운 얼굴로 숨을 내쉬며 페이스는 쓸쓸하고 어두운 세계와 작별하고 동생 우나의 옆자리로 살그머니 기어들어 갔다.

보복

페이스에게 있어 결정했다는 것은 곧 행동을 뜻했다. 그녀는 생각한 대로 곧 실행에 옮겼다.

이튿날 학교에서 돌아오자마자 페이스는 목사관을 나와 글렌 마을로 내려갔다. 우체국을 지날 때 월터 블라이스와 만났다.

"나는 어머니 심부름으로 엘리엇 부인댁에 가는 길이야. 너는 어디 가는 거니, 페이스?"

페이스는 거만하게 말했다.

"교회 일로 어디 좀 가는 거야."

페이스가 더 이상 아무 말도 하지 않아서 월터는 얼마쯤 기세가 꺾인 기분이었다. 두 사람은 잠시 말없이 걸었다.

따뜻한 바람이 부는 저녁 무렵으로 공기 중에는 달콤한 나뭇진 내음이 감돌고 있었다. 모래언덕 저쪽에는 잔잔하고 아름다운 바다가 잿빛으로 펼쳐져 있었다. 글렌 마을을 흐르는 실개천에는 황금색과 붉은 나뭇잎이 떠 있어 마치 요정나라의 작은 배 같았다.

마침 그때 보리를 벤 제임스 리스 씨의 밭은 아름다운 적갈색으로 바뀌었고 거기에서는 까마귀 나라의 국회가 열리고 있었다. 까마귀 나라가 잘 살기를 위해 진지한 토의가 한참 진행중이었다.

페이스는 이 엄숙한 그들의 집회를 무자비하게 강제 해산시켰다. 울짱에 걸터앉아 부러진 나무토막을 그곳으로 던진 것이다. 검은 까마귀 푸드득 날아올랐다. 까만 날개가 곧바로 하늘을 뒤덮으며 분노하는 까마귀의 까악까악 하는 소리가 주위에 울려 퍼졌다.

월터가 비난했다.

"무엇 때문에 그런 짓을 하니?"

페이스는 들뜬 모습으로 말했다.

"난 까마귀를 싫어하거든. 저렇게 검고 교활한 것들은 뱃속도 검기 마련이야. 작은 새들 집에서 몰래 알을 훔쳤을 테지. 지난 봄 우리 집 잔디밭에서 한번 봤어. 그런데 월터, 어째서 그렇게 얼굴이 핼쑥하니? 어젯밤 치통으로 고생했어?"

월터는 몸을 오들오들 떨었다.

"응, 무지무지하게 아팠지. 한잠도 못잤어. 방 안을 왔다갔다하며 나는 네로 황제의 명령으로 고문당하고 있는 그리스도교도라고 상상했어. 얼마 동안은 그래도 괜찮았는데, 그러다가 너무너무 아파져서 아무것도 생각할 수 없게 되고 말았어."

페이스가 걱정스레 물었다.

"울었니?"

월터는 솔직히 고백했다.

"아니—하지만 침대에 누워 신음했어. 그런데 쌍둥이가 왔지. 낸이 고춧가루를 갖다 붙여주니까 통증이 더 심해졌어. 다이가 가지고 온 찬물을 입에 물고 있어도 계속 아파 쌍둥이가 수전을 불러왔어.

수전은 어제 내가 찬 다락방에서 시 같이 쓸데없는 것을 썼기에 생긴 일이라고 했어. 어쨌든 수전이 만들어준 탕파로 치통은 곧 멈추었지.

나는 통증이 멎자마자 수전에게 말했어. 시는 쓸데없는 짓이 아니

고 수전은 재판관도 아니라고 말이야. 수전은 자기는 확실히 재판관
도 아니고 시에 대해서는 전혀 모르지만 시가 거짓말투성이라는 것
만은 안다고 했어.

내가 시쓰기를 좋아하는 건 보통 문장으로는 진실을 표현할 수 없
는 것도 시가 되면 표현될 수 있기 때문이야. 수전에게도 이렇게 말했
더니, 잔소리 그만하고 탕파가 식기 전에 빨리 자래. 말을 들으면 날
내버려둘 테니, 시가 치통을 해결해 주는지 어떤지 잘 보라더군. 그리
고 내가 교훈을 얻기를 바란다고 했어."

"어째서 로브리지에 있는 치과의사에게 가서 그 이를 뽑아버리지
않는 거니?"

월터는 또 몸을 떨었다.

"모두 그렇게 말하지만 나는 도저히 할 수가 없어. 틀림없이 무지무
지하게 아플 테니까."

페이스는 얄보듯 물었다.

"너는 그까짓 거 조금 아픈 게 무섭다는 거니?"

월터는 얼굴이 빨개졌다.

"분명 무지무지하게 아플 거야. 나는 고통스러운 것은 딱 질색이거
든. 아버지도 나보고 억지로 가라고는 안 하시겠대. 내가 스스로 결정
할 때까지 기다리겠다고 하셨어."

페이스가 설득했다.

"아픈 이가 있는 한 계속 아프게 돼. 벌써 다섯 번째 아픈 거잖아.
잠깐 뽑아버리면 더 이상 밤새도록 고생하지 않아도 되는데. 나도 전
에 한 개 뽑은 적이 있었어. '아얏' 했더니 벌써 끝났던걸. 그냥 피가
살짝 나왔을 뿐이었어."

월터가 소리쳤다.

"그 비릿한 냄새가 나는 피가 무엇보다도 싫어. 너무 보기 흉해. 지
난해 여름 젬이 발을 베었을 때 나는 기분이 나빠져서 혼났어. 수전

은 젬보다도 내가 기절하는 줄 알았대. 하지만 젬이 아파하는 것을 볼 수가 없었어.

언제나 누군가가 다치고 있어, 페이스. 끔찍한 일이야. 난 도저히 참고 볼 수 없어. 그런 소리는 들리지도 않고 보이지도 않는 데로 멀리 멀리 달아나고 싶어."

페이스는 곱슬머리를 뒤로 넘겼다.

"누가 다쳤다고 해서 크게 떠들 것 없어. 물론 자기가 무척 아플 때는 큰 소리가 나오게 되지. 또 피는 분명 깨끗한 것이 못 되고—나도 남이 아파하는 것을 보고 싶지 않아.

하지만 나라면 달아나지 않겠어—어떤 방법으로든지 도와주고 싶어. 너의 아버지께서도 환자를 치료하기 위해서는 사람들을 아프게 만드는 경우가 얼마든지 있을 거야. 아버지가 달아난다면 그 사람들은 어떻게 되겠니?"

"난 달아난다고 하지 않았어. 달아나고 싶은 생각이 든다고 했을 뿐이지. 그건 전혀 의미가 달라. 나도 도와주고 싶어. 하지만 아, 이 세상에 보기 싫은 것이나 무서운 것이 없으면 얼마나 좋을까. 즐겁고 아름다운 것만 있다면 좋겠어."

페이스가 말했다.

"있지도 않은 일은 생각하려고 하지 마. 살다보면 즐거운 일도 얼마든지 많아. 죽어버리면 치통도 없어지겠지만, 죽은 다음 통증도 못 느끼는 것보다 살아 있으면서 아픈 게 낫지 않니? 나라면 그것이 백배 더 좋다고 생각해. 어머나, 댄 리스가 오는구나. 항구에서 낚시질을 했나봐."

월터가 말했다.

"나는 댄 리스가 몹시 싫어."

"나도 그래. 우리 여자아이들은 모두 싫어해. 나는 모르는 척하고 걸어갈 테니, 넌 보고만 있어."

페이스는 턱을 쑥 내밀고 업신여기는 듯한 얼굴로 댄 곁을 지나쳤으므로 댄은 화가 치밀었다.

그는 홱 돌아서서 페이스 뒤에 대고 고함쳤다.

"돼지 계집애! 돼지 같이 뚱뚱한 계집애! 돼지 같이 미련한 먹보 계집애!"

모욕의 강도가 점점 세졌다.

페이스는 아무렇지 않은 얼굴로 태연히 걸어갔으나 끓어오르는 분노로 입술이 희미하게 떨렸다. 말로 싸우는 데는 댄 리스를 당할 수 없음을 알고 있었다.

월터 대신 젬 블라이스가 함께 있었으면 좋았을걸 페이스는 아쉬워했다. 만일 댄 리스가 젬 앞에서 그녀를 보고 돼지 계집애라고 했다면 젬은 당장 댄을 혼내주었을 텐데.

그러나 월터가 그렇게 해주기를 바라는 마음은 전혀 없었으며 그를 나무랄 생각도 없었다. 월터는 다른 남자아이들과 싸우지 않는 것을 알고 있었기 때문이다. 북쪽 거리에 사는 찰리 클로도 싸움을 못한다. 그를 겁쟁이라고 바보취급하지만 이상하게도 월터에 대해 경멸할 마음은 들지 않았다. 월터는 자기만의 독특한 세계에 머물고 있는 것처럼 생각되기 때문이다. 그 세계는 지금 여기와 관습이 전혀 다른 것이다.

페이스는 월터 블라이스 대신 빛나는 눈동자의 젊은 천사가 불결하고 주근깨투성이인 댄 리스를 혼내주기를 기대했다. 천사가 도와주지 않는다고 섭섭해 할 수 없듯이 월터 블라이스를 비난할 생각은 전혀 없었다.

그래도 역시 믿음직스러운 젬이나 제리가 그 자리에 있어주었더라면 좋았을 거라고 여겼으며, 댄이 내뱉은 모욕이 페이스의 머리를 떠나지 않았다.

월터는 이제 핼쑥한 얼굴을 하고 있지 않았다. 뺨이 붉게 달아오르고 아름다운 눈이 부끄러움과 노여움으로 흐려져 있었다. 그는 페이스 대신 보복해 주었어야 했다는 것을 알고 있었다. 젬이라면 대뜸 댄에게 덤벼들어 호되게 혼내줬을 것이고, 리치 워런이었다면 댄이 페이스에게 말한 것보다도 더 심한 욕설을 하여 납작하게 해주었으리라.

하지만 월터는 불가능했다. 도무지 안 되는 것이다―심한 욕설을 할 수 없었다. 그럴 경우 몇 배 험악한 악담이 되돌아온다는 것을 알고 있었다. 혐오스러운 저질 단어가 생각나지 않아 입에 담을 수도 없었다. 그러나 댄 리스라면 얼마든지 할 수 있을 것이다.

힘으로 싸우는 것도 흥미가 없었다. 생각하고 싶지도 않았다. 거칠고, 아프고, 무엇보다도 보기 흉했다. 젬이 가끔 싸움질하면서 즐거워하는 것을 도저히 이해할 수 없었다.

그래도 월터는 댄 리스와 싸울 수 있으면 좋겠다고 생각했다. 자기 눈 앞에서 페이스가 모욕당했는데도 수치심도 없는 듯 겁먹어서 주먹도 내밀지 못한 채 움츠리고 있었다는 것이 몹시 부끄러웠다.

아마 페이스는 나를 경멸하고 있을 거야. 페이스는 돼지 계집애라는 말을 들은 뒤로 내게 한 마디도 하지 않는다. 갈림길에 왔을 때 월터는 마음이 홀가분해졌다.

페이스도 또한 이유는 다르지만 마음이 가벼워졌다. 그녀는 자기가 해야 할 일을 생각하자 갑자기 마음이 심란해져 어서 혼자 있고 싶었다. 처음에 막 생각났을 때 의욕이 식어가기 시작한 참에 댄 리스가 자존심 상하게 하여 더욱더 자신이 없어져버린 것이다. 어떻게 해서든지 목적을 이루어야 하는데 기운을 북돋아줄 열의가 없어졌다.

페이스는 이제부터 노먼 더글러스를 만나러 가서 다시 교회에 나와달라고 부탁할 생각이었는데, 어쩐지 노먼이 무서워졌다. 글렌 마을에서는 쉽고 간단한 일로 생각됐으나 지금은 전혀 달랐다. 이제까지 그에 대한 여러 가지 소문을 들었으며, 학교에서 가장 큰 남자아이들도 그를 무서워하는 것을 알고 있었다.

그는 뭔가 추잡한 말을 할지도 모른다—그가 그런 말을 한다는 것을 들었다. 페이스는 욕설을 듣는 게 너무 싫었다—매맞는 것보다 더 풀이 죽었다.

그러나 어떻게든 페이스 메러디스는 이 일을 해내야만 한다. 그렇지 않으면 아버지가 글렌 마을을 떠나야만 하니까.

긴 오솔길 끄트머리에 키 큰 포플러를 거느린 노먼의 크고 예스러운 집이 서 있었다. 그때 노먼 더글러스는 뒤편 베란다에서 신문을 읽고 있었다. 옆에는 커다란 개가 있었다.

뒤쪽 부엌에서는 가정부 윌슨 부인이 그릇을 마구 덜그럭거리며 저녁 식사를 준비하고 있었다—덜그럭거리는 소리는 홧김에 생긴 것이었다. 방금 노먼과 말다툼하여 그 때문에 둘 다 기분이 몹시 나쁜 상태였다.

따라서 베란다로 올라가던 페이스는 노먼이 신문을 내려놓고 물어뜯을 듯한 무섭게 생긴 얼굴로 그녀를 바라보는 것을 알았다.

그러나 노먼 더글러스는 나름대로 꽤 잘생긴 사람이었다. 길고 붉은 수염이 넓은 앞가슴에 늘어져내리고, 진한 빨강머리에는 흰 머리칼이 하나도 섞이지 않았으며, 이마에도 주름살이 없었다.

파란 눈은 원기왕성한 청년시절과 다름없이 지금도 격렬하게 불타고 있었다. 아주 얌전하고 차분한 때가 있는가 하면 또 무척 사납게 화낼 때도 있었다. 가엾게도 페이스는 노먼 더글러스가 가장 기분나쁜 때 맞닥뜨리게 된 것이다.

노먼은 그녀가 누구인지 알지 못했으므로 마음에 들지 않는 눈초리로 흘끔 페이스를 바라보았다. 노먼은 발랄하고 화를 잘 내며 웃기도 잘하는 쾌활한 소녀를 좋아했다. 그런데 이때의 페이스는 새파랗게 질린 얼굴이어서 쓸모없는 아이처럼 하찮게 보였다.

페이스가 겁먹은 모습을 보이자 고약한 노먼 더글러스는 약자를 구박하고 싶은 마음이 불쑥불쑥 고개를 쳐들었다.

그는 무서운 얼굴로 노려보며 천둥 같이 고함지르는 목소리로 외쳤다.

"대체 너는 누구냐? 무슨 볼일이지?"

태어나서 처음으로 페이스는 말문이 막혀버렸다. 그녀는 노먼 더글러스가 이런 모습이리라고는 생각지도 못했다. 너무 무서워 움츠러들고 말았다. 그것을 보고 노먼은 더욱 화가 치밀어 소리쳤다.

"어찌된 게냐? 뭔가 하고 싶은 말이 있는데도 겁먹어 할 수 없다는 태도로구나. 어찌 된 거지? 애야, 어서 말 못 하겠니?"

페이스는 아무래도 입을 열 수가 없었다. 페이스의 입술이 파르르 떨리기 시작했다.

노먼이 으르렁거리는 개처럼 물어뜯듯 말했다.

"부탁이니 울지 마라. 나는 훌쩍거리는 건 질색이니까. 할말이 있으면 참지 말고 어서 해버려. 그런 얼굴로 사람을 보는 게 아니야—나도 사람이다. 꼬리 따위는 없어. 넌 누구냐—누구냐고 묻잖니?"

노먼의 목소리는 항구 쪽에까지도 들렸을 듯 싶었다. 부엌에서 달그락거리던 소리가 멎고 윌슨 부인은 눈과 귀를 크게 열었다.

페이스는 머뭇거리며 벌레처럼 기어들어가는 목소리로 말했다.

"나는—페이스—메러디스예요."

"메러디스라고? 목사관 아이들 가운데 하나로군. 네 이야기는 들었다. 돼지 등에 올라타기도 하고 안식일을 깨뜨리기도 한 아이라더군. 난처한 녀석이야. 무슨 볼일이지, 엉? 이 불신자인 내게 무슨 볼일이 있는 거냐? 난 목사에게 부탁할 게 없다—나도 아무것도 주지 않고 말이다. 애야, 내게 뭘 바라는 거냐?"

페이스는 멀리멀리 달아나고 싶었다. 그녀는 더듬더듬 있는 그대로 말했다.

"나, 나는 아저씨에게—교회로 돌아와—급료를—내달라고—부탁하러 왔어요."

노먼은 성난 눈을 번뜩이며 페이스를 노려보았다.

"이 뻔뻔스러운 말괄량이야. 누가 네게 그런 걸 시키더냐? 누가 그렇게 하라고 했지?"

가엾은 페이스는 대답했다.

"아무도 시키지 않았어요."

"그건 거짓말이야. 내게는 거짓말해 봐야 소용없어. 누가 너를 여기 보냈지? 네 아버지는 아니야—그는 전혀 활기가 없어—하지만 자기가 못하는 일을 네게 시킬 사람이 아니지. 틀림없이 글렌 마을에 있는 어느 고약한 할멈들 짓일 게다. 그렇지, 엉?"

"아니에요. 나, 나는 스스로 온 거예요."

성난 노먼이 소리쳤다.

"나를 바보로 생각하니?"

페이스는 나직한 목소리로 조금도 빈정거릴 마음없이 말했다.

"아니에요, 나는 아저씨가 신사라고 생각했어요."

노먼은 펄쩍 뛰었다.

"네 일이나 잘해라. 이제 더 이상 한 마디도 듣고 싶지 않다. 만일 네가 이런 어린아이가 아니었다면 남의 일에 참견하면 어떤 꼴을 당하게 되는지 단단히 알게 해줄 텐데.

목사나 약국 사람에게 볼일이 있으면 내가 사람을 보내 모셔오지. 그때까지는 누구와도 교제를 바라지 않아. 알겠니. 자, 나가거라, 바보야!"

페이스는 밖으로 나왔다.

층계에 발 끝이 걸려 넘어질 뻔하면서 내려와 뒤뜰 문을 지나 오솔길로 나갔다. 오솔길을 절반쯤 지나가자 무서움이 사라지고 가슴 속에서 쑤시는 듯한 분노가 그녀를 사로잡았다.

오솔길 끄트머리에 왔을 때에는 이제까지 느껴본 적 없는 격렬한 노여움이 온몸에 부글부글 끓어올랐다. 노먼 더글러스의 모욕이 불쏘시개가 되어 페이스 마음에 달라붙어 활활 타올랐다. 그녀는 이를 악물고 손을 굳게 움켜쥐었다.

돌아가라니—이대로 돌아가지 않겠어. 이 길로 되돌아가 저 사람 잡아먹는 귀신 영감을 내가 어떻게 생각하는지 말해줘야지—단단히 혼내주겠어. 바보라니, 잘도 말했군.

페이스는 곧장 되돌아갔다. 베란다에는 아무도 없고 부엌문은 닫혀 있었다. 페이스는 노크도 하지 않고 문을 벌컥 열고 안으로 성큼성큼 들어갔다.

노먼 더글러스는 저녁식사가 차려진 식탁 앞에 앉아 아직도 신문을 읽고 있었다. 페이스는 서슴없이 방을 가로질러가 그의 손에서 신문을 낚아채어 바닥에 내팽개치고 그 위를 발로 짓밟았다. 그리고 화난 눈과 화끈화끈 달아오르는 뺨으로 노먼과 마주보고 섰다.

성난 그녀의 얼굴이 참으로 아름다웠으므로 노먼은 그녀를 못 알아볼 뻔했다.

"어째서 되돌아왔지?"

그는 신음하듯 물었고 화가 난다기보다는 당황한 듯했다.

페이스는 조금도 겁먹지 않고 노먼의 성난 눈을 노려보았다. 그리고 잘 울리는 또렷한 목소리로 말했다.

"내가 아저씨를 어떻게 생각하는지 말해주려고 돌아왔어요. 아저씨 같은 사람은 조금도 무섭지 않아요. 아저씨는 난폭하고 비뚤어진 폭군 같은 불쾌한 늙은이예요.

수전은 아저씨가 틀림없이 지옥에 갈 거라고 했어요. 그렇게 되면 가엾다고 생각했지만 지금은 조금도 가엾지 않아요. 아저씨 부인은 10년이나 새 모자를 사지 못했다면서요? 죽은 것도 무리가 아니에요.

이제부터 아저씨를 볼 때마다 얼굴을 무섭게 찌푸려줄 테니 내가 뒤에 있을 때에는 조심하세요.

아버지는 악마 그림책을 가지고 있는데, 나는 집으로 돌아가면 곧 그 그림 밑에 아저씨 이름을 써줄 거예요. 아저씨는 흡혈귀예요. 주판 알을 튀기는 구두쇠예요."

페이스는 흡혈귀가 뭔지 또 주판알이 어떤 것인지 몰랐지만, 수전이 곧잘 이런 말을 하는 것을 들었기에 그 말투로 미루어 둘 다 무서운 것임에 틀림없다고 생각했다.

그러나 노먼은 적어도 그 뒤에 숨겨진 뜻이 무엇인지 알고 있었다. 그는 페이스의 격렬한 열변을 아무 말 없이 듣고 있었다. 페이스가 숨이 차서 발을 동동 구르며 말을 끊자 노먼은 느닷없이 크게 웃음을 터뜨리고 무릎을 탁 치며 소리쳤다.

"이제야 불꽃이 튀는군. 나는 불꽃을 아주 좋아하지. 자, 앉아라, 앉아."

"앉지 않겠어요."

페이스의 눈은 더욱 맹렬하게 타올랐다. 그녀는 노먼이 자신을 바보스럽게 대하는 줄 여겼던 것이다. 지독하게 무시당했다고 생각했다. 또 한 번 분노를 폭발시키는 것도 좋지만 가까스로 모욕을 참았다.

"아저씨 집에 내가 왜 앉아요? 이만 돌아가겠어요. 여기에 다시 돌아와서 내가 아저씨를 어떻게 생각했는지 똑똑히 말해주어 잘했다고 생각해요."

노먼은 소리죽여 웃었다.

"나도 그래. 나도 그래. 나는 네가 좋아. 너는 참으로 대단하구나. 그 혈색, 그 기운, 너보고 바보라고 했던가? 원 천만에, 당치도 않은 말이야.

자, 앉아라. 처음부터 그랬더라면 좋았을걸. 그래, 내 이름을 악마 그림 밑에 쓰겠다고? 하지만 악마는 검단다. 악마는 시커멓지. 그런데 나는 빨갛거든. 안 되지, 안 돼.

그리고 내가 주판알을 튀기는 구두쇠라고? 놀랍구나. 주판이라면 어렸을 때 갖고 있었지. 또 다시 그것을 잡고 있으라고 하지는 말아 다오. 앉아라. 앉아. 같이 차라도 마시며 화해하자."

페이스는 의연히 말했다.

"아니, 괜찮아요."

"자, 앉으래도, 앉으라니까. 자, 자, 잘못했다. 아가씨! 잘못했어. 나잇 값도 못하고 바보 같은 말을 해서. 노여움을 물에 흘려보내고 악수하 자, 악수. 안 한다고, 안 해? 아니, 해야 해.

알겠니, 아가씨! 만일 네가 나와 악수하고 나와 함께 식사해 준다 면 나는 전에 냈던 만큼 급료를 내고 매달 첫 일요일에는 교회에 가 서 키티 앨릭을 군소리 못하게 해주겠는데, 어떠냐? 그녀를 입다물게 할 수 있는 사람은 친척들 가운데 나뿐이란다. 어떠냐, 이 흥정꾼, 아 가씨?"

그것은 괜찮은 흥정인 듯했다.

페이스가 정신을 차려보니, 귀신과 악수하고 그의 식탁에 앉아 있 었다. 흥분은 가라앉았다—페이스는 흥분해도 오래 가지 않았다. 페 이스의 분노는 사라졌으나 아직도 그 흥분으로 눈이 반짝거리고 뺨 은 새빨갰다.

노먼은 페이스를 황홀한 얼굴로 바라보았다. 그리고 명령했다.

"윌슨 부인, 부인이 만든 것 가운데, 가장 좋은 설탕조림을 가져다 줘요. 이제는 그만 부루퉁하구료, 윌슨 부인! 어떻소, 한번 싸워보니 까? 큰소리치고 속시원히 떠드니까 후련합니까? 다만 그 뒤에 질금 질금 개운치 못한 감정이 남으면 곤란해! 흥분하는 것은 괜찮지만 눈 물은 딱 질색이야!

자, 아가씨, 고기와 감자를 삶은 요리야. 먹어보렴. 윌슨 부인은 점 잔뺀 이름을 붙이지만 나는 '질퍽질퍽'이라고 부르지. 음식물에서 정 체를 알 수 없는 것은 모두 '질퍽질퍽'이야. 액체 가운데에서 아무래도 모르겠는 것은 '출렁출렁'이고. 윌슨 부인이 끓인 차는 '출렁출렁'이야. 틀림없이 우엉으로 만들었겠지. 지독하게 시커먼 액체는 마시지 말거라―아가씨에게는 여기 흰 우유가 있어 이름이 뭐라고 했지?"

"페이스."

"그것은 곤란한데, 그것은 안 돼! 그런 이름은 참을 수 없어! 다른 이름이 없니?"

"없어요."

"마음에 들지 않는 이름이야. 싱싱한 활기가 전혀 없어. 지니 아주머니가 생각나는구나. 그분에게는 딸이 셋 있었는데, 세 딸에게 페이스(믿음), 호프(소망), 채리티(사랑)라는 이름을 지어주었단다. 페이스는 아무것도 믿지 않았고―호프는 본디 비관론자였으며―채리티는 구두쇠였지.

아가씨에게는 레드 로즈(붉은 장미)가 어울려. 새빨갛게 흥분하면 똑같은 모습이야. 나는 레드 로즈라고 부르겠다. 그리고 아가씨는 나를 끌어들여 내가 교회에 간다는 약속을 기어코 받아냈지! 하지만 한 달에 한 번이다. 꼭 한 번뿐이야.

어떠냐, 나를 눈감아주지 않으련? 나는 전에 1년에 1백 달러를 내고 교회에 다녔었지. 만일 1년에 2백 달러 내겠다고 약속하면 교회에 안 가도 되는 걸로 해주지 않겠니? 어떠냐?"

페이스는 좋은 꾀가 생각나 미소를 띠며 보조개를 볼에 지었다.

"아니에요, 아저씨가 교회에 꼭 와주었으면 해요."

"할 수 없군. 약속은 약속이지. 1년에 열두 번이니까. 참기로 하겠다. 처음 일요일에 내가 나타나면 틀림없이 큰 소동이 벌어질 거야.

그런데 수전 할멈이 나보고 지옥에 떨어지라고 말했다지. 내가 지옥에 떨어지리라 생각하느냐? 자, 너는 어떻게 생각하니?"

"그러지 않기를 바라는 거죠."

머릿속이 복잡해진 페이스는 말을 더듬었다.

"어째서 그러지 않기를 바라지? 그 이유는? 아가씨! 그 이유를 말해보렴."

"그게—틀림없이 기분이 언짢은 곳일 거예요."

"기분이 언짢은 곳이라고? 그것은 어떤 친구들과 함께 있는 것을 좋아하느냐에 따라 달라지겠지! 천사들은 금방 싫증이 날 거야. 수전 할멈 뒤에서 후광이 비치는 모습을 떠올려 보렴!"

페이스는 떠올리자 너무 재미있어서 웃지 않을 수 없었다. 노먼은 만족한 표정으로 페이스를 보았다.

"웃기지! 나는 네가 마음에 든다—훌륭해. 이제 교회 문제인데, 아가씨 아버지는 설교를 잘 하시냐?"

"훌륭한 설교가세요."

페이스는 아버지에 대해 충성스러웠다.

"그래? 어디 보자—내가 흠을 찾아낼 테니! 네 아버지도 내 앞에서는 설교할 때 정신 바짝 차리는 게 좋을 거야. 마침내 약점을 잡거나 허점을 발견할걸—네 아버지 설교에서 눈을 떼지 않고 말이다. 이제 교회에 가는 일도 아주 재미있겠다. 아버지는 지옥에 대해서도 설교할 때가 있니?"

"아니오, 없는 것 같아요!"

"그것은 아쉬운 일이군. 지옥에 대한 설교를 난 좋아하는데. 네 아버지한테 나를 기분 좋게 하려거든 반년에 한 번이라도 좋으니 지옥에 대해 멋있게 설교하시라고 전해라. 지옥의 맹렬한 불길이 무시무시할수록 반하게 되지. 연기가 자욱하게 타는 게 더 좋아. 그리고 노먼 더글러스가 할멈들에게 안겨줄 즐거움도 기대하라고 말이다. 그들은 늙은 노먼 더글러스를 보면서 이렇게 생각할 거야.

'지옥은 당신을 위해 있다, 천벌받을 늙은이! 당신을 위해 준비되어 있어!'

아버지가 지옥에 대한 설교를 할 때마다 10달러 더 내마.

윌슨 부인이 잼을 가져왔군. 잼을 좋아하니? 이건 엉망으로 만든 게 아니야. 먹어보렴!'

노먼이 준 스푼에 가득 담은 잼을 페이스는 얌전하게 삼켰다. 운 좋게도 맛이 매우 좋았다.

"세계 제일의 건포도 잼이야!"

노먼은 컵이 얹힌 큰 접시에 가득 채워 페이스 앞에 자신 있게 내놓았다.

"맛있다니 다행이군. 집에 갈 때, 병에 담은 것을 두세 개 가져가도록 해라. 난 째째하지 않아. 그 점에 대해서는 악마라고 해도 날 붙잡을 수 없지.

헤스터가 10년 동안 모자를 사지 않은 것은 내 탓이 아니야. 자신이 결정한 일이었어. 모자 사는 것을 아껴서 중국에 사는 누런 놈들에게 주려고 돈을 아꼈기 때문이지.

나는 전도를 위해 1센트도 낸 적이 없어. 앞으로도 없을 거야. 이런 문제로 나에게 부담주지 마라. 우리의 계약은 1년에 100달러와 한 달에 한 번의 교회 참석―하지만 전혀 인연 없는 착한 이교도를 가련한 그리스도교신자로 개종시키려고는 하지 말 것. 왜냐하면 아가씨, 이교도들은 천국이나 지옥 아무데도 어울리지 않기 때문이야. 그 어느 쪽과도 어울리지 않아.

그런데 윌슨 부인, 아직도 환하게 웃지 않는구료. 여자들은 어떻게 부루퉁할 수 있는지 정말 재미있군. 난 절대로 앵돌아지는 행동을 할 수가 없어. 내 경우는 한 번 번개처럼 번쩍 빛나고―쿵소리 와르르―확 상쾌한 느낌―싸움은 끝. 어쨌거나 해가 얼굴을 내놓으면 모든 것이 말끔히 해결되지."

저녁 식사 뒤 노먼은 페이스를 마차로 데려다주겠다고 고집을 부렸다. 마차에는 사과, 양배추, 감자, 호박, 잼단지를 가득 실었다.

노먼이 말했다.

"헛간에 어여쁜 수고양이 새끼가 있는데 갖고 싶다면 주마, 어떠냐?"

페이스는 딱 잘라 말했다.

"아니, 필요없어요. 난 고양이를 좋아하지 않아요. 그리고 수탉이 있으니까요."

"놀랍군. 고양이가 아니고 수탉이라고. 같이 잘 수가 없을 텐데. 처음 듣는 이야기야. 고양이 새끼를 키우는 것이 가장 좋아. 그놈에게 좋은 주인을 만나게 해주고 싶어."

"안 돼요! 마서 할머니가 고양이를 키우고 있거든요. 본 적도 없는 고양이 새끼를 데리고 가면 죽일지도 몰라요."

노먼은 어쩔 수 없이 포기했다.

페이스는 성질이 거친 두 살짜리 말이 끄는 마차를 타고 두근거리는 가슴으로 집에 돌아왔다. 노먼은 목사관 부엌 입구에 페이스를 내려놓고 뒷문 베란다에 짐을 차곡차곡 쌓아둔 다음 큰소리로 떠들며 돌아갔다.

"한 달에 한 번뿐이야—딱 한 번 뿐이라고."

페이스는 자기 방으로 올라갔다. 좀 어찔어찔하면서 숨이 막혔다. 마치 회오리 바람에 둘러싸여 있다가 가까스로 도망쳐온 것 같았다. 페이스는 다행스럽기도 하고 고맙게 느껴지기도 했다. 글렌과도, 묘지와도, '무지개 골짜기'와도 작별하지 않게 된 것이다. 그 걱정은 없어졌다.

그러나 머릿속 어디엔가 불쾌한 느낌이 고스란히 남아 있었다. 댄리스로부터 '돼지 계집애'라는 심한 험담을 듣고도 적절하게 맞서지 못했으니 기회있을 때마다 댄은 그렇게 부르며 계속 놀려댈 거라는 생각 때문에 잠이 잘 오지 않았다.

승리, 또 승리

11월 첫째 일요일, 노먼 더글러스는 교회에 왔다. 그리고 그가 기대했던 대로 센세이션을 불러일으켰다. 메러디스 목사는 교회 입구에서 멍하니 그와 악수를 하며 건성으로 부인은 건강하시냐고 물었다.

"그 사람은 그리 건강하지 못했지요, 10년 전 묻었을 때는. 하지만 지금은 튼튼해졌을 겁니다."

노먼은 천둥 같은 목소리로 대답하여 그 자리에 있던 사람들을 겁먹게 하고 재미있게 하기도 했다.

메러디스 목사만은 그러거나 말거나 꿈쩍도 하지 않았다. 그가 생각하고 있던 일은 오늘 아침 설교 마지막 부분이 듣는 사람들에게 똑똑히 이해되었는지, 자신의 설명방법이 충분했는지 하는 것뿐이었다. 그러므로 자기가 노먼에게 무슨 말을 했고, 또 노먼이 자기에게 뭐라고 대답했는지에 대해서는 전혀 마음 쓰지 않았다.

노먼은 페이스를 교회문 앞에서 불러세웠다.

"나는 약속을 지켜 이렇게 나왔다. 약속을 지켰어, 레드 로즈야. 이제부터 12월 첫째 일요일까지는 자유다.

설교가 훌륭하더구나, 아주 훌륭한 설교야. 그러나 꼭 한 군데 앞뒤가 맞지 않는 말을 했지. 너희 아버지에게 딱 한 번 앞뒤가 맞지 않는 말을 했다고 말씀드려라.

너희 아버지는 얼굴생김에 어울리지 않게 머리는 똑똑하더구나. 그리고 12월에는 '지옥의 불'에 대한 설교를 들으러 오겠다고 말해다오. 묵은해에서 새해로 옮겨가는 데는 지옥이라는 위협도 도움될 테니까. 새해에는 천당이야기로 토론을 해볼까? 지옥이야기가 천당이야기보다 훨씬 재미있겠지만.

너희 아버지 생각을 듣고 싶구나. 그 사람은 헤아릴 수 있는 머리를 가지고 있어. 신중하게 생각할 수 있다는 것은 훌륭한 일이지. 무언가를 고려할 줄 아는 목사님은 흔치 않아. 하지만 앞뒤가 맞지 않는 말을 했어. 하하하! 아버지가 잠에 깨어 있을 때 이렇게 물어보렴.

'하느님은 자신이 들어올릴 수 없을 만큼 무거운 돌을 만들 수 있을까요?' 하고 말이다. 잊지 말고 꼭 물어봐. 나는 그 대답을 듣고 싶구나. 이제까지 이 물음으로 수없이 많은 목사를 난처하게 만들었단다, 아가씨."

페이스는 가까스로 노먼으로부터 벗어나 마음을 놓았는데, 댄 리스가 페이스를 발견했다. '돼지 계집애'라고 말하는 모양으로 입을 오므려보였지만 소리는 내지 않았다.

그러나 이튿날 학교에서는 그렇지 않았다. 점심시간에 학교 뒤편 전나무숲에서 페이스를 만나자 댄은 또다시 소리쳤다.

"돼지 계집애! 뛰룩뛰룩 살찐 계집애! 꼬꼬댁 수탉 계집애!"

전나무숲 뒤 이끼 위에 앉아 책을 읽고 있던 월터 블라이스가 벌떡 일어났다. 얼굴이 새파랗게 질렸으며 눈은 노여움에 불타오르고 있었다. 그는 말했다.

"그만둬, 댄 리스!"

조금도 기죽지 않고 댄이 대답했다.

"여, 안녕하세요, 월터 아가씨."

그는 기쁜 듯 들뜬 동작으로 나무울타리 꼭대기에 올라가 앉아 놀려대듯 노래하기 시작했다.

겁쟁이, 겁쟁이 아가씨.
겨자단지를 훔쳤다네.
겁쟁이, 겁쟁이 아가씨.

월터는 더욱 핼쑥해지며 경멸을 담아 말했다.
"그것은 너와 부합해."

월터는 '부합(符合)'이 무슨 뜻인지 희미하게 알고 있을 뿐이었지만, 댄은 전혀 알지 못했으므로 그것이 특별한 욕설임에 틀림없다고 생각했다.

"야, 겁쟁이. 네 어머니는 거짓말만 쓰고 있어—거짓말만 쓰고 있어—거짓말만 쓰고 있어. 그리고 페이스 메러디스는 돼지 계집애야—돼지 계집애야—돼지 계집애야! 그리고 수탉 계집애야—수탉 계집애야—수탉 계집애야, 야! 겁쟁이—겁쟁이—아가씨—"

댄은 거기까지밖에 말하지 못했다. 왜냐하면 월터가 바람같이 획 달려들어 한방에 댄을 나무울타리에서 뒤로 떨어뜨렸기 때문이었다. 댄이 갑자기 보기 흉한 꼴로 땅바닥에 큰 댓자로 드러누웠으므로 페이스는 크게 웃어대며 손뼉을 쳐주었다.

댄은 벌떡 일어나더니 얼굴이 자줏빛이 되어 성이 나서 씩씩거리며 나무울타리에 오르기 시작했다. 마침 그때 종이 울렸다. 댄은 해저드 선생님의 수업시간에 늦으면 어떻게 되는지 뻔히 알고 있었다. 그는 부르짖었다.

"나중에 끝마무리를 짓도록 하자, 겁쟁이."

월터도 지지 않고 말했다.

"언제라도 좋아."

그러자 페이스가 반대했다.

"아, 안 돼. 그러면 안 돼, 월터. 댄하고 싸우지 마. 그 애가 무슨 말을 해도 나는 괜찮아. 그런 아이와는 상관하고 싶지 않아."

월터는 의연히 무서우리만큼 침착하게 말했다.

"이 녀석은 너를 모욕하고 우리 어머니를 모욕했어. 학교가 끝난 다음 오늘 저녁에 결판내자, 댄."

댄은 못마땅한 얼굴로 말했다.

"학교가 끝나면 바로 돌아와 감자를 주워오라고 아빠가 말했어. 하지만 내일 저녁이면 괜찮아."

월터는 승낙했다.

"좋아, 내일 저녁, 이 자리에서."

댄이 욕설을 퍼부었다.

"계집애 같은 니 얼굴을 흠씬 두들겨줄 테니 기다려."

월터는 몸을 부르르 떨었다―협박이 무서워서가 아니라 그 추함과 야비함이 혐오스러웠기 때문이다. 하지만 머리를 꼿꼿이 세우고 교실로 들어갔다.

페이스는 감정의 소용돌이에 빠지고 말았다. 페이스는 월터가 비겁한 댄과 싸울 것을 생각하니 소름이 끼쳤다. 그러나 아, 어쩌면 월터의 태도가 그토록 훌륭했던가. 더욱이 그는 자기―이 페이스 메러디스―를 위해 싸우려 하고 있다. 물론 월터가 승리하게 되어 있다―그의 눈을 보면 알 수 있다.

하지만 그녀의 기사(騎士)에 대한 페이스가 지니고 있는 믿음은 그날 저녁무렵까지는 좀 수상쩍어졌다. 월터는 그 뒤로 줄곧 학교에서 너무도 조용하고 기운이 없어 보였기 때문이다.

"월터가 젬이었으면 좋을 텐데."

페이스는 우나와 헤저키어 폴록의 묘비 위에 앉아 한숨을 쉬었다.

"젬은 싸움을 잘 하거든―순식간에 댄을 넘어뜨릴 거야. 하지만,

월터는 싸움을 잘 못할 거 같아."

우나도 한숨쉬었다.

"월터가 다칠까봐 겁나."

싸움을 싫어하는 우나는 페이스가 보여주는 미묘하고 비밀스러운 마음을 이해할 수 없었다.

페이스는 애매하게 말했다.

"지면 안 되지. 몸집도 댄만큼 커."

우나가 말했다.

"그래도 댄이 1년쯤 먼저 태어났잖아."

페이스가 말했다.

"잘 생각해 보면 댄도 그리 싸움을 한 적이 별로 없는 것 같아. 사실은 알고 보면 겁쟁이야. 설마 월터가 싸우리라고는 생각 못했겠지. 그럴 줄 알았으면, 월터가 있는 데서 심한 말을 하지 않았을걸. 댄을 노려보던 월터의 매서운 얼굴을 보았으면 너도 놀랐을 거야, 우나. 나는 흥분해서 벌벌 떨었지만, 아주 기분이 좋았어. 일요일에 아버지가 읽어주신 시에 나오는 갤러해드 경과 비슷했지."

우나가 걱정스러워 말했다.

"그 두 사람이 싸운다는 것은 생각만 해도 불쾌해. 그만두게 했으면 좋겠어."

페이스가 소리쳤다.

"결코 그만두면 안 돼! 명예가 걸린 문제야. 절대로 다른 사람한테 말하지 마, 우나. 만일 말하면 다시는 비밀을 털어놓지 않을 거야."

우나가 약속했다.

"말하지 않을게. 하지만 나는 내일 남아서 싸우는 것을 보지 않겠어. 바로 집에 올 거야."

"그래, 좋아. 나는 그 장소에 있어야 하니까. 월터는 나 때문에 싸우는 것인데. 내가 좋아하는 리본을 월터의 팔에 묶어 줘야지. 자기를 지켜주는 기사에게 그렇게 하는 거야. 내 생일에 블라이스 부인이 준 예쁜 파란 머리 리본이 있어서 잘됐어. 두 번밖에 안 썼으니까 새것과 같아. 하지만 월터가 이기리라고 확신할 수 있으면 좋으련만. 만일 진다면—매우 부끄러운 일이지."

만일 페이스가 자기를 위하여 싸울 기사의 모습을 보았다면 더욱 자신감을 잃었을 것이다.

월터는 집으로 돌아왔을 무렵, 정의감에 불타는 노여움은 점점 기세가 약해지고 그 대신 언짢은 마음에 사로잡혀 있었다.

내일 저녁에 댄 리스와 싸워야만 한다. 사실, 그는 싸우고 싶지 않았다. 상상하는 것 조차도 싫었으나 아무래도 그 일이 머리에서 떠나지 않았다. 맞게 되면 무척 아플까? 지면 앞으로 부끄러운 일을 당하게 될까?

저녁 식사도 제대로 할 수가 없었다. 매우 좋아하는 원숭이 얼굴 모습의 쿠키를 수전이 구워주었지만, 겨우 하나만 먹었을 뿐이었다. 젬은 네 개나 먹었다. 어떻게 그렇게 많이 먹을 수 있는지 월터는 이해할 수 없었다. 누구 하나 내 마음을 알아주지도 않고 모두들 무심하게 먹을 수 있지? 다들 어떻게 늘 그렇듯 유쾌하게 이야기할 수 있지?

어머니 표정을 보면 눈이 빛나고 얼굴은 핑크빛으로 물들어 있다. 자기 아들이 내일 싸우지 않으면 안 되는데 그것을 모르고 있다.

알고 있다면 그렇게 유쾌할 수 있을까? 월터는 우울한 기분으로 고개를 갸웃했다.

젬이 새로 구입한 카메라로 찍은 수전의 사진을 다 같이 모여 돌려보고 있었다. 수전은 매우 저기압이었다.

수전은 슬픈 듯 말했다.

"나는 미인이 아니에요, 마님. 그 정도는 나도 알고 있어요. 하지만 이 사진처럼 못생겼다고는 절대로 생각하지 않아요."

젬이 참지 못하고 풋 웃었고 앤도 젬을 따라 웃었다. 월터는 참을 수 없어 자리에서 일어나 자기 방으로 달아났다.

수전이 말했다.

"저 아이는 마음에 걸리는 일이 뭔가 있는 듯하군요, 마님. 거의 아무것도 먹지 않았잖아요. 또 뭔가 새로운 시를 구상하는 게 아닐까요?"

그때 가엾은 월터의 마음은 별이 총총 빛나는 시의 왕국과는 거리가 먼 곳에 있었다. 월터는 열린 창가에 앉아 처량한 기분으로 손으로 턱을 괴고 있었다.

젬이 불쑥 들어와 소리쳤다.

"바닷가에 가자, 월터. 남자아이들이 오늘 밤 모래언덕의 풀을 태운대. 아버지가 우리들 모두 가도 좋다고 하셨어. 자, 어서 가자."

다른 때였다면 월터는 즐겁게 함께 따라갔을 것이다. 오래 전부터 모래언덕 위에서 풀 태우기를 좋아했기 때문이다. 하지만 지금은 쌀쌀맞게 못간다고 하면서 아무리 권하고 부탁해도 완강히 호응하지 않았다.

젬은 실망으로 맥이 탁 풀렸다. 포 윈즈 항구까지 먼 밤길을 혼자 걸어갈 마음은 없었다. 그래서 다락방 자기 박물관에 파묻혀 독서에 열중했다. 젬은 곧 낙담한 것도 잊고 옛날이야기에 나오는 용감한 주인공들과 함께 거칠게 행동했다. 가끔 독서를 멈추고 스스로 유명한 장군이 되어 군대를 지휘하여 격전에 뛰어들면서 이기는 장면을 상상했다.

월터는 잠잘 시간까지 창가에 오도카니 앉아 있었다. 무슨 일이 있는지 이야기해줄 것으로 기대하며 다이가 조용히 들어왔다. 그러나 월터는 다이에게조차 말할 수 없었다. 만일 털어놓는다면 곧 뒷걸음 쳐질 것 같았다. 생각만 해도 고문당하는 것 같았다.

창 밖 단풍나무에서는 바삭바삭 시든 잎이 바스락거리고 있었다.

장미색으로 물들어 불꽃처럼 타오르던 하늘에서 눈부신 빛이 사라지며 휑뎅그렁한 은빛으로 변하고 큰 달이 '무지개 골짜기' 위에 멋진 모습을 나타내었다. 아득히 먼 언덕 넘어 지평선에서는 수풀이 붉게 타올라 화려한 영광의 그림을 보여주고 있었다.

먼 곳의 소리도 똑똑히 들리는 춥고 맑게 갠 저녁 무렵이었다. 연못 저쪽에서는 여우가 울고 있었다. 글렌 역에서는 기차가 증기를 품어내고 있었다. 단풍나무숲에서는 소란스럽고 요란한 어치새 소리가 들려왔다. 목사관 뜰에서도 웃음소리가 울려 퍼지고 있었다. 어째서 모두가 이렇게 웃고 있는 것일까? 어떻게 여우도, 어치새도, 기차도 내일이 오늘과 다름없으리라는 표정으로 있을 수 있는 것일까?

"아, 빨리 끝나버리면 좋겠어."

월터는 신음했다.

그는 그날 밤 거의 잠을 잘 수 없었다. 아침 식사를 할 때에는 수전이 아끼지 않고 한 그릇 가득 담아준 죽이 목구멍에 막힐 것 같았다. 해저드 선생은 월터가 그날만은 마음에 차지 않는 학생이라고 여겨졌다.

페이스 메러디스도 건성으로 수업받고 있었다.

댄 리스는 자기 석판에 몰래 돼지며 수탉머리를 한 여자아이 그림을 그려 다른 아이들에게 보이도록 들어올리고 있었다.

결투한다는 소문이 어디서 새나갔는지 수업이 끝나고 댄과 월터가 전나무숲으로 왔을 때 남자아이들은 거의 오고 여자아이들도 많이 모여 있었다.

우나는 집으로 돌아가버렸지만 페이스는 거기에 있다가 월터의 팔에 자기의 파란 리본을 매주었다.

월터는 구경하는 아이들 가운데 젬도 다이도 그리고 낸도 없는 것을 보고 마음이 좀 놓였다. 아마 이런 일을 모르고 집으로 돌아간 듯했다.

바야흐로 월터는 용감하게 댄과 마주섰다. 마지막 순간이 되자 그의 공포심은 깨끗이 사라져버렸지만 그래도 싸운다는 것은 정말 싫었다.

댄의 주근깨투성이 얼굴이 월터보다 더 핼쑥한 것을 뚜렷이 알 수 있었다. 상급반 소년의 신호로 댄은 월터의 얼굴을 후려쳤다. 월터는 조금 비틀거렸다. 맞은 순간 아픔이 온몸에 퍼졌으나 그것은 일시적이었고 곧 통증이 느껴지지 않게 되었다.

이제까지 느껴본 적 없는 무언가가 홍수처럼 그의 몸 속에 밀려들었다. 그의 얼굴에 붉은빛이 돌며 눈이 불길처럼 이글이글 타올랐다. '월터'가 이렇게 무섭게 변하리라고 글렌 세인트 메리 학교 학생들은 꿈에도 생각하지 못했다. 월터는 몸을 홱 돌려 들고양이처럼 댄에게 덤벼들었다.

글렌의 남자아이들 싸움에는 특별한 규칙이 없었다. 손과 발로 머리를 치거나 때려도 상관없었다. 월터는 야만스러운 분노로 싸우면서 그것을 즐기고 있었다. 댄은 버틸 수 없었다.

승부는 곧 나고 말았다. 월터는 자기가 무엇을 하고 있는지 몰랐으나 별안간 눈앞을 가렸던 붉은 안개가 걷히자 자신이 축 늘어져버린 댄 위에 말타고 앉아 있는 것을 깨달았다.

댄의 코에서는―오, 보기만 해도 오싹해지는―피가 흘러나오고 있지 않은가.

월터는 이를 악물고 짧게 물었다.

"졌지?"

댄은 마지못해 인정했다.

"우리 어머니는 거짓말을 쓰지 않지?"

"응."

"페이스 메러디스는 돼지 계집애가 아니지?"

"응."

"그리고 수탉 계집애도 아니지?"

"응."

"그리고 나는 겁쟁이가 아니지?"

"응."

월터는 '그리고 너는 거짓말쟁이지?'하고 물을 생각이었지만 가엾어졌으므로 더 이상 댄을 부끄럽게 하지 않았다. 게다가 그 피가 너무나 끔찍했다.

월터는 경멸하듯 말했다.

"그럼, 가도 돼."

나무울타리에 올라가 구경하던 소년들은 손뼉 치며 왁자지껄 떠들어대고, 소녀들 가운데에는 울어버린 아이도 있었다. 겁을 먹었기 때문이었다.

그녀들은 전에도 결투를 구경한 일이 있었지만 댄에게 덤벼들 때 월터 모습은 처음 보았다. 댄을 죽여버리지 않을까 생각될 정도였는데, 이제 모든 게 끝나자 흐느껴 울기 시작한 것이다.

페이스는 울지 않았다. 그녀는 볼을 붉게 물들이고 꼼짝도 하지 않고 서 있었다.

월터는 그 자리에 머물러 승리자로서 받는 칭찬을 들으려 하지 않았다. 그는 나무울타리를 훌쩍 뛰어넘자 전나무 언덕을 달려내려가 '무지개 골짜기' 쪽으로 갔다. 그는 이겼다는 기쁨은 조금도 느끼지 못했지만 의무를 다하고 명예를 회복했다는 어떤 평화로운 만족감을 맛보았다.

그러나 댄의 피투성이가 된 코가 생각나자 속이 메슥메슥해졌다. 그것은 너무나도 보기흉했다. 더구나 월터는 끔찍한 것이 질색이었다.

월터 자신도 몸이 온통 여기저기 아프다는 것을 깨달았다. 입술은 터져서 부었고 한쪽 눈이 어쩐지 이상하게 느껴졌다.

월터는 '무지개 골짜기'에서 메러디스 목사를 만났다. 목사는 오후

에 웨스트 자매를 방문하고 집으로 돌아오는 길이었다. 목사는 어두운 표정으로 월터를 보았다.

"아마도 싸움을 한 것 같구나, 월터?"

"네, 그렇습니다."

월터는 꾸지람들을 것을 각오하고 있었다.

"무엇 때문에 싸웠지?"

월터는 솔직하게 대답했다.

"댄 리스가 우리 어머니는 거짓말을 쓰고 페이스는 돼지 계집애라고 놀려댔기 때문입니다."

"그래! 그럼, 싸워도 괜찮아, 월터."

월터가 신기한 듯 눈을 동그랗게 뜨고 물었다.

"싸워도 괜찮다는 말씀이십니까?"

"언제나 싸우거나, 자주 싸우면 안 되지만 가끔은 싸울 수도 있지, 가끔은. 예를 들면 여성이 모욕을 당했을 때―이번의 네 경우처럼. 월터, 도저히 하지 않을 수 없다는 확신이 설 때까지는 싸움을 하지 말라, 이것이 내 좌우명이야. 하게 되면 전력투구해 싸워라. 여기저기 멍은 좀 들었겠지만 아주 잘 해낸 것 같구나."

"네, 댄이 말한 것을 모두 취소하도록 만들었습니다."

"잘했어. 잘한 일이야. 네가 그렇게 잘 싸우리라고는 생각지 못했다, 월터."

"저는 이제까지 싸움을 해본 일이 없습니다. 마지막까지도 싸우지 않으려고 노력했습니다. 그런데―"

월터는 솔직히 털어놓기로 했다.

"싸우고 있을 때는 저도 모르게 즐거운 마음이 들었습니다."

메러디스 목사의 눈이 번쩍 빛났다.

"처음에는 좀 무서웠겠지?"

"너무 무서웠어요."

월터는 정직했다.

"하지만 이제는 무서워하지 않습니다. 하지만 고통 그 자체보다도 지레 겁부터 내는 마음이 더 큰 문제예요. 저는 아버지께 말씀드려서 내일 로브리지로 가서 이를 뺄 겁니다."

"옳은 말만 하는구나. 그런데 '아픔을 무서워하는 감정이 통증 그 자체보다도 훨씬 강하다'는 말이 있는데 누구의 이야기인지 아니, 월터? 셰익스피어란다. 인간의 마음, 감정, 경험에 대해서 그 위대한 인물은 모르는 것이 없었지. 집에 돌아가 내가 너를 자랑스럽게 여긴다고 어머님께 전해주기 바란다."

월터는 이 사실을 어머니에게 말하지 않았지만 그 밖의 내용은 모두 말씀드렸다. 어머니는 월터에게 공감하며 어머니와 페이스를 위해 용기를 내주어 정말 기쁘다고 말했다. 그리고 아픈 곳에 약을 발라주고 쿡쿡 쑤시는 머리를 문질러주기도 했다.

월터는 어머니에게 안기며 말했다.

"어머니란 모두 엄마처럼 멋진가요? 엄마 같은 사람을 위해서라면 치열하게 싸운 보람이 있어요."

미스 코닐리어와 수전은 거실에 있었는데, 앤이 2층에서 내려와 모든 이야기를 해주자 두 사람 다 아주 기뻐했다. 특히 수전은 매우 만족해 했다.

"저 아이가 그토록 훌륭하게 싸워주었다니 정말로 기뻐요, 마님. 아마 이젠 그 하찮은 시 같은 건 잊어버릴지도 몰라요. 나라도 댄 리스같은 나쁜 애는 도저히 참을 수 없었을 거예요.

좀 더 불 가까이 오세요, 마셜 엘리엇 부인. 11월쯤 되면 저녁나절에 퍽 쌀쌀한걸요."

"고마워요, 수전. 나는 춥지 않아요. 여기 오기 전 목사관에 들러 몸을 따뜻이 녹이고 왔으니까요. 하긴 아무데도 불이 없어 부엌에서 쬐었지요. 부엌은 형편없이 어지럽혀져 있더군요.

메러디스 씨는 계시지 않았어요. 어디에 갔는지 알아낼 수 없었지만 웨스트 씨 댁에 갔으리라 여겨져요. 저, 앤, 메러디스 씨는 올가을 내내 심심찮게 그곳에 가는데, 로즈머리를 만나러 가는 게 아닐까 하고 모두들 말한답니다."

"만일 로즈머리와 결혼한다면 그녀는 틀림없이 좋은 부인이 될 거예요."

앤은 말하며 난로에 나무를 넣었다.

"그만큼 마음씨 고운 분은 참으로 틀림없는 요셉을 아는 사람이지요."

미스 코닐리어는 믿을 수 없다는 듯 말했다.

"그것은 사실이지만—다만 그녀는 감독교파예요. 물론 감리교 신자보다는 낫지만요—이왕 부인을 선택하려면 자기 신자 가운데에서 찾는 것이 좋으련만. 하지만 적당한 사람이 없었겠죠.

겨우 한 달 전이었어요—나는 목사님에게 말했지요. '재혼해야 돼요, 메러디스 씨'라고요. 목사는 내가 부당한 말을 한 것처럼 깜짝 놀랐어요.

목사는 여느 때와 같이 부드럽게 성인 군자처럼 말했어요.

'내 아내는 무덤 안에 있습니다, 엘리엇 부인.'

'그렇겠죠, 그렇지 않다면 다시 한 번 더 결혼하라고 권유하지도 않아요'라고 말해줬지요.

그랬더니 그 전보다도 더 놀란 것 같았어요. 그러니까 로즈머리와 관련된 이야기는 근거없는 소문이 아닌가 해요. 홀아비 목사가 처녀집을 두 번이나 방문하면 곧바로 목사가 청혼했다는 소문이 나거든요."

수전이 진지한 표정으로 말했다.

"내가 볼 때—실례를 무릅쓰고 말한다면—메러디스 목사는 너무 소심한 성격이어서 재혼 상대를 찾기가 쉽지 않을 거예요."

미스 코닐리어가 반박했다.

"전혀 소심한 성격이 아니에요. 의식상태가 뚜렷하지 못한 것은 사실이지만, 소심한 것과는 달라요. 그렇게 의식이 멍한 것 같고 건성인 듯싶어도 내적으로는 꽤 자부심이 강해요. 남자에게 있을 법한 일이죠. 더구나 확실히 정신이 뚜렷할 때는 여성에게 청혼하는 일쯤 조금도 부담스럽게 생각하지 않을 거예요.

그런데 문제는 자기 심장을 땅 속에 파묻었다고 생각하는 것이지요. 사실은 다른 사람과 마찬가지로 가슴에서 심장이 뛰고 있는데도요.

목사의 마음에 로즈머리 웨스트가 자리잡을 수도 있고 없을 수도 있어요. 만일 있다면 우리는 거기에 따라야겠죠. 로즈머리는 다정한 아가씨인데다 집안살림도 잘 꾸려나가니까 아무도 보살펴주는 사람 없이 내버려진 가엾은 아이들에게 좋은 어머니가 되어줄 거예요. 그리고—"

미스 코닐리어는 단념한 듯 결론을 맺었다.

"사실 우리 할머니도 감독교회파였죠."

메리 밴스, 폭탄을 떨어뜨리다

메리 밴스는 미스 코닐리어의 심부름으로 목사관에 갔다가 돌아오는 길이었다. 기뻐서 깡총깡총 뛰면서 '무지개 골짜기'를 지나가고 있었다. 토요일이었기에 잉글사이드에서 오후 내내 낸과 다이하고 놀 작정이었다.

낸과 다이는 페이스와 우나와 함께 목사관 숲에서 가문비나뭇진을 모아와, 지금 개울 언저리의 쓰러진 소나무 줄기 위에 앉아 그것을 열심히 씹고 있는 중이었다. 잉글사이드 쌍둥이에게는 진을 씹어도 괜찮은 곳은 사람 눈에 띄지 않는 '무지개 골짜기'뿐이었지만, 페이스와 우나는 그런 예의범절의 규칙에 얽매어 있지 않았으므로 집에서든 밖에서든 어떤 곳에서나 공개적으로 씹었기에 글렌 마을사람들은 당연히 얼굴을 찌푸렸다.

심지어 페이스는 교회에서 씹는 일조차 있었다. 그러나 제리가 그것이 큰 죄라는 것을 알아차리고 오빠답게 엄하게 꾸짖었으므로 그 뒤부터 페이스는 두 번 다시 그런 짓을 하지 않았다.

페이스가 항의했다.

"배가 몹시 고파 뭔가 씹어야만 할 것 같았어. 아침 식사가 어땠는지 잘 알고 있잖아, 제리 메러디스. 타버린 오트밀 따위는 먹을 수 없었어. 그 때문에 뱃속이 텅 비어 아주 이상한 느낌이 들었어. 진을 씹고 있으니까 그나마 조금 괜찮아졌어―그리고 요란하게 소리를 내고 씹지는 않았어. 씹는 소리도 내지 않았고, 부풀려 뻥하고 터뜨리지도 않았어."

제리가 타일렀다.

"아무튼 교회에서 나뭇진을 씹는 일은 하면 안 돼. 두 번 다시 하지 마, 페이스."

페이스가 큰 소리로 말했다.

"자기도 지난 주 기도회 때 씹었으면서!"

제리는 잘난 체하며 말했다.

"그건 달라. 기도회는 주일날 하지 않았어. 게다가 뒤쪽 어두운 자리에 앉았으니까 아무에게도 보이지 않았지. 넌 맨 앞자리에 앉았으니 모두에게 잘 보였어. 난 마지막 찬송가를 부를 때 입에서 꺼내 앞의자 등에 붙여두었어. 그런데 그대로 잊어버리고 돌아갔지. 이튿날 아침 찾으러 갔더니 벌써 없어졌어. 로드 워런이 그걸 떼어갔을 거야. 아주 좋은 거였는데."

메리 밴스는 머리를 번쩍 쳐들고 '무지개 골짜기'로 왔다. 메리는 새빨간 조화 장미가 장식되어 있는 새로 맞춘 푸른 벨벳 모자, 짙은 감색 코트, 작은 다람쥐 모피 머프 차림이었다. 그녀는 새 옷을 매우 의식하고 있었으며 이런 모습을 한 자기 자신이 매우 자랑스러웠다.

메리는 머리를 정성껏 곱슬곱슬하게 만들었으며, 얼굴은 동그랗고, 장밋빛 볼에 하얀 눈은 반짝이고 있었다. 메러디스네 아이들이 테일러의 낡은 헛간에서 발견했을 때 그 누더기 옷을 입은 가엾은 메리와는 딴판이었다.

우나는 메리를 부러워하지 않으려고 했다. 메리는 새 벨벳 모자를 쓰고 나타났는데, 우나와 페이스는 이번 겨울에도 닳아빠진 낡은 베레모를 쓰지 않을 수 없었다. 두 아이에게 새 모자를 사주려고 하는 사람은 어디에도 없었고, 아버지에게 부탁하기엔 마음이 내키지 않았다. 어쩌면 아버지에겐 돈이 없을지도 모르고, 그렇게 되면 아버지는 미안하게 여길 것이다.

목사란 언제나 돈이 모자라며 빚을 안 지고 살기가 '아주 어렵다'고 예전부터 말했었다. 그때부터 페이스도 우나도 아버지에게 뭔가를 사 달라고 부탁할 바에는 할 수 있는껏 누더기를 입고 지내는 편이 낫다고 생각했다.

페이스도 우나도 여느 때는 낡은 옷을 입고 있어도 그리 신경 쓰이지 않았다. 그러나 메리 밴스가 이런 차림으로 와서 뽐내는 걸 보는 것은 안타까웠다. 새 다람쥐 머프를 보고는 정말 견디기 어려웠다. 페이스도 우나도 머프를 가져본 일이 없었을 뿐만 아니라, 구멍나지 않은 장갑이라도 낄 수 있으면 다행으로 여길 정도였다. 마서 할머니는 구멍을 기워줄 정도까지는 신경을 쓰지 못했다. 우나는 스스로 꿰매봤지만 그 결과는 엉망이었다.

웬일인지 아무도 메리를 다정하게 맞을 수 없었다. 그래도 메리는 조금도 신경 쓰지 않았다. 아니면 깨닫지 못했는지도 모른다. 메리는 너무나 눈치가 없었다. 메리는 소나무 의자에 훌쩍 앉더니 거추장스러운 머프를 나뭇가지에 걸쳐놓았다.

머프에는 주름을 잡은 빨간 새틴 안감이 대어 있었고 빨간 술이 달려 있는 것이 우나에게 보였다. 우나는 자기의 자줏빛을 띤 거칠어진 작은 손을 내려다보며, 언젠가 이 손에 저런 머프를 끼어볼 수 있을까 하고 생각했다.

메리가 친근한 얼굴로 말했다.

"나한테도 나뭇진을 줘."

낸과 다이와 페이스는 똑같이 주머니에서 호박색 나뭇진 덩어리를 꺼내 메리에게 주었다.

우나는 앉은 채로 움직이지 않았다. 오래 입어 꼭 끼는 낡은 웃옷 주머니에 엄청 큰 나뭇진 덩어리가 네 개나 들어 있었으나 메리 밴스에게는 한 개도 줄 생각이 없었다―단 한 개도. 자기가 긁어 모으라지! 다람쥐 머프를 갖고 있다고 해서 온 세계의 것을 혼자 차지하려고 생각해선 안 돼.

"멋진 날이야."

메리는 말하면서 다리를 덜렁덜렁 흔들었다. 그렇게 하면 윗부분에 멋진 천이 붙어 있는 새 구두를 훨씬 잘 보이게 될 거라고 생각했는지 모른다.

우나는 발을 오므려 감추었다. 한쪽 구두 앞부리에 구멍이 뚫려 있었고, 구두끈은 여러 번 끊어져 이음매투성이었다. 그래도 그것이 우나가 갖고 있는 것 가운데 가장 좋은 구두였다. 뭐야, 메리 밴스 따위가! 우리는 왜 저 아이를 낡은 헛간에 내버려두지 않았던 것일까?

우나는 잉글사이드 쌍둥이들이 자기나 페이스보다 아름다운 옷을 입고 있어도 싫은 느낌이 든 일은 단 한 번도 없었다. 낸이나 다이는 아무리 아름다운 옷을 입어도 뽐내지 않고 게다가 얌전하고 옷 따위엔 전혀 신경쓰지 않는 것처럼 보였다. 어쨌든 그들은 다른 사람에게 초라하다는 느낌을 갖도록 하지 않았다.

그런데 메리가 옷을 잘 차려입고 나왔을 때는 어지간히 드러내 보이려는 것 같았다. 좋은 옷을 입고 있다는 듯 우쭐거리며 걸어가는 것 같았다―모두 부러운 눈길로 대단한 옷이라고 생각하게 하고 옷에 대한 일만 떠오르게 하는 것 같았다.

우나는 12월 어느 날 오후, 내리쬐는 벌꿀빛 햇살 속에 앉아서 자기가 몸에 걸치고 있는 것들을 죄다 날카롭고 비참하게 의식하고 있었다―빛바랜 베레모는 그래도 우나가 갖고 있는 것들 가운데 가장 좋은 것이었고, 길이가 껑뚱한 웃옷은 이번으로 벌써 세 번째 겨울을 맞았다. 스커트에도 구두에도 구멍이 뽕뽕 뚫려 있었고, 낡은 속

옷도 충분히 입고 있지 못해 추위가 몸에 스며들었다.

물론 메리는 다른 집을 방문하므로 차려입었으나 자기는 그렇지 않다는 것을 알고 있었다. 하지만 손님으로 간다 하더라도 우나는 따로 입을 것이 없었다. 그것이 우나의 가슴을 아프게 찔렀다.

메리가 말했다.

"이 나뭇진은 대단하구나. 딱하고 소리를 내보일 테니까 들어봐. 포윈즈에는 나뭇진을 긁어 모을 가문비나무가 한 그루도 없어. 그런데 때때로 나뭇진을 씹고 싶을 때가 있어. 씹고 있는 걸 엘리엇 부인에게 들키면 곧바로 뱉어내라고 야단쳐. 숙녀가 할 일이 아니라고 말이야. 숙녀가 되라고 하는데 나는 그 까닭을 모르겠어. 나에겐 아무래도 그런 것이 성미에 맞지 않아. 우나, 어찌된 일이니? 네 혀라도 뽑힌 거야?"

"아니."

우나는 다람쥐 머프에 이끌려 아무래도 눈을 뗄 수가 없었다. 메리는 우나 앞으로 몸을 내밀고 머프를 집어 우나의 손에 쥐어주었다.

메리가 명령했다.

"그 속에 잠깐 손을 찔러넣고 있어. 꽉 끼지? 정말 멋있는 머프잖니? 지난 주 생일 선물로 엘리엇 부인에게서 받았어. 크리스마스에는 칼라를 선물받게 돼. 엘리엇 부인이 아저씨에게 이야기하는 것을 들었어."

페이스가 말했다.

"엘리엇 부인은 너에게 친절히 대해 주는 모양이구나."

메리가 대답했다.

"응, 그래. 나도 엘리엇 부인에게는 상냥하게 대하고 있어. 엘리엇 부인이 편하도록 내가 열심히 일하고 있고, 무엇이든 부인의 마음에 들도록 하고 있어. 우리는 어쩌면 비슷한 동지와 같아. 누구도 나만큼 엘리엇 부인과 잘해나갈 수는 없을 거야. 엘리엇 부인은 몹시 깨끗한

걸 좋아해. 그런데 나까지 그러니까 쿵짝이 잘 맞는 거지."

"아주머니는 절대로 때리는 일이 없을 거라고 내가 말했지."

"그래. 나에게 손가락 한 번 건드리시지도 않고 나도 거짓말을 하지 않아—한 번도, 정말이야. 때때로 입으로는 잔소리를 많이 하시지만 그런 건 금세 어딘가로 날아가버려. 오리 등에 물붓기처럼 튕겨나가 버리거든. 우나, 왜 머프를 하지 않는 거야?"

우나는 머프를 나뭇가지에 다시 걸쳐놓았다. 그리고 퉁명스럽게 말했다.

"고마워. 하지만 손이 시리지 않은걸."

"네가 괜찮다면 됐어. 그런데 키티 앨릭 할머니가 아무 말도 없이 얌전히 교회에 돌아왔는데, 무슨 까닭인지 아무도 모른대. 그리고 노먼 더글러스를 이끌어온 것은 페이스라고 모두 말하고 있어. 그 집 가정부가 말하는데, 네가 그 집에 가서 무서운 말로 겁주었다고 했어. 정말 그랬니?"

페이스는 거북하게 말했다.

"나는 교회에 다시 돌아와달라고 부탁했을 뿐이야."

메리는 감동했다.

"대단해, 용기가 있어! 그런 일은 나로선 도저히 할 수 없어. 난 그다지 겁쟁이는 아니지만 말이야. 가정부 윌슨 부인의 이야기로는 둘이서 귀담아 들을 수 없는 모진 말들을 서로 퍼부었는데 네 쪽이 이겨서 노먼 더글러스가 교회에 다시 나오게 됐다고 하더라.

노먼 더글러스는 너를 머리에서부터 소금을 뿌려 먹어치워 버리고 싶을 정도의 여자라고 생각한대. 너희 아버지는 내일 여기서 설교하시니?"

"아니, 샬럿타운에 있는 페리 목사와 교대하기로 되어 있어. 아버지는 아침열차로 샬럿타운에 가셨어. 오늘 밤 돌아오셔."

"무슨 일이 있었을 거라 생각했지. 마서 할머니는 제대로 가르쳐 주지 않았어. 하지만 아무 일 없었다면 수탉을 죽일 일은 절대로 없었을 텐데 말야."

"수탉이라구? 어느 수탉? 어떻게 된 일이야?"

페이스는 새파래졌다.

"어느 수탉인지 난 몰라. 보지 않았으니까. 엘리엇 부인이 전해 주라는 버터를 갖다 드렸더니, 마서 할머니가 내일 점심에 쓰려고 헛간에서 수탉을 죽이고 오는 길이라고 했어."

페이스가 소나무에서 훌쩍 뛰어내렸다.

"그건 애덤이야—우리 집에는 애덤밖에 수탉이 없어—마서 할머니가 애덤을 죽였어."

"그렇게 갑자기 화내지 마. 마서 할머니가 말했어. 이번 주 글렌의 정육점에는 고기가 하나도 없는 형편이고, 하지만 요리에 내놓을 게 뭐라도 있어야 하는데, 암탉은 모두 알을 낳고 여위어서 안 된다고 했어."

"만일 애덤을 죽였다면—"

페이스는 언덕을 달려 올라갔다.

메리는 어깨를 으쓱했다.

"저걸 보니, 페이스는 이제 곧 머리가 돌아버리겠군. 애덤을 몹시 귀여워했는데. 훨씬 전에 요리로 만들어버리는 편이 좋았을걸 그랬어—아마 지금은 구두창처럼 살이 굳어졌을 거야. 나 같으면 마서 할머니의 입장이 되는 건 싫어. 페이스가 새파랗게 되어 화를 내니말야. 우나, 어서 가서 페이스를 달래주도록 해."

메리가 블라이스 집안의 쌍둥이와 함께 걸어가기 시작했을 때, 우나가 갑자기 메리 쪽으로 쫓아왔다.

"이 나뭇진 가져, 메리."

우나는 나뭇진 네 개를 모두 메리 손에 쥐어주었다. 우나의 목소리에는 얼마쯤 뉘우치는 듯한 울림이 있었다.

"그런 아름다운 머프를 선물로 받게 되어 잘됐다."

"고마워."

메리는 내심 놀라는 듯했다. 메리는 우나가 가버린 뒤 블라이스 집 안의 쌍둥이에게 말했다.

"우나는 좀 색다른 데가 있는 것 같잖니? 하지만 난 전부터 말했지만, 아주 상냥하고 좋은 아이야."

오, 가엾은 애덤이여

우나가 집에 돌아와 보니 페이스는 침대에 엎드려 흐느껴 울었다. 아무리 달래도 말을 듣지 않았다. 마서 할머니가 애덤을 죽여버렸기 때문이다. 그 순간에도 애덤은 날개와 다리를 꽁꽁 붙들어매인 모습으로 간·심장·모래주머니 따위에 둘러싸여 부엌에서 큰 접시 위에 놓여 있었다. 페이스가 미친 듯 슬퍼하고 화내도 마서 할머니는 전혀 아랑곳하지 않았다.

마서 할머니가 말했다.

"다른 곳에서 오시는 목사님에게 뭔가 대접해야만 하잖니. 너도 이제 그만큼 컸으니 저런 늙은 수탉 한 마리로 그렇게 소란을 피워서야 되겠니? 어차피 언젠가는 잡아야 할 건데. 너도 잘 알고 있지 않느냐."

페이스는 훌쩍이며 울었다.

"할머니가 하신 일을 아버지가 돌아오시면 일러드리겠어요."

"가엾은 아버지를 괴롭히지 마라. 그렇지 않아도 걱정거리가 많은 사람이니까. 그리고 내가 이 집안일을 도맡아 하고 있다는 걸 알아야지."

페이스는 대들 듯이 말했다.

"애덤은 내 것이었어요. 존슨 아주머니가 내게 준 거예요. 할머니가 말도 없이 그걸 건드릴 권리는 없어요."

"이제 와서 시끄럽게 굴지 마라. 이미 죽여버렸으니 하는 수 없잖아. 처음 오시는 목사님에게 설마 차디찬 삶은 양고기를 내놓을 수는 없는 일이니까. 분명히 말하지만 네가 그런 것도 모르도록 교육받지는 않았을 거야."

페이스는 그날 저녁 식사를 들지 않았고, 이튿날 아침 교회에 가려고도 하지 않았다. 그래도 점심 식사 때는 울어서 퉁퉁 부은 눈에 부루퉁 성난 얼굴로 식탁에 앉았다.

제임스 페리 목사는 불그레한 얼굴에 하얀 콧수염은 뻣뻣이 곤두서고 흰 눈썹은 숱이 많았으며, 머리는 번들번들 벗겨져 있었다. 도저히 미남이라고 할 수 없었으며 아주 따분하고 잘난 척하는 사람이었다. 그러나 비록 페리 목사가 미카엘 대천사 같은 매끈매끈한 얼굴을 하고 천사처럼 이야기했다 하더라도 페이스는 페리 목사를 마음속으로부터 싫어했을 것이 틀림없었다.

페리 목사는 멋진 솜씨로 애덤을 베어 갈랐다. 자기의 통통한 흰 손과 멋진 다이아몬드 반지를 자랑하듯 드러내보였다. 게다가 손짓을 해가며 모두에게 유쾌한 이야기를 들려주었다. 제리와 칼은 킬킬 웃었고 우나까지도 배시시 미소지어 보였다. 우나는 예의상 그렇게 하지 않으면 안 된다고 생각했기 때문이다.

그러나 페이스는 험악하게 얼굴을 찌푸리고 있을 뿐이었다. 페리 목사는 페이스를 참으로 버릇없는 아이라고 생각했다. 한번 그가 제리에게 뭔가 듣기좋은 말을 했을 때 페이스가 그렇지 않다고 날카롭게 말했다. 페리 목사는 숱 많은 눈썹을 찌푸리며 페이스 쪽을 보았다.

"작은 여자아이는 어른이 이야기할 때 참견하는 게 아니야. 그리고 자기보다 훨씬 많이 알고 있는 손윗사람 말에 반대해선 못써."

이 말을 듣자 페이스는 한층 더 화가 끓어올랐다. 마치 잉글사이드의 릴러 같은 꼬마처럼 취급하며 '작은 여자아이'라니! 도저히 참을 수 없었다. 게다가 또 이 보기싫은 페리 씨는 어쩌면 이토록 잘 먹는담! 그는 가엾은 애덤의 뼈다귀까지도 쪽쪽 빨아먹었다.

페이스와 우나는 한입도 먹으려 하지 않았다. 아무렇지 않게 먹고 있는 남자아이들이 마치 식인종이라도 되는 듯한 눈초리로 바라보았다. 페이스는 이 무시무시한 식사가 빨리 끝나지 않는다면 번쩍거리는 페리 목사의 머리에 뭔가를 던져 결단내고 싶었다.

다행스럽게도 아무리 씹는 힘이 센 페리 목사일지라도 마서 할머니가 만든 가죽 같은 파이에는 항복한 듯 식사가 끝났다. 페리 목사는 은혜로우신 하느님이 그의 목숨을 지탱해 주기 위해 내려주신 음식에 진심으로 감사드린다고 참으로 공경하는 마음을 담아 길다랗게 기도했다.

페이스는 몹시 화가 나서 나직이 중얼거렸다.

"하느님은 애덤을 페리 목사님에게 내려주셨다고 생각하지 않아요."

남자아이들은 기뻐하며 밖으로 달아났고, 우나는 마서 할머니의 설거지를 도우러 갔다. 페이스는 난롯불이 빨갛게 타오르는 서재로 들어갔다. 페리 목사는 오후 내내 방에서 낮잠을 자겠다고 했으므로 여기라면 밉상스러운 페리 목사의 얼굴을 보지 않고 지낼 수 있으리라고 생각했던 것이다.

그런데 페이스가 책을 집어들고 구석에 가서 채 자리잡기도 전에 페리 목사가 들어와 난롯불 앞에 서서 어질러진 서재 안을 못마땅한 눈길로 둘러보았다.

그는 엄한 목소리로 말했다.

"너희 아버지 책은 좀 한심스러울 만큼 어지럽게 널려 있구나."

페이스는 구석에서 불쾌한 얼굴을 한 채 한 마디도 하지 않았다.

이런—이런 꼬장꼬장한 사람하고 누가 말을 한담!

"너는 깨끗이 잘 정돈해야만 해."

페리 목사는 훌륭한 시곗줄을 만지작거리며 잘난 체하며 웃는 얼굴로 페이스를 내려다보고 말을 이었다.

"너는 벌써 그런 일을 어김없이 잘 감당해야 할 나이란다. 나의 작은 딸아이는 아직 10살밖에 안 됐지만 이미 훌륭한 주부이지. 어머니에게는 가장 좋은 조수로서 위안을 주고 있고. 아주 상냥하고 착한 아이야.

너도 우리 아이와 가까이 지내면 여러 가지 면에서 퍽 도움되리라 여긴다. 물론 너는 어머니를 일찍이 여의어서 아이들에게 있어서 가장 필요한 나이에 어머니의 사랑과 예절을 배울 수 없었을 테지. 슬픈—아주 슬픈 일이야.

이 일로 이제까지 여러 번 나는 네 아버지에게 아버지로서 반성하도록 말했지만 지금까지 아무 보람도 없구나. 너무 늦어지기 전에 아버지가 자신의 책임을 깨닫게 되면 좋으리라 생각한다.

그때까지는 하늘로 가신 네 어머니를 대신해야 하는 것이 네 의무이고 권리이기도 해. 네 남동생과 어린 여동생에게 좋은 모범을 보여줘서 그들이 본받아 배우도록 하여—그들에게 참다운 어머니가 되어주어야지. 너는 본디 이런 일을 생각하지 않으면 안 되는 처지인데, 안타깝게도 너는 이런 일을 그리 탐탁지 않게 여기는 듯하구나. 그런 점에서는 내가 네 눈을 뜨게 해주마."

페리 목사는 번드르르하고 의기양양한 목소리로 끝없이 지껄여댔다.

그는 아주 우쭐해 있었다. 으스대고 지도자처럼 행세하며 사람을 타이르는 일만큼 페리 목사가 좋아하는 일은 없었다. 자기가 좋은 길을 가르치며 이끌어주고 있다고 생각하면 유쾌했으므로 그는 좀처럼 하던 말을 그만두려 하지 않았다. 페리 목사는 난롯불 앞의 카펫

위에 두 다리를 단단히 버티고 서서 하잘것없는 이야기를 손짓 발짓 과장하면서 지껄여댔다.

페이스는 한 마디도 듣고 있지 않았다. 전혀 들으려 하지 않았다. 그러나 페이스의 다갈색 눈은 마치 작은 도깨비와도 같은 장난스러운 기쁜 빛을 떠올리고, 페리 목사의 길게 늘어진 검은색 웃옷 자락을 지그시 지켜보고 있었다.

페리 목사는 난롯불에 너무 가깝게 서 있었다. 늘어진 웃옷자락은 처음에는 알아차릴 수 없을 만큼 아주 조금씩 눋기 시작하더니—연기를 내며 그을기 시작했다. 그러나 페리 목사는 아직도 이야기를 그치지 않고 자신의 열변에 황홀해 하고 있었다.

연기가 점점 심해졌다. 장작이 탁 튀는 바람에 작은 불티가 늘어진 옷자락 한가운데에 붙었다. 불티는 늘어진 옷자락에 달라붙은 채 슬금슬금 타들어갔다. 페이스는 더 이상 참을 수 없어 소리 죽여 웃음을 터뜨렸다.

페리 목사는 갑자기 이야기를 멈추었다. 버릇없는 페이스 때문에 버럭 화가 났다. 목사는 갑자기 옷감이 타는 듯한 눋내가 방 안에 가득차 있는 것을 깨달았다. 당황한 페리 목사는 홱 돌아보았으나 아무것도 보이지 않았다. 더욱더 당황한 페리 목사는 이번에는 두 손으로 늘어진 웃옷자락을 확 움켜잡아 앞으로 가져왔다. 옷자락에 벌써 꽤 크게 탄 구멍이 뻥 뚫려 있지 않은가! 더구나 이 옷은 얼마 전 새로 만들어 입은 것이다. 페리 목사의 몹시 당황하고 분해 하는, 그리고 크게 낙심한 모습과 얼굴을 보고 페이스는 참을 수 없어 웃고 또 웃었다.

페리 목사는 화가 머리 끝까지 나서 페이스에게 따져물었다.

"너는 내 옷이 타는 것을 알고 있었니?"

페이스는 침착하게 대답했다.

"네."

페리 목사는 페이스를 노려보며 따졌다.

"어째서 내게 알려주지 않았지?"

여전히 페이스는 침착하게 말했다.

"어른이 말할 때에는 참견하면 못쓴다고 아까 말씀하셨잖아요."

"만일—내가 너의 아버지라면 한평생 잊혀지지 않을 만큼 네 엉덩이를 호되게 때려줄 텐데."

너무너무 화가 난 목사는 이렇게 말하고 홱 돌아서서 서재를 나갔다.

메러디스 씨의 두 번째로 좋은 웃옷은 페리 씨에게 맞지 않아서 그는 할 수 없이 옷자락이 까맣게 탄 옷을 입은 채 저녁 예배에 나가야 했다. 그리하여 페리 씨는 교회 통로를 지날 때 여느 때와 같은 만족스러움—자기 같은 훌륭한 사람이 일부러 찾아왔노라는 우월감—을 맛볼 수 없었다. 페리 씨는 이제 메러디스 씨와 서로 바꾸어 하는 교환 설교는 두 번 다시 하지 않겠다고 결심하고, 다음날 아침역에서 메러디스 씨를 만났을 때 인사도 제대로 하지 않았다.

그러나 페이스는 어떤 만족감을 느꼈다. 이로써 얼마쯤은 애덤의 복수를 한 셈이다.

페이스, 벗을 사귀다

이튿날 페이스는 학교에서 괴로운 하루를 보내지 않을 수 없었다. 메리 밴스가 애덤의 일을 모조리 말해 버렸기 때문에 블라이스네 아이들을 뺀 모든 학교아이들이 이 일을 재미있게 여긴 것이다. 여자아이들은 킬킬거리며 '어머나, 가엾어라' 이렇게 말했고, 남자아이들은 빈정거리는 애도의 편지를 써보내 페이스를 놀려댔다. 가엾은 페이스는 상처를 입어 찢어지는 듯한 마음으로 집에 돌아왔다.

"잉글사이드 블라이스 부인에게 가봐야지. 아줌마는 다른 사람들처럼 나를 웃어대거나 하지 않을 테니까. 이토록 슬픈 마음을 누군가 알아줄 사람에게 이야기하지 않고는 못 견디겠어."

페이스는 흐느껴 울었다.

페이스는 '무지개 골짜기'로 뛰어내려갔다. 지난 밤 마법이 솜씨를 부려 눈이 엷게 내려 쌓여 있었다. 하얘진 전나무들은 이윽고 다시 돌아올 계절 가운데 따뜻한 봄이 왔을 때의 기쁨을 꿈꾸고 있었다. '무지개 골짜기' 앞에 있는, 잎이 떨어진 너도밤나무들이 들어선 언덕은 자줏빛으로 변해 있었다. 저녁놀의 장밋빛이 온 세계에 분홍빛 키스를 한 것처럼 사방을 덮고 있었다. 마치 동화 속 나라와 같은 불가사의한 아름다움에 넘치고 있었다.

꿈 같은 곳은 다른 데도 많이 있을지 모르지만 그 겨울 저녁 '무지개 골짜기'만큼 아름다운 곳은 어디에도 없으리라. 그런데 그 꿈 같은 아름다움도 상처받은 불쌍한 어린 페이스 눈에는 전혀 느껴지지 않았다.

개울 근처까지 온 페이스는 거기서 우연히 로즈머리 웨스트를 만났다. 로즈머리는 소나무 고목에 걸터앉아 있었다. 잉글사이드에서 쌍둥이 자매에게 음악을 가르치고 돌아오는 길이었다. 로즈머리는 꽤 오랫동안 '무지개 골짜기'에 있으면서 하얀 눈에 덮인 아름다운 골짜기를 보며 마음속으로 이곳저곳을 거닐고 있었다.

로즈머리의 표정을 보니 즐거운 일을 생각하고 있었던 모양이다. 아마도 '연인의 나무'에 매달려 있는 방울이 때때로 달랑달랑 울리는 소리에 이끌려 입가에 분간하기 어려울 정도의 희미한 미소를 짓고 있는 것 같았다. 아니면 월요일 저녁에는 반드시 존 메러디스가 하얗게 눈이 쌓인, 바람이 세게 부는 언덕 위 회색 집에 온다는 것을 떠올리고 있었기 때문인지도 모른다.

로즈머리의 꿈 속에 괴로움으로 가득찬 페이스 메러디스가 뛰어들어왔다. 페이스는 로즈머리를 보자 얼른 멈춰섰다. 로즈머리에 대해서는 그다지 잘 몰랐다—얼굴을 마주치면 인사를 할 정도였다. 그때 페이스는 블라이스 부인 말고는 아무도 만나고 싶지 않았다. 눈도 코도 빨갛게 부어오른 것을 스스로 알고 있었으므로, 울고 있었던 것을 아무 관계도 없는 사람에게 알리고 싶지 않았다.

페이스는 머뭇머뭇하면서 인사했다.

"안녕하세요, 미스 웨스트."

로즈머리가 상냥하게 물었다.

"무슨 일이 있었니, 페이스?"

"아무것도 아니에요."

페이스의 말투는 퉁명스러웠다.

로즈머리는 빙그레 웃었다.

"어머나! 친하지 않은 사람에게는 아무 말도 할 수 없다는 거니?"

갑자기 페이스는 흥미를 느껴 로즈머리를 황홀하게 바라보았다. 여기에 아이를 이해해 주는 사람이 있다. 게다가 매우 아름답다. 깃털 장식이 붙은 모자 밑으로 보이는 머리가 얼마나 멋진 금빛을 하고 있는가! 벨벳 코트 위 그녀의 뺨은 장밋빛이고 게다가 얼마나 상냥스런 푸른 눈을 하고 있는 것일까! 미스 웨스트라면 아주 좋은 벗이 될 수 있을 거라고 페이스는 느꼈다—어딘가 잘 알지 못하는 사람이 아니라 진정한 벗이라면.

페이스는 말했다.

"저—나는 블라이스 부인에게 할 이야기가 있어서 가는 길이에요. 부인은 나에 대해 잘 이해해 주시고—결코 웃지도 않아요. 그래서 언제나 부인에게 이야기해요. 맘이 편해지니까요."

로즈머리가 동정했다.

"페이스, 안 됐지만 블라이스 부인은 지금 집에 안 계셔. 오늘 애번리에 가셨는데 이번 주말까지 돌아오시지 않아."

충격을 받은 페이스는 입술이 부들부들 떨렸다. 그리고 비참하게 말했다.

"그럼, 집으로 돌아가야겠네요."

로즈머리가 상냥하게 말했다.

"글쎄—그 대신 나한테 이야기해 보고 싶다면 경우가 달라지지만. 이야기를 하고 나면 마음이 퍽 편해진단다. 나는 듣고 싶어. 블라이스 부인처럼 잘 알아주지는 못하겠지만—그러나 웃지 않는다고 약속할게."

페이스는 결심이 서지 않았다.

"얼굴로는 웃지 않을지 몰라요. 하지만 웃을 거예요—마음속으로."

"아냐, 마음속으로도 웃지 않아. 왜 웃을 거라 생각하는 거지? 페이스는 지금 뭔가 상처를 받고 괴로워하고 있어. 어떤 일로 상처를 받았더라도 나는 남이 괴로워하는 걸 보고 웃은 적은 한 번도 없었어. 페이스가 지금 괴로운 기분을 나에게 이야기하고 싶다면 기꺼이 들어줄게. 하지만 그렇게 하고 싶지 않다면—그건 그것으로 좋아."

페이스는 다시금 한참 동안 미스 웨스트의 눈을 들여다보았다. 미스 웨스트의 눈은 몹시 진지했다—웃음의 그림자조차 없었다—눈 속 그 깊은 안쪽에도. 페이스는 조그맣게 한숨을 내쉬고 새로운 벗과 나란히 낡은 소나무에 걸터앉아 애덤에 대한 것, 애덤이 처참한 운명을 맞은 것 등을 모조리 이야기했다.

로즈머리는 웃지 않았고 웃으려고 생각지도 않았다. 페이스의 기분을 잘 알았고 동정했다—블라이스 부인과 비슷했다—그렇다, 아주 똑같다고 해도 좋을 정도였다.

페이스는 가차없이 말했다.

"페리 씨는 목사이지만 정육점 주인을 하는 편이 좋을 거예요. 고기를 잘라 베는 것을 그렇게 좋아하니까요. 신이 난 듯이 불쌍한 애덤을 조각냈어요. 마치 어디에나 있는 수탉과 다름없다는 표정으로 애덤을 얇게 베었어요."

"이건 우리 둘만의 비밀인데, 페이스, 나도 페리 씨가 몹시 싫단다."

로즈머리는 말하고 나서 방그레 웃었다. 하지만 웃은 건 페리 씨에 대해서이고 애덤에 대한 것은 아니었으며 페이스도 그것을 분명히 알았다.

"전부터 싫어했어. 페리 씨 하고는 학교에도 같이 다녔지—페리 씨는 어렸을 때 글렌에서 살았어—그 무렵부터 그런 녀석은 어디에도 없었을 것 같은 한마디로 거드름쟁이였어. 통통하게 살찐 손은 차갑고 축축해서 우리 여자아이들은 놀이를 할 때 그 손을 잡는 게 싫어서 견딜 수 없었단다.

하지만 이건 기억해 두어야 해. 페리 씨는 애덤이 페이스가 귀여워한 수탉인지 미처 몰랐을 거야. 어디에나 있는 여느 수탉으로 생각했겠지. 우리는 아무리 심한 봉변을 당했을 때도 공평해야 하거든."

페이스도 인정했다.

"그래요. 하지만 내가 애덤을 그처럼 귀여워한 것을 왜 모두 우습게 생각하는지 모르겠어요, 미스 웨스트. 할머니의 밉쌀스런 고양이었다면 아무도 이상하게 생각하지 않을 텐데요.

로티 워런이 기르던 아기고양이가 수확기에 끼어 다리를 모두 잘렸을 때 사람들은 불쌍하게 여겼어요. 로티는 이틀 동안 학교에서 울었지만 아무도 그 애를 보고 웃지 않았어요. 댄 리스도 웃지 않았어요. 사이좋은 친구들이 모여 아기고양이 장례식에 가서, 함께 무덤에 묻었어요—다만 작은 다리만은 묻지 못했죠. 발견하지 못했으니까요. 그런 일이 일어나는 것도 안 됐지만, 그보다 자기 애완동물이 먹히는 걸 보는 편이 훨씬 더 비참해요. 그런데도 모두 나를 보고 웃는 거예요."

로즈머리가 정색을 하고 말했다.

"수탉이라는 발음이 우습게 여겨진 게 아닐까? 그 발음을 들으니 그만 웃음이 나올 것 같아. '닭'이라면 다르겠지만, '닭'을 귀여워한다는 건 그리 우습지 않아."

"애덤은 정말 귀여운 '닭'이었어요, 미스 웨스트. 어릴 때는 금빛 구슬 같았지요. 나한테 뛰어와서는 손바닥의 모이를 먹었어요. 그리고 다 큰 뒤에도 멋있었어요—눈처럼 새하얗고 역시 멋지게 꼬부라진 새하얀 꼬리가 달려 있었어요. 메리 밴스는 꼬리가 너무 짧다고 했지만요.

애덤은 자기 이름을 알고 있어서 내가 부르면 반드시 쫓아왔어요—퍽 머리가 좋았어요. 게다가 마서 할머니에겐 애덤을 자기 멋대로 죽일 권리가 없어요. 그 닭은 내 것이었으니까요. 죽어서는 안 되

죠. 그렇잖아요, 미스 웨스트?"

로즈머리도 똑똑히 말했다.

"그래. 그럴 순 없어. 나도 어렸을 때 암탉을 애완동물로 삼은 적이 있었지. 퍽 귀여웠어—금갈색에 얼룩점이 있었지. 어떤 애완동물보다도 소중히 여겼어. 다행히 그 닭은 죽임을 당하지는 않았어—나이를 먹어서 저절로 죽었지. 내가 몹시 귀여워해서 어머니가 죽이지 못하게 했단다."

페이스가 말했다.

"우리 어머니도 살아 계셨다면 애덤을 죽이게 하지 않았을 거예요. 아버지도 그렇구요. 집에 계시면서 알고 있었다면 그렇게 죽도록 내버려두지 않았을 거예요. 틀림없어요, 미스 웨스트."

"그럼, 나도 그렇게 생각해."

로즈머리의 얼굴이 빨개졌다. 로즈머리 자신은 알아차린 것 같았지만 페이스는 아무것도 깨닫지 못했다.

페이스가 걱정스러운 듯 물었다.

"페리 씨의 옷이 타고 있는데 잠자코 있었던 것은 크게 나쁜 일인가요?"

"암, 아주 대단히 나쁜 일이지."

로즈머리는 이렇게 대답했지만 눈은 이상하게 반짝반짝 빛나고 있었다.

"하지만 그런 경우 나 또한 그런 아이가 됐을 거라고 생각해, 페이스—옷이 타고 있다고 가르쳐주지 않았을 거야. 그리고 그런 나쁜 짓을 하고도 조금도 양심에 귀기울이지 않았을걸."

"페리 씨는 목사님이니까 가르쳐줘야 했다고 우나는 말했어요."

"나의 소중한 페이스, 목사님이 신사처럼 행동하지 않았다면 우리도 목사님의 웃옷자락에 신경쓸 필요는 없어. 나 같으면 지미 페리의 웃옷자락이 타오르는 걸 기뻐하며 보고만 있겠어. 재미있었을 게 틀림없었을 테니까."

두 사람은 소리내어 웃었다. 그러나 페이스는 마지막에 마음이 괴로워 한숨을 쉬었다.

"그래도 애덤은 죽어버렸어요. 난 두 번 다시 뭔가를 좋아하지 않을 거예요."

"그런 말을 하면 안 돼. 아무것도 사랑하지 않는 인생은 너무 쓸쓸하단다. 무엇이든 사랑하면 사랑할수록 인생은 풍요로워져—비록 그것이 털이 나 있거나 날개가 나 있는 애완동물일지라도. 카나리아를 좋아하니? 페이스—금빛 카나리아야. 네가 좋아한다면 한 마리 줄게. 우리 집에 두 마리 있으니까."

페이스는 외쳤다.

"와, 좋아요. 난 작은 새를 좋아해요. 하지만 마서 할머니의 고양이에게 잡아먹히지 않을까요? 애완동물을 잡아먹다니 참으로 슬픈 일이에요. 또다시 그런 봉변을 당하면 나는 견뎌내지 못할 거예요."

"새장을 벽에서 떨어진 곳에 매달면 고양이도 손댈 수 없단다. 다음에 잉글사이드에 올 때 갖고 와서 어떻게 돌봐주는지 모두 가르쳐 줄게."

로즈머리는 마음속으로 혼자 생각하고 있었다.

'글렌의 소문내기 좋아하는 참새떼들에게 화젯거리를 제공하는 것이 될 거야. 하지만 무슨 상관이람. 난 이 가엾은 작은 소녀의 마음을 조금이라도 위로해 주고 싶을 뿐이야.'

물론 페이스는 위로받았다. 동정받고 이해를 얻게 되어 매우 기뻤다. 페이스와 로즈머리는 저녁 어둠이 하얀 골짜기에 살그머니 숨어들고 저녁 샛별이 잿빛 단풍나무숲 위에서 반짝이기 시작할 때까지 오래된 소나무에 걸터앉아 있었다.

페이스는 자기의 짧은 인생에서 해온 일이며 앞으로의 희망을 모조리 로즈머리에게 이야기했다. 좋아하는 것도 싫어하는 것도, 목사관 안의 일도 밖의 일도, 좋아졌다가 나빠졌다 하는 학교에서의 사소한 일도 모두 말했다. 헤어질 때 두 사람은 우정으로 굳게 맺어져 있었다.

그날 저녁을 먹기 시작했을 때 메러디스 목사는 여느 때처럼 꿈속을 헤매고 있었지만, 그 가운데에서 어떤 이름이 방심한 그의 귀에 날카롭게 울려 이내 현실로 돌아왔다. 페이스는 우나에게 로즈머리를 만난 일을 이야기하고 있었다.

페이스가 말했다.

"아주 멋있는 분이야. 블라이스 부인처럼 좋은 분이야—조금 다르지만. 나는 안고 싶었어. 그런데 미스 웨스트 쪽에서 먼저 나를 안아주었어. 부드럽게 꼭. 그리고 '나의 소중한 페이스'라고 말해주었지. 짜릿짜릿 몸이 떨렸어. 미스 웨스트에게는 무엇이든지 털어놓을 수 있어."

메러디스 목사가 좀 이상한 투로 말했다.

"그러니까 미스 웨스트를 좋아하는구나, 페이스?"

페이스가 외쳤다.

"난 그분이 정말 좋아요."

메러디스 목사는 말했다.

"아! 아!"

참을 수 없는 약속

Chang.Kye

꽁꽁 얼어붙은 겨울 밤, 존 메러디스는 생각에 잠겨 '무지개 골짜기'를 걸어가고 있었다. 골짜기 앞쪽에는 눈덮인 언덕이 차갑고 멋진 달빛을 받아 반짝이고 있었다. 긴 골짜기에 있는 전나무 하나하나가 바람과 서리의 하프에 맞추어 요란한 노랫소리를 울리고 있었다.

메러디스 목사의 아이들과 블라이스네 아이들이 동쪽 비탈을 썰매로 미끄러져 내려와 거울 같은 못 위를 획획 소리내며 날아갔다. 모두 어울려 유쾌하게 놀고 있었다. 즐거워하며 왁자지껄 떠드는 큰 소리와 자지러지게 웃는 소리가 골짜기 위아래로 메아리쳐 마치 요정의 소리처럼 나무들 사이로 사라져갔다.

오른쪽 단풍나무숲 너머로 잉글사이드 불빛이 반짝이며 따뜻하게 사람을 유혹하며 부르고 있었다. 그 불빛은 이 세상 사람이든 저 세상 사람이든 구별 없이 모든 사람을 사랑하고 격려하고 대접해 주는 가정의 등대 안에서 언제까지나 타오를 것 같았다.

메러디스 목사는 때때로 밤이 되면 잉글사이드를 찾아가 표류목이 타오르는 난로 옆에서 블라이스 선생과 토론하는 것을 좋아했다. 난로 옆에는 그 유명한 도자기로 만든 두 마리 개가 방을 늘 지켜보고 있었으며, 지금은 잉글사이드의 수호신이 되어 있었다. 하지만 그날 밤 메러디스 목사의 눈은 잉글사이드 쪽을 보고 있지 않았다.

멀리 서쪽 언덕 위에, 빛은 약하지만 훨씬 더 마음을 끄는 별이 반짝이고 있었다. 메러디스 목사는 로즈머리 웨스트를 만나러 가는 길이었다. 아무래도 로즈머리에게 이야기하지 않으면 안 될 일이 있었다. 그것은 처음 만난 날부터 목사의 가슴 속 꽃망울이 천천히 하나 둘씩 벌어지기 시작해서 페이스가 열심히 로즈머리를 칭찬한 날 밤에 활짝 피어났던 것이다.

메러디스 목사는 로즈머리를 사랑하고 있다는 걸 그제서야 깨달았다. 시실리어를 사랑한 방식과는 물론 달랐다. 그것은 전혀 다른 것이었다. 그와 같은 사랑, 로맨스, 꿈, 매혹은 두 번 다시 돌아오지 않는다고 목사는 생각하고 있었다.

하지만 로즈머리는 아름답고 상냥했으며 소중한 사람—매우 소중한 사람이었다. 최고의 벗이었다. 같이 있으면서 그렇게 행복한 기분을 주는 사람은 다시 만나보기 힘들다고 생각했다. 메러디스 집안에는 이상적인 주부, 아이들에게는 좋은 어머니가 되어줄 것이 틀림없다.

아내를 여읜 뒤 몇 년 동안 메러디스 목사는 여기저기서 몇 번이고 재혼해야 한다는 암시를 계속 들어왔다. 동료 장로교 목사들로부터 듣기도 했고, 교인들에게서도 들었다. 아무 뜻 없이 가벼이 말하는 사람도 있었고 무슨 속셈이 있어서 말하는 사람도 있었다.

그러나 이러한 조언을 목사는 전혀 마음에 두지 않았다. 사람들은 메러디스 목사가 그들의 조언을 눈치채지 못했다고 생각하고 있었다. 그렇지만 목사는 뚜렷이 알아차리고 있었다. 그래서 때때로 상식적분으로 되돌아올 때면 재혼하는 것이 좋으리라 여겼던 것이었다.

다만 존 메러디스는 이 상식이라는 점에서는 약했다. 그리고 마치 가정부나 사업상 동료를 선택하듯 아무 감동도 없이 신중하게 '적당한' 여자를 선택하는 일은 도저히 할 수 없었다.

그는 '적당한'이라는 말을 마음속으로 몹시 싫어했다. 그 말을 들을 때마다 제임스 페리가 강하게 연상되었다. 동료 목사인 페리는 간사한 목소리로 '적당한 연령의 적당한 여자'라고 미묘한 암시와는 거리가 먼 말투로 말했다. 그 순간―믿을 수 없는 일이지만―메러디스 목사는 그 자리에서 뛰쳐나가 닥치는 대로 누구라도 좋으니 가장 나이 젊고 적당하지 않은 여자와 결혼하고 싶은 기분이 들기도 했다.

마셜 엘리엇 부인은 메러디스 목사의 벗이며, 목사 또한 부인을 좋아했다. 그러나 그 부인에게서 재혼해야 한다는 말을 분명히 들었을 때, 부인이 목사의 마음속 깊은 곳에 모시고 있는 신성한 성소에 가려 놓은 베일을 벗겨 버린 듯이 느껴져 그 뒤부터 얼마쯤 부인을 두려워하게 되었다.

메러디스 목사는 자기 교회의 교인 가운데에도 '적당한 나이'의 여성들이 자신과 기꺼이 결혼할 마음이 있다는 걸 알고 있었다. 아무리 멍해 있다고 하더라도 그 사실은 글렌 세인트 메리에 처음 오자마자 메러디스 목사의 머릿속에 깊이 배어들었다. 착하고 견실하고 시간이 남아도는 여성으로 한두 사람은 그런대로 용모도 괜찮았으나 나머지는 그렇지도 않았다. 그런 여성 가운데 누구와 결혼할 정도라면 차라리 목매달아 죽는 편이 낫다.

메러디스 목사에게는 어떤 이상이 있었으므로 아무리 필요를 느끼더라도 무분별한 행동을 할 리가 없었다. 시실리어가 가정에서 차지하고 있었던 장소를 다른 여성으로 바꾸려면, 그 상대는 목사가 그 옛날 소녀 같은 신부에게 바친 사랑과 존경의 일부라도 좋으니 바칠 수 있는 사람이라야만 한다. 목사가 아는 몇몇 여성 가운데 대체 어디에서 그런 사람을 발견할 수 있을 것인가?

그 가을 저녁 때, 로즈머리 웨스트가 메러디스 목사의 인생 속으로 들어왔다. 로즈머리가 갖고 온 분위기 속에서 목사는 자연스러움을 느꼈다. 모르는 사람끼리 있을 때 쉽게 좁히지 않는 간격을 뛰어넘어서 두 사람은 우정의 손을 맞잡았다.

사람 눈에 띄지 않는 그 깊숙한 샘터에서 만난 10분 동안에 메러디스 목사는 에밀린 드류나 일리저버스 커크나 에이미 아네터 더글러스를 1년 동안 안 것보다 훨씬 잘, 아니 그들을 한 세기나 걸려 알 수 있는 것보다도 깊게 로즈머리를 이해하게 되었다. 앨릭 데이비스 부인이 메러디스 목사를 몹시 화나게 했을 때도 목사는 로즈머리네 집으로 가서 위로를 받았다.

그 뒤부터 메러디스 목사는 가끔 언덕 위 잿빛 집으로 걸음을 옮겼다. 어둠에 덮인 밤 '무지개 골짜기'의 오솔길을 빠져서 몰래 찾아갔기에 글렌의 소문 퍼뜨리기를 좋아하는 아낙네들도 목사가 로즈머리 웨스트를 만나러 갔다고 확실하게 단언할 수가 없었다.

한두 번 메러디스 목사는 웨스트네 거실에서 다른 방문객들과 맞닥뜨린 일이 있었다. 부인회에서 손에 넣을 수 있었던 증거는 그것뿐이었다.

그러나 일리저버스 커크는 그 이야기를 듣고, 아름답다고는 할 수 없지만 상냥한 얼굴 표정을 조금도 바꾸지 않고, 몰래 소중히 마음속에 담아왔던 꿈을 거두어버렸다. 에밀린 드류는 일전에 로브리지에 살고 있는 독신 할아버지를 만났을 때 냉담하게 무시했지만, 이번에 만나면 그런 짓은 그만두기로 결심했다.

로즈머리 웨스트가 목사님을 차지하려고 나선다면 획득하고 말 것이 틀림없다. 실제 나이보다 그녀는 훨씬 젊어 보이고 남자들은 로즈머리를 미인이라고 생각하고 있기 때문이다. 덤으로 웨스트 집안의 딸들에게는 돈이 있다!

"너무 멍하니 있다가 착각해서 엘런에게 결혼신청을 하지 않았으면 좋으련만."

에밀린도 동정해 주는 동생을 상대로 그 정도의 심술궂은 말은 했

지만 그 이상 로즈머리를 원망하는 일은 없었다. 마침내 아내를 여의고 네 아이를 가진 남자보다는 자유롭게 혼자 사는 남자가 되는 편이 훨씬 좋은 건 사실이다. 목사관의 매력에 끌려 다른 더 유리한 것에 일시적으로 눈이 가지 않았을 뿐이다.

큰소리로 떠들어대는 아이들 셋을 태운 썰매가 메러디스 목사 옆을 달려 지나가 못 쪽으로 돌진했다. 페이스의 긴 곱슬머리가 바람에 나부꼈다. 다른 아이들의 소리는 멀어지고 페이스의 웃음소리가 가까이 울려 퍼졌다.

메러디스 목사는 상냥한 애정이 담긴 눈길로 아이들을 바라보았다. 자기 아이들이 블라이스 집안의 아이들처럼 좋은 친구를 만나게 된 것을 기쁘게 생각했다―블라이스 부인 같은 현명하고 명랑하고 상냥한 벗을 만나게 된 것도 기뻤다. 하지만 저 아이들에겐 그 이상의 무엇인가가 필요하다. 로즈머리 웨스트를 신부로 목사관에 데려간다면 중요한 무엇인가를 손에 넣게 된다. 로즈머리는 본디 어머니를 느끼게 하는 그 무언가를 지니고 있었다.

그날은 토요일이었다. 메러디스 목사는 토요일 밤에는 이웃집을 거의 방문하지 않았다. 오로지 주일 설교에 대해 심사숙고하는 데 시간을 보내려 하고 있었다. 그런데도 굳이 토요일 밤을 선택한 것은 엘런이 집을 비우고 없는 걸 알고 있었기에 로즈머리가 혼자일 거라 생각했기 때문이다. 언덕 위 집에서는 즐거운 밤을 여러 번 지냈지만 샘터에서 처음 만난 뒤 로즈머리와 둘뿐인 경우는 한 번도 없었다.

엘런과 같이 있는 게 싫은 건 아니었다. 엘런을 꽤 좋아했고 그녀는 대단히 기분이 통하는 벗이었다. 엘런은 마치 남자와 같은 이해력과 유머를 갖고 있었기에 내성적이고 은밀한 즐거움을 맛보기 좋아하는 메러디스 목사에게는 안성맞춤의 벗이었다. 엘런이 정치나 세계정세에 흥미를 갖고 있는 것도 마음에 들었다. 글렌에서 그런 것을 아는 남자는 블라이스 의사 외에 한 사람도 없었다.

엘런이 이렇게 말한 적이 있었다.

"살아 있는 한 주위의 온갖 일에 흥미를 갖고 있어야 해요. 그렇지 않으면 살아간다는 것도 죽어 있는 것과 다름없는 것처럼 생각되니까요."

메러디스 목사는 엘런의 나직이 울렁이는 듯한 기분 좋은 목소리가 좋았다. 명랑한 웃음소리도 좋았다. 그리고 엘런은 유쾌한 이야기를 멋지게 들려주고는 언제나 그 웃음소리로 끝을 맺는다. 엘런은 글렌의 다른 여자들처럼 아이들 일로 목사에게 칭얼대지도 않았고 마을의 소문 이야기로 목사를 싫증나게 하는 일도 없었다. 심술궂지 않고 마음이 좁지도 않았다. 어느 때나 아주 성실했다. 메러디스 목사는 미스 코닐리어의 방식으로 사람을 분류하고 있었으므로 엘런을 요셉을 아는 사람이라고 생각하고 있었다. 어디로 보든 처형으로서는 더할 나위 없는 여자였다.

그러나 아무리 존경하는 여자라 할지라도 남자가 한 여자에게 결혼을 청할 때는 누군가가 그 자리에 있는 것을 꺼리는 법이다. 그런데 엘런은 언제나 옆에 있었다. 자기가 메러디스 목사를 혼자 차지해서 이야기하는 것은 아니었다. 로즈머리에게도 그런대로 목사와 지낼 시간을 주었다.

뿐만 아니라 아예 모습을 감추는 일도 곧잘 있었다. 자기는 방 구석으로 들어가 세인트 조지를 무릎에 얹고 앉아 있을 뿐, 메러디스 목사와 로즈머리에게 두 사람만 이야기하고 노래 부르고 책을 읽도록 해주었다. 메러디스 목사와 로즈머리는 엘런이 있는 것을 아예 잊어버리는 일조차 있었다. 단 두 사람이 선택한 노래가 조금이라도 엘런에게 남자와 여자의 사랑의 불장난처럼 여겨질 쪽으로 기울면 엘런은 대뜸 그 꽃봉오리를 따버리고 그날 밤은 줄곧 로즈머리를 꼼짝 못하게 했다.

하지만 아무리 엄중한 감시인일지라도 눈이며 미소에 은밀한 생각을 담고 잠자코 있으면서도 많은 걸 이야기하는 것을 그만두게 할 수는 없는 법이다. 따라서 로즈머리에 대한 메러디스 목사의 구애도 이럭저럭 진척되어 갔다.

그러나 만일 그것이 클라이맥스를 맞는다면 엘런이 없을 때가 아니고서는 안 된다. 그런데 엘런은 특히 겨울 동안에는 좀처럼 집을 비우지 않았다. 온 세계에서 자기 집 난롯가보다 더 나은 곳은 없다고 그녀는 말했다. 그녀는 여기저기 헤매고 다니는 일에 흥미가 없었다. 사람과 교제하는 건 좋아하지만 집에서 하고 싶어했다.

메러디스 목사가 로즈머리에게 자기 마음을 전하려면 편지를 쓰는 수밖에 없다고 생각한 어느 날 밤, 엘런이 불쑥 다음 토요일 밤 친구의 은혼식에 갈 거라고 말했다. 그 두 사람이 결혼했을 때 엘런이 신부 들러리를 섰던 것이다. 초대받은 사람은 옛 손님들뿐이었으므로 로즈머리는 그 속에 들어 있지 않았다.

메러디스 목사는 귀를 세우고 꿈꾸는 듯한 검은 눈을 번쩍 빛냈다. 엘런도 로즈머리도 그것을 알아차렸다. 그래서 엘런도 로즈머리도 다음 토요일 밤 메러디스 목사가 언덕을 올라올 것이 틀림없다고 생각하며 두근거리고 있었다.

메러디스 목사가 돌아가고 로즈머리가 조용히 2층으로 올라간 뒤, 엘런은 검정 고양이에게 엄한 얼굴로 말했다.

"차라리 빨리 끝내버리는 게 좋아, 세인트 조지. 메러디스 씨는 로즈머리에게 결혼신청을 할 거야, 세인트 조지—틀림없어. 일찌감치 그에게 그 기회를 주어서 로즈머리를 아내로 삼을 수 없다는 걸 알아두게 하는 게 좋겠어. 로즈머리도 가능하면 결혼신청을 받아들이고 싶어해. 그건 알고 있어—하지만 약속했었지. 그 약속은 반드시 지켜야 해.

조금은 가엾다고 생각해, 세인트 조지. 제부(弟夫)가 있는 편이 좋다면 그처럼 기꺼이 제부로 맞고 싶은 사람은 없어. 그에겐 무엇 하나 트집잡을 데가 없어—무엇 하나도. 다만 카이저가 유럽의 평화를 위협한다는 사실을 모르고 또 알려고도 하지 않는다는 점만은 빼고 말이야. 그 점은 그의 맹점이야.

그래도 그와 함께 있으면 즐겁고, 나는 그를 무척 좋아해. 메러디스 씨처럼 입이 무거운 남자에게라면 어떤 여자도 무엇이든 하고 싶은 말을 해도 걱정없을 것이고, 한 말이 잘못 전해지는 일도 절대로 없을 거야. 그런 남자는 루비보다도 더 귀중해, 세인트 조지—루비보다 훨씬 얻기 어려워.

그렇지만 메러디스 씨는 로즈머리를 자기 것으로 만들 수 없어—게다가 로즈머리를 가질 수 없다는 걸 알게 되면 우리 둘이서 지내온 교제를 끊어버릴 테지. 그렇게 되면 우린 퍽 쓸쓸해지겠지—견디기 어려울 정도로 고독해질 거야, 세인트 조지. 하지만 로즈머리는 약속했으니까, 약속을 지킬 거야!"

목소리를 낮추어 결심을 굳힌 엘런의 얼굴은 몹시 미워 보였다. 2층에서는 로즈머리가 베개에 얼굴을 묻고 울고 있었다.

그래서 메러디스 씨는 그의 여자가 혼자 있는 것을 발견한 것이며, 그녀는 매우 아름다워 보였다. 로즈머리는 이때를 위해 특별히 치장을 하지 않았다. 하고 싶었지만 결혼신청을 거절할 남자 앞에서 멋을 낸다는 것은 어리석은 짓으로 여겨졌다. 그래서 장식없는 짙은 색 애프터눈 드레스를 입고 있었는데, 그래도 마치 여왕처럼 보였다. 마음의 흥분을 참고 있었기에 얼굴이 장밋빛으로 빛나고 커다란 푸른 눈이 번쩍번쩍 빛났다. 그러나 여느 때보다 침착성이 없어 보였다.

로즈머리는 한시라도 빨리 이야기를 끝내주었으면 하고 바라고 있었다. 하루 종일 그때가 오기를 두려워하며 기다리고 있었던 것이다. 메러디스가 자기를 사랑하는 것을 그녀는 알고 있었다—그러나 자기에 대한 사랑이 메러디스 목사가 처음 사랑했던 여자에게 바쳤던 사랑만큼 깊지 않다는 것도 알고 있었다. 결혼신청을 거절하면 목사는 몹시 실망할 게 틀림없지만 그것으로 죽는 일은 없을 거라고 생각했다.

그것을 알면서도 메러디스 목사의 결혼신청을 거절하고 싶지 않았다. 목사를 위해 거절하고 싶지 않았고—로즈머리는 자기의 마음에 그 누구보다 정직했다—자기를 위해서도 거절하고 싶지 않았다. 자기는 그를 사랑할 수 있다는 걸 알고 있었다. 만약에—만약에 허락된다면.

메러디스 목사는 연인으로 받아들여지지 않으면 친구로서의 교제도 거절할 것이다. 만일 그렇게 된다면 인생이 얼마나 무미건조해질지 그것도 알 수 있었다.

메러디스 목사와 살게 되면 행복해지리라는 것도, 자기가 메러디스를 행복하게 해줄 수 있다는 것도 알고 있었다. 그러나 로즈머리와 행복 사이에는 몇 년 전에 엘런과 맺었던 약속이라는 감옥의 단단한 문이 가로막고 있었다.

로즈머리는 아버지에 대한 기억이 없었다. 겨우 3살 때 아버지가 돌아가셨다. 13살의 엘런은 아버지를 기억하고 있었지만 특별히 그립다는 생각은 없었다. 아버지는 엄하고 말없는 남자로 아름다운 아내보다 훨씬 연상이었다. 아버지가 돌아가신 지 5년 뒤 12살이었던 웨스트 집안의 아들도 죽어버렸다.

단 하나뿐인 남자형제가 죽은 뒤 두 자매는 어머니와 함께 살았다. 두 사람은 글렌이나 로브리지의 사교생활에는 그리 활발하게 드나들지 않았다. 참석할 때면 엘런은 재치있고 분위기를 활기있게 만들었으며, 로즈머리는 상냥하고 아름다워 어디서나 크게 환영받았다.

그러나 두 사람은 아가씨 시절에 '인생의 실망'을 맛보았다. 바다는 로즈머리의 연인 마틴을 돌려주려고 하지 않았다. 아직 젊었던 노먼 더글러스는 잘생긴 빨간머리의 덩치가 큰 남자로 거칠게 말을 타고 돌아다니거나 죄없는 소동을 함부로 일으켜 난폭하게 굴었다. 노먼은 엘런과 싸우고 화난 김에 엘런을 버리고 말았다.

마틴이며 노먼의 뒤를 메울 남자가 없었던 것도 아니었는데, 아무도 웨스트 집안의 두 아가씨 눈에 든 사람이 없었던 모양이다. 엘런과 로즈머리는 젊고 아름다운 시절부터 천천히 세상에서 물러났지만, 그것을 조금도 안타깝게 생각하지 않는 것 같았다.

두 사람은 병을 앓고 있던 어머니를 몹시 소중히 모셨다. 세 사람은 자기들만의 작은 가정이라는 울타리 속에서 자기들만의 즐거움을 갖고―책, 애완동물, 꽃 같은 소박한 것만으로 행복하게 만족하고 있었다.

로즈머리가 25살 때 어머니가 돌아가시고, 두 자매는 깊은 슬픔에 휩싸였다. 처음 얼마 동안 두 사람은 참기 어려울 만큼 쓸쓸했다. 특히 엘런이 심했다. 언제까지나 한탄하고 슬퍼하며 우울해 하고 오랫동안 말도 하지 않는 채 생각에 잠겨 있다가는 때때로 발작을 일으키듯 엉엉 울었다. 로브리지의 늙은 의사는 이대로 평생 우울증에 걸린 채 지내거나 더 심해질지도 모른다고 로즈머리에게 말했다.

어느 날, 엘런이 하루 종일 아무 말 하지 않고 먹을것도 모두 거부하며 앉아 있은 적이 있었다. 로즈머리는 몸을 내던지듯 엘런의 무릎에 매달렸다. 로즈머리는 울부짖었다.

"오, 엘런. 아직 내가 있잖아? 나는 없어도 괜찮다는 거야? 여태까지 그토록 서로 사랑해 왔는데."

엘런이 침묵을 깨뜨리고 귀에 거슬리는 목소리로 거칠게 말했다.

"넌 앞으로 언제까지나 같이 있어줄 것 아니잖아? 결혼해서 날 두고 가버릴 테지. 그러면 난 혼자 남게 돼. 그걸 생각하면 견딜 수 없어―견딜 수 없단 말야. 차라리 죽어버리는 편이 낫지."

로즈머리가 말했다.

"결혼하지 않을 거야. 절대로 하지 않겠어, 엘런."

엘런은 몸을 내밀고 로즈머리의 눈에서 진실을 찾듯 깊이 들여다보았다.

엘런이 말했다.

"굳게 맹세할 수 있어? 어머니 성경책에 대고 맹세하겠어?"

로즈머리는 엘런의 기분을 맞추기 위해 기꺼이 곧 승낙했다. 그것이 어떻다는 건가? 그 누구와 결혼하고 싶다고 생각하는 일은 결코 없으리라는 건 분명했다. 로즈머리의 사랑은 마틴 크로퍼드와 함께 깊은 바다 밑에 이미 가라앉아버렸다. 사랑 없이는 그 누구하고도 결혼할 까닭이 없었다.

따라서 기꺼이 엘런과 약속했던 것인데 엘런은 무서울 만큼 격식을 갖췄다. 주인없는 어머니방에서 성경책 위에 손을 마주잡고 일생동안 결혼하지 않고 언제까지나 둘이 함께 산다는 맹세를 했던 것이다.

그때부터 엘런의 병은 차츰 회복되어 갔다. 곧 여느 때의 쾌활한 침착성을 되찾았다. 10년 동안, 엘런과 로즈머리는 결혼 생각에 마음 흔들리는 일 없이, 또한 결혼하는 일도 없이 낡은 집에서 행복하게 살아왔다.

두 사람이 한 약속에 얽매어 있다는 느낌도 들지 않았다. 두 사람 인생에서 결혼 상대로서 바람직한 남자가 지나갈 때마다 엘런은 로즈머리에게 약속을 상기시켰는데, 그날 저녁 존 메러디스가 로즈머리와 함께 집에 오기 전까지는 전혀 걱정할 일이 없었다.

로즈머리는 그 약속이 엘런의 머리에서 떠나지 않는 것을 줄곧 웃음거리로 삼아왔다—아주 최근까지. 지금은 그것에 꼼짝달싹 못하고 인정사정없이 얽매여 있었다. 자기 쪽에서 기꺼이 받아들인 속박이었기에 결코 뿌리칠 수 없었다. 그 약속 때문에 오늘밤 로즈머리는 행복으로부터 얼굴을 돌리지 않을 수 없게 되었다.

아직 소년이었던 연인에게 바쳤던 장미꽃봉오리 같은 수줍음에 충만된 부드러운 사랑은 두 번 다시 누구에겐가 바칠 수 있는 것이 아니다. 하지만 지금이라면 그때보다 훨씬 풍부하고 여자다운 사랑을 존 메러디스에게 바칠 수 있다. 존 메러디스는 마틴도 손댄 적 없는 로즈머리의 마음속 깊은 곳을 건드렸던 것이다―아마도 17살의 소녀에게는 무리한 일이었으리라.

그런데 로즈머리는 오늘 밤, 존 메러디스를 쫓아보내지 않으면 안 된다―쓸쓸한 가정으로, 허무한 삶으로, 마음을 아프게 하는 문제로 쫓아보내지 않으면 안 된다. 엘런과 10년 전, 어머니의 성경책에 대고 결코 결혼하지 않겠노라고 맹세했었기 때문이다.

존 메러디스는 곧바로 그 기회를 움켜쥐려는 행동은 하지 않았다. 꼬박 두 시간 가까이 전혀 연인답지 않은 화제에 대해서만 이야기를 계속했다. 정치 이야기까지 끄집어냈다. 로즈머리로서는 그처럼 따분한 화제는 없었는데도.

로즈머리는 자기의 착각이 아니었나 생각하기 시작했다. 그녀는 두려워하며 가슴이 조마조마했으나 갑자기 우스꽝스럽게 느껴졌다. 맥이 빠지고 자기 자신이 바보스럽게 여겨졌다. 그녀의 얼굴에서 붉은 빛이 사라지고 눈의 반짝거림이 사라졌다. 존 메러디스는 청혼을 할 생각이 눈곱만큼도 없어 보였다.

그런데 그때 별안간 메러디스 목사가 일어나 방 건너편으로 와서 로즈머리의 의자 옆에 서서 결혼을 신청했다. 온 방 안이 쥐죽은 듯 조용했다. 세인트 조지조차도 목을 가르랑거리는 것을 그만두었다. 로즈머리에게는 자기 심장이 쿵쾅쿵쾅 뛰는 소리가 들려왔다. 존 메러디스에게도 들릴 것이 틀림없다고 생각되었다.

지금이야말로 상냥하게, 그러나 똑똑히 싫다고 말하지 않으면 안 된다. 요 며칠 동안, 정해진 말을 허세부리며 제법 유감스러운 듯 말하는 준비를 해왔었다.

그런데 지금 그 말이 감쪽같이 어딘가로 모습을 감추었다. 그 말을 도저히 입에 담을 수 없었다. 존 메러디스를 사랑할 수 있다는 것이 아니다. 사랑한다는 것을 지금 확실히 알게 되었다. 존 메러디스가 없는 인생은 괴로울 뿐이다.

뭔가 말하지 않으면 안 된다. 고개를 숙이고 있던 로즈머리는 금빛 머리를 들고 더듬거리며 존 메러디스에게 이삼 일 동안 생각을 할 수 있게 기다려달라고 부탁했다.

존 메러디스는 좀 놀랐다. 목사는 여느 사람 이상으로 자만심이 강하지는 않았지만 로즈머리 웨스트가 좋다고 선뜻 대답할 것으로 여기고 있었다. 틀림없이 자기를 사랑해 주리라 믿고 있었다. 그런데 이 애매한 태도는 어떻게 된 것일까—이 망설임은?

로즈머리는 자기 마음을 똑똑히 모를 소녀는 아니다. 메러디스 목사는 몹시 실망하고 당황했다. 그러나 여느 때처럼 부드럽고 예의바르게 로즈머리의 대답을 받아들이고 곧 돌아갔다.

로즈머리는 말했다.

"이삼일 안에 대답해 드리겠어요."

눈을 내리깔고 얼굴은 타는 듯이 뜨거웠다.

메러디스 목사가 나가고 문이 닫히자 로즈머리는 방으로 돌아가 손을 마주잡고 몸부림을 쳤다.

조지는 알고 있다

엘런 웨스트는 한밤중이 되어서야 폴록 집안의 은혼식에서 돌아왔다. 다른 손님들이 돌아간 뒤에도 남아서 백발이 된 신부를 도와 말끔히 접시를 씻었다. 두 집은 그리 떨어져 있지 않았으며 길도 좋았으므로 엘런은 달빛을 즐기며 걸어서 돌아왔다.

즐거운 밤이었다. 엘런은 벌써 몇 년 동안 파티에 나가지 않았기에 무척 즐거웠다. 참석한 손님들은 옛부터 낯익은 얼굴뿐이었고, 폴록 집안의 외아들은 멀리 학교에 가 있었으므로 느닷없이 젊은이들이 들어와 분위기를 깨뜨릴 염려도 없었다.

때마침 노먼 더글러스가 와 있었다. 그 겨울 동안 한두 번 교회에서 본 적 있었지만 그런 사교장에서 만나기는 몇 해 만이었다. 노먼과 다시 만났지만 엘런은 기분이 아무렇지도 않았다. 여느 때에도 옛일을 생각하고는 왜 노먼을 좋아하게 되었던 것일까, 노먼이 별안간 결혼했을 때 왜 그렇게 가슴 아팠던 것일까 이상하게 생각되었다.

그래도 노먼을 다시 만나 즐거웠다. 그녀는 노먼이 상대를 자극해 흥미를 끌게 하는 인물이라는 걸 잊고 있었던 것이다. 노먼 더글러스가 없으면 어떤 모임도 활기가 없었다.

노먼이 온 것을 보고 모두들 깜짝 놀랐다. 노먼은 집에서 한 발자국도 나가지 않는 것으로 알려져 있었다. 노먼은 결혼식 때 참석했으므로 폴록 집안에서는 이번에도 물론 초대했지만 설마 오리라고는 기대하지 않았다.

노먼은 식사 자리에서 사촌 에이미 아네터 더글러스와 함께 있었으며 비위를 맞추고 있는 듯했다. 하지만 엘런은 테이블 맞은편에 앉아서 노먼과 활발하게 토론을 나누었다. 토론 중에 노먼은 고함을 지르거나 약을 올리기도 했지만 엘런은 그런 일에는 망설이지 않고 공격했다. 노먼은 손발도 내밀지 못할 만큼 철저히 공격받고 10분쯤은 입도 벌리지 못했다. 마지막에는 빨간 턱수염을 만지작거리며 말했다.

"여전히 씩씩해. 여전해."

그리고 나서는 에이미 아네터를 상대로 뽐내기 시작했다. 노먼이 고함을 질러도 에이미 아네터는 바보처럼 킬킬 웃을 뿐이었다. 엘런 같으면 대들어 반격해줄 텐데.

엘런은 그런 일을 떠올리고 새삼스럽게 추억을 음미하면서 집 쪽으로 걸어갔다. 발 밑에서 눈이 버석버석 소리를 냈다. 언덕 아래에 글렌이 누워 있고, 그 앞에는 하얀 항구가 펼쳐져 있었다.

목사관 서재에 불이 환히 켜져 있었다. 그렇다면 존 메러디스는 벌써 집으로 돌아간 것이다. 로즈머리에게 결혼신청을 했을까? 로즈머리는 어떤 식으로 결혼할 수 없다는 걸 전했을까?

엘런은 흥미진진했지만 일생 동안 모른 체하고 있으리라 생각했다. 로즈머리는 그 일에 대해 결코 입 밖에 내지 않을 것이고, 엘런 쪽에서도 뻔뻔스럽게 묻지 않을 것이다. 거절했다는 사실만으로 충분히 만족할 수 있을 것이다. 결국 중요한 건 그것뿐이니까.

엘런은 혼잣말을 했다.

"목사님이 마음 써서 가끔 이야기를 나누러 와 사이좋게 지내 주면 좋으련만."

엘런은 혼자 있는 것을 몹시 싫어하므로 반갑지 않은 고독을 멀리 쫓아버리는 방법으로서, 소리내어 생각하는 방법을 착안했던 것이다.

"때로는 이야기를 편히 나눌 수 있는 남자가 필요해. 하지만 메러디스 목사는 두 번 다시 오지 않을 거야. 노먼 더글러스가 있지만—그 사람은 재미있어. 때때로 노먼과 심한 토론을 하는 것도 나쁘지 않아.

하지만 노먼에겐 나를 찾아올 용기가 없을 테지. 나한테 사랑을 구한다고 소문나는 것이 두려워서 말이야—나도 그런 생각을 할까봐 겁나기도 할 테고. 지금은 오히려 존 메러디스보다 노먼 쪽이 훨씬 멀게 느껴져. 옛날에 연인이었던 시절이 있었다니 꿈만 같구나.

그것이 어떻다는 걸까—온 글렌을 찾아보아도 내가 말을 나누고 싶은 남자는 단 두 사람뿐이야—그런데 소문이 무섭다느니, 하잘것 없는 연애놀음이니 뭐니 하면서 그 어느 쪽도 두 번 다시 만날 수 없게 되었으니 말이야"

엘런은 차가운 별들을 바라보며 심술궂은 소리를 질렀다.

"좀 더 나은 생활방법이 있을 텐데."

갑자기 엘런은 문 앞에서 걸음을 멈추었다. 거실에 아직 불이 켜져 있었고 창문 차양에는 방 안을 서성거리고 있는 로즈머리의 그림자가 비쳤기 때문이다. 로즈머리는 이렇게 밤늦게 대체 무엇을 하고 있는 것일까? 그리고 무엇 때문에 정신이 나간 듯 방황하며 걸어다니는 것일까?

가슴이 설레어 엘런은 조용히 집 안으로 들어갔다. 복도의 문을 열었을 때 로즈머리가 방에서 나왔다. 그녀는 얼굴을 붉게 물들인 채 숨을 몹시 가쁘게 쉬고 있었다. 긴장과 격렬한 감정으로 휩싸인 옷을 입은 듯이 로즈머리의 주위를 둘러싸고 있었다.

엘런이 물었다.

"왜 안 자고 있니, 로즈머리?"

로즈머리의 목소리는 긴장되어 있었다.

"이쪽으로 와 줘. 할 이야기가 있어."

엘런은 침착하게 코트와 방한용 덧신을 벗고 동생 뒤를 따라 난롯불이 타고 있는 따뜻한 방으로 들어갔다. 그리고 탁자에 손을 얹고 기다렸다.

엘런은 짙은 눈썹에 심각한 표정을 하고 있었지만 그런 대로 퍽 아름다웠다. 검은 벨벳 드레스는 그날 파티를 위해 특별히 새로 맞춘 것으로 V넥에 아랫단이 길고 튼튼한 체격의 당당한 엘런에게 잘 어울렸다. 목 둘레에는 웨스트 집안에 대대로 전해져 온 호박 장식을 여러 겹 무겁게 두르고 있었다.

추위 속을 걸어왔으므로 엘런의 볼은 타는 듯이 새빨갰다. 그러나 강철로 된 방패와 같은 눈은 얼음처럼 차갑고 아무것도 받아들이지 않으려는 듯이 마치 매서운 겨울 밤하늘 같았다.

엘런이 버티고 선 채 조용히 기다리고 있었기에 로즈머리는 필사적으로 겨우 입을 열었다.

"엘런, 오늘 밤 메러디스 씨가 찾아왔어."

"그래서?"

"그래서—그래서—결혼신청을 했어."

"그렇게 되리라고 짐작했었지. 물론 거절했겠지?"

"아니."

엘런은 두 주먹을 쥐고 저도 모르게 한 발 내딛었다.

"로즈머리, 결혼신청을 받고 승낙했다는 말이냐?"

"아니—그게 아니고."

엘런은 자제심을 되찾았다.

"그럼, 어떻게 했다는 거지?"

"난—이삼 일 생각할 시간을 달라고 했어."

엘런이 경멸하듯 차갑게 말했다.

"왜 그런 시간이 쓸데없이 필요한지 나로선 알 수 없구나. 대답은 단 하나밖에 없을 텐데."

로즈머리는 부탁한다는 듯이 두 손을 내밀고 필사적으로 말했다.

"엘런, 난 존 메러디스를 사랑하고 있어. 그 사람 아내가 되고 싶어. 그 약속을 없었던 걸로 해주지 않겠어?"

"안 돼."

엘런은 두려울수록 그것을 뿌리치듯 무자비하게 말했다.

"엘런—엘런—"

엘런이 잽싸게 말을 가로막았다.

"잘 들어. 그 약속은 내 편에서 부탁한 게 아냐. 먼저 말을 꺼낸 사람은 바로 너야."

"알고 있어—잘 알고 있어. 하지만 그때는 설마 다시 누군가를 좋아하게 되리라고 생각하지 못했어."

그래도 엘런은 변함이 없었다.

"네가 그러겠다고 했어. 어머니 성경책에 대고 맹세했지. 여느 약속과 달라—신성한 맹세야. 그것을 이제 와서 깨뜨릴 생각이니?"

"그 약속에서 이젠 나를 풀어달라고 부탁하는 것뿐이야, 엘런."

"그런 일은 할 수 없어. 나에게는 약속은 약속이고, 어디까지나 지켜야 해. 그럴 순 없어. 굳이 저버리고 싶으면 그 맹세를 깨뜨려도 좋아—다만 나는 그것을 결코 인정하지 않겠지만."

"나한테 너무 심한 것 같아, 엘런."

"심하다고! 그럼, 나는 어떻게 되는 거지? 네가 나가버리면 내가 여기서 얼마나 쓸쓸해질 것인지 생각해 본 적 있어? 나는 견디지 못해—머리가 이상해질 거야. 결코 혼자서 살 수 없어. 여태까지 나는 너에게 좋은 언니가 아니었단 말이냐? 네가 하고 싶다는 걸 한번이라도 못하게 한 적이 있니? 뭐든 마음대로 하도록 해주지 않았단 말이냐?"

"아니야―아니야."

"그렇다면 왜 그 남자 때문에 나를 두고 나가려고 생각하는 거지? 1년 전까지는 얼굴도 몰랐던 사람이잖아?"

"사랑하고 있어, 엘런."

"사랑하고 있다고! 마치 중년여성이 아니라 여학생 같은 말을 하는구나. 그쪽에서는 너를 사랑하고 있지 않아. 가정부와 가정교사가 필요한 것뿐이지. 너도 사랑하고 있는 건 아냐. '부인'이라는 신분이 필요한 거지―너도 어리석은 여자의 한 사람으로, 올드미스 가운데 섞이는 것을 불명예스럽게 여기고 있어. 그것이 너의 진심이야."

로즈머리는 끔찍한 소리에 몸을 떨었다. 엘런은 알지도 못하고 알려고도 하지 않는다. 이야기해도 소용없는 짓이다.

"그러면 기어코 나를 자유롭게 해주지 않겠다는 거지, 엘런?"

"안 돼, 절대 그럴 순 없어. 그리고 이 일에 대해선 두 번 다시 이야기할 마음 없어. 너는 약속을 했으니까 그것을 지키지 않으면 안 돼. 그것뿐이야.

그만 자거라. 지금 도대체 몇 시인데. 너는 로맨틱해져서 흥분하고 있는 거야. 내일이 되면 조금은 냉정해지겠지. 아무튼 이런 어리석은 이야기는 두 번 다시 내 귀에 들리지 않게 되기를 바란다. 잘 자거라."

로즈머리는 한 마디도 하지 않고 새파래진 얼굴로 풀이 죽어 방에서 나갔다.

엘런은 얼마 동안 방 안을 미친 듯이 이리저리 돌아다녔지만 이윽고 세인트 조지가 저녁 때부터 콜콜 자고 있는 의자 앞에서 멈춰섰다. 엘런의 가무잡잡한 얼굴에 달갑지 않은 미소가 떠오르기 시작했다. 엘런은 여태까지 살아오면서 비극과 만나더라도 희극의 맛을 첨가해서 부드럽게 했었다. 그렇게 하지 못한 것은 단 한 번뿐―어머니가 돌아가셨을 때 뿐이었다. 옛날 노먼 더글러스와 헤어져 괴로웠을 때도 울기는 했지만 그와 마찬가지로 자기자신을 비웃어주기도 했다.

"틀림없이 우울증이 찾아올 거야, 세인트 조지. 그래, 안개가 자욱이 끼는 불쾌한 날이 이삼 일 이어지겠지. 걱정없이 견뎌낼 거야, 세인트 조지.

전에도 응석받이는 충분히 다루어 봤어. 로즈머리는 얼마 동안 시무룩하겠지—하지만 이윽고 체념할 거야—그리고 모든 게 다시 예전대로 돌아오겠지, 세인트 조지. 로즈머리는 약속을 했어—약속은 반드시 지켜야 해. 이 일에 대해서는 더 이상 아무것도 말하지 않겠어. 너에게도, 로즈머리에게도, 다른 누구에게도."

엘런은 이렇게 말하면서도 침대에 들어간 뒤 아침까지 도무지 잠을 이루지 못했다.

그러나 우울증은 찾아오지 않았다. 이튿날 로즈머리는 얼굴이 해쓱하고 조용했지만, 그밖에는 달라진 점이 쉽게 발견되지 않았다. 아무리 봐도 조금도 엘런을 원망하는 것 같지 않았다. 날씨가 나빠질 것 같아서 교회에 가겠다는 이야기는 나오지 않았다.

오후가 되자 로즈머리는 자기 방에 틀어 박혀 존 메러디스에게 편지를 썼다. 얼굴을 직접 대하고는 도저히 '싫다'고 말할 자신이 없었다. 마지못해서 '싫다'고 말하는 것으로 메러디스 목사는 의심하고 그것을 로즈머리의 진심어린 대답으로 받아들이지 않을 게 확실했다. 그녀는 존 메러디스의 간청이나 애원에 맞설 수 없었다. 조금도 사랑하지 않는다고 여기게 하려면 편지로 하는 수밖에 없다.

로즈머리는 존 메러디스에게 몹시 딱딱하고 매우 냉정한 거절의 편지를 썼다. 실례가 된다고 해도 좋을 정도였다. 아무리 낯 두꺼운 연인이라도 전혀 희망을 품을 만한 여지가 없는 편지였다—존 메러디스는 그런 연인과는 거리가 멀었지만.

이튿날, 메러디스 목사는 먼지투성이 서재에서 로즈머리의 편지를 읽었다. 목사는 상처받고 굴욕감을 느껴 움츠러들었다. 그러나 그 굴욕감 아래에서 무서운 진실이 뚜렷하게 떠올랐다. 그때까지 메러디스 목사는 로즈머리를 염두에 두기는 했지만 시실리어를 사랑한 정도는 아니었다고 생각하고 있었다.

그런데 로즈머리를 잃게 된 지금 그렇지 않다는 것을 깨달았다. 로즈머리는 목사에게 모든 것이었다—모든 것! 그런데 그 로즈머리를 인생에서 완전히 없애버리지 않으면 안 된다. 이제는 친구로서의 교제도 생각할 수 없다.

목사의 눈 앞에는 황량하고 쓸쓸한 인생이 어디까지나 끝없이 펼쳐져 있었다. 그런데도 살아가지 않으면 안 된다—해야 할 일이 남아 있다—책임져야 할 아이들이 있다—하지만 메러디스 목사의 마음은 텅 비어버렸다. 메러디스 목사는 어둡고 춥고 쓸쓸한 서재에 밤새도록 혼자 머리를 감싸쥐고 앉아 있었다.

언덕 위에서는 로즈머리가 두통이 나서 일찍 침대에 들어갔다. 엘런은 세인트 조지를 상대로 이야기를 하고 있었다. 세인트 조지는 바보 같은 인간을 경멸하고 목을 가르랑거리면서 중요한 것은 부드러운 쿠션뿐이며 그 나머지는 모르겠다는 얼굴을 하고 있었다.

"두통이 생기지 않았더라면 여자들은 어떻게 했을까, 세인트 조지? 하지만 걱정할 필요는 없어. 이삼 주 동안 보고도 못본 체해야지. 솔직히 말해서 나 자신도 그다지 좋은 기분이 아니야, 세인트 조지. 마치 아기 고양이를 물에 빠뜨린 것 같은 기분이 들어. 하지만 로즈머리는 약속했어—게다가 말을 먼저 꺼낸 사람은 그쪽이니까, 세인트 조지. 정말이야!"

천사들의 모임

이슬비가 하루 종일 부슬부슬 내렸다—가늘고 희미하게 촉촉이 내리는 봄비는 머지않아 꽃망울을 터뜨리고 제비꽃이 눈을 뜨고 싶다고 속삭이는 것 같았다. 항구도, 세인트 로렌스 만도, 해안 가까이 펼쳐져 있는 목초지도, 진주처럼 빛나는 잿빛 안개 속에 몽롱하게 보였다.

그러나 저녁이 되자 그 비도 멎고 안개는 바다 쪽으로 날아가버렸다. 항구 위쪽 하늘에는 구름이 새빨갛게 작은 장미처럼 흩어져 있었다. 그 앞으로는 황금빛과 진홍빛이 마음껏 화려하게 칠해진 하늘을 배경으로 언덕들이 거무스레 이어져 있었다. 모래언덕 위에서는 은빛으로 반짝이는 커다란 저녁 샛별이 지켜보고 있었다.

상쾌한 바람이 '무지개 골짜기'로부터 불어와 전나무며 축축한 이끼의 향기를 날라왔다. 바람은 묘지를 둘러싸고 있는 해묵은 가문비나무들 사이에서 소리를 낮추어 노래를 부르고 페이스의 아름다운 곱슬머리를 나부끼게 했다.

페이스는 메리 밴스와 우나와 어깨동무를 하고 헤저키어 폴록의 묘석 위에 앉아 있었다. 칼과 제리도 건너편 묘석에 앉아 있었다. 온

종일 집안에 갇혀 있었으므로 다들 무엇인가 장난을 하고 싶어 견딜 수 없었다.

페이스가 즐거운 듯 말했다.

"오늘 저녁에는 공기가 반짝반짝 빛나고 있잖니? 비에 깨끗이 씻긴 때문인가봐."

메리 밴스는 우울한 얼굴로 페이스를 바라보았다. 메리가 알고 있는, 또는 알고 있다고 생각하는 여느 때의 페이스와 달리 지금의 페이스는 너무 들뜬 듯 여겨졌다.

메리는 집으로 돌아가기 전에 꼭 하고 싶은 말이 있었다. 목사관으로 갓 낳은 달걀을 들려 보내며 엘리엇 부인은 메리에게 30분 넘게 있어서는 안 된다고 했다. 아쉽게도 그 30분이 거의 끝나가고 있었으므로 메리는 웅크렸던 다리를 내려놓으며 갑자기 말하기 시작했다.

"공기에 대한 일은 신경 쓸 것 없어. 잠깐 내 말을 들어봐. 너희 목사관 아이들은 어째서 이렇게 나빠져가기만 하는 거니? 나는 오늘 저녁 그 말을 하고 싶어서 일부러 왔어. 글쎄, 너희들 평판을 들으면 무서워질 정도야."

페이스는 깜짝 놀라 메리의 어깨에 둘렀던 손을 떼었다.

"우리가 또 뭘 했다는 거지?"

우나의 입술이 바르르 떨리고 상처받기 쉬운 여린 마음이 더 조그맣게 움츠러들었다. 메리는 언제나 잔혹하리만큼 숨김없이 함부로 말하곤 했다.

제리는 일부러 아무렇지도 않은 척하며 휘파람을 불었다. 그렇게 하여 메리에게 그녀의 잠꼬대 따위는 들을 것 없다는 것을 보여주고 싶었던 것이다. 무엇 하나도 메리에게 관계된 일이 아닌데 우리 일에 일일이 끼어들어 설교할 권리가 있다는 거야?

메리가 공박했다.

"또 뭘 했느냐라니! 언제나 있는 일인걸. 가까스로 한 가지 소문이 없어졌는가 하면 또 뭔가를 저지르곤 하잖아. 대체 너희들 목사관 아이들은 어떻게 행동해야 하는지 전혀 신경 쓰지 않는 것처럼 보여, 내게는."

제리가 빈정거리듯 말했다.

"그럼, 가르쳐주실 수 있겠네."

그 빈정거림도 메리에게는 아무 소용 없었다.

"만일 너희가 좀 더 제대로 행동하지 않으면 어떻게 되는지 잘 가르쳐줄 수 있고말고. 순회법정이 너희 아버지를 목사직에서 물러나게 하고 말 거야. 이봐, 박식한 제리 도령, 앨릭 데이비스 부인이 엘리엇 부인에게 말하는 걸 두 귀로 똑똑히 들었어.

데이비스 부인은 말했지.

'그 아이들은 아무도 돌봐주는 사람이 없어서—당연한 일이지만—그렇게 나빠지기만 하니 교회 신도들도 머지않아 더 이상 참지 못하게 되어 어떻게든 방법을 생각해낼 거예요.'

아무튼 감리교인들이 크게 웃고 있으니 장로교인들은 화가 난 거야. 앨릭 데이비스 부인 말에 따르면 너희들에겐 자작나무에서 얻는 약을 실컷 먹여야 한대. 그것으로 누구나 좋은 사람이 된다면, 나는 어린 성인이 되겠지만.

내가 이런 말 하는 건 결코 너희 기분을 나쁘게 해주고 싶어서가 아니야. 정말로 나는 너희들이 가엾고 안타까워."

이럴 때 메리는 누구보다도 상냥하고 겸손한 태도였다.

"이렇게 된 것은 너희들 운이 나빴기 때문이기도 해. 하지만 다른 사람들은 나처럼 여러 가지 사정을 헤아려 생각해 주지 않거든.

미스 드류가 말했는데, 지난 주 그녀가 주일학교에서 한창 수업하는 도중 칼의 주머니에서 개구리가 튀어나왔대. 미스 드류는 이제 그 반을 안 가르치겠다고 했어. 어째서 너는 그런 생물을 집에 두고 가지 않았지?"

칼이 버럭 소리쳤다.

"하지만 그건 곧 다시 주머니에 집어넣었어. 아무에게도 폐를 끼치지 않았어—불쌍한 개구리! 그리고 그 제인 드류 할멈은 우리 반을 그만둬주었으면 좋겠어. 나는 싫어. 그 할머니 조카는 주머니에 지저분한 씹는 담배를 가지고 있다가 클로 장로님이 기도 드리는 동안 우리에게 씹어보지 않겠느냐고 권했단 말이야. 그게 개구리보다 훨씬 나쁘다고 생각해."

"그렇지 않아. 개구리는 아무도 예상치 못했던 거니까 훨씬 놀라게 하잖아. 한바탕 소동도 더 커지고 말야. 게다가 그건 쉽게 붙잡히지 않잖아. 그리고 너희들이 지난 주에 한 기도 경쟁도 엄청난 비난을 받고 있어. 그 일로 온 마을이 떠들썩해."

페이스가 분개하여 소리쳤다.

"어머나, 블라이스네 아이들도 우리와 함께 했어. 하자는 말을 처음 꺼낸 건 낸 블라이스였어. 그리고 월터가 가장 기도를 잘해서 상까지 탔는걸."

"아무튼 사람들은 너희들 탓으로 돌리고 있어. 적어도 묘지에서 하지 않았었다면 괜찮았을 텐데."

제리가 웅얼거리며 말했다.

"조용한 묘지야말로 기도하기에 가장 좋은 곳이라고 여겨지는데."

"너희가 기도하고 있을 때 교회 집사 해저드 씨가 마차를 타고 지나가다가 너희가 배 위로 손을 마주잡고 말끝마다 끙끙거리고 있는 것을 보았대. 해저드 씨는 너희가 그 사람 흉내를 내며 버릇없이 놀렸다고 생각하고 있어."

제리는 태연한 얼굴로 말했다.

"그래, 맞아. 다만 그 사람이 옆을 지나가는 것은 물론 몰랐어. 불행하게도 서로 마주치지 않았거든. 나는 기도 같은 걸 정말로 하고 있지는 않았어. 도저히 상을 탈 수 없다는 걸 알았으니까. 그래서 되도록이면 유쾌하게 해주려는 생각을 했을 뿐이었어. 월터 블라이스는 우리 아버지처럼 기도를 꽤 잘해."

페이스가 얼굴을 붉히며 나직한 소리로 말했다.

"우리 가운데 정말로 기도를 좋아하는 것은 우나뿐이야."

우나는 한숨을 내쉬었다.

"하지만 만일 기도가 그런 나쁜 평판을 불러일으킨다면 그런 기도는 두 번 다시 해선 안 되겠어."

"바보 같은 말 하지 마. 기도를 하고 싶으면 얼마든지 해도 괜찮아. 다만 묘지에서는 안 돼. 그리고 기도를 장난처럼 해서도 안 돼. 그게 나빴던 거야. 그리고—묘석 위에서 차모임을 벌인 것도 나쁜 일이야."

"차모임 같은 건 하지 않았어."

"그럼, 비눗방울모임이니? 어쨌든 너희는 묘지에서 뭔가를 했어. 항구 건너편 마을 사람들은 모두 너희가 차모임을 벌였다고 하지만 나는 너희 말을 믿겠어. 그리고 이 묘석을 식탁으로 썼다면서?"

제리가 설명했다.

"그래. 마서 할머니가 집 안에서 비눗방울을 날리면 안 된다고 했거든. 그날 할머니는 아주 기분이 나빴어. 게다가 이 오래되고 평평한 묘석은 식탁으로 쓰기에 아주 좋았지."

페이스는 그때 일을 생각하며 눈을 반짝였다.

"비눗방울은 정말 예뻤어. 나무, 언덕, 항구가 비눗방울에 비쳐 마치 요정의 세계 같았단다. 그리고 우리가 훅 불면 둥실둥실 '무지개 골짜기'로 날아갔어."

칼이 짓궂게 말했다.

"꼭 하나만은 감리교회의 뾰죽탑 위에서 펑 하고 터졌지."

"비눗방울 날리는 것이 나쁘다는 걸 알기 전에 한 번만이라도 해보기를 잘했다고 생각해."

메리가 초조해 하며 말했다.

"잔디밭에서라면 비눗방울을 아무리 많이 날려도 조금도 나쁠 게 없어. 너희는 내 말뜻을 조금도 모르는구나. 이제까지 감리교파 묘지에서 놀면 못쓴다는 말을 늘 들어왔잖아. 너희가 묘지에서 떠들어대며 노니까 감리교 사람들이 화내는 거야."

페이스가 우울한 얼굴로 말했다.

"우리는 까맣게 잊었었어. 잔디밭은 좁은데다 송충이가 다글다글 있고, 나무니 뭐니 가득 있잖아. '무지개 골짜기'에도 자주 갈 수는 없어. 대체 우리는 어디로 가서 놀면 좋지?"

"너희가 무엇이든 묘지에서 하는 게 문제야. 지금처럼 이렇게 얌전히 앉아 조용조용히 이야기하는 거라면 괜찮아. 나도 이번 일이 어떻게 될지 모르지만, 워런 장로님이 너희 아버지에게 이 일에 대해 이야기하러 갈 것만은 틀림없어. 그 사람은 해저드 집사와 사촌이니까."

우나가 말했다.

"그 사람들이 우리들 일로 아버지를 괴롭히지 않았으면 좋겠어."

"하지만 사람들은 너희 아버지가 좀 더 너희들에 대해 신경을 써주어야 한다고 말해. 그렇지 않아. 나는 너희 아버지를 잘 알고 있으니까. 너희 아버지도 어떤 점에서는 완전히 어린아이 같은걸. 그러니 너희들처럼 누구든 보살펴줄 사람이 없으면 어떻게도 할 수 없어. 뭐, 괜찮아. 머지않아 누군가 그런 사람이 올 테니까—만일 그 소문이 모두 사실이라면 말이야."

페이스가 미간을 찌푸리며 물었다.

"그게 무슨 말이지?"

"조금도 모르니, 정말?"

"전혀 몰라. 무슨 말이야?"

"정말이지 너희는 아무것도 모르는구나. 모두들 입을 모아 이야기하고 있는데 말이야. 너희 아버지는 로즈머리 웨스트를 만나러 다니셔. 그 사람이 너희 계모가 될 거래."

계모라는 말에 놀란 우나는 얼굴이 새빨개지며 소리쳤다.

"그런 말은 도저히 믿어지지 않아."

"글쎄, 나도 정확히는 몰라. 다만 사람들이 말하는 것을 그대로 이야기했을 뿐이야. '정말로 그렇다'고 말한 것은 아니야. 하지만 그렇게 되면 좋겠다고 생각해. 로즈머리가 여기에 오면 그처럼 방글방글 웃는 다정한 얼굴로 해야 할 일을 얼마든지 너희에게 시킬 테니까. 계모란 전부 그래.

사실, 너희들은 모두 돌봐줄 사람이 필요해. 너희가 아버지에게 부끄러운 일만 자꾸 끼쳐드리고 있어서 나는 정말 너희 아버지가 너무 가엾어 못 견디겠어.

너희 아버지가 지난 어느 날 밤, 내게 그토록 친절하게 말씀해주신 뒤로 나는 한 번도 화내거나 욕한 일 없고 거짓말도 한 적 없어. 그래서 그분이 행복해지는 것을 보고 싶어. 단추도 제대로 달려 있고, 잘 만들어진 음식을 드시고, 너희들은 다른 아이들처럼 가르침을 잘 받아 길들여지고 말이야.

그리고 그 마서 할머니는 구석에 처박혀 있어야 해. 아까 내가 달걀을 들고 갔을 때 그 눈초리라니. '이 달걀은 새 것이냐?'라지뭐야. 차라리 모두 썩어주면 좋겠다고 생각했어.

하지만 이제 알겠지? 너희들 모두 아버지도 함께 그 달걀을 아침식사 때 한 개씩 먹기로 되어 있으니까 만일 안 주면 마음껏 떠들도록 해. 그러라고 가져왔으니까. 하지만 마서 할머니가 뭘 할지 알게 뭐야. 틀림없이 자기 고양이에게 줘버릴지도 몰라."

메리가 너무 떠들어대어 모두들 지쳤으므로 한참 동안 잠자코 앉아 있었다. 목사관 아이들은 어떤 말도 하고 싶은 마음이 들지 않았다. 아이들은 저마다 갑작스럽게 들은 이야기를 되새기며 그리 유쾌하지 않은 새로운 일들을 속으로 상상하고 있었다.

특히 로즈머리의 일로 제리와 칼은 처음에 얼마쯤 놀랐으나 곧 그게 어떻다는 거야, 그리고 그런 일이 정말 일어날 리 없다고 생각했다. 페이스는 대체로 기뻐했다. 다만 우나만은 기절할 만큼 화들짝 놀랐다. 그리고 혼자 어디라도 가서 울고 싶었다.

"나의 머리에 별은 빛날 것인가?"

감리교회 성가대의 노랫소리가 흘러나왔다. 교회에서 연습을 시작한 것이다.

"별이라면 난 셋 있으면 좋겠어. 셋 말이야—머리 바로 위쪽에 보석관처럼 큰 것이 한가운데 있고 작은 것이 양쪽에 있는."

엘리엇 부인과 살게 되면서부터 메리의 신학적 지식은 두드러지게 늘었다.

칼이 물었다.

"영혼에도 크기가 있어?"

"그럼. 작은 아기의 영혼은 큰 어른의 것보다 작은 게 마땅해. 금세 어두워졌구나. 어서 돌아가야지. 놀랄 일이야. 와일리 부인네에 있을 때는 어두워지든 대낮이든 모두 마찬가지였는데 말야. 그때는 어두워져도 상관없었어. 어쩐지 벌써 백 년이나 옛일로 생각되거든.

알겠니, 내가 한 말에 주의해서 좋은 아이가 되어야 해. 아버지를 위한 일이니까. 나는 언제나 너희들 후원자가 돼서 감싸줄 테니—그것만은 믿어도 좋아.

내가 너무 너희들 편을 드니까 엘리엇 부인이 나 같은 아이는 처음 본다고 말했어. 너희들 일로 앨릭 데이비스 부인에게 대들었으므로 나중에 엘리엇 부인에게 몹시 혼났어. 부인은 너무나 엄하니까.

하지만 부인도 마음속으론 기뻐하고 계셔. 왜냐하면 앨릭 데이비스 부인을 퍽 싫어하고 너희들을 아주 좋아하니까. 나는 눈치가 빨라서 사람의 기분을 잘 알아."

메리는 자기가 한 일에 크게 만족하여 풀이 죽은 아이들을 남겨두고 의기양양해서 돌아갔다.

우나가 분개하여 말했다.

"메리는 올 때마다 우리에게 뭔가 언짢은 말만 하잖아."

그러자 제리가 심술궂게 말했다.

"메리 같은 아이는 낡아빠진 헛간에 그대로 굶어죽게 내버려두었더라면 훨씬 더 좋았을걸."

우나가 걱정스러운 얼굴로 나무랐다.

"그런 심한 말을 하면 안 돼, 제리."

제리가 다시 말했다.

"나쁜 평판대로 해보이는 편이 좋겠어. 그렇게 우리가 못마땅하다면 그 기대만큼 말썽을 일으켜주면 되잖아."

페이스가 말했다.

"그렇게 하면 아버지가 슬퍼하시니까 안 돼."

제리는 멋쩍은 듯 입을 꾹 다물었다. 그는 아버지를 무척 숭배하고 있었던 것이다.

열려진 서재 창문으로 책상 앞에 앉은 메러디스 씨의 모습이 보였다. 메러디스 씨는 아무것도 읽지도 쓰지도 않는 듯 두 손으로 머리를 감싸안은 채 왠지 몹시 지치고 낙담하여 맥 빠져 있는 모습이었다. 아이들은 얼른 그것을 알아보았다.

페이스가 말했다.

"틀림없이 누군가가 우리 일로 아빠에게 무슨 이야기를 한 거야. 우리는 아버지가 걱정하지 않도록 해야만 해. 어머나, 젬, 언제 왔지? 깜짝 놀랐잖아!"

젬 블라이스가 살그머니 묘지로 들어와 소녀들 곁에 앉았다. '무지개 골짜기'를 어슬렁어슬렁 돌아다니다가 어머니에게 드릴 작은 흰 별 같은 봄꽃을 발견했던 것이다.

젬이 온 뒤로 목사관 아이들은 입을 다물어버렸다. 젬은 올봄부터 친구들에게서 빠져나간 듯한 느낌이 들었다. 그는 퀸즈아카데미 입학

시험 준비를 위해 학교가 끝난 뒤에도 남아서 상급반 학생들과 따로 공부했다. 그러다보니 해가 진 뒤에도 공부할 게 많아서 요즘은 좀처럼 '무지개 골짜기' 친구들 속에 낄 수 없었다. 그는 어쩐지 어른 세계로 성큼성큼 들어가려 하고 있는 듯 보였다.

젬이 물었다.

"오늘 저녁에는 너희들 모두 웬일이지? 어쩐지 기운이 없어 보이는구나."

페이스가 슬픈 듯 고개를 끄덕이며 인정했다.

"기운이 없을 수밖에. 네가 아버지에게 부끄러움을 느끼게 하고 다른 사람들의 소문거리가 되어 있음을 알게 되었다면 기분 좋을 리 없을 거야."

"이번에는 또 누가 너희들을 흉보고 있지?"

"누구나 다—메리가 그렇게 말했어."

페이스는 동정하며 들어주는 젬에게 모든 괴로운 사정을 서슴없이 털어놓았다.

"우리는 아무도 돌봐주는 사람이 없어 자꾸 난처한 잘못만 저지르고 사람들에게 나쁜 아이들이라는 말을 듣는 거야."

젬이 적극 권했다.

"너희는 어째서 스스로 자신감을 키우지 않지? 어떻게 하면 되는지 가르쳐줄게. '천사들의 모임'을 만들어. 그리고 뭔가 옳지 않은 짓을 할 때마다 자신을 벌주는 거야."

"그거 참, 좋은 생각인데."

페이스는 감동했지만 곧 다시 걱정스러운 듯 덧붙였다.

"하지만 우리에게는 너무나 좋게 여겨지는 일들이 다른 사람들에게는 아주 나쁜 일로 보이는걸. 어떻게 하면 해도 되는 일과 해서는 안 될 일을 지혜롭게 구별할 수 있을까? 아버지에게 물어보면 좋겠지만 줄곧 아버지를 방해해서는 안 되고—게다가 아버지는 언제나 집을 비우니까."

"만일 너희가 뭔가 하기 전에 잠깐 생각해 보고, 이렇게 하면 교회에 나오는 사람들이 뭐라고 할까 자기 자신에게 물어보면 대개 알 수 있어. 너희들은 무슨 일이든 곧 해버리는 게 나빠. 일단 생각해본 뒤에 하지 않으면 안 돼.

어머니가 말했는데, 너희는 모두 너무 충동적이래. 어머니도 옛날 어린 시절에 너희들과 같았다고 했어.

'천사들의 모임'이 그런대로 도움될 것 같아. 만일 공정하고 떳떳하게 해 나가다 누군가 규칙을 깨뜨리면 벌하는 식으로 이끌어가면 말이야. 벌은 뭔가 정말로 괴로운 게 아니면 그다지 효과가 없어."

"서로 회초리로 찰싹찰싹 때리자."

"그렇게 하지 않아도 좋아. 저마다 자기한테 맞는 다른 벌을 생각해야 해. 서로 상대편을 벌주는 게 아니라—자신 스스로를 벌주는 거지. 나는 이런 모임을 소설에서 여러 번 읽어서 잘 알고 있어. 너희들도 한번 해 보고 어떤 효과가 있는지 시험해 봐."

페이스가 눈을 빛내며 말했다.

"해보자."

젬이 돌아간 뒤 좀더 이야기를 나누어보고 아이들은 모두 크게 찬성했다. 페이스가 딱 잘라 말했다.

"만일 어떤 잘못된 일이 있으면 우리들 힘으로 조목조목 따져서 바로잡기로 하자."

제리가 말했다.

"젬의 말대로 공정하고 떳떳하게 하자. 우리를 돌봐줄 사람이 달리 없으니까 이것은 우리 자신을 크게 키우는 모임이야. 규칙은 많이 필요하지 않아. 오직 하나만 결정하고 그것을 깨뜨린 사람은 호되게 벌을 받아야만 해."

"하지만 어떻게?"

제리는 유쾌하게 말했다.

"그것은 천천히 생각해 봐야지. 저녁마다 이 묘지에서 모임을 열고 그날 하루 동안 있었던 일에 대해 서로 이야기를 나누도록 하자. 만일 우리가 어떤 옳지 못한 일을 하거나 아버지를 부끄럽게 하는 일을 하면, 그렇게 한 사람 또는 그 행동의 책임자가 벌을 받는 거야. 이것이 규칙이지. 어떤 벌을 내릴지는 우리 모두 다 함께 정하기로 해. 그 죄에 알맞는 것이어야 하니까. 재미있게 될 것 같아."

페이스가 말했다.

"오빠가 비눗방울을 날리자고 했잖아."

그러자 제리가 얼른 말했다.

"그건 모임이 생기기 전의 일이잖아? 우리 모두 오늘 저녁부터 시작하는 거야."

"하지만 무엇이 옳은 것인지, 어떤 벌을 주어야 좋은지 결정하지 못한다면 어떻게 하지? 두 사람씩 의견이 갈라질 수도 있으니까. 이런 모임에는 인원이 다섯 사람이 아니고선 안 돼."

"젬 블라이스에게 결정해 달라고 하면 돼. 글렌 세인트 메리에서 제일 정직하니까. 그렇지만 하다보면 대체로 우리끼리 어떻게 될 것 같아. 이 모임은 가능하면 비밀로 해두자. 특히 메리 밴스에게는 한 마디도 알려서는 안 돼. 모임에 들어오면 규칙을 자기에게 일임하라고 할 게 틀림없어."

페이스가 말했다.

"벌에 대해서만 생각하다가 나날이 재미없어지는 건 싫어. 벌을 받는 날을 따로 만들어두기로 하자."

우나가 말했다.

"토요일이 좋을 거야. 학교에 가지 않는 날이니까 방해받을 일도 없고."

페이스가 놀라 외쳤다.

"난 싫어. 그것 때문에 일주일 가운데 단 하루의 휴일을 망치게 될 거야. 금요일로 하자. 생선밖에 먹지 못하는 우울한 날이고, 우린 생선을 퍽 싫어하니까. 하기 싫은 것들을 모아서 하루에 끝내기로 하자. 다른 날들은 좋아하는 일들을 하면서 즐기면 돼."

제리가 명령조로 말했다.

"바보같이. 그렇게 해선 잘될 리 없어. 나쁜 일을 할 때마다 벌을 받아서 언제나 깨끗이 해둬야 해. 이젠 모두 알고 있을 테지? 이것은 우리 자신을 착하게 기르기 위한 '천사들의 모임'이야.

만일 나쁜 짓을 하면 벌을 받을 것, 어떤 일이라도 그것을 하기 전에 잘 생각해 보고 아버지에게 폐가 끼치지 않을까 스스로에게 물어볼 것, 그리고 책임을 게을리하는 사람은 누구든 이 모임에서 쫓겨나 다시는 다른 아이들과 '무지개 골짜기'에서 놀지 못하게 돼.

만일 의견이 모아지지 않을 때에는 젬 블라이스를 심판으로 삼을 것. 앞으로는 벌레 같은 걸 주일학교에 가져가서는 안 돼, 칼. 그리고 사람들이 많이 모여 있는 데서 나뭇진을 씹지 않도록 부탁해, 페이스."

그러자 페이스가 반격했다.

"이제부터는 장로님들의 기도를 놀려대거나 감리교파 기도회에는 가지 말아야 해."

깜짝 놀란 제리가 항의했다.

"어째서? 감리교파 기도회에 간다고 해서 나쁠 건 없잖아?"

"엘리엇 부인이 나쁘댔어. 목사관 아이들은 장로교파 모임에만 나가야 된대."

제리가 소리쳤다.

"빌어먹을! 나는 결코 감리교파 기도회에 가는 것을 그만두지 않겠어. 우리 기도회보다 몇십 배나 재미있는걸."

페이스가 큰 소리로 말했다.

"오빠는 나쁜 말을 썼어. 자, 벌을 받아야 해."

"모든 것을 서류로 만들 때까지는 괜찮아. 지금은 다만 모임에서 앞으로 할 일을 의논하고 있을 뿐이잖아. 제대로 여러 가지 규칙을 쓰고 우리가 서명해야 비로소 제대로 만들어지는 거야. 게다가 기도회 같은 데는 얼마든지 가도 전혀 나쁘지 않다는 것을 잘 알잖아."

"하지만 벌받는 것은 우리가 나쁜 짓을 했을 때만이 아니야. 아버지에게 폐를 끼칠 때에도 그래."

"아무에게도 피해를 주지 않아. 엘리엇 부인은 감리교파 일이라면 뭐든지 다 싫어하거든. 그밖에는 아무도 내가 가는 데 대해 이러니저러니 하는 사람이 없어. 나는 언제나 얌전히 있거든. 젬이나 블라이스 부인에게 물어봐. 그러면 알 수 있을 테니까. 자, 종이와 초롱불을 가져올 테니 모두 서명하자."

15분 뒤 아이들은 모두 헤저키어 폴록의 묘석에서 시커멓게 그을린 목사관 초롱불을 둘러싸고 엄숙하게 서명했다.

마침 클로 장로 부인이 그곳을 지나갔는데, 이튿날 글렌 마을에는 목사관 아이들이 또 묘지에서 기도놀이를 했을 뿐 아니라 마지막에는 초롱불을 들고 술래잡기를 하며 무덤 위를 뛰어다녔다는 소문이 퍼졌다.

이 지나치게 거품처럼 과장된 소문은 아마 서명하고 봉인이 끝난 뒤 칼이 개밋둑을 살펴보기 위해 초롱불로 발 밑을 비추며 조그맣게 움푹 파인 곳으로 조심스럽게 걸어간 것을 말하는 듯했다. 다른 세 아이는 조용히 목사관으로 돌아가 잠자리에 들었다.

기도가 끝나자 우나는 떨리는 목소리로 페이스에게 물었다.

"아버지가 로즈머리 웨스트와 결혼한다는 게 사실이라고 여겨져?"

페이스가 곰곰이 생각하며 대답했다.

"잘 모르지만, 그렇게 되면 좋겠어."

우나는 목멘 소리로 말했다.

"어머나, 나는 싫어. 미스 웨스트는 지금 그대로라면 좋지만, 메리가 말했잖아―누구나 다 계모가 되면 달라져 버린다고. 아버지가 매우 기분 나빠하고 지독해지고 무서워져서 아이들을 싫어하도록 만든대. 누구나 반드시 그렇게 한대. 한 번도 그렇지 않았던 일이 없다고 했어."

페이스가 외쳤다.

"미스 웨스트가 그렇게 되리라고는 결코 믿어지지 않아."

"하지만 저마다 그렇게 된다고 메리가 말했어. 메리는 계모에 대한 일이라면 모조리 알고 있어, 페이스. 몇 백 사람이나 알고 있대. 그런데 언니는 한 사람도 모르잖아? 아, 메리는 내게 피가 얼어 붙을 듯한 오싹한 이야기를 해주었어.

메리가 아는 어떤 계모는 어린 딸들의 어깨를 드러내놓고 회초리로 피가 나올 때까지 때리고 또 때렸대. 그리고 그 아이들을 하룻밤 내내 춥고 어두운 석탄창고 속에 처박아 두었대. 계모란 모두 그렇게 하고 싶어서 못 견딘다고 메리가 말했어."

"다시 한 번 말하지만 미스 웨스트가 그렇게 하리라고는 여겨지지 않아. 너는 나처럼 그분을 잘 모르고 있어. 내게 준 저 귀여운 새를 생각해 봐. 애덤보다도 훨씬 더 사랑스럽잖니."

"계모가 되면 달라진대. 메리가 그랬는데 달라지지 않을 수 없대. 나는 회초리로 맞는 것보다도 아버지가 우리를 미워하게 될까봐 더 걱정이야."

"어떤 일이 있어도 아버지가 우리를 미워할 리는 없어. 바보같이 굴지 마, 우나. 아마 그런 일은 없을 거야.

만일 '천사들의 모임'이 잘 돼서 우리 스스로 자신을 훌륭히 키워 나가면 아버지는 틀림없이 결혼해야겠다는 생각을 하지 않을 거야. 또 만일 결혼한다 해도 미스 웨스트는 우리를 사랑해 주리라는 걸 나는 잘 알고 있어."

그러나 우나는 페이스처럼 확신할 수 없었으므로 울면서 잠들었다.

자비로운 충동

두 주일 동안 '천사들의 모임'은 잘 되어 나가 훌륭한 성과를 거두었다. 젬 블라이스를 불러서 심판을 부탁한 일 또한 한 번도 없었다. 목사관 아이들이 글렌의 소문거리가 된 일도 전혀 없었다.

집 안에서는 가벼운 실수가 있어도 서로 엄하게 감시하여 용감하게 스스로에게는 힘든 벌을 주었다—금요일 저녁, 모두들 '무지개 골짜기'에서 즐겁게 놀고 있어도 거기에 가고 싶은 걸 꾹 참고 가지 않는다든지, 봄날 해질 무렵 밖에서 뛰어놀고 싶어 견딜 수 없어도 침대 속에 있는다든지 하는 그런 벌들이 많았다.

페이스는 주일학교에서 귓속말을 한 일로, 꼭 필요한 때 말고는 온종일 한 마디도 말을 하지 않는 벌을 받기로 자기 자신에게 결정하고 곧바로 실행했다. 다만 운이 나쁘게도 그날 저녁 항구 저편에서 베이커 씨가 목사관을 찾아왔는데 공교롭게도 문까지 나간 사람이 페이스였다.

베이커 씨가 상냥하게 인사하는데도 페이스는 대답 한마디 하지 않고 아버지를 부르러 갔다. 베이커 씨는 화가 나서 집에 돌아가자마자 아내를 붙잡고, 메러디스 집안의 큰딸이 너무 내성적이고 붙임성이 없어 이쪽에서 먼저 인사를 했는데도 아무 대답도 하지 않아 예의가 없어 보였다고 쑥덜쑥덜 불평했다.

그러나 그 이상 심한 일은 일어나지 않았고 대개 속죄행위는 그들 자신이나 다른 누구에게도 그리 큰 괴로움을 주지 않았다. 그들은 마침내 스스로 자신을 키워나가는 일은 매우 쉬운 문제라고 확신하기 시작했다.

페이스가 기쁜 듯 말했다.

"우리도 다른 사람처럼 착하게 있을 수 있다는 걸 마을 사람들도 곧 알게 되리라고 생각해. 그럴 마음만 먹으면 어려운 일도 아니야."

페이스와 우나는 폴록 씨의 묘석에 다소곳이 앉아 있었다. 그날은 봄 태풍이 불어서 춥고 축축하고 비도 내렸다. 목사관과 잉글사이드의 남자아이들은 '무지개 골짜기'에서 낚시질을 하고 있었지만 여자아이들이 '무지개 골짜기'에 가는 것은 무리였다. 비가 멎었어도 거친 동풍이 바다에서 사정없이 불어와 뼛속까지 스며들었다.

봄은 처음에는 일찍 올 것 같았으나 좀처럼 다가오지 않고 묘지 북쪽 구석에 겨울 동안 쌓였던 눈이 아직도 고스란히 남아 있었다.

목사관에 청어를 한 아름 갖고 온 리다 마시가 추위에 오들오들 떨면서 문으로 들어왔다. 리다는 항구 어귀 어촌에 살고 있는 아가씨로 그녀의 아버지는 요 30년 동안 봄이면 해마다 맨 먼저 잡은 청어를 목사관에 계속 보내오고 있었다.

그러나 그 아버지는 한 번도 교회에 나타나지 않았다. 술고래로 무책임한 사나이였다. 그 자신도 자기 아버지를 본받아 해마다 봄에 목사관으로 청어를 보내면 세상을 지배하는 위대한 힘과 거래를 튼 셈이 되므로, 그해 1년은 빌려 온 것도 빌려준 것도 싹 다 없어진 것으로 믿고 마음을 놓았다. 게다가 그해 최초로 잡힌 생선을 보내지 않으면 고등어잡이가 잘 되지 않는다고 믿고 있었다.

리다는 10살이었지만 키가 퍽 작고 빼빼 말라서 나이보다 훨씬 어

려 보였다. 리다는 대담하게 목사관 여자아이들 옆으로 가까이 다가
왔다.

리다는 태어난 뒤 지금까지 따뜻한 대접을 받아본 일이 없는 것
같았다. 얼굴은 자줏빛이었고 겁없는 작은 물빛 눈은 새빨갛고 눈물
이 고여 있었다. 누더기 같은 사라사 무늬 옷을 입고 있었고 털실로
짠 닳아빠진 숄을 얄팍한 어깨에 걸치고 겨드랑이 밑으로 내려서 동
여매고 있었다. 아직 눈이 남아 있거나 녹기도 한 질퍽한 길을 3마일
이나 항구 어귀에서 여기까지 맨발로 걸어왔다. 발도 얼굴과 마찬가
지로 자줏빛이었다.

그러나 리다는 그런 일을 조금도 개의치 않았다. 추운 것은 해마다
있는 일이고 맨발로 걸어다닌 것도 벌써 한 달 전 일이었다. 어촌에서
우글거리는 아이들은 모두 그랬다. 리다는 자기가 가엾다고 여기지
않았으므로 묘석에 앉아 페이스와 우나에게 방긋방긋 웃어 보였다.

페이스와 우나도 따라 웃었다. 리다에 대해서는 희미하게 기억하고
있었다. 지난해 여름 블라이스 집안의 아이들과 항구에 갔을 때 한
두 번 본 일이 있었다.

리다가 말했다.

"안녕! 몹시 춥구나. 개들도 밖으로 나가길 싫어해."

페이스가 다정하게 물었다.

"그럼, 넌 왜 밖에 나와 있지?"

"아빠가 심부름을 시켜서 너의 집에 청어를 갖고 왔어."

리다는 대답한 다음, 부들부들 떨며 콜록콜록 기침을 한 뒤 맨발
을 내밀었다. 리다는 자기 모습이 어떤지, 발이 어떤지 신경 쓰고 있
지 않았다. 추운 것에는 익숙해져 있었고 동정을 받으려는 마음도 없
었다. 발을 올린 것은 묘석 둘레의 풀이 젖어 있었으므로 발이 젖을
까봐 저도 모르게 그렇게 했을 뿐이다.

그러나 페이스와 우나는 리다가 가엾어 견딜 수 없었다. 저렇게 추

워 보이고—저렇게 가엾은 모습을 하고 있다니.

페이스가 큰 소리로 말했다.

"오늘 밤은 이렇게 몹시 추운데 왜 맨발이지? 발이 얼어서 감각이 없어진 게 아냐?"

리다가 아무것도 모르고 자랑스럽게 말했다.

"그래, 꽁꽁 얼 것 같아. 항구의 큰 길을 걸어오기란 힘들었어."

우나가 물었다.

"왜 양말과 구두를 신고 오지 않았니?"

"없으니까, 갖고 있었던 것은 겨울이 끝나기도 전에 못쓰게 됐어."

리다는 조금도 신경 쓰지 않았다.

너무 놀라서 페이스는 한순간 눈이 휘둥그레졌다. 이런 지독한 일이 또 있을 수 있을까. 눈앞에 있는 작은 여자아이는 이웃이라고 해도 좋을 곳에 살고 있는데 추위가 심한 봄날 저녁 양말도 구두도 신지 않고 거의 얼어가고 있다.

마음이 여린 페이스는 다른 일은 아무것도 생각하지 못하고 다만 너무 가혹하다는 것밖에 머리에 없었다. 눈 깜짝할 사이에 페이스는 충동적으로 구두와 양말을 벗었다.

페이스는 놀라워하는 리다의 손에 구두와 양말을 쥐어주었다.

"자, 이걸 줄 테니 얼른 신어. 어서 빨리. 동상이나 감기에 걸려서 죽어버릴 거야. 나한테는 다른 게 있으니 부담 갖지 말고 신어."

제정신이 든 리다는 몽롱한 눈을 반짝이며 내민 선물을 잽싸게 낚아채었다. 망설임 없이 그녀는 누군가 높은 사람이 나타나 빼앗기 전에 빨리 신으리라 결심한 듯했다. 리다는 대뜸 뼈밖에 남지 않은 앙상한 다리에 양말을 끌어올리고 가녀린 발목을 페이스 구두 속에 쑤셔 넣었다.

리다가 걱정스레 물었다.

"고마워. 하지만 어른들에게 야단맞지 않겠니?"

페이스는 웃으며 대답했다.

"괜찮아—야단맞아도 괜찮아. 추워서 죽을 것 같은 사람을 보고 도와주지도 않고 그냥 있을 순 없잖아? 그냥 내버려두는 건 더 큰 잘못이야. 더욱이 우리 아버지는 목사님이니까."

리다가 시치미 뗀 얼굴로 말했다.

"이걸 돌려주기를 바라? 항구 어귀는 몹시 추워—여기가 따뜻해지고 한참 뒤까지도."

"그대로 가져도 좋아. 처음부터 주려고 했어. 구두는 하나 더 있고 양말은 얼마든지 많이 있어."

리다는 잠시 동안 있으면서 여러 가지 이야기를 할 작정이었다. 그러나 돌아가는 게 좋을 것 같았다. 누군가 와서 얻은 것을 내놓으라고 하면 큰일이다. 그래서 아까 들어왔을 때와 마찬가지로 소리도 내지 않고 주위의 그림자에 빨려들 듯이 추위가 심한 저녁 어둠 속을 살금살금 돌아갔다.

리다는 목사관이 보이지 않게 되자 곧 주저앉아 구두와 양말을 벗어 청어 광주리 속에 집어넣었다. 그걸 신고 더러운 항구 길을 걸어갈 생각은 없었다. 특별한 때를 위해 잘 간직해 둬야지. 항구 어귀의 여자아이 가운데 이런 고급스러운 검정 캐시미어 양말이나, 새것과 다름없는 멋진 구두를 가진 아이는 하나도 없었다. 이젠 여름준비가 된 셈이다.

리다는 그런 일을 하고도 양심의 가책을 전혀 받지 않았다. 리다의 눈에는 목사관 아이들이 엄청난 부자로 느껴졌기에 그 애들은 구두도 양말도 얼마든지 갖고 있을 게 틀림없다고 생각했다.

그 뒤 리다는 글렌 마을로 달려가 플래그 씨네 가게 앞에서 녹기 시작한 눈을 던지며 한 시간쯤 남자아이들과 신나게 놀았다. 너무 요란하게 떠들었으므로 지나가던 엘리엇 부인에게 빨리 집으로 돌아가라는 꾸중을 들었다.

리다가 돌아간 뒤 우나가 나무라듯 말했다.

"그런 일을 하면 안 되잖아. 이제부터는 날마다 가장 좋은 구두를 신어야 해. 그러면 금방 닳아버릴 거야."

페이스가 당당하게 외쳤다.

"괜찮아."

그리고 친구에게 친절을 베푼 것이 너무나 기뻐서 얼굴을 빛내며 말했다.

"나는 구두를 두 켤레나 갖고 있는데 가엾은 리다 마시는 한 켤레도 없으니 세상은 정말 불공평해. 이것으로 우리는 한 켤레씩 갖게 되었어. 주일날 설교에서 아버지가 말씀하셨지. '참다운 행복이란 베푸는 일이며 소유하고 있는 일이 아니다—분명 베푸는 일에 있다'고 말씀하셨어. 그 말씀대로야. 여태까지 이렇게 행복한 기분이 된 일은 없었거든. 생각해 봐. 지금 리다는 기분 좋게 따뜻한 작은 발로 집 쪽으로 걸어가고 있을 거야."

우나가 말했다.

"언니도 검정 캐시미어 양말은 그것 한 켤레밖에 없어. 다른 한 켤레는 구멍투성이가 됐으므로 마서 할머니가 이제 꿰맬 수도 없다고 해서 발목부터 아래는 잘라버리고 나머지는 난로 닦는 걸레로 만들어버렸어. 남아 있는 건 언니가 가장 싫어하는 무늬가 있는 것 두 켤레뿐이야."

그러자 페이스의 만족감과 들뜬 기분은 사라져버렸다. 기뻤던 마음이 마치 풍선을 바늘로 콕 찌른 듯 오므라들었다. 실망한 페이스는 말 없이 얼마 동안 그 자리에 앉아서 자기가 한 성급했던 일의 결과를 되씹고 있었다.

페이스는 슬픈 듯 말했다.

"우나, 그런 건 예상하지 못했어. 차분히 잘 생각하고 나서 했어야 하는데."

무늬 있는 양말이란 파랑과 빨강 무늬의 골이 있게 짠 걸로 두텁고 뻣뻣하여 신기에는 몹시 거북했다. 마서 할머니가 겨울 동안 페이스가 신도록 짜준 것이다. 누가 보더라도 몸서리쳐질 듯한 양말이었다. 페이스는 싫어하는 것 가운데에서도 그 양말만큼 싫은 것이 없었다. 그 볼썽사나운 것을 신으라니 말도 안 된다. 아직 한 번도 신지 않고 장롱 속에 깊이 넣어둔 채로 있었다.

　우나가 안쓰러운 얼굴로 말했다.

　"앞으로는 그 무늬 있는 양말을 신어야 해. 학교에 가면 틀림없이 남자아이들이 비웃을 거야. 전에 메이미 워런이 줄무늬 있는 양말을 신고 왔을 때도 몹시 놀림감이 되었는데, 마치 이발소 간판 같다고 놀려댔어. 그 양말보다 언니 것이 더 심해."

　페이스가 말했다.

　"그런 건 신지도 않을 거야. 그걸 신을 바에는 차라리 맨발로 다니지. 아무리 춥더라도 말이야."

　"그래도 교회에 갈 때는 맨발로 갈 수 없잖아. 모두들 뭐라고 할지 생각해 봐."

　"그럼, 가지 않고 집에 있을 거야."

　"안 돼. 마서 할머니가 가라고 할 걸 잘 알고 있으면서."

　그것은 페이스도 알고 있었다. 단 한 가지 마서 할머니가 기어코 양보하지 않는 것은 해가 나든 비가 오든 교회에는 꼭 가야 한다는 것이었다. 어떤 옷을 입고 가든, 또는 신발을 신고 가든 말든 할머니에게는 아무래도 좋았다. 다만 꼭 가야 한다. 마서 할머니는 70년 전에 그렇게 키워졌고 아이들도 그렇게 키울 생각이었다.

　페이스가 가엾게 물었다.

　"우나, 나한테 빌려줄 양말 없니?"

　우나는 고개를 절레절레 저었다.

　"미안하지만 없어. 검은 것은 한 켤레밖에 없다는 걸 알잖아. 게다가 그건 너무 빡빡해서 나도 겨우 신을 수 있을 정도야. 언니한테는 들어가지도 않아. 회색양말도 그래. 게다가 양쪽 모두 닳고 닳았어."

페이스가 고집스럽게 말했다.

"그 무늬 있는 양말은 절대로 신지 않을 거야. 겉모양도 나쁘지만 신은 느낌이 더 나빠. 발이 나무통처럼 굵어진 느낌이 들고 게다가 콕콕 찌르는 것 같아."

"그럼, 어떻게 하면 좋을지 나는 도저히 모르겠어."

"아버지가 있으면 가게문을 닫기 전에 새것을 사달라고 부탁할 텐데. 하지만 아버지는 늦게까지 돌아오시지 않아. 어쩔 수 없이 월요일에 부탁해야 해—내일은 교회에 가지 않겠어. 너무너무 아프다고 꾀병을 부리면 마서 할머니도 집에 있으라고 하지 않을 수 없어."

"그건 거짓말을 해서 사람을 속이는 일이야. 그런 짓 하면 안 돼. 무서운 일이라는 걸 알고 있잖아. 아버지 귀에 들어가면 뭐라고 하시겠어? 어머니가 돌아가셨을 때 아버지가 우리에게 하신 말씀 기억하고 있겠지? 진실해야 한다, 다른 것은 지키지 못하더라도 그것만은 잊지 말라고 하셨어. 절대로 거짓말해서는 안 되고 사람을 속이는 일을 해서는 안된다—우리가 그런 일을 하지 않으리라 믿는다고 말씀하셨어.

그런 일을 하면 안 돼. 차라리 무늬있는 양말을 신고 가. 단 한 번뿐이잖아. 교회에서는 아무도 눈치채지 못할 거야. 학교하고 달라. 그리고 언니의 새 갈색 옷은 아주 기니까 양말이 그리 보이지 않을 테니. 마서 할머니가 언제까지나 입을 수 있도록 큼직하게 만들어줘서 잘됐어. 다 만들어졌을 때는 언니가 무척 싫어했었지만."

"그 양말은 절대로 신지 않을 거야."

페이스는 다시 똑같은 말을 했다. 페이스는 묘석 위에서 움츠리고 있던, 아무것도 신지 않은 하얀 발을 뻗어 젖어서 차가운 풀을 일부러 골라 가며 아직 남아 있는 차가운 눈더미 쪽으로 걸어갔다. 이를 꼭 문 채 그녀는 그 위에 우뚝 올라가 꼼짝 않고 서 있었다.

놀란 우나가 외쳤다.

"뭐 하는 거야? 감기에 걸려 죽게 돼, 페이스 메러디스."

페이스가 대답했다.

"그렇게 되려고 이러고 있는 거야. 심한 감기에 걸려 내일 몹시 아프면 좋을 텐데. 그러면 사람들을 속이지 않는 게 돼. 참을 수 없을 때까지 여기에 서 있을 테야."

"하지만 정말 죽어버릴지도 몰라. 폐렴에 걸릴지도 몰라. 부탁이야, 그만둬. 자, 집에 들어가 다른 방법을 찾아보자. 아, 제리가 왔다. 잘됐어. 오빠, 언니가 눈에서 내려오게 해봐. 저 발을 좀 봐."

놀란 제리가 어이없다는 듯한 표정으로 물었다.

"정말 놀랍군! 대체 뭘 하고 있는 거야? 정신이 나갔어?"

"아냐. 저리 가!"

"뭔가 잘못해서 자기에게 벌주고 있는 거야? 그렇다면 방법이 틀렸어. 병에 걸리잖아?"

"병에 걸리고 싶어. 나한테 벌을 주고 있는 게 아냐. 저리 가."

제리가 우나에게 물었다.

"페이스의 구두와 양말은 어디 있지?"

"리다 마시에게 줘버렸어."

"리다 마시에게? 무슨 까닭으로?"

"리다한테는 둘 다 없었기 때문이야—게다가 리다는 발이 몹시 차가웠어. 그래서 지금 언니는 내일 교회에 가지 않아도 되고 줄무늬 양말을 신지 않아도 되도록 병에 걸리고 싶은 거야. 그렇지만 저러다 죽을지도 몰라."

"페이스, 당장 그 눈더미에서 내려와. 내려오지 않으면 내가 억지로 끌어내릴 거야."

페이스가 대들었다.

"그렇게 해보라지."

제리는 페이스에게 달려들어 팔을 잡았다. 제리가 잡아당기었으나 페이스는 꿋꿋이 버티었다. 우나가 페이스 뒤로 돌아가 밀었다. 페이스가 내버려두라고 제리에게 소리질렀다. 제리도 바보 같은 짓을 그만두라고 마주 소리질렀다. 우나도 비명을 질렀다.

한바탕 소동이 벌어졌다. 떠들어댄 곳은 큰길에 있는 묘지 울타리 바로 옆이었다. 때마침 헨리 워런과 부인이 마차로 지나가다가 현장에서 그 소동을 보았다. 목사관 아이들이 묘지에서 심하게 싸우며 듣기에도 거북한 욕지거리를 했다는 소문이 온 글렌에 삽시간에 퍼졌다.

이윽고 페이스는 발이 베어지는 듯 아파와 어쨌든 내려올 생각이었으므로 큰맘 먹고 내려왔다. 셋은 사이좋게 집으로 돌아가 침대에 들어갔다.

페이스는 천사처럼 곤히 잠들고 이튿날 아침 일어났을 때는 감기에 걸릴 기색도 없었다. 옛날에 아버지와 약속했던 일이 생각나 꾀병으로 속일 수는 없었다. 그래도 교회에 갈 때 그 보기도 싫은 양말은 절대 신지 않으리라 결심에는 변함이 없었다.

맨발과 양말

페이스는 주일학교에 일찍 가서 아무도 오기 전에 구석자리로 조용히 앉았다. 따라서 주일학교가 끝나 페이스가 교회 입구 가까운 자리에서 목사관 좌석으로 걸어가기 전까지는 다행히 아무에게도 창피한 진실이 드러나지 않았다. 그러나 교회의 좌석은 벌써 반쯤 차 있었으므로 통로 옆에 앉아 있던 사람들 모두에게 목사의 딸이 구두는 신었지만 양말은 신지 않았다는 게 알려지고 말았다.

마서 아주머니가 아주 낡은 옷본을 이용해 만든 페이스의 새 갈색 옷은 페이스에게는 우스울 만큼 길었지만 그래도 구두를 덮어줄 만큼은 아니었다. 하얀 맨발이 2인치쯤은 충분히 내비쳐 보였다.

목사관 좌석에 앉아 있는 사람은 페이스와 칼뿐이었다. 제리는 2층 좌석에 친구와 함께 있었고, 우나는 블라이스 집안의 쌍둥이들이 데리고 갔다.

목사관 아이들은 흔히 그렇듯 '교회 안에서 마음대로 흩어져 앉았기' 때문에 목사관 아이답지 않은 그릇된 행동이라고 생각하는 사람이 많이 있었다. 2층 좌석에 앉는 일은 특히 평판이 좋지 않았다. 그곳에는 어설픈 젊은이들이 모여 예배 도중 잡담하거나 담배를 씹는

다는 소문이 나서 목사관 아이들이 앉을 만한 자리가 못되었다.

그러나 제리는 목사관 좌석을 몹시 싫어했다. 교회의 맨 앞이고, 바로 뒤에서 클로 장로와 그 가족이 노려보기 때문이었다. 제리는 기회만 있으면 그곳에서 달아났다.

칼은 거미가 여기저기 얽혀 있는 거미줄로 창문에 집을 짓고 있는 것을 정신없이 보고 있었기에 페이스의 발을 눈치채지 못했다. 예배가 끝난 뒤 페이스는 아버지와 함께 집으로 돌아갔는데, 아버지도 페이스의 발을 눈여겨보지 못했다. 페이스는 제리와 우나가 돌아오기 전에 몹시 싫어하는 줄무늬 양말을 신어두었으므로 목사관 사람들은 한참 동안 아무도 페이스가 무슨 짓을 했는지 몰랐다.

하지만 글렌 세인트 메리에서는 그것을 모르는 사람이 없었다. 보지 못한 사람들도 곧 듣게 되었다. 교회에서 돌아가는 길에 다른 것은 화제가 되지 못했다. 앨릭 데이비스 부인은 아마도 이렇게 되리라 생각하고 있었다고 했다. 젊은 애들 가운데 머지않아 아무것도 입지 않고 교회에 나오는 애들도 있게 되지 않겠느냐고 혀를 찼다.

부인회 회장은 다음 모임에서 오늘의 일을 들어 모두 함께 목사님에게 항의하자고 말했다. 미스 코닐리어는 이제 체념했다. 더 이상 목사관 아이들 일로 머리를 썩혀도 아무 소용 없다고 말했다. 블라이스 부인조차 무척 충격을 받았지만, 다만 페이스가 건망증이 있기 때문인 것으로 생각했다. 그날은 주일이었으므로 수전은 페이스를 위해 양말을 짜기 시작할 수 없었지만, 이튿날 잉글사이드에 있는 어느 누구보다도 일찍 일어나 일을 시작했다.

수전은 앤에게 말했다.

"아무 말씀도 마세요. 그건 마서 아주머니가 나빠요, 마님. 가엾게도 그 아이에겐 제대로 신을 만한 양말이 없었겠지요. 어느 것이나 구멍투성이었을 거예요. 언제나 그렇잖아요?

게다가 부인회 말인데, 마님, 설교단의 카펫을 새 것으로 바꾸는

데 필사적일 정도라면 차라리 양말을 몇 켤레 짜서 주면 되는 거예요. 나는 부인회 회원은 아니지만 이 고급스러운 검정 털실로 페이스에게 양말 두 켤레를 짜주겠어요. 손가락을 되도록 빨리 놀려서요.

목사님 딸이 양말도 신지 않고 우리 교회 통로를 걸어가는 걸 보고 얼마나 놀랐는지 평생 잊지 못할 거예요, 마님. 나는 어디다 눈길을 두어야 할지 모를 정도였어요."

미스 코닐리어가 신음소리를 냈다. 그녀는 글렌에 물건을 사러 온 김에 잉글사이드에 들러 페이스 사건을 이야기하고 있는 중이었다.

"게다가 어제는 교회에 감리교 교인들이 많이 와 있었어요. 왜 그렇게 되었는지 나로선 알 수 없지만, 목사관 아이들은 교회가 감리교 교인으로 가득할 때 반드시 뭔가 큰 일을 저질러요. 해저드 집사부인의 눈이 금세 툭 튀어나올 것만 같았어요. 교회에서 나온 뒤 그녀는 이렇게 말했지요.

'저런 일을 저지르다니 정말 보기에 민망하군요. 장로교 교인들이 가엾어요.'

우리는 그 말을 잠자코 듣고 있어야만 했어요. 딱히 뭐라고 말할 수가 없었으니까요."

수전이 무서운 얼굴로 말했다.

"내가 그 자리에 있었다면 얼마든지 대꾸해 주었을 텐데요, 마님. 첫째로, 구멍투성이 양말에 비해 깨끗이 씻은 맨발은 조금도 보기 흉하지 않다는 게 내 생각이에요. 게다가 또 한 가지 덧붙인다면, 장로교 교인들에게는 설교를 잘하는 목사님이 계시지만 그런 목사가 없는 감리교 교인들이 우리를 불쌍하게 생각할 필요는 조금도 없어요. 나 같으면 해저드 집사의 부인을 얼마든지 공격해 주겠어요, 마님."

미스 코닐리어가 대답했다.

"설교가 좀 서툴더라도 좋으니 메러디스 목사님이 가족들을 좀 더 돌봐주었으면 좋겠어요. 적어도 교회에 가기 전 아이들의 차림새가 정돈되어 있는지 조사해 주었으면 해요. 이젠 목사님을 변호하는 데에도 지쳐버렸어요, 정말."

한편 '무지개 골짜기'에서는 페이스가 괴로움에 잠겨 있었다. 메리 밴스가 와서 여느 때처럼 설교를 하고 있었던 것이다. 메리는 페이스에게 스스로 창피를 당했을 뿐만 아니라 아버지에게도 돌이킬 수 없는 수치를 당하게 한 것을 아느냐고 따지고 들면서 이젠 페이스에게 정나미가 떨어졌다고 했다. '저마다' 소문을 아무렇게나 퍼뜨리고 똑같은 말을 하고 있다.

드디어 메리는 결론을 맺어 말했다.

"솔직히 말해서 너하곤 이제 사귈 수 없어."

낸 블라이스가 벌떡 일어나 외쳤다.

"그렇다면 우리가 페이스하고 사귈 거야."

낸도 마음속으로는 페이스가 심한 짓을 했다고 여겼지만 그래도 메리 밴스가 이처럼 위압적으로 굴게 놔둘 수는 없다고 생각했다.

"만약 그렇다면 이제 '무지개 골짜기'에 안 와도 돼, 미스 밴스."

낸과 다이는 양쪽에서 페이스의 어깨를 감싸안고 싸워 보자는 자세로 메리를 무섭게 노려보았다. 메리가 갑자기 힘없이 나무 그루터기에 주저앉아 울기 시작했다. 메리는 울고 또 울었다.

"사귀고 싶지 않은 게 아냐. 하지만 내가 페이스와 함께 있으면 사람들은 내가 충동질해서 페이스에게 나쁜 짓을 시킨다고 말해. 지금도 그렇게 말하는 사람들이 있어. 정말이지, 내가 그런 말을 들을 까닭이 없잖아. 지금은 제대로 된 집에 살면서 숙녀가 되려고 노력하는데 말이야.

게다가 내가 가장 힘들었던 무렵에도 교회에 맨발로 간 적은 없어. 그런 일은 생각지도 못했어. 그런데 저 밉상스런 키티 앨릭 아주머니는 내가 목사관에 나타난 때부터 페이스가 달라졌다고 했어. 나를 맡게 되어 코닐리어 엘리엇도 후회할 거라고 말했지. 그런 말을 들으

면 나도 몹시 괴로워. 하지만 내가 가장 걱정하는 건 메러디스 목사
님 일이야."

다이가 경멸하듯 말했다.

"목사님 일은 네가 걱정하지 않아도 돼. 그럴 필요가 없다고 생각
해. 자, 페이스, 왜 그런 일을 했는지 우리에게 이야기해 줘."

페이스는 눈물을 흘리면서 말했다. 블라이스 집안의 쌍둥이는 동
정했고 메리 밴스조차 페이스가 난처한 입장이었음을 인정했다. 그러
나 제리에게는 아닌 밤중의 홍두깨 같은 일이었으므로 좋은 표정을
지을 수 없었다.

'그렇구나, 오늘 학교에서 뜻도 모를 빈정거림을 듣게 된 것은 이
일 때문이었구나!'

제리는 우격다짐으로 페이스와 우나를 재촉하여 집으로 데려갔다.
그러고는 곧 페이스의 일을 재판하기 위해 '천사들의 모임'을 가지며
묘지에서 회의를 열었다.

페이스는 억울한 마음에 싸움을 걸려는 기세였다.

"나는 누구에게도 피해를 주지 않았어. 발이 그렇게 많이 보인 것
도 아냐. 그리 나쁜 일을 한 것도 아니고 누구에게 폐를 끼치지도 않
았어."

"아니, 아버지에게 폐를 끼쳤어. 너도 알고 있을 텐데. 우리가 뭔가
이상한 일을 하면 모두 아버지 탓으로 돌리잖아."

페이스가 입 속으로 중얼거렸다.

"거기까지는 생각하지 못했어."

"참으로 곤란해. 예상하지 못했다는 게 말야. 생각했어야만 했어. 그
래서 이 모임이 있는 거야—우리를 올바르게 교육시키고 좋은 생각
을 하도록 하기 위해서야. 뭔가를 하기에 앞서 먼저 잘 생각하기로 약
속했잖아? 그것을 하지 않았기에 벌을 받아야만 돼, 페이스—엄한 벌
을. 벌로 그 줄무늬 양말을 일주일 동안 학교에 신고 갈 것."

"너무해. 하루—나 이틀이면 안 돼? 일주일은 너무해!"

그러나 제리는 들어주지 않았다.

"안 돼, 꼬박 일주일이야. 그게 공평해—그렇게 생각하지 않으면 젬 블라이스에게 물어봐."

페이스는 그런 일로 젬 블라이스에게 의논할 정도라면 시키는 대로 하는 편이 낫다고 생각했다. 아무래도 자기가 한 짓이 몹시 부끄러운 일인 것 같다고 겨우 깨닫기 시작했다.

페이스는 못마땅하다며 투덜투덜 볼멘 소리로 말했다.

"그럼, 그렇게 하겠어."

제리는 엄했다.

"그래도 죄에 비해선 가벼운 벌로 끝나는 셈이야. 게다가 우리가 너에게 아무리 벌을 준다고 해도 아버지의 난처한 입장을 다시 살릴 수 없게 됐어. 사람들은 네가 장난으로 그 짓을 했다고 생각하고, 그것을 그만두지 못하게 한 데 대해 아버지를 나쁘게 말하고 있어. 한 사람 한 사람 모두 붙잡고 설명할 수도 없고 말이야."

이 말이 페이스의 마음을 무겁게 내리눌렀다. 자기가 비난받는 건 참을 수 있었지만 아버지가 책망받는 것은 참을 수 없었다. 왜 이런 일이 생겼는지 알게 된다면 사람들은 아버지를 나무라지 않으리라.

하지만 어떻게 하면 사람들에게 이해시킬 수 있을까? 교회에서 전에 했듯이 모든 사람 앞에 서서 설명하는 건 생각할 수 없다. 교인들이 그때 일을 어떻게 받아들였는지 메리 밴스가 이야기해 주었으며, 페이스도 같은 일을 되풀이해서는 안 된다는 걸 알고 있었다.

그 주일 중간쯤까지 페이스는 그 문제로 고민하고 있었다. 그러다가 좋은 생각이 떠올라 곧 실행하기로 했다. 페이스는 그날 밤, 다락방에 틀어박혀 램프와 연습장을 앞에 놓고 눈을 빛내며 볼이 빨개지도록 열심히 뭔가를 쓰고 있었다. 이거라면 괜찮을 거야! 이런 것을 생각하다니 내 머리가 얼마나 좋은가! 이것으로 모든 게 설명되고 깨끗이 문제가 해결된다. 게다가 세상을 시끄럽게 하지도 않는다.

11시가 되자 만족할 만한 것이 드디어 완성되었다. 페이스는 아주 지쳐버렸지만 그래도 행복한 마음으로 방에 돌아가 침대에 들어갔다.

이삼 일 지나 글렌에서 발행하는 작은 주간신문 '저널'이 여느 때처럼 나오자 글렌 마을은 다시금 큰 소용돌이에 휘말렸다. '페이스 메러디스'의 서명이 든 투서가 제 1 면의 눈에 띄는 곳에 실려 있었다. 이런 내용의 것이었다.

관계자 여러분에게—

왜 제가 양말을 신지 않고 교회에 갔는지 여러분에게 설명하려고 합니다. 그러면 여러분은 이 일이 전혀 아버지 탓이 아니라는 걸 알게 되고 또한 아버지 탓이라는 나쁜 소문은 말할 필요가 없게 될 것입니다. 왜냐하면 그것은 사실이 아니기 때문입니다.

저는 단 한 켤레밖에 없었던 검정 양말을 리다 마시에게 주었습니다. 왜냐하면 리다는 양말이 한 켤레도 없었고, 가엾게도 맨발이 몹시 추워 보여서 불쌍한 마음이 들었기 때문입니다.

어떤 어린이든 그리스도교도 마을에 살고 있는 한, 눈이 없어질 때까지 구두나 양말을 신지 않은 채 걸어다녀서는 안 됩니다. WSMS(장로교회 해외전도원조부인회)는 리다에게 양말을 베풀어주어야 합니다.

WSMS가 이교도 어린이들에게 여러 가지 것을 보내 주고 있다는 것을 저는 알고 있습니다. 그것은 그 나름대로 좋은 일이며 친절한 일이라고 생각합니다. 하지만 이교도 어린이들이 살고 있는 곳은 여기보다 훨씬 추운 고장이므로 우리 교회 부인회 분들은 리다도 마땅히 돌보아주셔야 합니다. 리다를 보살피는 것을 저에게만 맡기지 말고요.

제가 리다에게 양말을 주었을 때, 구멍이 송송 뚫려 있지 않은 검정 양말은 그것밖에 없었다는 걸 그만 깜박 잊고 있었어요. 하지만 제가 그 양말을 리다에게 주어서 잘했다고 생각합니다. 만일 주지 않았더라면 양심의 가책을 더더욱 느꼈을 겁니다.

가엾은 리다가 고마워하며 기쁘게 돌아간 뒤, 그제서야 나에게는 소름끼치도록 볼썽사나운 파랑과 빨강 줄무늬가 있는 양말밖에 남아 있지 않다는 것이 생각났습니다.

그것은 글렌의 조지프 버 부인이 기부해 주신 털실로 이번 겨울에 마서 할머니가 짜주신 겁니다. 몹시 꺼칠꺼칠한 털실로 혹투성이었어요. 저는 버 부인의 아이들이 그런 털실로 짠 옷을 입고 있는 걸 본 적이 없습니다.

그런데 메리 밴스에게서 들은 이야기에 의하면 남편께서 헌금을 약속하고도 버 아주머니는 자기가 쓸 수 없는 것이나 먹을 수 없는 것을 목사에게 기증하여 한 번도 낸 적 없는 목사의 봉급 부담금을 지불한 셈으로 치고 있다고 합니다.

저는 그 보기 싫은 양말을 도무지 신을 기분이 나지 않았습니다. 보기에도 아주 흉했고 꺼칠꺼칠하며 따끔따끔 찌르기도 했기 때문입니다. 차라리 모두의 웃음거리가 되는 게 나을 것 같았습니다.

처음에는 꾀병을 가장해 다음날 교회에 가지 않으려고 생각했지만 그런 일을 하면 안 된다는 것을 알았습니다. 왜냐하면 사람을 속이는 일이 되니까요. 어머니가 돌아가셨을 때, 어떤 일이 있어도 그것만은 절대로 안 된다고 아버지께서 말씀하셨어요.

거짓말하는 것도 나쁘지만 사람을 속이는 일은 더욱 나쁜 것입니다. 그런 짓을 하는 사람이 있다는 걸 저는 알고 있습니다. 바로 이 글렌 마을에 있습니다. 자기 자신은 하늘을 우러러 조금도 부끄럽다고 생각하지 않습니다. 차마 이름은 말하지 않겠습니다. 하지만 누구인지 저는 알고 있어요. 아버지도 알고 있습니다.

나는 그 뒤 감기에 걸리려고, 진짜 병에 걸리려고 모지게 마음먹고 감리교도 묘지에 남아 있던 눈더미 위에 맨발로 서 있었어요. 그랬는데 제리가 억지로 끌어내렸어요. 그런 일을 했는데도 전혀 병에 걸리지 않았기에 예배를 빠질 수가 없었지요. 그래서 구두만 신고 그대로 교회에 가기로 했습니다.

그것이 왜 그렇게 나쁜 일인지 나로선 알 수 없어요. 얼굴과 마찬가지로 발도 깨끗하게 씻었는데 말입니다. 아무튼 아버지 잘못이 전혀 아닙니다. 아버지는 서재에 틀어박혀 설교와 하느님 일만 생각하셨고, 저는 주일학교에 가기 전에 아버지를 방해하지 않도록 하고 있었으니까요.

아버지는 교회에서 사람의 발은 보시지도 않아서 제 발도 눈치 채지 못하셨어요. 하지만 소문내기 좋아하는 사람들은 그걸 보고 이러쿵저러쿵 떠들었어요. 그래서 사정을 말하고 싶어 '저널'지에 이 투서를 보내게 되었습니다.

나는 아주 나쁜 짓을 했어요. 모두들 그렇게 말하니 아마도 그럴 거라고 생각합니다. 잘못했다고 생각하고 있습니다. 그래서 월요일 아침, 플래그 씨 가게가 문을 열자 곧 아버지께서 검정 새 양말 두 켤레를 사주셨지만, 속죄하려는 마음에 그 보기 싫은 양말을 신고 있어요.

아무튼 그 일은 모두 제가 나빴어요. 이것을 읽은 뒤 아직도 아버지를 나무라는 이가 있다면 그 사람은 그리스도교인이 아니므로 뭐라고 하시든 아무 상관도 없어요.

끝맺기 전에 하나 더 하고 싶은 말이 있습니다. 에번 보이드 씨가 지난 해 자기 밭에서 감자를 훔친 것은 루 백스터네 사람이라고 말했다는 걸 메리 밴스에게서 들었습니다. 루 백스터네 사람들은 에번 보이드 씨 밭의 감자에 결코 손대지 않았습니다. 백스터네는 가난하지만 모두 정직한 사람들입니다.

그 일을 한 사람은 사실 저희들이에요—제리와 칼과 저입니다. 우나는 그때 없었습니다. 우리는 그것이 도둑질이라고는 생각하지 못했습니다.

어느 날 저녁, '무지개 골짜기'에서 송어를 기름에 튀겨 먹었을 때 감자를 몇 개 함께 구워서 먹고 싶었거든요. 보이드 씨네 밭이 '무지개 골짜기'와 마을 사이에 있었고 그곳에서 가장 가까웠으므로 울타리를 넘어 감자 줄기를 두세 개 뽑았지요. 그랬더니 아주 작은 감자만 달려 있었어요. 보이드 씨가 비료를 충분히 주지 않았기 때문입니다. 그래서 더 여러 줄기 뽑아서 겨우 먹을 만큼 모았어요. 하지만 어느 것이나 다 구슬 크기 만큼 작았답니다.

먹을 때는 월터와 다이도 있었지만 두 사람은 먹을 준비가 다 된 다음에 왔어요. 어디서 감자를 얻었는지 몰랐으니까 두 사람은 조금도 잘못하지 않았어요. 나쁜 것은 우리뿐입니다.

우리는 그런 짓을 할 생각은 없었어요. 하지만 그것이 훔친 게 된다면 대단히 죄송한 일을 했으므로 반드시 변상하겠습니다. 다만 우리가 어른이 될 때까지 기다려주세요. 안타깝지만 지금은 돈이 없습니다. 아직 어려서 돈벌이를 할 수 없고 마서 할머니에게서는 얻을 수 없어요. 아버지의 봉급이 적어서 제대로 받을 때도— 그런 일은 좀처럼 없지만—마지막 한푼까지 아껴 쓰지 않으면 생활할 수 없을 정도라고 합니다.

보이드 씨는 루 백스터 집안을 비난하며 나쁜 소문을 퍼뜨려서는 안 됩니다. 백스터네는 매우 결백하니까요.

삼가 올림
페이스 메러디스

미스 코닐리어, 생각을 바꾸다

앤이 황홀한 듯 말했다.

"수전, 나는 죽은 뒤에도 해마다 수선화가 뜰에 피면 지상으로 돌아오겠어요. 나는 누구의 눈에도 안 보이겠지만 그래도 여기 있을 거예요. 만일 그때 누군가 뜰에 있으면—나는 바로 지금과 같은 저녁 무렵에 오겠지만, 어쩌면 새벽에 올지도 몰라요—연한 핑크빛으로 물든 아름다운 봄 새벽에—갑자기 바람이 분 듯이 수선화들이 하늘거리며 고개를 끄덕거리는 걸 볼 수 있을 거예요. 실은 나에게 인사를 하고 있는 것이지만."

수전이 말했다.

"웬걸요, 마님. 죽은 뒤에는 수선화 같은 화려한 속세의 것은 생각하지 않게 될 거예요. 게다가 보이는지 안 보이는지는 모르겠지만 난 유령에 대해 믿지 않아요."

"어머나, 수전. 나는 무서운 유령은 결코 되지 않아요. 유령이라니 오싹하잖아요? 나는 지금 이 모습 그대로의 나이고, 그리고 저녁에도 새벽에도 희미한 어스름에 둘러싸여 가장 좋아했던 장소를 여기저기 둘러보는 거예요. 작은 꿈의 집을 떠날 때 내가 얼마나 슬펐는지 기억해요, 수전? 그 집을 좋아한 것처럼 잉글사이드를 좋아할 수는 없다고 생각했어요. 하지만 좋아지고 말았어요. 막대기 하나, 돌멩이 하나까지 무엇이고 모두."

"나도 이곳은 그런대로 마음에 들어요. 하지만 이 세상 것에 너무 애정을 가지면 안 돼요, 마님. 화재라든가 지진은 얼마든지 있으니까요. 평상시에 모든 것을 대비하는 마음이 필요해요. 항구 저편 톰 매컬리스터네 집이 사흘 전 밤에 몽땅 타버렸어요. 진상은 알 수 없지만요. 하지만 마님도 우리 집 굴뚝을 조사해 보는 게 좋아요. 미리 준비해두면 근심할 게 없다고 했으니까요.

아, 마셜 엘리엇 부인이 들어오는군요. 뭔가 난처한 얼굴을 하고 있어요."

"앤, 오늘 '저널'을 보았나요?"

미스 코닐리어의 목소리는 떨고 있었다. 흥분한 데다 가게에서 급히 와 숨이 찼기 때문이었다.

앤은 수선화 위로 허리를 구부리고 웃음을 숨겼다. 그날 앤과 길버트는 '저널' 제 1 면을 읽고 엄청 웃었던 것이다. 하지만 미스 코닐리어에게는 비극이라고 할 만한 큰 사건임을 알고 있으므로 그녀에게 들뜬 표정을 보여서 기분 나쁘게 해서는 안 된다고 생각했다.

미스 코닐리어는 속수무책이라는 듯이 물었다.

"너무하잖아요? 어떻게 된 것일까요?"

앤은 앞장서 베란다로 안내했다. 베란다에서는 수전이 뜨개질하면서 양쪽에 셜리와 릴러를 앉히고 공부를 시키고 있었다. 수전은 벌써 페이스의 두 번째 양말을 뜨기 시작하고 있었다. 수전은 가엾은 인류에 대해 고민하지 않았다. 자기가 할 수 있는 한 도울 일은 했지만 그에 대한 나머지는 한 점 흐림도 없는 마음으로 위대한 하느님의 힘에 맡겼다.

수전이 전에 앤에게 한 말이 있었다.

"코닐리어 엘리엇은 자기가 이 세상을 움직이기 위해 태어났다고 생각하고 있어요, 마님. 그래서 언제나 무언가에 마음을 조이고 있지요. 난 그런 것은 신경쓰지 않으니 언제나 마음 편히 살아갈 수 있어요. 하지만 그런 것을 생각하는 건 우리 같은 하잘것없는 인간이 할 일이 아니에요. 생각만 해도 불안해질 뿐 어떻게 잘 되는 것도 아니잖아요."

앤은 미스 코닐리어에게 푹신한 의자를 권하며 말했다.

"지금으로선 할 수 있는 일이 그리 떠오르지 않아요. 하지만 왜 그 투서를 기사화하는 것을 비커스 씨가 허락했을까요? 더 좋은 방법이 있다고 생각했었는데요."

"비커스 씨는 지금 회사에 없어요. 앤―일주일쯤 뉴브런즈윅에 가 있을 거예요. 그가 없는 동안 됨됨이가 좋지 않은 아들 조 비커스가 편집을 맡고 있어요. 비커스 씨라면 물론 그런 것을 싣지 않았겠죠, 감리교도지만 말예요. 하지만 조는 재미있겠다고 생각한 거죠.

앤 말대로 지금은 어쩔 도리 없어요. 소문이 가라앉기를 잠자코 기다릴 수밖에요. 하지만 어딘가에서 조 비커스를 붙잡기만 하면 여간해서는 잊지 못할 만큼 혼내 주겠어요. 마셜에게 곧바로 '저널' 구독을 그만두자고 말했는데, 그 사람은 크게 웃을 뿐이에요. 1년 동안 읽은 기사 가운데 어저께 '저널'이 유일하게 읽을 만했다는 거예요. 그는 이 일이 재미있다고 마냥 웃고만 다녀요. 감리교도나 마찬가지예요!

위 글렌의 버 부인은 당연히 화가 머리 끝까지 나서 교회를 떠날 거예요. 어떤 점으로 보아도 손해날 건 없지만, 감리교인들은 환영해 마지않겠지요."

수전은 화제가 되고 있는 부인과 전부터 뜻이 맞지 않았다. 때문에 페이스의 투서 속에 버 부인의 이름이 나와 있는 것에 은근히 기분이 좋아져 있었다.

"버 부인으로선 자업자득이지요. 감리교 목사를 상대로 해선 봉급 몫을 지불하지 않고 나쁜 털실로 속일 수는 없을 거예요."

미스 코닐리어가 우울하게 말했다.

"무엇보다 곤란한 것은 얼마 동안 지금의 상태가 개선될 가망이 없다는 거예요. 나는 메러디스 목사가 로즈머리 웨스트의 집에 다니고 있는 한 목사관에도 곧 훌륭한 안주인이 생기리라는 희망을 가지고 있었어요. 하지만 그 희망도 아예 없어져버렸어요. 아이들 때문에 로즈머리는 목사님과 결혼하지 않을 거예요—적어도 모두 그렇게 생각하고 있어요."

"목사님은 로즈머리에게 아직 결혼신청을 하지 않았을 거예요."

수전으로선 누구든 목사의 결혼신청을 받고도 거절한다는 건 생각할 수 없었다.

"그것에 대해서는 아는 게 없어요. 하지만 한 가지는 확실해요. 목사님은 이제 웨스트네 집에 다니지 않아요. 로즈머리는 올봄에 몸이 좋지 않은 것 같았어요. 킹스포트에 간 것이 효험이 있었으면 해요. 로즈머리가 전에 집을 떠난 게 언제였는지 기억나지 않아요. 로즈머리와 엘런은 떨어져 있지 못해요. 그런데 이번에는 엘런 쪽에서 가도록 권한 모양이에요. 그 뒤 엘런과 노먼 더글러스는 옛정을 되살리고 있는 모양이더군요."

앤이 웃으며 물었다.

"정말이에요? 소문은 들었지만 도무지 믿어지지 않았어요."

"정말이에요. 믿어도 괜찮아요, 앤. 모두 알고 있는 일이니까요. 노먼 더글러스라는 남자는 어떤 일을 하든지 숨기지 않아요. 여자에게 구애하는 일도 공공연하게 해왔어요.

마셜을 붙잡고 엘런에 대해 벌써 몇 해 동안 생각지도 않았었는데, 지난해 가을 처음으로 교회에 가서 만났을 때 다시금 반해 사랑에 빠졌다고 말했다더군요. 믿을 수 있어요? 그는 엘런과 20년이나 만나지 않았어요. 물론 노먼은 교회에 다니지 않았고 엘런도 이 근처 어디에도 나다니지 않았지요. 노먼이 어쩔 셈인지 그건 모두 알고 있지만 엘런의 마음은 별문제예요. 결혼할 것인지 아닌지 나로선 말할 수 없군요."

"노먼은 전에 엘런을 버렸어요, 마님."

수전의 말투에는 가시가 돋혀 있었다.

미스 코닐리어가 말했다.

"흥분한 나머지 버렸지만 그 뒤 계속 후회하고 있답니다. 인정사정 없이 매몰차게 버리는 것과는 이치가 다르지요. 나는 다른 사람들처럼 노먼을 싫어하지는 않아요. 노먼은 절대 나를 이길 수는 없었으니까요.

그런데 노먼이 어떻게 해서 다시 교회에 나오게 되었는지 궁금해요. 가정부 윌슨 부인은 페이스 메러디스가 찾아가 교회에 나오도록 그를 위협했다고 말하지만 나로선 믿을 수 없어요. 페이스에게 물어보려고 생각하면서도 막상 만났을 때는 그만 잊어버려요. 페이스에게 어떻게 노먼 더글러스를 움직일 만한 힘이 있었을까요?

내가 가게를 나올 때 노먼은 아직 거기에 있었는데 그 화제의 편지를 가지고 몹시 웃고 있었어요. 포 윈즈 곶까지 들릴 만한 소리로 외쳤지요.

'정말 대단한 아가씨야. 원기가 왕성해서 저도 모르게 터지지. 그것을 아주머니들이 모여서 길들이려고 해. 어리석은 짓이야. 그들은 결코 할 수 없어—결코! 물고기를 물에 빠뜨려 보라지. 보이드, 내년에는 감자에 비료를 더 주는 걸 잊지 말게, 헛허허!'

이렇게 말하고는 지붕이 흔들릴 만큼 크게 웃었어요."

수전이 말했다.

"목사님 봉급을 많이 지불해 준답니다."

"그래요, 노먼은 어디로 보나 인색하지는 않아요. 눈 하나 깜박하지

도 않고 천 달러를 내면서, 다른 한편으로는 뭔가를 사는 데 5센트 더 내겠다고 고함지르지요.

그리고 노먼은 메러디스 목사의 설교가 마음에 든다고 했어요. 노먼은 마음에 드는 일을 위해서는 언제나 돈을 척척 내놓는 성미예요.

노먼은 그리스도교도로서 신앙심이 깊은 데는 전혀 없고, 아프리카의 벌거벗은 흑인 이교도와 비슷해요. 앞으로도 그것은 바뀌지 않을 거예요. 하지만 머리가 좋고 넓은 범위의 책을 두루두루 읽고 있으며, 스스로도 설교를 할 수 있을 만큼 좋고 나쁨을 잘 알고 있어요.

아무튼 노먼이 메러디스 목사와 아이들의 뒤를 밀어주어서 큰 도움이 되고 있어요. 그들은 앞으로 지금 이상으로 더 좋은 친구가 필요하니까요. 나는 그 사람들을 위해 변명하러 다니는 데 이젠 지쳤어요, 정말."

앤이 진지하게 말했다.

"우리는 너무 변명하고 다니는 것 같아요, 미스 코닐리어. 그런 일은 바보스러우니까 그만둬야 해요. 사실은 내가 어떻게 하고 싶었는지 이야기하겠어요. 물론 실제로는 하지 않겠지만."

앤은 수전의 눈에 놀라움의 빛이 떠오른 것을 알아차렸다.

"이건 너무 관습에서 벗어나는 일일 거예요. 위엄이 갖추어지는 나이가 되면 우리는 관습에 맞춰 살든가 죽든가 해야 하죠. 하지만 이렇게 해보고 싶어요.

부인회와 해외전도원조회와 편물 클럽을 한 장소에 모아서, 그곳에 메러디스 집안을 비난하는 감리교인도 모두 오게 하는 거예요—사실 우리 장로교인들이 비난하거나 변명하는 일을 그만두면 다른 종파 사람들이 우리 목사님 집안에 일부러 간섭하는 일도 없어질 거라고 생각해요.

아무튼 모인 사람들을 향해 이렇게 말하는 거예요. 그리스도교인 여러분—그리스도교인이라는 말에 특별히 힘을 넣어야 해요—여러분에게 드릴 말씀이 있어요. 성심성의껏 이야기를 해드릴 테니 여러분도 집에 가셔서 가족들에게 이 이야기를 전해 주세요. 감리교인들은 우리를 가엾다고 동정하실 필요 없고, 우리 장로교인도 자신을 가엾게 여길 필요가 없어요. 우리는 이제 그런 일을 그만두기로 했어요.

　비판의 눈을 보내는 사람에게도, 동정의 눈을 보내는 사람에게도 당당히 가슴을 펴고 진심으로 이렇게 말씀드리겠습니다. 우리는 목사님과 그 가족을 자랑스럽게 생각합니다. 글렌 세인트 메리 교회에 메러디스 목사님만큼 훌륭한 설교를 하시는 분을 맞은 일은 지금까지 없었습니다. 게다가 메러디스 목사는 성실하고 열성적이며 진실과 사랑의 스승입니다. 충실한 벗이며 모든 면에 사려 깊고 분별이 있는 목사님이시고, 세련된 학자다운 고상한 분입니다.

　메러디스 목사의 가족들도 마찬가지로 더할 나위 없이 훌륭합니다. 제럴드 메러디스는 글렌에 있는 학교에서 가장 머리가 좋은 학생이며, 해저드 선생이 제럴드에겐 빛나는 앞날이 약속되어 있다고 말씀했어요. 사내답고 훌륭하며 정직한 아이입니다.

　페이스 메러디스는 어여쁜 아이입니다. 아름다울 뿐 아니라 활력이 넘치고 독창성이 뛰어납니다. 평범한 점은 전혀 없어요. 온 글렌의 여자아이들을 모두 합쳐도 페이스가 갖고 있는 활기, 기지, 명랑함, '강한 용기'에는 당해내지 못합니다. 이 세상에는 페이스를 상대할 적이 없어요. 페이스를 알고 있는 사람은 한 사람도 빠짐없이 그녀를 좋아하게 됩니다.

　칼 메러디스는 개미·개구리·거미 같은 것들을 무척 좋아해요. 그러니 앞으로 온 캐나다—아니, 온 세계가 존경하는 생물학자가 될 거예요.

　이 글렌에, 또는 어느 다른 곳에 이렇게 자랑스럽게 말할 수 있는 가족이 있을까요? 부끄럽게 변명하고 사과하는 일은 이제 그만둡시다. 우리는 훌륭한 목사님과 아이들을 갖게 된 것을 기뻐하고 있습니다!"

앤은 연설을 끝냈다. 열렬한 연설을 했기에 숨이 찬 까닭도 있지만, 미스 코닐리어의 얼굴을 보자 그 이상 이야기를 이을 수 없었다. 성품좋은 미스 코닐리어는 어안이 벙벙해서 앤을 빤히 바라보고 있었다. 계속 떠오르는 새로운 생각의 큰 물결에 휩싸여 어리둥절해 있었다. 그러나 곧 숨을 들이키더니 용감하게 앞으로 나아가 말하기 시작했다.

"앤 블라이스, 그런 모임을 열어서 방금 한 말을 그대로 했으면 좋겠어요! 앤은 나 자신을 부끄럽게 만들었어요. 인정하지 않을 수 없어요. 물론 우리는 처음부터 그런 태도를 취해야 했던 거예요—특히 감리교 신도들 앞에서는.

그리고 앤이 한 말은 어느 것이나 모두 진실뿐이에요—모두. 우리는 여태껏 훌륭하고 가치있는 것에는 눈을 감고 도리어 바늘구멍으로만 들여다보며 대수롭지 않은 하찮은 일들만 들쑤시고 떠들었던 거예요.

아, 앤. 나도 머리에 넣기만 하면 무엇이든 잘 알 수 있어요. 이 코닐리어 마셜은 앞으로 절대로 용서를 빌지 않겠어요! 이제부터는 당당하게 얼굴을 들고 있겠어요—다만 메러디스 집안이 다시 놀랄 일을 한다면 언제나처럼 이렇게 앤과 이야기해서 기분을 누그러뜨릴 생각이에요.

그 편지도 실은 심한 것으로 여기고 있었지만—아무것도 아닌 재미있는 일이잖아요, 노먼이 말한 대로. 귀여워요, 그런 것을 글로 쓰려고 생각하는 아이는 그렇게 흔하지 않지요—구두점을 제대로 찍었고 틀린 글자도 전혀 없었어요.

투서에 대해 감리교도들이 뭐라고 말한다면—조 비커스의 일은 아무래도 결코 용서할 수 없지만—가만히 있지 않겠어요, 정말이지! 다른 아이들은 오늘 밤 어디에 있지요?"

"월터와 쌍둥이는 '무지개 골짜기'에 있어요. 젬은 다락방에서 공부하고 있죠."

"모두 '무지개 골짜기'를 무척이나 좋아하는군요. 메리 밴스는 '무지개 골짜기'를 세계에서 으뜸가는 멋진 곳이라고 생각하고 있어요. 내가 좋다고 하면 밤마다 올 거예요. 하지만 나는 메리에게 놀러다니는 버릇을 붙이게 하고 싶지 않아요.

게다가 그 아이가 옆에 없으면 쓸쓸해요, 앤. 그 애가 이처럼 귀엽게 여겨지리라고는 꿈도 꾸지 못했어요. 그렇다고 잘못하는 점이 눈에 띄어도 지적하지 않는 건 아니에요. 그래도 저 아이는 우리 집에 온 뒤 나에게 건방진 말은 한 마디도 하지 않았고 열심히 일해 주고 있어요—뭐라고 해도, 결국 나는 옛날 만큼 젊지 않죠. 그렇다고 나이먹는 걸 거부하고 싶지도 않아요. 지난번 생일로 59살이 되었어요. 그렇게 나이를 먹었다는 느낌은 없지만, 우리 집 성서에 기록되어 있는 해를 부정할 수는 없으니까요."

성가음악회

　미스 코닐리어는 생각을 바꾸었지만, 목사관 아이들이 그 다음에 저지른 일 때문에 좀 당황하지 않을 수 없었다.

　사람들 앞에서 그 사건은 훌륭하게 처리되었다. 소문내기 좋아하는 사람들 앞에서 앤이 수선화가 피었을 무렵에 했던 연설을 다시 했던 것이다. 더욱이 열의를 담아서 똑똑히 이야기했기에 듣고 있던 사람들은 자기들이 어리석었다고 느끼고, 어린애다운 장난에 너무 떠든 게 아닌가 반성하기 시작했다.

　하지만 미스 코닐리어는 혼자 있을 때면 몰래 앤에게 한탄하며 기분을 풀었다.

　"앤, 저 아이들은 지난주 목요일 저녁 때 감리교인들이 기도회를 하고 있을 때 묘지에서 음악회를 열었다더군요. 한 시간이나 헤저키어 폴록의 묘석에 앉아 노래를 불렀대요. 물론 거의 찬송가를 불렀기에 그것뿐이라면 별일 없었을 거예요. 그런데 마지막에 '날마다 빈둥빈둥'이라는 노래를 불렀답니다—그것도 마침 백스터 집사가 기도를 올릴 때였다는 군요."

　수전이 말했다.

"그날 저녁은 나도 그 자리에 있었어요. 마님에게는 아무 말씀도 드리지 않았지만, 하필이면 그날 저녁을 골라서 참 안됐다고 생각하지 않을 수 없었어요. 죽은 사람들 터에 앉아서 하찮은 노래를 소리 높여 부르는 것을 듣고 있으니 소름이 끼쳤어요."

미스 코닐리어가 신랄하게 말했다.

"감리교도 기도회에서 도대체 뭘하고 있었어요?"

그러자 수전이 딱딱하게 대꾸했다.

"감리교회에 매력을 느껴서 간 것은 아니에요. 그리고 감리교도들이 무슨 말을 하든 잠자코 있지 않았다고 말하려던 참인데 부인이 말을 가로막아서 기분이 몹시 나쁘군요. 교회에서 나올 때 벡스터 집사부인이 '저런 부끄러운 짓을 하다니!'라고 하기에 나도 그 부인의 눈을 노려보고 말해 주었어요.

'저 아이들은 모두 노래를 잘 불러요. 댁의 교회 성가대원들은 기도회에 참석하지 않는 것 같군요, 벡스터 부인. 노랫 소리의 가락이 맞는 것은 주일뿐이네요!'

그러자 부인이 몹시 얌전해지기에 잘 공격해 주었다고 생각했어요. 하지만 그 아이들이 '날마다 빈둥빈둥'을 부르지 않았더라면, 마님, 더 철저하게 공격할 수 있었을 거예요. 그런 노래를 묘지에서 부르다니 생각만 해도 끔찍해요."

길버트가 말했다.

"죽은 사람 가운데에도 살아 있었을 때 '날마다 빈둥빈둥'을 노래부른 사람이 있지 않았을까요, 수전. 지금도 그 노래를 듣고 좋아할지도 몰라요."

미스 코닐리어는 나무라듯 길버트를 노려보고 결심했다. 언젠가 기회를 보아서 그런 말을 하지 않도록 의사선생에게 충고하라고 앤에게 은밀히 말해 두지 않으면 안 된다. 의사 영업에 지장이 생길지도 모른다. 사람들은 길버트가 진정한 그리스도교도가 아니라고 생각할 것이다. 마셜 쪽이 늘 더 심한 말을 하지만 마셜은 공인이 아니다.

"메러디스 목사는 그동안 계속 서재에 있으면서 창문을 열어둔 채 있었던 모양인데, 아이들에 대해 전혀 눈치채지 못했답니다. 물론 여느 때처럼 책에 열중하고 있었겠지요. 하지만 나는 어제 목사님이 오셨을 때 그 일을 일깨워 주었어요."

수전이 노여움에 비난섞인 말을 했다.

"어떻게 감히 그런 짓을 할 수 있어요, 마셜 엘리엇 부인?"

"감히라니! 누군가가 용기를 내서 말해야 할 때에요. 메러디스 목사는 '저널'에 게재된 투서에 대해서도 모른다고 했어요. 아무도 이야기해 주지 않았기 때문이지요. 물론 메러디스 목사는 '저널' 같이 세상일에 대한 것은 읽지 않아요. 하지만 앞으로 이런 일이 일어나지 않게 하기 위해서는 메러디스 목사에게 알려야만 된다고 생각했어요. 메러디스 목사는 '아이들과 이야기하겠다'고 했어요. 하지만 문을 나서는 순간 깜박 잊어버리는가봐요.

메러디스 목사는 유머 감각이 없어요, 앤. 이번 주일에 '자녀 교육 방법'이라는 제목으로 훌륭한 설교를 했지요─교회에 있던 사람들은 저마다 생각하고 있었어요. '당신이 설교대로 실행할 수 없어서 안됐군요'라고요."

메러디스 목사는 그녀가 한 이야기를 금방 잊어버린 게 틀림없다는 미스 코닐리어의 생각은 맞지 않았다. 사실 메러디스 목사는 혼란스러운 마음으로 집에 돌아갔다. 그리고 아이들이 그렇게 늦게까지 돌아다녀서는 안 될 시간까지 '무지개 골짜기'에서 놀다가 돌아오자 서재로 불렀다.

아이들은 얼마쯤 겁을 먹고 들어갔다. 아버지가 서재로 부르는 것은 드문 일이었기 때문이다. 무슨 말씀을 하실까? 최근에 꾸중들을 만한 나쁜 짓을 과연 했던가, 기억을 아무리 더듬어봐도 생각나지 않았다.

칼은 이틀 전 밤, 피터 플래그 부인이 입은 비단 드레스에 잼을 떨어뜨렸다. 그 부인은 마서 아주머니의 권유로 저녁 식사를 하러 왔었다. 그러나 메러디스 목사는 눈치채지 못했고, 플래그 부인은 퍽 상냥한 분이었으므로 아무 말도 하지 않았다. 그리고 칼은 자기에게 주는 벌로 그날 밤 내내 우나의 옷을 입고 지냈다.

우나는 아버지가 미스 웨스트와 결혼하겠다고 식구들에게 이야기할지도 모른다고 생각하고 바짝 긴장했다. 가슴이 심하게 두근거렸고 다리가 후덜덜 떨렸다. 아버지는 엄하고 슬픈 표정을 하고 있었다. 아니다, 그 일은 아닐 것이다.

아버지가 말했다.

"너희들에 대한 이야기를 듣고 아버지는 마음이 아프다. 지난주 목요일 다들 묘지에 앉아서 이상한 노래를 불렀다는데, 그게 정말이냐? 그것도 감리교인들이 한참 기도를 올리고 있는 중이었다고 하던데?"

제리가 놀라서 외쳤다.

"그래요, 아빠. 저희들은 감리교인들의 기도회 밤이라는 걸 모두 까맣게 잊어먹었어요."

"그러면 정말이었구나—그런 일을 한 게?"

"하지만 아빠, 왜 이상한 노래라고 하시죠? 우리는 찬송가를 불렀어요—성가음악회였으니까요. 그게 뭐 나쁜데요? 감리교인들의 기도회 밤이라는 건 정말 몰랐어요. 전에는 화요일에 했었으므로 목요일로 바뀐 것을 깜박 잊어버렸지요."

"찬송가 말고는 아무 노래도 부르지 않았단 말이냐?"

제리는 얼굴이 새빨개졌다.

"아참, 그러고 보니 마지막에 '날마다 빈둥빈둥'을 불렀어요. 페이스가 끝맺음으로 뭔가 즐거운 노래를 부르자고 했거든요. 하지만 우리는 감리교인들을 훼방 놓을 생각은 없었어요. 정말이에요."

페이스가 나직이 말했다.

"음악회를 열자고 한 것은 나였어요, 아버지."

제리만이 욕을 먹어서는 안된다고 여겼기 때문이다.

"감리교인들이 3주일 전 교회에서 음악회를 열었어요. 그래서 그것을 본따서 하면 재미있을 거라고 생각했었지요. 감리교인들은 음악회에서도 기도를 드렸지만 저희들은 빼버렸어요. 왜냐하면 사람들이 우리가 묘지에서 기도드리는 것은 형편없는 짓이라고 나무라는 말을 들었거든요. 그때 아버지는 줄곧 여기에 계셨어요."

그리고 그녀는 덧붙여 말했다.

"하지만 아버지는 아무 말도 하지 않았잖아요?"

"너희들이 무엇을 했는지 몰랐기 때문이지. 물론 변명은 되지 않지만. 너희들 책임이라기보다 내 책임이다—그건 알고 있어. 그런데 마지막에 왜 그런 어리석은 노래를 불렀지?"

제리가 중얼거렸다.

"아무 생각없이 불렀어요."

'천사들의 모임'에서 페이스를 붙잡고, 생각이 모자란다고 엄청나게 잔소리한 것을 생각하며 설득력 없는 변명이라는 느낌이 들었다..

"죄송해요, 아버지—정말 잘못했다고 생각해요. 우리들을 심하게 꾸짖어 주세요—우리들은 정기적으로 콧대를 꺾어줘도 마땅해요."

하지만 메러디스 목사는 벌을 주지 않았고 꾸중도 하지 않았다. 앉은 채로 어린 죄인들을 자기 주위에 끌어당겨 이해할 수 있도록 얼마 동안 타일러주었다. 아이들은 뉘우침과 부끄럼으로 가득차 두 번다시 그런 바보스럽고 경솔한 짓은 하지 않겠다고 생각했다.

고개를 떨구고 2층으로 올라가면서 제리가 작은 소리로 말했다.

"이번 일로 우리는 더 엄한 벌을 받아야 해. 내일 아침 맨 먼저 '천사들의 모임' 회의를 열어서 어떻게 할 것인지 결정하자. 아버지가 저렇게 마음 아파하는 것은 처음 봤어. 하지만 감리교인들도 무슨 요일에 기도회를 하는지 결정하고 나면 이리저리 갈팡질팡하며 바꾸지 않았으면 좋겠어."

우나가 작은 소리로 혼잣말을 했다.

"그래도 내가 걱정했던 일이 아니어서 잘 됐어."

아이들이 가버린 뒤, 서재에서 메러디스 목사는 책상 앞에 앉아 두 손에 얼굴을 묻고 있었다.

메러디스 목사는 말했다.

"하느님, 힘을 빌려주옵소서! 저는 부족한 아버지입니다. 아아, 로즈머리! 당신이 마음을 열어준다면 좋을 텐데!"

단식일

　이튿날 아침 '천사들의 모임'은 학교에 가기 전 임시 집회를 열었다. 여러 가지 벌을 생각했지만 결국 단식이 가장 알맞다고 결정했다.

　제리가 말했다.

　"우리는 꼬박 하루 동안 아무것도 먹으면 안 돼. 아무튼 나는 단식이 어떤 것인지 전부터 한번 해보고 싶었는데 마침 잘 됐어."

　우나가 물었다.

　"무슨 요일로 하지?"

　우나는 단식하는 것쯤은 아주 쉬운 일이라고 여겨져, 제리나 페이스가 어째서 좀 더 어려운 것을 궁리해 내지 않을까 이상하게 생각되었다.

　페이스가 말했다.

　"월요일로 하자. 일요일에는 대개 배불리 먹지만 월요일에는 먹을 게 별로 없으니까."

　제리가 소리쳤다.

　"그게 중요한 거야. 우리는 가장 쉬운 날이 아니라 가장 괴롭게 여겨지는 날에 단식해야 해—말하자면 일요일이야. 페이스도 방금 말했듯 일요일에는 대개 찬 '디토' 대신 로스트비프가 있으니까. '디토'를 안 먹는 것으로 벌을 받는다고 할 수는 없어.

다음 일요일로 하자. 아버지가 위 로브리지 목사님과 바꾸어 설교하는 날이니 좋을 것 같아. 저녁때까지 돌아오시지 않으니까. 만일 마서 할머니가 왜 그러느냐고 묻거든 우리는 정신을 맑게 하기 위해 단식하는 거라고 솔직히 말하면 돼. 단식에 대해서는 성경에 씌어 있으니 할머니도 방해하지 않으실 거야."

물론 마서 할머니는 방해하지 않았다. 다만 성미 까다로운 얼굴로 중얼거렸다.

"'어린 불량배들'이 뭔가 바보짓을 하고 있나보군."

그 뒤로는 전혀 마음쓰지 않았다.

메러디스 씨는 아침 일찍, 아직 아무도 깨어나기 전에 집을 나섰다. 그도 아침 식사를 하지 않았으나 그것은 흔히 있는 일이었다. 메러디스 씨는 한 달의 반쯤은 아침 식사하는 것을 너무나 바쁜 나머지 잊어버렸으며, 그날은 먹으라고 말해 주는 사람도 없었다. 아침 식사는—마서 아주머니의 아침 식사는 먹지 못해도 결코 아깝지 않았다. 메리가 경멸한 멍울투성이 오트밀이며 탈지유를 못 먹었어도 배고픈 '어린 불량배들'조차 그리 괴롭지 않았다.

그러나 점심때는 그렇지 않았다. 이 무렵 아이들은 몹시 배가 고파 온 목사관에 풍기는 맛있는 로스트비프 냄새를 맡자, 비록 그것이 덜 구워졌다 하더라도 먹고 싶어 참을 수 없게 되었다. 아이들은 죽을 힘을 다해 냄새가 미치지 않는 묘지 쪽으로 달아났다.

그러나 우나는 아무리 그쪽을 보지 않으려 해도 식당 창문에서 눈을 뗄 수 없었다. 거기에는 유유히 앉아서 식사하고 있는 위 로브리지의 목사님 모습이 보였다.

우나는 한숨을 내쉬었다.

"하다못해 아주 작은 한 조각이라도 좋으니 먹었으면."

제리가 정신을 차리고 명령했다.

"자, 그런 말 하지 않기. 물론 힘들어. 그것이 벌이야. 나는 지금 조각한 가짜로 만든 음식이라도 먹을 수 있을 정도지만 결코 불평하지 않잖아. 뭔가 다른 생각을 하자. 위장이 있다는 것도 말끔히 잊어버려야 해."

저녁 식사 때가 되자, 이제는 점심 때처럼 배고픔이 느껴지지 않았다.

페이스가 말했다.

"우리는 이제 꽤 익숙해져 버린 것 같아. 속이 텅 비어버린 아주 기묘한 느낌이 들지만 배고파 못 견디겠는 것과는 달라."

우나가 말했다.

"내 머리는 이상해. 가끔 빙글빙글 돌아."

그래도 우나는 용감하게 다른 아이들과 함께 교회에 갔다. 만일 메러디스 씨가 그토록 자기 설교에 열중해 있지 않았다면 단 아래 목사 가족석에 앉은, 눈이 쑥 들어간 조그맣고 파리한 얼굴을 알아차렸으리라.

그러나 메러디스 씨는 아무것도 깨닫지 못했으며 더욱이 오늘 저녁 설교는 여느 때보다 좀 길었다. 다음으로 메러디스 씨가 막 마지막 찬송가 번호를 말하려 했을 때였다. 우나가 목사관 자리에서 굴러떨어져 바닥에 정신을 잃고 쓰러지고 말았다.

클로 장로부인이 맨 먼저 달려가 새파랗게 질린 얼굴로 두려워 벌벌 떨고 있는 페이스의 팔에서 우나의 여위고 작은 몸을 안아올려 성구실로 옮겨갔다. 메러디스 씨는 찬송가고 뭐고 모두 잊어버리고 미친 듯 뒤쫓아갔다. 신도들은 적당히 마무리짓고 예배를 끝냈다.

페이스가 숨을 몰아쉬며 물었다.

"클로 아주머니, 우나는 죽었을까요? 우리는 우나를 죽이고 만 것일까요?"

얼굴이 새파래진 아버지가 물었다.

"우리 아이는 어떻게 되었습니까?"

클로 부인은 대답했다.

"기절했을 뿐이라고 여겨집니다만. 아, 고맙게도 의사선생님이 오셨어요."

길버트는 온갖 방법을 다했으나 우나는 좀처럼 의식을 되찾지 못했다. 한참 손을 쓴 뒤 우나는 가까스로 눈을 떴다. 길버트는 우나를 안고 목사관으로 갔고, 페이스는 마음이 놓여 흐느껴 울며 뒤따라 갔다.

"우나는 배가 고팠을 뿐이에요. 오늘 하루 종일 아무것도 안 먹었는걸요. 우리는 모두 아무것도 먹지 않았어요. 모두 단식했거든요."

놀란 메러디스 씨가 외쳤다.

"단식!"

길버트가 말했다.

"단식이라고?"

페이스가 말했다.

"네, 묘지에서 '날마다 빈둥빈둥'을 부른 데 대해 우리 스스로가 내린 벌이에요."

메러디스 씨가 말했다.

"페이스, 그런 일 때문에 스스로를 벌할 필요는 없었어. 그래서 내가 너희들을 얼마쯤 꾸중하고 말았던 것이고, 너희들도 모두들 잘못했다고 뉘우치지 않았니. 그리고 나는 너희들을 용서해 주었잖느냐."

페이스가 설명했다.

"네, 하지만 우리는 벌받아야만 했어요. 그것이 우리 규칙이거든요—'천사들의 모임'에서 정한 거예요—만일 어떤 나쁜 짓이나 아버지가 신도들에게 체면을 깎일 만한 짓을 하면 우리는 스스로를 벌해야만 해요. 아무도 우리를 돌보며 키워줄 사람이 없으니 우리끼리 예

의범절을 길러나가는 거예요."

메러디스 씨는 신음했지만 길버트는 마음이 놓이는 표정으로 우나 곁에서 일어났다.

길버트가 말했다.

"이 아이는 못 먹어서 기절한 것이니 뭐든 알맞은 음식만 주면 되겠습니다. 클로 부인, 죄송하지만 뭘 좀 가져다 먹여주시겠습니까? 그리고 페이스의 말을 들으니 다른 아이들에게도 뭘 좀 먹게 하는 게 좋겠군요. 그렇지 않으면 기절하는 아이가 더 나올지도 모르니까요."

페이스가 후회하며 말했다.

"우리는 우나에게 단식을 시키는 게 아니었어요. 제리와 나만 벌받았더라면 좋았을걸. 우리 둘이 음악회를 열었고, 게다가 우리는 우나보다 나이가 위니까요."

우나가 나직한 목소리로 말했다.

"나도 함께 '날마다 빈둥빈둥'을 노래했어요. 그러니 나도 벌받아야 해요."

클로 부인이 컵에 우유를 담아가지고 왔다. 페이스와 제리와 칼은 몰래 빠져서 부엌으로 갔고 메러디스 씨는 서재로 물러갔다. 그리고 그는 불도 켜지 않고 앉아서 오래오래 괴로워했다.

그렇구나, 아이들은 자신의 힘으로 예의범절을 길러왔단 말인가? '아무도 돌보며 키워줄 사람이 없기' 때문이다―아무리 어려워도 이끌어줄 손도, 의논할 사람도 없으므로 조그마한 머리로 좋은 방법을 짜내며 몸부림치고 있다. 페이스의 천진난만한 말이 아버지의 마음에 가시처럼 박혔다. 아이들을 돌봐줄 사람이 '아무도 없는' 것이다―조그마한 마음을 위로하고 조그마한 몸을 보살펴줄 사람이.

아까 우나가 정신을 잃고 성구실 소파에 누워 있었을 때 어쩌면 그토록 약하디약하게 보였던가! 손은 너무도 가늘고 조그마한 얼굴은 너무도 창백했다! 숨을 후하고 불면 눈 깜짝할 사이에 팔 안에서 스르르 빠져나가 멀리 날아가버리고 말 것처럼 보이기까지 했다—가엾은 우나, 더욱이 그 애는 아내 시실리어가 특별히 신경 써서 키워달라고 부탁하고 간 아이인데.

아내가 세상을 떠난 뒤 아까처럼 정신을 잃고 있는 작은 딸 옆에 있었던 때만큼 괴롭고 두려운 마음을 가져본 일은 없었다. 어떻게든 하지 않으면 안 된다—하지만 어떻게 하면 좋단 말인가?

일리저버스 커크에게 결혼해 달라고 부탁할까? 그녀는 좋은 사람이다—아이들에게 상냥하게 대해줄 것이다. 로즈머리 웨스트를 사랑하고 있지 않다면 그렇게 되었을지도 모른다. 하지만 그 마음을 없애버리지 않는 이상 다른 여자에게 결혼을 신청할 수는 없다. 그는 로즈머리에 대한 마음을 깨뜨려 버릴 수 없었다—시도해 보았지만 불가능했다.

그날 밤 로즈머리는 교회에 와 있었다. 킹스포트에서 돌아온 뒤 처음 참석했다. 설교를 끝냈을 때, 많은 사람으로 혼잡한 뒤쪽에 로즈머리 얼굴이 얼핏 보였다. 그의 심장이 심하게 철렁했다. 찬양대가 '헌금을 위한 노래'를 부르는 동안 그는 머리를 떨구고 가슴을 울렁거리며 앉아 있었다. 로즈머리에게 결혼을 신청한 그날 뒤로 본 적이 없었다. 찬송가 지시를 하기 위해 일어섰을 때 그의 손은 부들부들 떨리고 있었으며 창백한 얼굴이 장밋빛으로 물들어 있었다.

그때 우나가 정신을 잃었으므로 모든 것이 그의 마음에서 사라져 버렸다.

어두운 서재에 혼자 앉아 있는 지금, 그것이 심한 파도처럼 되돌아왔다. 그에게는 로즈머리가 세상에서 오직 한 사람의 여자였다. 다른 여자와의 결혼은 생각하는 것조차 괴로웠다. 아무리 아이들 때문이라 하더라도 하느님을 모독하는 일은 할 수 없었다. 자기 혼자 무거운 짐을 짊어지고 가지 않으면 안 된다—더 주의력 깊은 좋은 아버지가 되도록 노력해야 한다—아이들에게 어떤 작은 고민이라도 좋으니 두려워 말고 상담해 오도록 말하지 않으면 안 된다.

　그렇게 생각하고 그는 램프를 켜고 두꺼운 새 책을 펼쳤다. 종교계에 논쟁을 불러일으킨 책이었다. 마음이 가라앉도록 제 1 장만 읽기로 했다. 5분이 지났을 때 그는 이 세상의 일도 괴로움도 모두 잊어버렸다.

무시무시한 이야기

6월 첫무렵 저녁 나절 '무지개 골짜기'는 매우 유쾌한 곳으로, 숲속 빈터에 앉아 있는 아이들도 그렇게 느끼고 있었다.

'연인의 나무' 가지에 달린 방울이 마치 요정 방울처럼 딸랑딸랑 울리고 있었으며 '하얀 숙녀'는 초록빛 머리를 빗고 있었다. 바람이 충실하고 다정한 친구처럼 아이들에게 웃어보이며 속삭이고 있었다. 분지에서는 어린 양치류가 좋은 향기를 흩뿌렸다. 야생 벚나무가 골짜기 여기저기에 흩어져 검은 전나무 사이에서 안개처럼 하얗게 피어올랐다. 잉글사이드 뒤쪽 단풍나무숲에서 울새가 지저귀고 있었다. '무지개 골짜기' 저쪽 글렌 마을 비탈에서는 꽃이 가득 핀 과수원이 저녁 어둠의 베일에 둘러싸여 향긋한 냄새를 풍기고 마법에 둘러싸인 듯 멋진 모습으로 떠올라보였다.

봄이었다. 봄이 되면 젊은 마음은 들뜨게 된다. 그날 저녁 '무지개 골짜기'에 모인 아이들도 들떠 있었다—메리 밴스가 헨리 워런의 이야기를 해서 피가 얼어붙을 만큼 벌벌 떨게 하기 전까지는.

젬은 그 자리에 없었다. 저녁이 되면 잉글사이드 다락방에서 입학 시험에 대비하여 열심히 공부하고 있었다. 제리는 못으로 가서 송어를 낚고 있었다. 월터가 롱펠로의 바다에 대한 시를 읽고 있는 중이어서 모두들 배의 아름다움과 불가사의함에 빠져 있었다.

그 다음에는 앞으로 크면 어떻게 할 것인지를 이야기하였다―어디를 여행할 것인가―머나먼 아름다운 나라들을 보러 갈 것이다. 낸과 다이는 유럽에 갈 작정이었다. 월터는 나일강에 가보고 싶었다. 이집트의 사막을 고생하며 넘어 스핑크스를 볼 것이다. 페이스는 한심한 듯 자기는 아마도 선교사가 되지 않으면 안 될 것이라고 말했다―테일러 부인이 그렇게 해야 한다고 그녀에게 말했던 것이다―그렇게 되면 적어도 동방의 신비에 둘러싸인 나라, 인도와 중국은 볼수 있으리라. 칼의 마음은 아프리카 정글을 덮치고 있었다.

우나는 아무 말도 하지 않았다. 그냥 이대로 집에 머물고 싶은 마음이 들었던 것이다. 어떤 곳보다 이곳은 아름답다. 모두들 커서 온세계로 흩어져 버린다는 건 무서운 일이다. 우나는 그렇게 생각하자 쓸쓸해져 향수병에 걸릴 듯했다.

그러나 다른 아이들은 저마다 즐거운 꿈을 꾸고 있었다. 그때 메리밴스가 와서 행복한 상상과 꿈을 한꺼번에 날려버렸다.

메리가 외쳤다.

"아아, 숨이 차. 무서운 속력으로 비탈을 뛰어내려 왔어. 옛날 베일리네가 살았던 데서 너무 무서워 혼났어."

다이가 물었다.

"뭣 때문에 무서웠는데?"

"모르겠어. 나는 그 오래된 뜰에 핀 라일락 밑으로 머리를 들이밀고 은방울꽃이 피었나 찾아보고 있었어. 그곳은 벌써 캄캄해졌지―그런데 별안간 뜰 반대쪽, 바로 저 벚나무 숲 언저리에서 뭔가 바스락거리면서 움직이는 것을 보았어. 흰 것이었어. 잘 보려고는 생각하지 않았어. 나는 돌담을 뛰어넘어 무서운 속력으로 도망쳐 왔어. 헨리워런의 유령임에 틀림없어."

다이가 또다시 물었다.

"헨리 워런이 누군데?"

낸도 물었다.

"그 사람은 뭣 때문에 유령이 됐어?"

"어머나, 그 이야기를 들은 적 없니? 글렌에서 자랐으면서. 내가 숨을 다시 쉴 수 있을 때까지 잠시만 기다려, 얘기해 줄게."

월터는 기뻐서 몸을 떨었다. 그는 유령이야기를 무척 좋아했다. 불가사의함, 연극적인 클라이맥스, 무시무시함 자체가 온몸이 오싹할 정도로 몹시 즐거웠다. 롱펠로도 금방 매력을 잃고 흥미없는 것이 되고 말았다. 월터는 책을 내동이치고 엎드렸다. 턱을 고이고 언제 이야기를 시작해도 좋도록 준비를 갖추고 빛나는 커다란 눈을 메리의 얼굴에 고정시켰다.

메리는 월터가 그런 식으로 보지 않았으면 했다. 월터가 자기를 보고 있지 않으면 유령 이야기를 훨씬 잘 할 수 있을 것으로 느껴졌다. 그녀는 더욱 무섭게 들리도록 말을 부풀리거나 세부적인 데를 꾸밀 수도 있다. 사정이 이러하므로 사실대로 이야기할 수밖에 없다—사실이라고 하는 것들만을.

메리는 이야기를 시작했다.

"들어봐, 30년쯤 옛날 저 언덕 위 집에 톰 베일리 할아버지와 그의 부인이 살고 있었다는 건 알고 있지? 그 톰 할아버지는 지독한 사람이었고 그 부인 또한 마찬가지였어.

이 부부는 자식이 없었는데, 죽은 톰 할아버지의 누이동생이 조그만 사내아이를 남겼어—그가 헨리 워런이야—어쩔 수 없이 톰 할아버지네가 그 아이를 맡아 길렀지.

처음 왔을 때 헨리는 12살쯤으로 몸이 작고 허약했어. 소문에 의하면 톰 할아버지 부부는 처음부터 조카인 헨리에게 심하게 대했다고 해—채찍으로 때리거나 툭하면 굶겼대. 어머니가 헨리에게 남겨준

새발의 피만한 돈을 차지하려고 그를 죽이려 했다는 거지.

헨리는 곧 죽지는 않았지만 발작을 일으키기 시작했어—안타깝게도 간질이었대—그러는 동안에 정신이 이상해져 버렸어. 18살이 될 때까지 그런 모양이었어.

톰 할아버지는 저곳 뜰에서 헨리를 채찍으로 때렸어. 집 뒤쪽이라 아무에게도 보이지 않으니까. 그러나 말소리는 들렸어. 어떤 때는 불쌍한 헨리가 할아버지에게 죽이지 말아달라고 간청하는 소리가 들려서 끔찍했다더라.

하지만 아무도 말할 용기가 없었어. 왜냐하면 톰 할아버지가 유명한 불한당이어서 무슨 방법으로든 누구나 보복당할 게 뻔했으니까. 항구 곳에 살던 한 사나이가 톰 할아버지를 화나게 했더니 그 사람의 헛간을 모조리 불태워 버렸대.

헨리 워런은 마침내 죽어버렸는데 톰 할아버지는 조카가 발작을 일으켜 죽었다고 말했어. 그 이상의 것은 알 수 없었지만 톰 할아버지가 진짜로 죽여버렸다는 소문이 나돌았어.

그 뒤 얼마 지나지 않아 헨리가 나타난다는 소문이 났어. 저 오랜 뜰에 말이야. 밤마다 신음하거나 우는 소리가 들린다는 거야. 톰 할아버지 부부는 떠나버렸어—서부로 간 뒤 결코 돌아오지 않았지.

저 집은 너무 나쁜 평판이 돌았으므로 아무도 사려고도 빌리려고 하지도 않아. 저렇게 황폐한 채로 있는 건 그런 이유 때문이야. 이건 30년 전 이야기지만 헨리 워런은 지금도 저곳에 나타나고 있어."

낸이 비웃으며 물었다.

"그런 이야기를 믿니? 나는 믿지 않아."

메리가 대꾸했다.

"착한 사람들도 보았다고 했어—목소리도 들었대. 뜰에 엎드려 기다리고 있다가 찾아온 사람의 다리를 붙잡고, 살아 있었을 때 헨리가 했던 것처럼 알 수 없는 말을 지껄이거나 신음을 낸다는 거야.

내가 수풀 속에서 그 흰 것을 본 순간 가장 먼저 그 일을 떠올리고 만일 그 녀석이 다리를 붙잡고 신음소리를 지른다면 그 자리에서 심장이 멎어버릴 거라고 생각했어. 그래서 정신없이 도망쳐온 거야. 어쩌면 헨리 워런의 유령이 아니었는지 모르지만, 난 유령에게 소중한 목숨을 맡길 생각은 없어."

다이가 웃었다.

"스팀슨 할머니의 하얀 송아지가 아니었을까? 그 뜰에 풀어놓아 기르거든—난 본 적이 있어."

"그런 건지도 모르지. 하지만 난 집으로 돌아갈 때 이젠 절대로 베일리네 뜰은 지나가지 않겠어. 앗, 제리가 송어를 잔뜩 낚아왔어. 오늘은 내가 요리할 차례야. 젬과 제리가 나더러 글렌 마을에서 가장 요리를 잘 한다고 말했지. 그리고 엘리엇 부인이 쿠키를 주셨어. 하지만 헨리 워런의 유령을 본 순간, 모두 떨어뜨리고 도망쳐 왔어."

제리는 유령이야기를 듣고 야유를 보냈다—페이스가 식탁을 준비하는 걸 월터가 도우러 간 다음 메리가 송어를 구우면서 여기저기 조금씩 바꾸어가며 다시 한 번 들려준 것이다.

제리에게는 전혀 효과가 없었지만, 페이스와 우나와 칼은 그것을 인정할 생각은 조금도 없었지만 은근히 무서워서 바들바들 떨었다. 다 함께 '무지개 골짜기'에 있을 때는 조금도 무섭지 않았다. 그러나 파티가 끝나 땅거미가 깔리기 시작하자 그 이야기가 다시금 생각나 두려움에 떨었다.

제리는 블라이스 집안 아이들과 함께 잉글사이드로 젬을 만나러 갔고, 메리 밴스도 그쪽으로 길을 둘러 돌아갔다.

그래서 페이스와 우나와 칼은 셋이서만 목사관으로 돌아가야 했다. 셋은 서로 가까이 몸을 붙이고 베일리의 옛뜰에서 되도록 떨어져 걸어갔다. 그곳에서 유령이 나온다고 믿지는 않았지만, 그래도 가까이 갈 생각은 결코 없었다.

돌담 위의 유령

페이스와 칼과 우나는 헨리 워런에 대한 유령이야기가 머리에 달라붙어 아무리 해도 쫓아버릴 수가 없었다.

세 사람은 유령을 믿은 적이 결코 없었다. 유령이야기라면 지금까지 많이 들어왔다—헨리 워런의 이야기보다 더 무섭고 피가 얼어붙을 듯한 이야기를 몇 번이나 메리 밴스가 해주었다. 그러나 그런 이야기에 나오는 것은 어딘가 멀리 낯선 장소나 사람이나 유령들이었다. 공포와 무서운 기분이 뒤섞여 무서움 반, 즐거움 반으로 오싹오싹했고 잊을만 하면 이 이야기는 집까지 줄곧 따라왔다.

베일리네 오래된 뜰은 목사관 바로 코 앞에 있었다—아주 좋아하는 '무지개 골짜기'에 있다고 해도 좋았다. 일년 내내 왔다갔다하고 있다. 꽃을 찾으러 가기도 하고, 마을에서 '무지개 골짜기'로 직접 가고 싶을 때는 그 뜰을 지나는 것이 지름길이 된다. 그러나 그런 일은 이제 할 수 없다.

그날 밤 메리 밴스에게서 소름끼치는 무서운 이야기를 들은 뒤부터 세 아이는 어떤 일이 있어도 그 뜰을 빠져나가거나 가까이 가지 않겠다고 생각했다. 죽음! 땅바닥을 기는 헨리 워런의 유령에게 붙잡히는 데 비하면 죽는 게 차라리 낫지 않을까?

어느 따뜻한 7월 저녁 무렵, 세 아이는 '연인의 나무' 밑에 앉아 있었다. 그들은 좀 쓸쓸했다. 그날 저녁에는 그들 말고는 아무도 '무지개 골짜기'에 오지 않았다. 젬 블라이스는 샬럿타운에 입학시험을 치르러 갔다. 제리와 월터 블라이스는 나이먹은 크로퍼드 선장에게 이끌려 배를 타러 항구로 나가 있었다.

낸과 다이와 릴러와 셜리는 부모님과 함께 낡고 조그마한 '꿈의 집'을 황급히 찾아온 케니스와 퍼시스를 만나러 항구로 가는 큰길로 내려갔다.

낸이 페이스에게 같이 가자고 했으나 거절했다. 자기 자신은 인정할 생각은 없었지만 퍼시스 포드를 은근히 시샘하고 있었다. 무척 아름답고 도회적 매력이 넘친다는 소문을 많이 들었기 때문이다. 거기 가서 누구의 들러리나 한다는 것은 너무나 싫었다.

페이스와 우나는 '무지개 골짜기'로 이야기책을 가져가 읽었고, 칼은 시냇가 주변에 기어다니는 벌레를 관찰하며 세 사람 모두 즐겁게 시간을 보내고 있었다. 문득 정신을 차려보니 이미 어둑어둑해져 있었고 낡은 베일리네 뜰은 기분 나쁠 만큼 퍽 가까이 다가와 보였다.

칼은 소녀들 쪽으로 와서 바짝바짝 붙어 앉았다. 셋 다 좀 더 빨리 집으로 돌아갔더라면 좋았을 거라고 생각했지만 입 밖에 내어 말하지는 않았다.

커다란 벨벳 같은 보랏빛 구름이 서쪽하늘에 뭉게뭉게 솟아서 '무지개 골짜기' 위를 휘덮어 왔다. 바람 한 점도 없어 모든 것들이 갑자기 불길하고 무서우리만큼 조용해졌다. 늪지대는 헤아릴 수 없을 만큼 많은 개똥벌레로 다글다글했다. 그날 저녁 아마도 요정들의 회의가 열린 것 같았다. 이때만은 '무지개 골짜기'도 여느 때같이 기분 좋은 곳이 못 되었다.

페이스는 골짜기에서 겁먹은 눈으로 베일리네 뜰 쪽을 올려다보았다. 피가 얼어붙는다는 말이 있는데, 이때 페이스의 피는 확실히 얼어붙었다. 빨려들어갈 듯한 페이스의 눈이 뭔가를 물끄러미 보고 있었으므로 칼과 우나도 페이스가 보고 있는 쪽으로 눈길을 보냈다. 순간, 등줄기에 으스스 소름이 끼쳤다.

풀이 우거진 베일리네 뜰 안 큰 낙엽송 아래 돌담 위에 저녁 어스름을 뚫고 무언가 허연 것이—형태없는 흰 것이 보였기 때문이다. 셋 다 돌이 된 듯 그 자리에 꼼짝않고 서서 지켜보았다.

가까스로 우나가 나직이 말했다.

"저건—저건—송아지야."

"송아지……치고는 너무……너무—크잖아."

페이스가 속삭였으나 입이 바짝바짝 말라 말도 똑똑히 할 수 없었다.

갑자기 칼이 헐떡거렸다.

"이리로 온다!"

페이스와 우나는 마지막에 다시 한 번 필사적으로 눈을 부릅뜨며 쳐다보았다. 그랬다! 그것은 돌담을 넘어 살금살금 이쪽으로 기어오고 있었다. 송아지라면 저렇게 기지 않을 것이고 길 수도 없다. 갑자기 압도적인 공포에 휩싸여 이성은 날아가버렸다. 그 순간 셋은 모두 자기들이 본 것이 헨리 워런의 유령이 틀림없다고 확신했다.

칼은 벌떡 일어나 무턱대고 달아나기 시작했다.

페이스와 우나가 칼의 뒤를 쫓았다. 세 아이는 미친 듯이 언덕을 뛰어올라 큰길을 지나 목사관으로 달려들어 갔다.

아까 집을 나설 때 마서 할머니는 부엌에서 바느질을 하고 있었는데, 지금 가보니 없었다. 셋은 서재로 우르르 몰려가 보았으나 그곳도 어두울 뿐 아무도 없었다. 거기서 세 아이는 다짜고짜 오른쪽으로 돌아 잉글사이드 쪽으로 뛰기 시작했다. 그러나 '무지개 골짜기'를 지날 수 없었으므로 언덕을 내려가 걸음아 나 살려라 하며 미칠 듯이 글렌 큰길을 뛰어갔다. 칼이 앞장섰고 우나가 맨 뒤였다.

그 모습을 보고 마을 사람들은 목사관 아이들이 또 뭔가 나쁜 장난을 시작한 것으로 생각했으나 아무도 멈추게 하지는 않았다.

그러나 잉글사이드 문 앞에서 세 아이는 로즈머리를 만났다. 로즈머리는 빌려갔던 책을 돌려주려고 잠시 들른 것이었다.

그녀는 아이들의 얼굴이 죽은 사람처럼 창백하고 눈망울이 움직이지 않는 것을 보았다. 그녀는 원인은 모르겠지만 가엾게도 조그마한 마음들이 뭔가 무서운, 소름끼치는 공포에 떨고 있는 것을 깨달았다. 로즈머리는 한쪽 팔로 칼을 붙잡고 다른 팔로는 페이스를 안았다. 우나는 로즈머리와 부딪치자 필사적으로 그녀에게 매달렸다.

로즈머리가 물었다.

"너희들, 무슨 일이 있었니? 뭔데 그렇게 무서워하는 거니?"

칼이 이를 딱딱 부딪치면서 대답했다.

"헨리 워런의 유령이에요!"

"헨리─워런의─유령!"

로즈머리는 깜짝 놀랐다. 그런 이야기를 들은 적이 없었기 때문이다.

페이스는 충격을 받아 흐느껴 울었다.

"그래요, 저기 있었어요─베일리네 돌담에요─분명 봤어요─우리를─쫓아왔어요."

로즈머리는 정신을 잃고 있는 아이들을 모두 잉글사이드의 베란다로 데리고 갔다. 길버트도 앤도 '꿈의 집'에 가고 없었다. 하지만 수전이 문가에 나타났는데 몹시 여윈 모습으로 실제적이라 전혀 유령같지 않았다.

수전이 물었다.

"대체 무슨 소동이지?"

이번에도 아이들은 숨을 가쁘게 몰아쉬며 무서운 것을 본 이야기를 했다. 그러는 동안 로즈머리는 세 아이를 꼭 안고 말없이 위로해 주었다.

그러나 수전은 흔들리지 않았다.

"올빼미였던 것 같구나."

올빼미라니! 그 말을 들은 메러디스네 아이들은 그 뒤로 수전은 그리 아는 게 없다고 생각하게 되었다.

"올빼미가 백만 마리 모인 것보다 더 컸어요. 게다가 그건 메리가 말한 대로 엎드려서—돌담을 기어넘고 다시 기어서 우리를 붙잡으러 왔어요. 올빼미도 엎드릴 수 있나요?"

칼은 울부짖었다—나중에 칼은 그때 울부짖은 것이 너무나 창피했다.

로즈머리가 수전을 보고 말했다.

"틀림없이 뭔가를 보고 놀란 거예요."

수전이 침착하게 대답했다.

"내가 직접 가보고 오겠어요. 자, 애들아 진정해라. 뭘 봤는지는 몰라도 유령은 아니야. 가엾은 헨리 워런은 일단 무덤 속에 들어가자 너무 기뻐서 조용히 잠들고 있을 게 분명해. 다시 나오는 짓은 절대로 하지 않을 테니, 걱정 말아라.

이 아이들에게 잘 이해되도록 차분히 말해 주세요, 미스 웨스트. 나는 어떻게 된 일인지 보고 올 테니까요."

수전은 '무지개 골짜기' 쪽으로 떠났는데, 손에는 뒤뜰에서 의사가 일할 때 쓰는 작은 건초장 울타리에 기대어 놓은 갈퀴를 용감하게 쥐고 있었다. '유령'의 상대로 갈퀴는 별로 소용이 없겠지만 마음의 뒷받침은 되는 무기였다.

'무지개 골짜기'에는 아무것도 보이지 않았다. 울창하고 그늘이 많은 베일리네 뜰에 하얀 괴물은 숨어 있는 것 같지도 않았다. 수전은 마음을 굳게 먹고 성큼성큼 뜰을 건너질러 뜰 반대쪽에 있는 작은 집의 문을 갈퀴로 탁탁 두드렸다. 스팀슨 할머니가 딸과 살고 있는 집이었다.

잉글사이드에서는 로즈머리가 아이들을 겨우 진정시켰다. 아이들은 아직 충격이 남아 조금씩 훌쩍이고 있었지만 자기들이 바보짓을 한 게 아닌가 은근히 의심하기 시작했다. 수전이 마침내 돌아오자 이 의심은 확실한 사실이 되었다.

수전은 무서운 얼굴에서 빙그레 웃는 낯으로 바뀌더니 흔들의자에 앉아 손으로 부채질을 했다.

"너희들 유령의 정체를 찾아냈다. 스팀슨 할머니가 공장에서 쓰는 커다란 면 보자기 두 장을 베일리네 뜰에서 일주일 동안 말리고 있었단다. 그걸 낙엽송 밑 돌담 위에 널어놓았었지. 그곳 풀이 비교적 깨끗하고 짧았기 때문이야.

엊저녁 그것을 거두어들이려고 갔었지. 손에 뜨개질감을 들고 있었기 때문에 홑이불을 어깨에 걸치고 날랐다. 그랬는데 뜨개바늘 한 개를 실수로 떨어뜨렸단다. 더듬더듬 찾아보았으나 결국 발견하지 못했고, 아직까지도 찾지 못했지. 어쨌든 무릎을 꿇고 여기저기 기어다니며 찾으려고 한 모양이야.

그러고 있는데, 골짜기 아래쪽에서 무서운 외침 소리가 들리고 아이들 셋이 언덕을 달려 올라가는 게 보였던 것이지. 무엇에 물린 모양인가보다 생각하니 불쌍한 마음이 들어 할머니의 늙은 심장은 몹시 두근거리기 시작하고 움직일 수도 말할 수도 없게 되어버렸단다. 그래서 아이들이 사라질 때까지 그 자리에 웅크리고 앉아 있었던 거야.

그 뒤 힘없이 어정어정 집으로 돌아갔지. 그 뒤로는 강심제 신세를 지고 있단다. 심장상태가 아주 나빠서 나으려면 여름 한철이 걸릴 거라고 했어."

메러디스네 아이들은 부끄러워서 얼굴이 새빨개져 그 자리에 그냥 앉아 있었다. 로즈머리가 아무리 동정심을 발휘해 위로해도 소용없

었다.

세 아이는 달아나듯 집으로 돌아왔다. 목사관 문 앞에서 제리와 만난 그들은 뉘우침을 담은 고백을 했다. 그래서 '천사들의 모임'의 회의를 이튿날 아침에 열기로 했다.

침대에 들어가자 페이스가 속삭였다.

"오늘 밤 미스 웨스트가 우리에게 퍽 친절하지 않았니?"

우나도 인정했다.

"그래, 계모가 되면 사람이 달라진다는 게 정말 안타까워."

"나는 그러리라고 생각지 않아."

페이스는 로즈머리 편을 들었다.

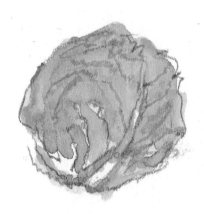

칼, 속죄하다

"어째서 우리가 벌을 받아야 하지? 아무것도 나쁜 짓을 하지 않았 잖아. 무서운 거야 어떻게도 할 수 없는 일인걸. 게다가 아버지의 평 판이 나빠지는 일도 아니고. 우연히 일어난 일이잖아."

페이스는 못마땅하여 화를 냈다.

제리는 재판관 같은 태도로 경멸하듯 말했다.

"너희는 겁쟁이었잖아. 두려움에 졌으니까 마땅히 벌받아야 해. 이 번 일로 모두가 너희를 비웃을 것이고, 그것은 우리 집안의 불명예야."

페이스는 몸을 떨었다.

"만일 오빠가 그게 얼마나 무서웠는지 알았다면 우리가 벌받을 건 이미 다 받았다고 여길 거야. 이제 다시는 그런 일 겪기 싫어."

칼이 중얼거렸다.

"형도 거기에 있었다면 틀림없이 달아났을 거야."

제리는 비웃었다.

"면 보자기를 어깨에 걸친 할머니로부터 말이니? 후후후."

"조금도 할머니로 보이지 않았어. 커다랗고 허연 것이 풀 위를 기어 다니는 게 꼭 메리가 말한 헨리 워런 같았어. 얼마든지 비웃어. 형도 그 자리에 있었다면 틀림없이 울었을 거야.

그럼, 우리들은 어떤 벌을 받지? 나는 벌을 받는다는 건 불공평하다고 생각하지만, 그래도 우리가 해야 할 일을 말해줘, 메러디스 재판관."

제리는 얼굴을 찌푸렸다.

"내 생각엔 칼이 가장 죄가 무거운 것 같아. 맨 먼저 달아났다잖아. 게다가 남자아이야. 어떤 위험이 있더라도 그 자리에 딱 버티고 서서 여자아이를 지켜주어야 할 입장이었어. 그건 알고 있을 거야. 그렇지 않니, 칼?"

칼은 부끄러운 얼굴로 신음했다.

"그렇게 생각해."

"좋아. 이것이 네 벌이야—오늘 밤 혼자서 묘지에서 헤저키어 폴록의 묘석에 12시까지 앉아 있어."

칼은 하얗게 질린 얼굴로 몸을 떨었다. 묘지는 오래된 베일리네 뜰에서 그리 멀리 떨어져 있지 않는 곳이다. 이것은 견디기 어려운 호된 시련이다. 그러나 칼은 자신의 불명예를 씻고 결국 겁쟁이가 아니라는 것을 떳떳하게 보여주고 싶었다.

칼은 기운차게 말했다.

"좋아. 하지만 어떻게 12시가 된 걸 알 수 있지?"

"서재 창문을 열어놓을 테니까 시계치는 소리가 들릴 거야. 알겠지? 12시를 다 칠 때까지 묘지에서 한 발자국도 움직이면 안 돼.

그리고 페이스와 우나는 1주일 동안 저녁 식사 때 잼을 먹지 말고 지내야 해."

페이스와 우나는 어리둥절한 표정을 지었다. 두 사람은 괴롭고 힘들지만 비교적 빨리 끝나버리는 칼의 벌이 이 길게 끄는 괴로운 시련보다 훨씬 가볍다고 생각했다. 앞으로 꼬박 1주일 동안이나 잼 없이 꺼칠꺼칠한 빵을 먹어야 하다니! 그러나 벌을 피하는 것은 이 모임에서 용납되지 않는다. 소녀들은 가까스로 단념하고 운명을 받아들였다.

그날 밤 9시가 되자 아이들은 잠자리에 들었지만 칼만은 이미 그 전부터 묘석에서 불침번을 서고 있었다. 우나는 살그머니 칼에게 잘 자라는 인사를 하러 갔다. 다정한 우나는 칼이 가엾어 견딜 수 없었다.

우나가 속삭였다.

"굉장히 무섭지?"

칼은 쾌활하게 대답했다.

"조금도 안 무서워."

우나가 말했다.

"나도 12시 칠 때까지 자지 않고 있을게. 만일 쓸쓸해지면 우리 방 창문을 봐. 내가 그 안에서 눈을 뜨고 오빠를 지켜보고 있다는 걸 생각해. 그러면 조금은 덜 쓸쓸할 거야."

칼이 말했다.

"나는 아무렇지도 않아. 걱정하지 마."

말은 이렇게 했지만 조금 뒤 목사관의 불빛이 꺼져버리자 칼은 퍽 외로워졌다. 그는 아버지가 여느 때와 다름없이 서재에 있었으면 좋으련만 하고 생각했다. 그러면 자기가 외롭다는 마음이 들지 않을 것이다. 공교롭게도 그날 밤 아버지는 항구의 어촌에 죽어가는 사람이 있어서 임종 자리를 지켜보고 있었다. 한밤중이 지나야만 돌아올 것 같았다. 칼은 이 운명을 혼자서 견디어야 했다.

한 글렌 마을사람이 초롱불을 들고 지나갔다. 불빛이 묘지를 비추자 이상야릇한 그림자가 떠올라 마치 악마나 마녀가 춤추는 듯했다. 이윽고 그것도 사라지고 다시 캄캄해졌다.

글렌 마을에 있는 불빛이 하나하나 꺼져 갔다. 그날 밤은 몹시 캄캄했다. 하늘에는 구름이 가득 찼고 7월 기후에 어울리지 않게 습기

찬 동풍이 불어 추웠다. 지평선 저쪽에 샬럿타운의 불빛이 어렴풋이 희미하게 반짝이고 있었다. 바람은 해묵은 전나무 사이를 큰 소리로 윙윙거리고 한숨쉬며 불어제쳤다. 앨릭 데이비스의 커다란 묘비가 어둠 속에 희끄무레하게 떠올라 있고 그 옆 버드나무가 길다란 팔을 흔들며 몸부림치는 모양은 마치 유령과 같았다. 그 나뭇가지가 움직이는 상태에 따라 묘비까지 움직이는 듯 보였다.

칼은 묘석 위에 다리를 웅크리고 가만히 앉아 있었다. 묘석 가장자리로 다리를 늘어뜨리고 있다가 만일—만일 폴록의 무덤 속에서 메마른 손이 뻗어나와 목을 꽉 잡는다면 그야말로 큰일이다. 언젠가 모두 여기에 앉아 있었을 때 메리 밴스가 그런 지독한 생각을 했었는데, 그 말이 지금 칼에게 떠올랐던 것이다.

칼은 물론 그런 일을 믿지 않았다. 헨리 워런의 유령에 대한 일도 정말로 믿지 않았다. 폴록도 벌써 60년 전에 죽었으니 누가 묘석에 앉든지 신경 쓰지 않을 것이다.

그러나 온 세계가 잠들어버린 때 혼자만 깨어 있으니 어쩐지 묘하게 무서웠다. 자기는 단지 나홀로 있을 뿐이다. 가엾은 자신을 강한 어둠의 지배자에게 맞서지 않으면 안 된다.

칼은 겨우 10살이고, 둘레에는 죽은 사람들뿐이다. 칼은—오, 그는 시계가 빨리 12시 치기를 얼마나 애타게 바랐는지 모른다. 영원히 12시를 치지 않는 게 아닐까? 틀림없이 마서 할머니가 태엽 감는 것을 잊어버렸을 것이다.

바로 그때 11시가 울렸다—겨우 11시다. 앞으로 아직 한 시간이나 이토록 무서운 곳에 있어야만 한다.

착한 별이 두세 개 반짝여준다면 좋을 텐데! 어둠이 깔린 하늘은 너무 무거워서 칼의 얼굴을 내리누르는 것 같았다. 살금살금 돌아다니는 발소리 같은 것이 묘지 여기저기서 들려왔다. 칼은 뜨끔뜨끔 쑤시는 공포와 심한 추위로 몸을 부르르 떨었다.

그때 비가 추적추적 내리기 시작했다—차갑고 축축하게 젖어드는 가랑비였다. 칼의 얇고 작은 겉옷과 속옷이 흠뻑 젖어버려 뼛속까지 얼어붙는 듯했다. 너무 괴로워서 무서움은 잊어버리고 말았다.

그러나 칼은 이대로 12시까지 있어야만 한다—그는 자신을 벌하는 데 자신의 명예를 걸었다. 비가 내릴 경우에 대해서는 아무 말 듣지 못했지만—그렇다고 달라질 것은 없었다.

마침내 서재 시계가 12시를 쳤다. 함빡 젖어 물투성이가 된 작은 칼은 굳어버린 몸놀림으로 폴록의 묘석에서 내려와 목사관의 따뜻한 잠자리로 파고들었다. 이가 딱딱 마주치고, 칼은 언제까지나 몸이 녹지 않는 게 아닐까 생각했다.

그러나 아침에는 지나치리만큼 몸이 뜨거워져 있었다. 제리는 칼의 시뻘건 얼굴을 보자 깜짝 놀라 곧 아버지를 부르러 달려갔다.

메러디스 씨는 허둥대며 올라왔다. 죽은 사람 집에서 밤샘하고 와서 그 자신의 얼굴도 상아처럼 하얬다. 메러디스 씨는 새벽이 되어서야 돌아왔던 것이다.

메러디스 씨는 걱정스럽게 칼 위로 몸을 굽히고 물었다.

"칼, 어디 아프니?"

칼은 말했다.

"저—저기—묘석이—저봐—움직이잖아—내 쪽으로—오고 있어—오지 못하게 해—제발."

메러디스 씨는 전화로 달려갔다. 10분쯤 지나 블라이스 의사가 목사관으로 왔다. 30분 뒤에는 정규 간호사를 보내도록 읍에 전보를 쳐서 온 글렌 마을 사람들은 모두 칼 메러디스가 폐렴에 걸렸는데 중태여서 의사선생님이 고개를 갸웃거리고 있다는 것을 알았다.

2주일 동안이나 계속해서 길버트는 고개를 갸웃거렸다. 칼은 양쪽 폐에 모두 폐렴을 일으켰던 것이다.

어느 날 밤, 메러디스 씨는 서재 안을 왔다갔다했고, 페이스와 우나는 자기들 방에서 서로 붙잡고 울었으며, 뉘우치는 마음으로 미칠 듯이 된 제리는 칼의 병실 앞 복도에서 한 발자국도 움직이지 않으려고 했다. 의사선생님과 간호사는 칼 옆에 꼭 붙어 있었다.

그러나 새벽녘까지 모두 용감히 죽음과 맞서 싸워 마침내 승리를 거두었다. 칼은 위기를 넘기고 회복되었다. 이 소식은 애타게 기다리고 있는 글렌 마을에 재빨리 전화로 알려져, 마을 사람들은 자신들이 얼마나 목사님과 그의 아이들을 사랑하는지 새삼 깊이 느꼈다.

미스 코닐리어가 앤에게 말했다.

"그 애가 병이 든 날부터 제대로 잠든 밤은 하루도 없었어요. 메리 밴스도 줄곧 울어서 그 애 눈은 지금 담요에 뚫린 불에 탄 구멍처럼 빨개요. 칼이 폐렴에 걸린 것은 전쟁놀이를 하다가 그 비오는 날 밤 묘지에서 지냈기 때문이라고 하는데, 그게 정말이에요?"

"그게 아니에요. 칼이 묘지에 있었던 것은 헨리 워런 사건으로 겁쟁이 노릇을 했으므로 자기에게 벌을 준 거래요. 어떤 모임을 만들어 자기네들끼리 한 모양이에요. 제리가 목사님에게 모두 이야기했어요."

미스 코닐리어가 근심 어린 얼굴로 말했다.

"가엾어라."

교회 신도들이 영양 있는 음식을 산더미처럼 목사관으로 날라와 칼은 빠른 속도로 회복되어 갔다.

노먼 더글러스는 날마다 저녁 무렵 갓 낳은 달걀 한 꾸러미와 저지종 젖소의 진한 우유 한 병을 날라다주었다. 때로는 한 시간쯤 메러디스 씨와 서재에서 운명예정설(인간은 구원받을지 멸망될지 하는 운명이 처음부터 정해져 있다는 그리스도교 교의)에 대해 큰 소리로 토론을 나누며 가기도 했다. 그보다도 글렌 마을이 내려다보이는 언덕으로 마차를 몰고 가는 경우가 더 많았지만.

칼이 처음으로 아래층에 내려온 날, 메러디스 씨는 아이들을 모두 서재로 불러 이제부터는 먼저 아버지에게 의논한 다음이 아니면 자신을 벌해서는 안 된다고 타일렀다.

페이스가 말했다.

"하지만 마서 할머니는 언제나 아버지를 방해해서는 안 된다고 우리에게 말하는걸요."

"그렇지 않아. 아버지 말을 잘 기억해 둬라. 너희들 클럽의 목적은 나쁘지 않아. 다만 어떤 벌로 할 것인가를 결정하는 건 이 아버지가 맡으마."

다시금 칼이 '무지개 골짜기'에 가도 된다는 허락이 내려졌을 때, 아이들은 칼의 병이 다 나은 축하잔치를 벌이고 의사선생님도 함께 끼어 불꽃을 터뜨리는 일을 도왔다.

메리 밴스도 왔지만 이제는 유령이야기를 일절 하지 않았다. 미스 코닐리어가 웬만해서는 잊어버리지 않을 만큼 충분히 메리를 타일렀기 때문이었다.

두 고집쟁이

로즈머리 웨스트는 잉글사이드에서 음악을 가르치고 돌아오는 도중, 옆길로 빠져서 '무지개 골짜기'의 사람 눈에 잘 띄지 않는 샘 쪽으로 나갔다.

로즈머리는 여름 동안 그곳에 간 적이 없었다. 아름다운 작은 샘은 로즈머리에게 더 이상 아무 매력도 없었다. 그녀의 젊은 시절 연인인 영혼은 이제 만나주러 오지 않았다. 존 메러디스와의 추억은 너무 고통스러워 가슴을 찌르는 것 같았다.

그러나 골짜기에서 위쪽을 뒤돌아보았을 때, 노먼 더글러스가 베일리네 뜰에 있는 낡은 돌담을 젊은이처럼 가볍게 뛰어넘는 것이 얼핏 보여 그가 언덕 위 집을 찾아가는 길인가보다 생각했다. 만약 노먼이 그녀를 보게 되면 집까지 함께 걸어가지 않으면 안 된다. 로즈머리는 노먼이 그녀를 못보고 지나치기를 기대하면서 얼른 샘 옆에 있는 단풍나무숲 그늘로 들어갔다.

그런데 노먼은 로즈머리를 발견하고, 게다가 그녀를 뒤쫓아왔다. 노먼은 언젠가 로즈머리와 이야기하고 싶었지만 그녀 쪽에서 늘 피하는 것 같이 여겨졌다. 로즈머리는 이전부터 노먼 더글러스를 좋아하지 않았다. 노먼이 큰 소리로 말하는 것도, 곧잘 성을 내는 것도, 요란하게 떠드는 것도 로즈머리는 정말이지 질색이었다. 젊었을 때는 엘런이 왜 저런 사람에게 매력을 느꼈는지 이상하게 생각했었다.

노먼 더글러스는 로즈머리가 자기를 싫어하는 것을 잘 알고 있으며, 그것을 희죽희죽 웃으며 즐기고 있을 정도였다. 노먼은 사람들이 자기를 싫어해도 전혀 신경 쓰지 않았다. 답례로 상대방을 싫어하지도 않았으며, 오히려 하나의 칭찬을 억지로 갖다 붙였다. 그는 로즈머리는 더할 바 없이 좋은 아가씨라고 여겼으며 자기도 훌륭하고 넉넉한 형부가 될 작정이었다.

하지만 형부가 되기 위해선 먼저 로즈머리와 이야기를 해두지 않으면 안 된다. 그래서 글렌에 있는 가게 앞에 서 있을 때 로즈머리가 잉글사이드에서 돌아가는 것을 보고 곧 골짜기를 향해 로즈머리를 뒤따라 쫓아온 것이었다.

로즈머리는 단풍나무 의자에 앉아 골똘히 생각에 잠겼다. 벌써 1년 전 그 저녁 무렵 존 메러디스가 앉아 있던 단풍나무였다. 조그만 샘은 양치류로 둘러싸여 반짝반짝 빛나며 잔물결을 일으키고 있었다. 루비색으로 새빨갛게 빛나는 저녁해가 머리 위를 뒤덮은 나뭇가지 사이로 그 빛을 던지고 있었다. 작은 샘이 있는 그곳은 꿈에 넘치고 마법에 둘러싸여 금방 없어질 것만 같았다. 그곳은 마치 그 옛날 숲에 살던 요정이나 나무 요정들의 은신처 같았다.

그런 곳에 노먼 더글러스가 뛰어들어 한순간에 그 아름다운 매력을 걷어차 없애버렸다. 노먼이라는 인간이 있는 것만으로 그 장소는 없어져버린 것만 같았다. 이제 아무것도 남아 있지 않았다. 있는 것은 덩치가 크고 붉은 수염을 길렀으며, 혼자 좋아서 히죽대는 노먼 더글러스뿐이었다.

"안녕하세요."

로즈머리는 쌀쌀맞게 인사하고 일어섰다.

"안녕하시오, 로즈머리. 어서 앉아요—앉으시오. 잠깐 할 이야기가 있소. 저런! 뭣 때문에 나를 그런 매서운 눈으로 보는 걸까? 잡아먹을 것도 아닌데—난 저녁을 벌써 먹었어요. 앉아서 말동무해주지 않겠소?"

로즈머리가 차갑게 말했다.

"당신이 하는 말은 충분히 여기서도 잘 들려요."

"그야 귀를 사용하면 되는 일이니까. 마음 편히 있기를 바랄 뿐이오. 그런 곳에 서 있으니 몹시 불편하게 보이오. 어쨌든 난 앉겠소."

노먼은 전에 존 메러디스가 앉았던 그 자리에 앉았다. 그런데 그 차이가 우스꽝스러울 정도로 대조적이었으므로 로즈머리는 불쑥 웃음이 터지지 않을까 걱정이 되었다. 노먼은 모자를 옆에 놓고 커다란 붉은 손을 무릎 위로 올린 다음 로즈머리를 쳐다보았다. 그 눈은 유쾌한 듯 반짝이고 있었다.

"로즈머리, 너무 뻣뻣하게 굴지 말아요."

노먼은 로즈머리의 비위를 맞추는 듯한 말투였다. 그는 그럴 마음만 먹으면 상냥스러워졌다.

"자자, 진정하고 우리 이성적으로 서로가 좋아할 만한 이야기를 나누어봅시다. 사실 부탁할 일이 있소. 엘런이 자기 입으로는 말할 수 없다고 하니 내가 말할 수밖에 없군요."

로즈머리는 그저 샘을 내려다보았다. 샘은 이슬 한 방울 정도로 줄어 버린 것처럼 느껴졌다. 노먼이 어쩔 도리가 없다는 얼굴로 로즈머리를 바라보았다.

노먼이 갑자기 외쳤다.

"빌어먹을, 나를 좀 도와주었으면 합니다만……"

로즈머리는 멸시하는 듯한 투로 물었다.

"나더러 뭘 도와달라는 거죠?"

"벌써 알고 있을 텐데요. 비극의 주인공 같은 흉내는 내지 마십시오. 그러니까 엘런이 무서워서 당신에게 말하지 못하는 겁니다.

이봐요, 로즈머리, 나는 엘런과 결혼하고 싶습니다. 분명 똑똑히 말했습니다. 아시겠습니까? 그런데 엘런이 당신하고 뭔가 어리석은 약속을 했기에 그걸 당신이 취소해 주지 않는다면 결혼할 수 없다고 합니다. 어떻습니까? 취소해 주겠습니까? 네?"

로즈머리가 말했다.

"네."

노먼은 벌떡 일어나 뿌리치려는 로즈머리의 손을 다시 쥐었다.

"고맙소! 틀림없이 그렇게 말해 주리라 생각했지요—그렇게 말해 줄 게 틀림없다고 엘런에게도 이야기했어요. 한번에 해결하겠다고. 자, 집으로 돌아가 엘런에게 말해줘요. 2주일 뒤에 결혼하자고.

당신도 우리 집에 와서 함께 사는 거요. 까치가 집을 짓고 있듯 그런 언덕 꼭대기에 혼자 외로이 놓아두지는 않겠소. 그러니 걱정할 것 없소. 당신이 나를 싫어하는 건 알고 있지만 싫어하는 사람과 함께 사는 것도 즐거운 일이오. 인생에 신맛이 섞이는 셈이지요. 엘런이 나를 불처럼 이글이글 태워주고, 당신이 얼음처럼 차게 해 주고 말이오. 지루함이 아예 없어지겠군."

로즈머리는 아무리 권하더라도 노먼의 집에서 살 생각은 없었지만, 그것을 노먼에게 말할 생각도 없었다. 노먼이 크게 기뻐하며 만족감으로 온 몸과 마음이 부풀어 의기양양해서 글렌으로 돌아가는 것을 본 뒤, 로즈머리는 천천히 언덕 위 자기 집으로 올라갔다.

킹스포트에서 돌아온 그녀는 노먼이 거의 밤마다 찾아오는 것을 보고 언젠가는 이렇게 되리라는 것을 알고 있었다. 하지만 자매는 노먼의 이름을 결코 입에 담지 않았다. 그것을 피하는 그 자체에 의미가 있었다. 로즈머리는 상대방을 원망하는 성격이 아니었다—그렇지 않다면 무척 원망했으리라.

로즈머리는 노먼에게 쌀쌀맞고 정중한 태도를 취했으며 엘런에게

는 조금도 달라진 태도를 보이지 않았다. 그러나 엘런은 두 번째 결혼신청에 대해 차분하지 못한 마음으로 있었다.

로즈머리가 집에 돌아왔을 때 엘런은 검은 고양이 세인트 존을 데리고 뜰에 나와 있었다. 두 사람은 달리아 꽃밭에서 얼굴을 마주했다. 세인트 조지는 두 사람 한복판에 있는 자갈길에 앉아 반들반들한 검은 꼬리를 흰 발에 곱게 말아붙이고 있었다. 영양이 풍부한 것을 먹고 잘 길든 고양이답게 주변의 일에는 전혀 무관심했다.

엘런이 자랑스러운 듯 말했다.

"이런 달리아를 본 적이 있니? 이렇게 아름답게 핀 일은 처음이야."

로즈머리는 달리아에 아무 관심도 없었다. 달리아가 뜰에 있는 것은 엘런의 취미를 참작하여 양보한 것뿐이었다. 로즈머리는 특별히 크고 진홍과 노랑이 뒤섞인 달리아가 보란 듯이 피어 있는 것을 보았다. 그녀는 그 꽃을 가리켰다.

"저 달리아는 노먼 더글러스를 꼭 닮았어. 쌍둥이 동생이라고 해도 좋겠어."

엘런의 눈썹 짙은 얼굴이 갑자기 새빨갛게 물들었다. 엘런은 그 달리아가 멋지다고 생각했지만 로즈머리는 그렇게 생각하지 않는다는 걸 알고 있었고, 지금의 말이 칭찬이 아니라는 것도 알고 있었다. 그러나 엘런은 로즈머리에게 그런 말을 들어도 원망할 수 없었다―가엾게도 그때의 엘런은 어떤 일도 원망할 수 없었다. 게다가 로즈머리가 노먼의 이름을 꺼낸 것은 그때가 처음이었다. 엘런은 뭔가 좋지 않은 일의 조짐으로 느꼈다.

로즈머리는 언니의 얼굴을 똑바로 보며 말했다.

"골짜기에서 노먼 더글러스 씨를 만났어. 그분은 언니와 결혼하고 싶다고 말하더군―만일 내가 허락한다면."

"그러니? 너는 뭐라고 했지?"

엘런은 자못 아무렇지도 않게 여느 때와 같은 태도로 말하려 했으나 잘 되지 않았다. 엘런은 로즈머리의 얼굴을 차마 볼 수 없어서 세인트 존의 부드러운 등을 쓰다듬으며 내려다보고 있었다.

로즈머리는 허락한다고 말했을까? 아니면 미안하지만 안 된다고 말했을까? 만일 허락했다면 엘런은 몹시 수치스럽게 생각하고 지난 일을 뉘우치게 될 테니 신부가 되는 일을 마냥 기뻐할 수는 없으리라. 만일 허락하지 않았다면—엘런은 이미 한번 노먼 더글러스 없이 살아가는 것을 배웠지만, 그때 배운 것은 벌써 잊어버렸고 두 번 다시 배울 수는 없다고 생각했다.

로즈머리가 말했다.

"나는 두 사람이 언제든 자유로이 결혼하라고 대답해줬어."

엘런은 여전히 세인트 존을 내려다보며 말했다.

"고맙구나."

로즈머리의 얼굴이 부드러워졌다. 그녀는 다정히 말했다.

"나는 언니의 행복을 빌고 있어."

엘런은 난처한 얼굴을 들었다.

"오, 로즈머리. 나는 몹시 부끄러워—난 그럴 자격이 없어—나는 네게 그런 말을 했는데도—"

로즈머리는 재빨리 말했다.

"이제 그 일에 대해서는 더 이상 말하지 않기로 해."

엘런은 그래도 말을 이었다.

"하지만—하지만 너도 이제 자유니까—아직 늦지는 않았어—존 메러디스는—"

"엘런!"

로즈머리는 겉으로는 어디까지나 다정한 사람이었으나 그 내부에 얼마쯤 격렬한 노여움이 숨겨져 있었다. 그것이 지금 그녀의 파란 눈에 힘차게 불꽃처럼 튀어나오고 있었다.

"언니는 아예 분별이 없어져버렸어? 나더러 존 메러디스 씨에게 뛰어가 고개를 숙이고 '메러디스 씨, 내 마음이 달라졌으니 당신 마음은 변하지 않았으면 좋겠군요'라고 말하라는 거야? 그렇게 하란 말이야?"

엘런은 로즈머리의 무서운 기세에 눌려 더듬더듬 말했다.

"아냐—아냐—다만 조금—용기를 북돋아주면—그 사람은 돌아올 거야—"

"아냐! 그분은 나를 경멸할 거야—그것도 마땅해. 이제 두 번 다시 그런 말 하지 마, 엘런. 나는 조금도 언니를 원망하지 않으니—누구든 좋아하는 사람과 결혼하도록 해. 하지만 내 일에는 참견하지 말아줘."

"그렇다면 우리에게로 와서 함께 살자. 이런 곳에 너를 혼자 내버려둘 수는 없으니까."

"내가 노먼 더글러스 집에 가서 살 수 있다고 정말로 생각해?"

엘런은 부끄러움 속에서도 화가 나서 물었다.

"왜 못하지?"

로즈머리는 웃기 시작했다.

"엘런, 나는 언니가 유머 감각이 있는 사람이라고 생각했었어. 언니는 내가 그러는 걸 볼 수 있겠어?"

"왜 못 산다는 건지 난 도저히 모르겠다. 노먼의 집은 크니까 충분히 여유가 있어—네 방은 따로 얼마든지 마련할 수 있지. 노먼은 이래라 저래라 간섭하지 않아."

"엘런, 그런 일은 생각할 필요도 없어. 그런 이야기는 두 번 다시 꺼내지도 마."

그러자 엘런이 냉정하게 딱 잘라 말했다.

"그렇다면 나는 그 사람과 결혼하지 않을 테다. 나는 너를 혼자 여기에 외로이 내버려둘 수 없으니까. 그것으로 이야기는 끝이야."

"바보 같은 말 하지 마, 엘런!"

"조금도 바보 같은 말이 아니야. 그렇게 결심했어. 여기서 너 혼자 산다는 건 말도 안 돼—이처럼 다른 사람들 집에서 1마일이나 떨어진 외딴 곳에. 네가 나와 함께 가지 않겠다면 나는 너와 여기 있겠어. 자, 이제 이 일에 대해 이러니저러니하지 않기로 하자. 아무리 이야기해도 소용없으니까."

로즈머리가 말했다.

"내가 노먼 씨 생각을 물어보겠어."

"노먼에게는 내가 말하겠어. 내가 해야만 해. 내가 너에게 한 약속을 취소하게 해달라고 부탁한 일이 없으니까, 단 한 번도. 하지만 노먼에게 어째서 내가 결혼할 수 없는지 그 이유를 말해야 했고, 그랬더니 노먼이 네게 부탁하겠다고 한 거야. 말렸지만 듣지 않았어.

이 세상에서 자기 혼자만 자존심을 가지고 있다고 생각할 필요는 없어. 나만 결혼해서 너를 혼자 내버려두고 가려는 생각은 결코 한 적이 없으니까. 나도 너만큼 결심이 확고하다는 걸 너 또한 알게 될 거야."

로즈머리는 빙 돌아서서 등을 보이더니 어깨를 으쓱하고 집 안으로 들어가버렸다. 엘런은 세인트 조지를 내려다보았다. 엘런과 로즈머리가 이야기하는 동안 세인트 조지는 눈도 깜박이지 않고 수염 하나 움직이려 하지도 않고 조용히 앉아 있었다.

"세인트 조지, 남자 없이는 이 세상이 지루하잖아. 그건 인정하자. 하지만 차라리 세상에 남자가 한 사람도 없었으면 좋겠다고 바라고 싶어지는구나. 남자 때문에 얼마나 번거로운 일이 일어나고 있는지 잘 봐, 세인트 조지—여태까지 이어졌던 행복한 우리 생활이 뿌리째 완전히 뒤집히고 말았어, 세인트 조지. 존 메러디스가 처음 손댔고, 노먼 더글러스가 마지막 마무리를 했어. 그리고 지금은 두 사람 다 지옥으로 가야만 하지.

이 지구상에서 가장 위험한 인물은 독일의 카이저라는 것이 내 의견인데, 지금까지 내가 만난 남자 가운데 나하고 의견이 같은 사람은 노먼뿐이었어—그런데 그렇게 분별 있는 사람과 결혼할 수가 없어. 동생이 고집쟁이인데다 나는 더 센 고집쟁이기 때문이야, 알겠니, 세인트 조지.

로즈머리가 새끼손가락만 들어도 목사는 돌아올 거야. 그런데 로즈머리는 그러려고 하지 않아, 세인트 조지—앞으로도 결코 그러지 않을 거야—새끼손가락을 꼬부리는 일도 하지 않을 거고—그리고 나는 참견할 용기가 없어, 세인트 조지.

언짢은 표정은 짓지 않을 거야, 세인트 조지. 로즈머리가 결혼하지 않겠다고 하니까 나도 결혼하지 않으려고 결심했어, 세인트 조지. 노먼은 잔디를 걷어차며 화낼 테지만, 결국 우리같이 나이먹은 바보들은 결혼 생각은 하지 말아야 해. '절망에 빠진 자유인, 희망에 갇힌 노예'로구나.

자, 집으로 들어가자, 세인트 조지. 기운나도록 우유를 주마. 그렇게 하면 이 언덕 위에 적어도 행복에 충만된 게 하나는 있다는 이야기가 되니까."

아빠의 결혼은

메리 밴스가 비밀스럽게 말했다.

"나 말이지, 너희들에게 이야기할 게 있어."

메리와 페이스와 우나는 팔짱을 끼고 마을을 걸어가고 있었다. 아까 플래그 씨네 가게에서 우연히 만났던 것이다.

메리의 말을 듣자 우나와 페이스는 서로 눈짓을 했다. '저봐, 또 뭔가 언짢은 말을 꺼내려는 거야' 하는 뜻의 눈짓이었다. 이제까지 메리밴스가 꼭 이야기할 게 있다며 꺼낸 말들 치고 기분 좋았던 일은 거의 없었다.

우나와 페이스는 자기들이 여전히 메리를 좋아하는 게 이상할 정도였다. 그러면서도 메리는 확실히 자극적이고 유쾌한 친구였다. 다만 메리가 뭔가를 말해 주는 게 자기가 맡은 의무라는 확신만 가지고 있지 않으면 참으로 좋을 텐데.

"너희들이 너무 장난이 심한 아이들이기에 로즈머리 웨스트가 너희 아버지와 결혼하지 않는다는 걸 알고 있니? 그녀는 너희들을 제대로 키울 수 없을까봐 두려워서 너희 아버지의 결혼신청을 뿌리쳤대."

우나는 은밀한 기쁨으로 가슴이 떨렸다. 미스 웨스트가 아버지와 결혼하지 않는다는 말을 들으니 너무 기뻤다. 그러나 페이스는 오히려 실망했다.

페이스가 물었다.

"너는 그걸 어떻게 알았지?"

"어머나, 모두들 그렇게 말해. 나는 엘리엇 부인이 의사부인에게 이야기하는 걸 들었어. 두 분은 내가 먼 곳에 있으니까 들리지 않으리라 생각했겠지만 내 귀는 고양이처럼 잘 들려. 엘리엇 부인은 로즈머리가 너희들의 평판이 너무 나빠 계모가 될 수 없다고 생각한 게 틀림없을 거라고 말했어.

너희 아버지는 요즘 언덕 위에 있는 집으로 전혀 가지 않잖아. 노먼 더글러스 또한 그래. 소문으로는 엘런이 몇 해 전 노먼에게 버림받았으니 그 앙갚음으로 이번에는 자기 쪽에서 버린 거라고 했어. 그러나 노먼은 반드시 손에 넣고 말겠다며 대놓고 말하며 돌아다닌대.

그러니 너희가 아버지의 결혼을 망친 셈이라는 것을 너희들은 알아야 한다고 생각해. 나는 아주 안타까운 마음이었지. 어차피 너희 아버지는 머지않아 누군가와 결혼할 게 틀림없으니까. 아내로 맞으려면 로즈머리 웨스트 같이 좋은 부인은 다시 없을 거야."

우나가 물었다.

"넌 계모란 모두 잔인하고 심술궂다고 했잖니?"

"그야—몹시 성질이 까다로운 사람이 많은 건 확실해. 하지만 로즈머리 웨스트라면 누구에게도 심한 짓을 하지 못할 거야, 알겠니?

만일 너희들 아버지가 마음을 바꾸어 에밀린 드류와 결혼한다고 하자. 그러면 진작에 착한 아이가 되었더라면 좋았을걸, 로즈머리가 무서워 달아나는 일이 없었으면 좋았을걸 하고 뉘우칠 거야. 너희들 평판이 몹시 나쁜 탓에 너희 아버지가 좋은 사람과 결혼할 수 없다니 너무하잖아?

물론 나는 너희에 대한 소문의 절반은 정말이 아니라는 것을 알고 있어. 하지만 한번 나쁜 평판을 얻으면 끝장이야. 왜냐하면 지난번 스팀슨 부인네 창문으로 돌을 집어던진 게 제리와 칼이라고 말하는 사람도 있으니까. 사실은 보이드 씨네 남자아이들 둘이 한 짓인데 말이야.

하지만 카 할머니의 마차에 뱀장어를 집어던진 것은 칼이라서 유감이야. 나도 처음에는 키티 앨릭 아주머니의 말씀보다 더 정확한 증거를 만나기 전까지는 믿지 않는다고 말했었지. 엘리엇 부인보고 직접 그렇게 말했어."

페이스가 외쳤다.

"칼이 어쨌는데?"

"그 소문에 따르면—알겠니, 나는 사람들이 이야기하고 있는 걸 말하는 것뿐이니까—그러니 나한테 트집을 잡으면 안 돼—지난주 어느 날 저녁, 칼과 다른 남자아이들 여럿이 다리에서 뱀장어를 낚고 있었어. 마침 그곳에 카 부인이 포장 없는 낡은 마차를 타고 지나가자, 칼이 느닷없이 커다란 뱀장어를 뒷좌석에 던져 넣었어.

그러는 동안 뱀장어는 꿈틀꿈틀 부인의 다리 사이로 기어나왔어. 카 부인은 뱀인 줄 알고 넋을 잃고 비명을 지르며 일어나 마차에서 훌쩍 뛰어내렸지. 말은 놀라서 달아났지만 그래도 집에는 돌아갔으니 별일은 없었어.

하지만 카 부인은 발목을 몹시 삐었고 그 뒤로는 뱀장어 생각만 해도 신경이 이상해진다고 했어. 가엾은 카 부인에게 그런 나쁜 짓을 하다니 돼먹지 않은 놈이라고 모두 욕하고 있어. 그래도 카 부인은 겉보기와 달리 착한 사람이야."

페이스와 우나는 서로 얼굴을 마주보았다. 이것은 '천사들의 모임'에서 다뤄야 할 문제다. 하지만 그런 말을 메리에게 한 마디도 해서는 안 된다.

"너희들 아빠 오신다."

메리가 말할 때 메러디스 목사가 세 아이들 옆을 지나갔다.

"마치 우리들은 여기에 없는 것 같구나. 전혀 눈에 들어오지도 않는가봐. 나는 이제 익숙해져서 아무렇지도 않아. 그러나 어떤 사람들은 신경 쓰이는 모양이야."

메러디스 목사는 세 아이가 있는 것을 눈치채지 못했지만 여느 때처럼 몽롱히 꿈꾸는 듯한 눈으로 걸어가고 있었던 것은 아니었다. 마음이 흔들려 괴로움을 안고 언덕을 올라갔다. 그는 방금 앨릭 데이비스 부인에게 카 부인과 뱀장어 이야기를 들었던 것이다. 앨릭 데이비스 부인은 무척 화를 내고 있었다. 카 부인은 그녀와 팔촌간이었다.

칼은 얼굴을 붉혔으나 용감하게 아버지의 눈을 똑바로 보며 말했다.

"그랬어요, 아버지."

메러디스 씨는 신음했다. 적어도 그 소문이 부풀린 것이기를 바라고 있었던 것이다.

"처음부터 끝까지 다 이야기해 봐라."

칼은 털어놓기 시작했다.

"남자아이들이 다리에서 뱀장어를 낚고 있었어요. 링크 드류가 낚은 것이 퍽 큰 놈—아니, 무지무지하게 큰 놈이었어요. 그렇게 큰 건 처음 보았어요. 낚기 시작하자 곧 물린 것이었기에 어롱 속에서 오래도록 갇혀 있었어요. 꼼짝도 하지 않아서 나는 죽은 걸로 생각했어요. 정말이에요.

그런데 마침 카 부인이 지나가다가 우리를 보고 개구쟁이 녀석들이라며 썩 집으로 돌아가라고 하지 않겠어요. 그래도 우리는 잠자코 아무 대꾸도 하지 않았어요. 아버지, 정말이에요.

그런데 카 부인이 가게에서 물건을 사가지고 다시 돌아오자 남자아이들이 나더러 어롱 속의 뱀장어를 마차에 집어던져 보라고 하잖아요. 나는 뱀장어가 죽은 줄만 알았기에 부인을 조금도 다치게 하지 않으리라 생각하고 마구 집어던졌어요. 그랬는데 언덕 있는 데 오니까 뱀장어가 되살아나 부인이 크게 비명을 지르며 마차에서 뛰어내리는 게 보였어요.

나는 아주 잘못했다고 생각하고 있어요. 그것이 다예요, 아버지."

그것은 메러디스 씨가 처음 생각했던 것만큼 심하지는 않았지만 그래도 나쁜 일임에 틀림없었다.

메러디스 씨는 슬픈 듯 말했다.

"나는 너에게 벌을 줘야겠다, 칼."

"네, 알고 있어요, 아버지."

"나는—나는 회초리로 때려야겠어."

칼은 겁이 나서 움츠러들었다. 그는 이제까지 한 번도 회초리로 맞은 적이 없었다. 그러나 아버지가 너무나도 괴로워하는 것을 보고 쾌활하게 말했다.

"괜찮아요, 아버지."

메러디스 씨는 칼이 이처럼 밝은 표정을 짓고 있는 것을 보고 아무 잘못도 느끼지 못하는 걸로 오해했다. 그는 칼에게 저녁 식사가 끝나면 서재로 오라고 했다. 소년이 밖으로 나가자 그는 의자에 털썩 몸을 던지며 다시 신음했다.

메러디스 씨는 서서히 저녁 때가 되는 것이 칼의 일곱 배나 두려웠다. 아들을 무엇으로 때리는가 하는 것조차도 이 가엾은 목사는 알 수 없었다. 회초리로 때리는 데는 무엇을 쓸 것인가?

몽둥이? 가는 지팡이? 그런 것은 너무도 무자비하다. 그럼, 얄팍한 나뭇가지는 어떨까? 그렇더라도 존 메러디스는 그것을 구하러 일부러 숲으로 가야만 한다. 그것은 혐오스러웠다.

그때 그의 머리에 어떤 그림이 절로 떠올랐다. 그는 되살아난 뱀장어를 보고 놀란 카 부인의 몹시 시들고 이가 빠져 합죽이가 된 작은 얼굴을 보았다―그는 카 부인이 이륜마차 위에서 마녀처럼 나는 것을 보았다. 그는 참지 못하고 큰 웃음을 터뜨렸다.

그러자 자신에게 화가 나고 짓궂은 장난을 친 칼에게도 너무 화가 났다. 그는 곧장 회초리를 구하리라 생각했다―어쨌든 이대로 물렁하게 넘어가서는 안 된다.

칼은 방금 집으로 돌아온 페이스와 우나에게 묘지에서 이 문제를 보고했다. 칼이 회초리로 벌을 받는다는 말을 듣고 페이스와 우나는 몸을 부르르 떨었다―더욱이 벌을 주는 사람은 아버지다. 아버지는 그런 일을 한 번도 한 적이 없었다! 하지만 그들은 조용히 생각해 보고 어쩔 수 없는 일이라 생각했다.

페이스가 한숨을 쉬며 말했다.

"심한 짓을 했구나, 칼. 그리고 '천사들의 모임'에 제대로 보고도 하지 않았어."

칼이 말했다.

"잊어버렸어. 게다가 남에게 해를 끼친 일이라고 생각지 않았어. 카 부인이 발을 삔 것은 정말 몰랐어. 하지만 회초리로 벌을 받으니까 그것으로 갚는 셈이야."

"몹시 아플까?"

우나가 걱정스러운 얼굴로 물으며 칼의 손을 잡았다.

칼이 용감하게 말했다.

"대단하지 않을 거야. 어쨌든 아무리 아파도 난 울지 않을 테야. 내가 울면 아버지가 더더욱 괴로울 테니까. 지금까지도 퍽 슬퍼하고 계셔. 가능하다면 아버지에게 시키지 않고 내가 내 손으로 매질할 수 있으면 좋을 텐데."

저녁 식사 때가 되자, 칼은 아주 조금밖에 먹지 않았다. 그리고 메러디스 씨는 전혀 손대지 않았다. 식사가 끝나자 두 사람은 말없이 서재로 들어갔다.

탁자 위에는 작은 나뭇가지가 놓여 있었다. 메러디스 씨는 알맞은 나뭇가지를 찾느라 퍽 애를 먹었다. 처음에 자른 가지는 너무 가늘었다. 칼은 변명할 여지가 없는 짓을 했다. 그 다음 가지는 너무 굵었다. 칼은 뱀장어가 죽었다고 생각했었다. 세 번째 가지가 겨우 알맞은 굵기로 여겨졌다. 지금 탁자에서 집어 들어 보니 너무 굵고 무거워 작은 가지라기보다 지팡이처럼 느껴졌다.

그러나 메러디스 씨는 칼에게 단호히 명령했다.

"손을 내밀어."

칼은 머리를 뒤로 젖히며 용감하게 손을 내밀었다. 그러나 칼은 아직 나이가 어려서 아무래도 눈에 겁먹은 빛이 떠올라 있었다.

메러디스 씨는 그 낯익은 눈을 보았다―아, 그것은 아내 시실리어의 눈이었다―더욱이 시실리어도 언젠가 그에게 뭔가 말하기를 망설이고 있을 때 꼭 이런 표정을 지었던 것을 메러디스 씨는 기억하고 있었다. 그는 아내의 그 눈을 칼의 조그맣고 새하얀 얼굴에서 보았던 것이다―게다가 6주일 전에는 이 아이가 죽는 줄 알고 두려움에 벌벌 떨며 끝없이 긴 하룻밤을 보내지 않았던가.

존 메러디스 씨는 회초리를 내려놓았다.

"저리 가라. 나는 도저히 못 때리겠구나."

칼은 아버지의 표정을 보고 차라리 맞는 편이 낫겠다고 생각하며 묘지로 달려갔다.

"벌써 끝났니?"

페이스가 물었다. 페이스와 우나는 폴록의 묘석 위에 앉아 손을 마주잡은 채 이를 악물고 있었다.

칼이 흐느껴 울며 말했다.

"아버지는―아버지는 나를 전혀 때리지 않았어. 하지만―맞는 편이 차라리 좋았을 텐데―아버지는 아직 저기 있어. 몹시 슬퍼하고 있어."

우나는 살그머니 빠져나왔다. 그녀는 아버지를 위로하고 싶어 견딜 수 없었다. 그녀는 생쥐처럼 소리없이 서재문을 열고 가만히 안으로 들어갔다.

방은 어둠이 몰려와 컴컴했다. 아버지는 우나 쪽으로 등을 돌린 채 머리를 감싸안고 책상 앞에 앉아 있었다.

메러디스 씨는 혼잣말을 하고 있었다—끊어졌다 이어졌다 하며 몸부림을 치듯 중얼거리고 있었다. 그러나 우나는 분명 들었다. 그리고 어머니 없는 예민한 어린이는 모든 걸 알아차리고 말았다.

들어왔을 때와 마찬가지로 우나는 소리 없이 미끄러지듯 나가 문을 닫았다.

존 메러디스 씨는 아무에게도 방해받지 않고, 단지 혼자 있다고 믿으면서 자신의 괴로움을 줄곧 중얼거리고 있었다.

눈물의 힘

우나는 2층으로 올라갔다. 칼과 페이스는 방금 떠오른 달빛을 받으며 벌써 '무지개 골짜기'로 뛰어가고 있었다. 제리의 쥬즈하프 소리가 마치 요정이 퉁기는 음악소리처럼 들려왔다. 그것으로 블라이스 집안의 아이들도 와서 즐겁게 놀고 있다는 것을 짐작할 수 있었다.

우나는 가고 싶지 않았다. 우나는 자기 방으로 들어가자 침대에 앉아 잠시 동안 울었다. 그녀는 어떤 사람도 자기 어머니 자리에 오는 것이 싫었다. 자기를 미워하고 아버지에게 아이들을 미워하게 만드는 못된 계모는 필요치 않았다.

그러나 지금 아버지는 몹시 불행하다—만일 조금이라도 아버지를 행복하게 해줄 수 있다면 그렇게 해야만 한다. 우나가 할 수 있는 일은 하나밖에 없다—우나는 아까 서재에서 나온 순간 자신이 그 일을 해야 한다는 것을 깨달았다. 그러나 매우 하기 어려운 일이었다.

우나는 실컷 운 뒤, 눈물을 닦고 손님방으로 갔다. 방은 어둡고 쾨쾨한 곰팡이 냄새가 났다. 오랫동안 블라인드를 올리지 않았고 창문도 열지 않았기 때문이다. 마서 할머니는 신선한 공기를 싫어하는 건 아니었다. 하지만 목사관에는 방문이 열려 있거나 닫혀 있거나 신경 쓰는 사람이 아무도 없었기에 여느 때는 별 지장이 없었다. 곤란한 것은 어떤 운 나쁜 목사가 머물게 되어 싫더라도 어쩔 수 없이 손님 방의 찝찝한 공기를 마시게 되는 경우뿐이었다.

손님방에는 옷장이 있었는데 그 가장 안쪽에 잿빛 비단 드레스가 걸려 있었다. 우나는 옷장 속으로 들어가 문을 닫고 몸을 웅크린 뒤 보드라운 비단 주름에 얼굴을 갖다댔다.

그 드레스는 어머니가 입은 웨딩드레스였다. 마치 지금도 어머니의 사랑이 그 자리에 남아 있는 것처럼 달콤한 냄새가 은근히 풍겼다. 우나는 그곳에 오면 어머니가 바로 옆에 있는 듯한 느낌이 들었다— 어머니 발치에 꿇어앉아 무릎에 머리를 얹고 있는 것 같았다. 아주 드문 일이지만 그녀는 괴롭고 견딜 수 없는 일이 생기면 자기도 모르게 그곳에 왔다.

우나는 잿빛 비단 드레스에 속삭였다.

"어머니, 어머니를 결코 잊을 수 없어요. 앞으로도 어머니를 누구보다 가장 사랑할 거예요. 하지만 전 그 일을 하지 않을 수 없어요, 어머니. 왜냐하면 아버지가 저렇게 불행하니까요. 어머니도 아버지를 불행하게 만들고 싶지 않겠죠. 비록 그분도 메리 밴스가 말한 것처럼 계모이긴 하겠지만 전 그분에게 친절하게 대해서 좋아지도록 하겠어요."

우나는 자기만의 비밀 신전에서 정신적으로 강한 힘을 얻었다. 상냥하고 진지한 작은 얼굴에 아직 눈물이 반짝이고 있었지만 그날 밤 우나는 평화롭게 잠을 잤다.

다음날 오후, 우나는 가장 좋은 옷을 입고 그에 어울리는 모자를 썼다. 가장 좋다고 해도 너무 초라한 것이었다. 페이스와 우나 말고는 글렌 마을의 모든 여자아이들이 올여름 새 옷을 만들어 입었다. 메리 밴스의 옷은 수놓은 하얀 고급 마직의 멋진 드레스였으며 머리띠와 어깨의 리본은 진홍빛 실크였다.

그러나 우나는 오늘 자신의 옷차림이 초라하든말든 생각지 않았다. 다만 되도록 단정하고 말쑥한 모습이 되고 싶었다. 그리하여 얼굴을 깨끗이 씻고 공단처럼 보드랍게 보일 때까지 검은 머리를 싹싹 빗어넘겼다. 먼저 고급 양말의 풀린 올 두 줄을 고친 다음 구두끈을 꼭 매었다. 구두에 구두약을 칠하고 싶었으나 어디 있는지 끝내 보이지 않았다.

우나는 모든 준비를 끝낸 뒤 목사관을 빠져나와 '무지개 골짜기'로 내려갔다. 그리고 뭔가 속삭이고 있는 듯한 숲을 지나 언덕 위 집으로 이어진 길로 나왔다. 꽤 먼 거리였기에 도착했을 때는 몹시 피곤했고 더웠다.

우나는 로즈머리가 뜰의 나무 밑에 앉아 있는 것을 보고 달리아 꽃밭을 지나 살그머니 다가갔다. 로즈머리는 무릎 위에 책을 펼쳐 놓고 있었으나 읽지는 않고 슬픈 표정으로 먼 항구 쪽을 지켜보고 있었다.

요즘 언덕의 집은 전처럼 즐겁지 못했다. 엘런은 언짢은 얼굴은 짓지 않았다―믿음직스러운 언니였다. 그러나 입 밖에 내어 말하지는 않으나 느낌으로는 막연히 알고 있었다. 때로는 두 자매 사이에 감도는 침묵이 참을 수 없이 많은 것을 말해 주었다. 집 안에 있는 늘 보아온 온갖 것들이 그때까지는 인생을 즐겁게 하기 위해 도움을 주었으나, 지금은 가슴이 아프고 괴롭게 느껴질 뿐이었다.

노먼 더글러스는 정해진 일처럼 찾아와 엘런을 달래거나 위협하며 여러 가지로 설득하려 했다. 로즈머리는 더글러스가 언젠가는 엘런을 끌어내어 데려가버릴 테지―하고 생각하며 빨리 그렇게 되는 편이 훨씬 더 좋겠다고 여겼다. 그렇게 되면 여기서 사는 게 몹시 쓸쓸할 테지만 언제 터질지 모를 폭탄을 안고 있지 않아도 된다.

로즈머리의 어깨를 누군가가 살그머니 건드려 그녀의 불쾌한 공상을 몰아냈다. 돌아보니 뜻밖의 우나 메러디스였다.

"어머나, 우나. 이렇게 더운데 여기까지 줄곧 걸어서 올라왔니?"

우나가 말했다.

"네. 나는요―저―저―"

그러나 여기까지 온 볼일을 입 밖에 내어 말하기는 무척 어려웠다. 우나의 목소리는 기어들어가고 눈에는 눈물이 그렁그렁 가득했다.

"우나, 왜 그러니? 무서워하지 말고 내게 편안히 말해 보렴."

로즈머리는 여위고 작은 우나의 몸에 팔을 두르고 가까이 끌어당겼다. 그녀의 눈이 아주 아름다웠고―너무나 다정하게 안아주었으므로 우나는 용기가 솟았다.

우나는 숨을 가쁘게 몰아쉬었다.

"나는 부탁하러 왔어요―아버지와 결혼해 달라고요."

로즈머리는 너무나 놀라 한순간 말도 나오지 않았다. 그녀는 망연히 우나를 바라보았다.

우나는 간청했다.

"아, 부디 화내지 마세요, 미스 웨스트. 다른 사람들이 모두 우리가 아주 나쁜 아이들이라서 아줌마가 우리 아버지와 결혼해 주지 않는다고 말하고 있어요.

그래서 아버지는 너무너무 불행해요. 우리는 결코 일부러 나쁜 짓을 하는 게 아니라고 나는 말하러 오고 싶었어요. 그리고 만일 아버지와 결혼해 주면 우리는 모두 착한 아이가 되어 뭐든지 아줌마가 시키는 대로 할게요. 우리는 틀림없이 아줌마를 난처하게 하지 않을 거예요. 그러니 부탁해요, 미스 웨스트."

로즈머리는 머릿속으로 바쁘게 이것저것 생각해 보았다. 뭔가 잘못된 소문이 우나의 귀에 들어간 것이다. 이 아이에게 아주 솔직하고 진지해야 한다.

로즈머리는 상냥하게 말했다.

"우나, 내가 우나 아버지와 결혼하지 않는 것은 너희들 때문이 아니야. 그런 것은 생각해본 적도 없어. 너희는 나쁜 아이들이 아니야—나는 단 한 번도 나쁘다고 생각한 일이 없었단다. 다른—다른 말 못할 이유가 있어, 우나."

우나는 비난하는 듯한 눈으로 고개를 쳐들며 물었다.

"우리 아버지를 좋아하지 않아요? 아, 미스 웨스트, 아줌마는 아버지가 얼마나 멋지고 훌륭한지 몰라요. 틀림없이 아줌마의 좋은 남편이 될 거예요."

로즈머리는 몹시 당황하여 난처한 상황에 처해 있었지만 저도 모르게 웃지 않을 수 없었다.

우나는 정신없이 외쳤다.

"아, 웃지 마세요, 미스 웨스트. 아버지는 이 일로 너무너무 괴로워하고 있어요."

로즈머리가 말했다.

"난 네가 뭔가 잘못 알고 있는 것 같아."

"아니에요, 그럴 리 없어요. 오, 미스 웨스트. 아버지는 어제 회초리로 칼을 때리려고 했어요—장난을 심하게 해서요—하지만 이제까지 때려본 적이 없었기에 결국 아버지는 때리지 못했어요.

칼이 서재에서 나와 우리에게 아버지가 무척 슬퍼한다기에 나는 아버지를 위로해 드려야겠다고 여겨 서재로 들어갔어요—아버지는 언제나 내가 위로해 드리는 것을 아주 기뻐하셨으니까요, 미스 웨스트—그런데 내가 서재에 들어가도 아버지는 알아차리지 못했어요. 그리고 혼자 이야기하시는 걸 분명 내가 들었어요. 아버지가 뭐라고 했는지 가르쳐주겠어요, 미스 웨스트, 귀 좀 빌려주시면 말이에요."

우나는 열심히 소근거렸다.

로즈머리의 얼굴이 새빨개졌다. 그렇다면 존 메러디스는 아직 나를 사랑하고 있구나. 마음이 바뀌지 않았어. 만일 그렇게 말했다면 깊이 사랑하고 있는 게 틀림없다—로즈머리가 생각하고 있었던 것보다 더 깊이. 로즈머리는 얼마 동안 말없이 앉은 채 우나의 머리를 쓰다듬고 있었다. 이윽고 로즈머리는 입을 떼었다.

"아버지에게 내 편지를 갖다드리겠니, 우나?"

우나는 간절한 마음으로 물었다.

"그럼, 아버지와 결혼해 주시는 거죠, 미스 웨스트?"

"그럴까 싶다―아버지에게 정말로 내가 필요하다면."

로즈머리는 또 뺨을 붉히며 말했다.

"기뻐요―기뻐요."

우나는 용감하게 말했으나 로즈머리를 올려다본 그녀의 입술은 파르르 떨렸다.

우나는 간절히 부탁했다.

"오, 미스 웨스트, 아버지가 우리를 나쁜 아이라고 여기게 만들지 말아주세요―우리를 싫어하도록 만들지 말아주세요."

로즈머리는 또다시 눈이 휘둥그레졌다.

"우나 메러디스! 너는 내가 그런 짓을 하리라고 생각하니? 어째서 그런 생각을 했지?"

"메리 밴스가 계모란 모두 그렇다고 했어요―그리고 전처 자식이 싫어 아버지까지도 자기 아이들을 싫어하도록 만든대요―아무래도 그렇게 되고 만대요―그리고 계모가 되면 누구나 그렇게 하지 않고는 못 견딘댔어요. 메리가 그랬어요."

"원, 가엾은 우나! 그런데도 아버지와 결혼해 달라고 나한테 부탁하러 여기까지 왔구나. 얼마나 착한 아이일까―정말 훌륭해―엘런의 말을 빌리면 정말이지 믿음직스럽구나.

자, 내 말을 들어줘, 잘 들어줘, 우나. 메리 밴스는 어리석은 여자아이여서 아무것도 몰라. 게다가 어떤 일에 있어서는 잘못 생각하고 있는 것도 있단다. 나는 아버지를 너희들 적으로 만들려는 생각은 꿈에도 해보지 않았어. 나는 너희들 모두를 진심으로 귀여워할 거야.

그리고 너희 어머니 대신이 되고 싶지는 않아—어머니는 언제까지나 어머니로서 너희들 마음속에 있어야 해. 그러니 나는 계모가 될 생각은 더더욱 없어. 다만 너희의 친구, 어떤 일을 도와주거나 돌봐주는 친한 친구가 되고 싶어. 그렇게 되면 멋있지 않겠니? 우나도 페이스도 칼도 제리도 모두의 좋은 친구가 될 수 있다면—큰언니가 된다면 어떨까?"

"어머나, 멋있어요."

우나는 다시 살아난 듯한 얼굴이 되어 외쳤다.

우나는 자기도 모르게 로즈머리의 목을 꼭 끌어안았다. 너무 기뻐서 날개가 돋아 훨훨 날아갈 것만 같았다.

"다른 아이들도—페이스와 남자아이들도 우나와 마찬가지로 계모에 대해 그렇게 생각하고 있니?"

"아니에요, 페이스는 메리의 말을 믿은 적이 없어요. 메리의 말을 정말로 여기다니, 나는 너무 바보였어요. 페이스는 가엾은 애덤이 잡아먹혔을 때부터 아줌마를 아주 좋아했어요. 그리고 제리와 칼은 기쁘게 여길 거예요.

아, 미스 웨스트, 우리와 함께 살게 되면 내게—저—요리하는 방법—조금과—그리고 바느질과—여러 가지 일을 가르쳐 주시겠어요? 나는 아무것도 모르거든요. 나는 너무 괴롭게 해드리지 않고 빨리 배우도록 하겠어요."

"좋아, 우나. 내가 알고 있는 것은 뭐든지 다 가르쳐주고말고. 자, 알겠지? 이 일은 아무에게도 이야기하면 안 돼—페이스에게도. 아버지가 직접 그렇게 해도 된다고 말할 때까지는. 자, 좀 있다가 함께 차를 마실까?"

우나는 더듬더듬 말했다.

"네, 고맙습니다. 하지만—하지만 그보다는 빨리 돌아가서 아버지에게 편지를 드리는 게 좋을 것 같아요. 빠르면 빠를수록 아버지가

기뻐할 거잖아요, 미스 웨스트."

"알겠다."

그리하여 로즈머리는 집 안으로 들어가 편지를 써서 우나에게 건네주었다. 편지를 꼭 움켜쥔 조그만 아가씨가 두근거리는 마음으로 행복한 파랑새처럼 달아나자 로즈머리는 뒷문에서 콩을 까고 있는 엘런에게로 다가갔다.

"엘런, 우나가 아버지와 결혼해 달라고 말하러 지금 막 왔었어."

엘런은 얼굴을 들고 곧 로즈머리의 얼굴빛을 살펴보았다. 그리고 조용히 물었다.

"그래, 너는 결혼할 생각이니?"

"그렇게 되리라고 여겨."

엘런은 여전히 한동안 잠자코 콩을 까고 있더니 갑자기 두 손으로 얼굴을 가렸다. 눈썹 짙은 그녀의 눈에 눈물이 고였다.

엘런은 울며 웃으며 말했다.

"나는—나는 우리 둘 다 행복해지기를 바라."

언덕 아래 목사관에서는 더위로 얼굴이 새빨개진 우나가 의기양양하게 아버지의 서재로 들어가 그의 앞 책상에 편지를 올려놓았다.

메러디스 씨는 그가 너무나 잘 알고 있는 또렷하고 아름다운 글자를 보더니 핼쑥한 얼굴이 확 붉어졌다. 그는 편지를 펼쳤다. 그것은 아주 짧은 편지였다—그러나 그것을 읽은 순간, 그는 스무 살이나 젊어졌다. 로즈머리는 그날 저녁 해질 무렵 '무지개 골짜기' 샘터에서 그와 만나고 싶다는 말을 써보냈던 것이다.

오라, 피리 부는 사나이여!

미스 코닐리어가 말했다.

"그런 사연으로 이달 중순 무렵 두 쌍의 결혼식이 올려질 모양이더 군요."

9월 첫무렵 저녁나절이 되면 벌써 싸늘하게 으스스 추위가 느껴 졌다. 앤은 커다란 거실에 언제나 준비해 두고 있는 표류목으로 불을 지피고, 미스 코닐리어와 함께 야릇하게 하늘거리는 불길 앞에 앉아 있었다.

앤이 말했다.

"정말 기쁜 일이에요―특히 메러디스 씨와 로즈머리를 위해서는요. 엊저녁 언덕을 올라가 로즈머리 혼수를 보니 마치 내가 신부가 된 것 같았어요."

수전은 그녀의 다갈색 도련님 셜리를 꼭 끌어안고 어두컴컴한 구석 에서 말했다.

"들으니까 공주님 혼례준비에 비길 만큼 훌륭하다지요, 나도 보러 오라는 초대를 받았으니 틈을 봐서 저녁 때 가볼 생각이에요. 결혼 식 때 로즈머리는 새하얀 비단옷에 베일을 쓰는 모양이고, 엘런은 감색 드레스를 입는다고 했어요. 엘런이 그렇게 한 것은 잘한 일이라고 생각해요, 마님. 하지만 만일 내가 결혼하는 일이 생긴다면 흰 드레스에 하얀 베일을 쓰겠어요. 그쪽이 훨씬 신부답잖아요?"

'흰 드레스에 하얀 베일'을 쓴 모습의 수전을 떠올리자 앤은 하마터면 웃음이 풋 터져나올 뻔했다.

미스 코닐리어가 말했다.

"약혼한 뒤로 메러디스 씨는 아예 사람이 달라져버린 것 같아요. 그 전처럼 멍해 있지도 않고 구름 속에 있지도 않아요, 정말로. 신혼여행을 떠나 있는 동안 목사관을 닫고 아이들은 다른 곳에 맡기는 모양이에요. 그나마 마음이 놓여요. 아이들과 마서 아주머니만 한 달 동안이나 그곳에 두고 간다면 나는 아침마다 목사관에 불이 나지 않을까 겁에 질린 눈으로 다녀야만 될 테니까요."

앤이 말했다.

"마서 아주머니와 제리는 우리 집으로 와요. 칼은 클로 장로님이 맡기로 했고요. 페이스와 우나가 어디로 가게 됐는지 그 말은 아직 듣지 못했어요."

미스 코닐리어가 말했다.

"아, 네, 그 아이들은 내가 맡기로 했어요. 물론 나는 기꺼이 그렇게 할 생각이었는데, 메리가 어찌나 재촉해대는지 정식으로 초대할 때까지 엄청났지요.

신랑신부가 돌아오기 전에 부인회가 목사관을 말끔히 청소하기로 했어요. 그리고 노먼 더글러스는 지하실에 야채를 하나 가득 채워 넣겠다고 했답니다.

요즘과 같은 노먼의 그런 모습은 정말 아무도 본 적도 들은 적도 없어요. 가까스로 엘런 웨스트와 결혼하게 되었다며 아주 기분이 좋답니다.

만일 내가 엘런이라면―하지만 나는 엘런이 아니니까 그녀가 좋다고 생각한다면 그것으로 된 거죠. 그녀는 학교를 다니던 무렵부터 패기 없는 사나이는 남편으로 삼지 않겠다고 했었는데, 노먼은 그야말로 무기력한 데라곤 조금도 없으니까요."

'무지개 골짜기'에서는 저녁해가 뉘엇뉘엇 지려는 참이었다. 못의 물은 보랏빛과 황금빛과 초록빛과 진홍빛으로 물든 아름다운 베일을 입고 있었다. 파르스름한 안개가 동쪽 언덕에 자욱이 끼고, 그 위에 크고 둥그란 달이 은거품처럼 떠 있었다.

아이들은 골짜기의 작은 빈터에 모여 있었다—페이스와 우나, 제리와 칼, 젬과 월터, 낸과 다이, 그리고 메리 밴스. 그들은 특별한 축하모임을 갖고 있었다. 젬에게는 '무지개 골짜기'에서의 마지막 저녁이었기 때문이다. 아침이 되면 퀸즈아카데미에 입학하기 위해 샬럿타운으로 떠나는 것이다. 즐거운 놀이집단에 처음으로 금이 가게 되었다. 그 때문에 축제는 떠들썩하기는 하지만 아이들 저마다 가슴에는 한 가닥 쓸쓸함이 느껴졌다.

하늘을 가리키며 월터가 말했다.

"저것 좀 봐. 저녁해가 있는 곳에 크나큰 황금 궁전이 솟아 있어. 저 빛나는 탑—탑에 펄럭이는 새빨간 깃발을 봐. 아마도 정복자가 싸움터에서 말을 타고 돌아오는 참일 거야. 그래서 그를 기꺼이 맞이하기 위해 깃발을 올리고 있는 거야."

젬이 소리쳤다.

"아, 다시 옛날이 되었으면 좋겠다. 나는 멋진 군인이 되고 싶어. 반드시 이겨 자랑스럽게 뽐내는 장군이 되고 싶어. 큰 전쟁을 치를 수 있다면 어떤 일이라도 하겠어."

그렇다, 젬은 군인이 되어 이제까지 이 세상에서 있었던 어떤 싸움보다도 더 큰 싸움을 보게 될 것이다. 하지만 그것은 아직 먼 미래의 일이다.

어머니에게 있어 젬은 맏아들이다. 그 어머니는 아들들을 새삼스럽

게 바라보며 신에게 감사하고 있었다—젬이 동경하는 '용사의 옛날'이 영원히 지나버린 것을, 캐나다의 아들들이 '그들 아버지의 유해와, 신들의 신전을 지키기 위해'[1] 싸움터로 향할 필요가 없게 된 것을.

큰 전쟁의 그림자는 아직 어디에도 그 차가운 전조(前兆)를 드리우고 있지 않았다. 프랑스며 플랑드르, 갈리폴리며 팔레스타인의 싸움터로 가게 될 젊은이들, 그리고 이윽고 그 싸움터에서 쓰러지게 될지도 모르는 젊은이들은 아직 장난꾸러기 학생들이며 눈앞에 순조로운 인생이 약속되어 있었다. 앞으로 슬픔에 젖을 아가씨들은 아직 희망과 꿈으로 눈을 빛내는 아름다운 소녀들이었다.

저녁해를 받은 도시에 펄럭이는 깃발에서 차츰 진홍빛과 금빛이 희미해졌다. 정복자 행렬은 차츰 흐려져 갔다. 어둠이 골짜기에 살그머니 다가왔다. 작은 모임은 말이 없어졌다.

월터는 그날도 옛 전설을 읽고 있었다. 그리고 언젠가 이런 저녁때 하멜론의 피리 부는 사나이가 골짜기 쪽으로 오는 것을 공상해 본 생각이 났다.

월터는 황홀해져 이야기를 시작했다. 친구들을 조금 놀라게 해줄 생각도 있었지만, 월터의 기분과는 관계없는 그 무엇이 월터의 입을 빌려 말하고 있는 것 같았다.

월터는 말했다.

"피리 부는 사나이가 가까이 오고 있어. 지난 번 저녁에 내가 봤을 때보다 훨씬 더 가까이까지 왔어. 희미하게 보이는 긴 망토가 나부끼고 있어. 그는 피리를 불어—피리를 불어—우리는 따라가야 해—젬도 칼도 제리도 나도—정처없이 세계를 돌아다녀. 귀를 기울여—귀기울여 봐—피리 부는 사나이가 부는 피리소리가 들리지 않니?"

소녀들은 몸을 떨었다.

---

*1 영국 정치가·역사가인 매스 B. 매컬리(1800~1859)의 《고대 로마의 노래》에서.

메리 밴스가 불평했다.

"월터는 일부러 저러는 거야. 그만둬. 진짜처럼 들리잖아. 월터의 피리 부는 사나이는 정말 싫어."

그러나 젬은 밝은 웃음소리를 내면서 벌떡 일어섰다. 작은 언덕에 우뚝 선 젬은 키가 크고 당당했으며 이마는 넓고 눈에는 두려움에 대한 그림자가 없었다. 단풍이 잘 자라는 나라 캐나다에는 젬 같은 젊은이가 몇 천 명이나 있었다.

젬이 손을 흔들며 외쳤다.

"피리 부는 사나이여, 어서 오라! 환영한다. 기꺼이 온 세계를 돌아 따라가리라."

Lucy Maud Montgomery
ANNE OF GREEN GABLES
《ANNE》의 짧은 이야기
루시 모드 몽고메리/김유경 옮김

공상놀이
꿈꾸는 여인

공상놀이

　쌍둥이 질과 P G는 좀 심심했다. 이건 아주 보기드문 일이었다. 왜냐하면 이 두 아이는 왕성한 상상력을 지니고 있어 태어났을 때부터 이제까지 10년이라는 세월 동안 다음에는 또 무엇을 저지를 것인가 하고 주위를 조마조마하게 만들어왔으므로 심심할 겨를이라고는 없는 언제나 가슴 두근거리며 재미있게 살아왔기 때문이다.

　모블리 내러즈와 글렌 세인트 메리 한가운데쯤에 자리하며 뒷날 '피서지'의 시초가 되었던 하프 문 코브에서 있었던 일이다. 이날 아침 두 사람은 여느 때와 같은 형편이 되지 못했다.

　어젯밤 밤참을 너무 많이 먹었기 때문인지도 모른다. 어쨌든 헨리에터 고모가 심한 발작을 일으켜 두 아이의 어머니는 너무너무 바빠서 단단히 눈을 번쩍이며 살피고 있을 수 없었던 참에 글렌 세인트 메리에서 낸과 다이 블라이스가 놀러 왔었던 것이다.

　"왜냐하면 엄마, 잔뜩 대접해 주고 싶었는걸요."

　어머니는 엄하게 말했다.

　"그 아이들은 절대 배고파 보이지 않았어. 저녁을 먹고 온 데다, 아버지가 위 글렌으로 왕진간 겨우 30분 동안 있었을 뿐이었잖니."

그러자 질이 말했다.

"수전 베이커는 틀림없이 그 아이들에게 배불리 먹게 해주지 않는 가봐요, 하지만 둘 다 아주 멋진 아이예요. 엄마, 좀 더 가까이 살았 더라면 좋았을 텐데요."

어머니도 그것을 인정했다.

"블라이스 씨네 사람들은 아주 좋은 분들이라더구나. 그 부모에 대해서는 잘 알고 있어. 하지만 너희들이 30분 동안에 저지를 장난을 그집 애들이 1주일이나 걸려서 한다고 하더라도 역시 굉장할 게다. 네가 말했듯 수전 베이커인가 하는 사람이 절반밖에 식사를 주지 않는다 하더라도 그런 아이들이라면 마땅할지 모르지. 식사에 대해서는 그 아이들에게 직접 들었니?"

"어머나, 그런 말은 하지 않아요. 얼마나 역성드는데요. 하지만 수전을 척 보면 그런 사람임을 알 수 있어요. 교회에서 딱 한 번 봤어요."

"수전 베이커와 블라이스 씨네 쌍둥이는 그렇다 치더라도, 헨리에터 고모의 새 냄비를 이렇듯 움푹 들어가게 두드린 건 누구지?"

P G가 아무렇지도 않은 얼굴로 말했다.

"아, 그거요? 우리는 로마시대 투구가 필요했어요."

이런 자질구레한 일로 걱정할 P G가 아니었다. 뭘 그래, 글렌 세인트 메리의 가게에 가면 훨씬 더 좋은 냄비가 얼마든지 있는데.

그런데 지금 쌍둥이들은 햇볕에 그을린 발끝으로 모래를 파며 서로 부루퉁한 얼굴로 노려보고 있는 형편이었다. 질의 말에 따르면, 이 단조로움을 깨뜨리기 위해 무슨 짓이든 할 필요가 있었다. 때마침 앤서니 리넉스가 지나가지 않았다면 두 아이는 싸움이라도 시작했으리라. 두 아이가 '남매싸움'을 할 때마다 지쳐버린 어머니는 무슨 운명의 장난으로 나는 쌍둥이를 키워야 하는 고생을 짊어졌는지 모르겠다며 한탄했지만.

그러나 다행스럽게도 여기에 앤서니 리넉스가 등장하여 질은 한눈에 그에게 열중해 버렸다. 나중에 질이 낸 블라이스에게 털어놓은 바에 의하면, 그는 마치 마음에 어두운 비밀을 지니고 있는 사람처럼 보였다고 한다. 낸도 질도 불량한 사람을 한창 동경할 나이였다. 인생의 패잔자 같은 용모에 질은 반드시 사로잡히고 마는 것이었다.

낸이 물었다.

"양심의 가책을 견디지 못하는 해적도 멋있잖니?"

다이가 고개를 끄덕이며 말했다.

"어머나, 양심이 아픈 줄 모르는 해적이 더 좋아."

양심에 거리낌 없는 해적을 위해서라면 죽어도 좋다고 질은 생각했다. 해적은 결코 좋지 않다고 수전 베이커가 말한 건 이때의 일이었다. 해적이 나쁘다고 흥보는 그런 사람이라면 충분히 사람을 굶어죽게 만들기도 하리라고 질은 생각했던 것이다.

다이는 수전을 편들었다.

"그렇지 않아. 수전이 사람을 굶어죽게 할 리 없어. 수전은 늘 우리가 잠자리에 든 뒤 뭐든 조금 먹게 해줘서 그래선 못쓴다고 엄마가 주의시킬 정도야. 수전의 말로는 우리가 자라면 좀 더 분별이 생길 거래."

그러자 낸이 타박을 주었다.

"그게 가장 화나잖아?"

"그래, 맞아" 하고 질도 같은 생각을 했다.

앤서니 리넉스는 아주 우울해 보여서 어떤 공상의 주인공으로도 꼭 들어맞을 것 같았다. 다만 알 수 없는 것은 캐나다 전체를 망라하는 잡지 발행인이며 큰 부자인 리넉스 씨가 어째서 이렇듯 우울하고 불만스러워 보이는가 하는 일이었다. 또 어떻게 그는 큰 부자가 되었는가—그가 큰 부자라는 건 수전 베이커가 낸과 다이에게 이야기해주었다—그리고 부자인데 왜 이런 외지고 이름도 없는 프린스 에드

워드 섬 같은 피서지에서 여름휴가를 보내기로 했는가 등등 쌍둥이
로서는 도무지 알 수 없었다.

앤서니 리넉스는 쌍둥이들과 마찬가지로 몹시 심심해 하고 있었다.
다만 그의 지루함은 만성화되고 있었다. 수전 베이커의 말에 따르면,
돈을 위해 부지런히 일할 필요가 없는 사람은 누구나 그렇게 되어버
린다고 했지만.

앤서니는 돈벌이에도, 출판에도, 세상여론을 조사하는 일에도, 여
성들에게 쫓기는 일에도 싫증이 났다. 그는 완전히 기운을 잃고 있었
다. 무슨 일이든 아무래도 좋았으며, 세상 그 자체가 몹시 따분하고
재미없었다.

하프 문 코브도 2,3일 머물렀을 뿐인데 벌써 싫어졌다. 이런 곳에
오다니, 참으로 어리석었다. 어떻게 될 것인지 예상하고 있어도 좋았
을 텐데─아니, 사실은 알고 있었던 것이다.

그는 얼굴에 차가운 바람을 받으며 바닷가 조약돌을 밟고 자꾸자
꾸 걸었다. 머리 위에는 푸른 하늘이, 눈 앞에는 넓은 바다가 펼쳐지
고, 눈이 어지럽도록 용서없을 만큼 온통 파란색 한가운데에 있었다.
이런 곳에 괴이한 유령이 있을 리 없지 않은가. 그런데도 자신은 무엇
에 홀려서……

게다가 심심하다. 생각은 결국 그곳으로 돌아온다. 유령도 심심한
것도 딱 질색이다. 이 15년 동안 그런 것들로부터 도망쳐 왔다고 해도
좋았다. 의사는 올여름 동안 조용한 곳에서 신경을 가라앉히면 가을
에는 좋아지리라 말하고 있었다. 그렇더라도 이처럼 사방이 죽은 것
같은 곳에 오다니. 오후에는 얼른 떠나야지.

앤서니가 질과 P G를 만난 것은 마침 마음속으로 그렇게 정했을
때였다. 질은 옥좌의 여왕처럼 바위에 걸터앉았고, P G는 모래에 엎
드려 머리를 쳐들기도 귀찮은 표정을 짓고 있었다.

앤서니는 저도 모르게 멈춰서서 질을 지켜보았다. 질의 겁먹을 줄

모르는 얼굴에는 숱 많은 밝은 갈색 머리칼이 늘어지고, 코는 10살 된 어린아이라고는 여겨지지 않을 만큼 보기가 좋았으며, 야무진 입은 일자로 꼭 다물어져 있었다. 이 순간 앤서니 리넉스의 영혼은 질의 영혼과 굳게 맺어졌다.

그를 사로잡은 것은 코나 입이나 고집스러운 얼굴생김이 아니었다. 그것뿐이라면 한 번 만난 적 있는 다이 블라이스에게도 들어맞았다. 물론 다이에게는 이처럼 오만하고 건방진 데는 없었지만.

문제는 눈이었다. 검은 속눈썹에 둘러싸인 영리해 보이는 그 눈은 추억 속에 있는 어떤 사람의 눈과 똑같았다. 다만 앤서니가 기억하는 눈은 파랗고 꿈꾸는 듯하면서도 들꽃의 신비로움을 담고 넘칠 듯한 기쁨도 엿보이게 하는 눈이었는 데 비해 이것은 반항적이고 폭풍우를 띤 잿빛 눈동자였다.

앤서니가 말했다.

"안녕?"

질이 언짢은 기분으로 대꾸했다.

"아저씨야말로 안녕하세요?"

앤서니가 말했다.

"왜 그러니? 너희 같은 어린아이들은 이런 좋은 날씨에 메뚜기처럼 떠들어대도 좋을 것 같은데."

지글지글 타오르던 불만이 한꺼번에 터져나와 질이 버럭 소리쳤다.

"재미없어요. 정말 재미없어요. 피그(돼지)가 나빠요."

질은 자기 기분에 따라 오빠 P G를 피그나 포키라고 부르곤 했다.

본인인 피그는 꿀꿀거리는 소리를 냈다. 질이 흥분하여 말했다.

"그래, 마음껏 꿀꿀거려 봐. 피그는 오늘 아침에 꿀꿀거리기만 하고 아무것도 하지 않아요. '공상놀이'를 하지 않아요. 그냥 꿀꿀거리기만 하면서 '공상놀이'도 하지 않고 어떻게 이런 곳에 마냥 있을 수 있겠어요?"

앤서니도 정말 같은 의견이었다.

"그래, 그래, 그렇구나."

"블라이스네 여자아이들이 놀러오라고 했지만, 날마다 갈 수는 없잖아요? 나는—"

이번에는 울먹거리며 질은 말을 이었다. 질의 마음은 날씨처럼 달라지기 쉬웠다.

"—나는 떼쓰는 게 아니에요. 뭐든지 좋으니 피그가 좋아하는 일을 공상하자고 했지요. 이번에는 내가 결정할 차례였어요—정해져 있거든요. 이미 낸과 월터가 '무지개 골짜기'에서 늘 공상하는 일이에요. 그런데도 피그에게 정해도 좋다고 했어요.

나는 뭐든지 좋아요. 고문을 받고 있는 인디언도 좋고, 임금님의 권세에 아첨하는 신하도 좋고, 바닷가 성에 갇힌 공주님도 좋고, 처형장의 이디스 케이블(제1차 세계대전중 독일병에게 살해된 영국인 간호사)도 좋고, 바라는 일이 이루어지는 나라도 좋고—낸과 다이는 이것을 퍽 좋아해요—뭐든지 좋아요. 그런데도 하지 않아요. 피그는 싫증나버렸다는 거예요."

여기까지 힘차게 퍼붓고 나자 질은 숨을 헐떡이며 왼발로 P G의 정강이를 몰인정하게 걷어찼다.

P G는 벌렁 나자빠졌다. 그러자 질과 똑같은 얼굴이 나타났다. 다른 점이라면 눈이 노르스름하고 까뭇까뭇한 주근깨가 좀 더 많을 뿐이었다.

"바라는 일이 이루어지는 나라란 '공상놀이' 가운데에서도 가장 바보스러워. 소원은 이루어질 리 없으니까. 너는 참 이상해."

P G는 다시 모래에 엎드렸다. 그 때문에 질에게 한 수 빼앗기게 되었다.

"어젯밤에는 낸에게 그런 말을 하지 않았잖아. 최고로 즐겁다고 말했어. 그리고 배를 깔고 엎드리지 않는 편이 좋아. 귀 뒤가 보이는걸.

오늘 아침 깨끗이 씻지 않았잖아."

P G는 못 들은 척했으나 질은 분명 아픈 데를 찔렀음을 알고 있었다. P G는 남자아이치고는 몸차림이 까다로웠던 것이다.

앤서니가 질에게 물었다.

"무엇이 되고 싶었지?"

"아, 부자가 되었다고 생각하고 싶었어요. 왜냐하면 우리는 가난하잖아요? 그리고 '과수원 언덕'을 사서 그곳을 전처럼 다시 살아나게 해주고 싶었어요. 다이들도 곧잘 그렇게 해요. 하지만 그 아이들은 공상하고 있을 뿐만 아니라 정말로 그렇게 할 수 있을지도 몰라요. 아빠가 훌륭한 의사니까요."

앤서니의 갈색 눈이 휘둥그레졌다.

"'과수원 언덕'이라니, 대체 뭐지? 어디에 있어? 그것은 언제 어떻게 해서 사라지게 되었니?"

P G가 얼른 끼어들었다.

"빨리 가르쳐드려. 비밀로 하지 말고. 이 아저씨도 틀림없이 재미있다고 생각할 거야."

"저, 그 이름은 우리가 책에서 보고 붙여주었어요. 코브에서 반 마일 이쪽으로, 여기와 글렌 중간쯤 되는 곳에 있어요. 주인은 몇 해 전 어디로인지 멀리 가버려 다시 돌아오지 않지만 옛날에는 정말 아름다운 집이었대요. 믿어지지 않지만 수전 베이커는 잉글사이드보다 더 훌륭했을 정도였다고 해요. 잉글사이드에 가본 일 있어요?"

"그럼, 있지. 하지만 '과수원 언덕'이라는 집은 모르겠는데."

앤서니는 말하면서 재주를 부리듯 바닷물 위로 조약돌을 날려 보여주었으므로 P G는 너무너무 부러워 얼굴빛이 달라질 정도였다.

"우리가 멋대로 붙인 이름이라고 했잖아요? 조금만 손질해서 잘 가꾸면 아직 훌륭한 집이에요. 낸의 말대로 지금은 초라하지만요. 지붕 널빤지는 벌렁 젖혀지고 베란다 지붕은 휘어서 늘어진데다 덧문도 모두 망가졌어요. 굴뚝도 허물어지고 어디를 보나 온통 잡초가 자라 있어요. 그 집은 쓸쓸해서 슬퍼하고 있어요."

P G가 놀렸다.

"낸 블라이스의 말을 흉내내는구나."

"어때요? 낸도 자기 엄마말을 흉내내고 있는걸. 블라이스 아줌마는 글쓰는 분이래요. 아, 그 집을 볼 때마다 울고 싶어요. 정말로, 정말로 쓸쓸해 보이거든요."

P G가 또 비웃었다.

"집이 쓸쓸해 보인다고?"

그러자 앤서니가 말했다.

"아니다, 질의 말대로 집도 감정이라는 것이 있지. 어째서 이제까지 살 사람이 없었을까?"

"아무도 살 리 없어요. 다이가 말했는데, 그 집을 물려받은 사람이 터무니없는 값을 부르는가봐요. 수전 베이커는 자기는 준다고 해도 거절하겠대요. 고치는 데 한재산 들 테니까요. 하지만 돈만 있으면 기꺼이 나는 사겠어요. 피그도 저렇게 부루퉁해 있지만 같은 의견일 거예요."

"그걸 사서 뭘 어떻게 할 거지?"

"벌써 정해져 있어요. 피그와 나는 몇 번이나 그렇게 될 것으로 여기고 궁리했었는걸요. 낸들과는 좀 달라요. 왜냐하면 그 아이들은 공상 속에서도 몹시 절약해요. 공상하는 것뿐이니, 마음껏 호화롭게 해도 되지 않겠어요?"

"그렇지. 그래서 어떻게 되었니?"

"맨 먼저 지붕을 고치겠어요. 낸은 물들인 회벽으로 할 생각이래요. 높다란 굴뚝도 다시 세우고—이것은 모두 같은 생각이에요. 잉글사이드에 있는 난로를 봐달래야겠군요. 그리고 구식 베란다를 헐어버리고 새로 유리를 끼운 포치를 달아요—"

그러자 P G가 또 비웃었다.

"이 아저씨는 잉글사이드에 갔던 일이 있어. 벌써 잊었니?"

"그런 다음 잡초를 깨끗이 뽑아버리고 장미꽃밭을 만들겠어요. 이일에는 수전도 크게 찬성해요. 잘 알고 지내게 되면 깜짝 놀라리라 여기는데, 수전은 굉장한 상상력을 지니고 있어요."

앤서니가 말했다.

"여자에 대한 일로는 깜짝 놀라거나 하지 않아."

질이 상대를 뚫어지게 바라보며 말했다.

"어머나, 그런 것을 빈정거린다고 하는 건가요? 한 번쯤은 그 빈정거린다는 말을 들어보고 싶었어요."

"집 안은 어떻게 할 거니? 아마도 굉장하겠지?"

"궁전처럼 만드는 거예요. 아, 얼마나 재미있을까."

더 이상 잠자코 있을 수 없게 된 P G가 끼어들었다.

"저, 아저씨, 이제는 질이 '공상놀이'를 좋아하는 이유를 알았겠지요? 질도 블라이스 씨네 여자아이들도 커튼이며 쿠션 같은 것에 정신이 없어요. 센스가 좋은 것은 인정해요. 그리고 나름 내 희망도 통하고 있죠."

"너는 무엇을 만들고 싶니?"

"아저씨는 남자니까 알 거라고 여기는데, 나는 수영장이며 테니스 코트며 록가든을 만들고 싶어요. 잉글사이드의 록가든을 한번 보면 좋을 거예요."

그러자 이번에는 질이 놀렸다.

"아까 네가 이 아저씨는 잉글사이드에 갔던 일이 있다고 말했었잖아. 잉글사이드 아이들은 자기네 힘으로 항구에서 돌을 옮겼어요. 물론 수전 베이커도 도와주었지만요."

P G가 말을 이었다.

"록가든은 그리 돈이 들지 않아요. 여기는 돌이 아주 흔하니까요.

그리고 보트 오두막도 있었으면 해요. '과수원 언덕'에 시냇물이 흐르니까요. 그리고 몇 백 마리라도 들어갈 수 있는 개집도 있으면 좋겠어요."

P G는 말을 끊고 신음했다.

"아, 부자라면 모두 할 수 있을 텐데! "

질이 위로하는 얼굴로 말했다.

"하지만 돈이 없잖아. 그래도 상상하는 것만이라면 돈이 들지 않아."

앤서니가 말을 받았다.

"아니, 때에 따라서는 달라. 세계에서 으뜸가는 부자라도 할 수 없는 게 있단다. 그건 그렇고, 장미꽃밭은 좋겠구나. 실은 나도 전부터 장미를 가꿔보았으면 하는 꿈이 있었어."

"어머나, 그런데 어째서 실행하지 않지요? 다들 아저씨는 굉장한 부자라고 하던데요. 낸과 다이가 말했는데, 아버지가—"

"사실은 돈이 아니라 시간이란다, 질. 몇 해 동안 단 한 번밖에 즐길 수 없는 장미가 무슨 소용 있겠니? 장미꽃 계절에는 타지키스탄으로 출장가야 할지도 몰라."

"하지만 장미꽃이 피어 있다고 생각하는 것만으로도 좋잖아요. 그리고 아저씨는 볼 수 없더라도 다른 누군가가 그 장미꽃을 감탄하며 보아줄 거예요."

앤서니는 이때도 여느 때와 마찬가지로 그 자리에서 결단을 내렸다.

"참으로 분별력이 있구나. 어때, 너희의 '과수원 언덕'을 고쳐보겠니?"

질은 눈이 휘둥그레지고 P G는 이 사람은 틀림없이 미쳐버린 거라고 여겼다. 낸 블라이스의 이야기로는 수전이 다음과 같이 말했다고 한다.

"그 사람은 머리가 좀 이상하다는 소문이에요."

"고쳐보겠느냐고요? 정말이에요? 어떻게요? 아저씨, 살 수 있나요?"

"살 필요는 없어. 지난 15년 동안 보러 간 일도 없었지만 본디 내 것이니까. '예부터 리녹스네 땅'이라고 불리던 곳이야. 나는 처음에 너희들이 그곳 이야기를 하리라고는 몰랐었지."

이 말을 듣고 P G는 역시 낸이 이야기한 대로 미쳐버린 거라고 여겼지만, 질은 이 아저씨가 올바른 정신을 가졌다고 생각했다.

질이 엄하게 말했다.

"대체 어떻게 할 생각이었어요? 아름다운 집을 황폐해지도록 내버려두고 자기 멋대로 가버리다니. 수전 베이커가 그런 말을 하는 것도 무리가 아니에요."

"수전 베이커가 뭐라고 하든 상관없어. 이유는 언제든 말해 주지. 어떠니? 나와 함께 해보지 않으련? 기꺼이 내가 돈을 내겠다. 대신에 너희들은 상상력을 내는 것으로 하자. 하지만 블라이스네 아이들에게는 끝까지 비밀이야."

질이 불만스럽게 말했다.

"아주 좋은 아이들인데요."

"물론 훌륭한 아이들이겠지. 길버트 블라이스와 앤 셜리의 아이들이 좋지 않을 리 없으니까."

P G도 말했다.

"그 아이들은 약속하면 절대로 비밀을 지켜요."

"아이들이 비밀을 지키지 않는다는 게 아니라 수전 베이커가 곧 알아차리지 않을까?"

실질적인 문제에 대해 질이 근심어린 얼굴로 물었다.

"아저씨는 돈이 많은가요? 왜냐하면 우리가 공상한 대로 하려면 몇백만 달러가 들지도 모르거든요."

P G가 느닷없이 말했다.

"그렇게 많이 들지 않아. 몇 번이나 계산했지만 3만 달러면 충분해."

앤서니가 어이없는 얼굴로 P G를 보았으므로 질은 그 금액에 놀란 것이라고 생각했다.

"아저씨도 그리 많이 갖고 있지는 못하군요. 그래요, 무리예요. 수전 베이커도 그렇게 말했거든요."

"다시 한 번 그 이름을 말하면 이 언저리 알맞은 돌을 잉글사이드로 들고 가서 수전 베이커를 '때려눕히고' 말겠어. 그러면 낸과 다이가 너희들을 어떻게 생각하겠니?"

"하지만 아저씨는—"

"아, 내가 놀란 표정을 지었다고 말하고 싶을 테지. 하지만 금액에 놀란 게 아니니 마음놓으렴. 돈은 얼마든지 넉넉히 있어. 자, 그럼, 함께 가볼까?"

질과 P G는 함박웃음을 지으며 입을 모아 말했다.

"물론이에요."

다른 사람들이라면 믿어지지 않을 듯한 일이었지만, 이 쌍둥이들에게는 믿어지지 않는 일 같은 건 없었다. 언제나 바라는 일이 이루어지는 나라에 살고 있었으므로 이런 일에 조금도 놀라지 않았다.

앤서니가 말했다.

"부모님이 반대하지 않을까? '과수원 언덕'으로 자주 오시게는 하겠지만."

"부모님이라는 건 없어요. 물론 엄마는 계시지만. 하지만 헨리에터 고모를 돌보느라고 바빠서 우리에게 그리 신경 쓰고 있을 수 없어요. 어쨌든 걱정하지 않으리라 여겨요. 게다가 아저씨는 어엿한 어른이잖아요?"

"그렇고말고. 하지만 아빠는—"

P G가 힘차게 말했다.

"오래전 돌아가셨어요. 아빠는 1센트도 남겨주지 않고 돌아가셨다고 수전이, 음, 모두들 그렇게 말해요. 그래서 엄마가 일해야 해서 여느 때는 학교에서 가르치고 있어요. 우리 집은 서해안 쪽이에요."

두 아이가 태어난 지 석 달 만에 세상을 떠난 아버지는 글자 그대로 이름뿐인 존재였다.

"엄마는 지난해에 건강이 나빠져 교육위원회가 1년 동안 휴가를 주기로 했어요."

경제관념이 발달된 P G가 덧붙였다.

"월급은 또박또박 준대요."

"그래서 엄마는 하프 문 코브로 쉬러 온 거예요."

그러자 P G가 벌컥 화를 내며 말했다.

"헨리에터 고모 때문에 눈코 뜰새 없이 바쁜 게 쉬는 거람."

"그럼, 새로운 재난이 닥쳤다는 말이로구나."

질이 대답했다.

"아무튼 이번 일은 엄마에게 말하지 않는 게 좋아요. 왜냐하면 틀림없이 걱정끼칠 테고, 그렇지 않아도 걱정거리가 산더미같이 많다고 수전이……음, 그렇게 말하는 사람도 있으니까요. 식사하거나 잠자러 집에 돌아갈 때 말고는 우리가 늘 그랬듯 바닷가에서 놀고 있는 것으로 해두기로 해요. 우리들 일을 해나가는 데는 익숙해져 있으니까요. 저, 아저씨, 이름이 뭐랬어요?"

"리넉스. 앤서니 리넉스야."

"'과수원 언덕'이 아름답게 고쳐지면 어떻게 하겠어요? 거기서 살 거예요?"

앤서니 리넉스는 그 이상의 질문을 허락지 않는 목소리로 뚝 잘라 말했다.

"설마."

그날 밤 세 사람은 '과수원 언덕'으로 갔다. 로브리지의 밀턴 변호사에게서 받아온 열쇠로 녹슨 쇠문을 열 때 쌍둥이는 흥분으로 가슴이 두근거렸지만 앤서니는 달아나버리고 싶은 심정이었다.

질이 말했다.

"맨 먼저 할 일은 이 보기 흉한 담과 문을 허물어 없애버리는 거예요. 어디를 봐도 구멍투성이인걸요. 포키와 나는 언제나 헛간 뒤에 있는 구멍으로 기어들어오곤 했어요.

하지만 집 안으로까지 들어갈 수는 없었어요. 들여다볼 수도 없었어요. 수전—이 아니지, 입 밖에 내어 아저씨가 돌로 '때려눕히러' 가면 난처하니 이름을 말할 수는 없지만, 그 사람이 말했어요. 옛날에는 아주 훌륭한 집이었다고요."

"자, 지금부터 볼 수 있단다. 안을 둘러본 다음 베란다에서 계획을 세우기로 하자."

질이 기쁨에 들떠 말했다.

"어머나, 계획이라면 벌써 오래 전에 세워져 있어요. 어제 마침 낸과 선룸의 가구 배치를 결정했거든요. 낸의 이름은 말해도 괜찮겠죠?"

"그래. 하지만 이 일에 대해서는 비밀이야."

질은 또 뾰로통해지며 말했다.

"벌써 약속했잖아요. 하지만 우리가 '과수원 언덕'에만 틀어박혀 있으면 곧 비밀이 알려지고 말 거예요."

"내가 너희 계획에 따르고 있다는 게 비밀이란 말이야."

앤서니는 단념하고 어깨를 으쓱했다.

좋을 대로 하라지. 그리하여 어떻게 만들어질는지 기다리는 것도 즐겁겠지. 조그만 차이야 어떻단 말인가. 다 고쳐지면 '과수원 언덕'을 살 사람도 찾기 쉽겠지. 전에는 생각할 수도 없는 일이었지만 요즘은 피서객이 이런 섬까지 찾아오지 않는가. 어쨌든 나와는 아무 상관도 없다.

그렇게 생각하면서도 현관문을 여는 손이 은근히 떨렸다. 집안 모습은 다 알고 있다고 생각했다.

맞았다, 예상했던 대로였다. 네모반듯한 현관 홀에는 큼직한 벽난로가 있고 15년 전 남겨놓은 재가 그 속에 있었다. 그 잊을 수 없는 날 밤 그 불 옆에 선 자신은 철망에 맞닥뜨려 이 집에 영원한 작별을 고했던 것이다. 어째서 재를 청소하지 않았을까? 밀턴이 관리인을 두리라 여겼었는데……

확실히 밀턴 변호사는 그리 신경 쓰지 않은 듯했다. 온 집 안에 먼지가 수북이 쌓여 있었다.

질은 코를 쿵쿵거리며 냄새를 맡더니 명령하듯 말했다.

"부탁이에요. 문을 닫지 말아요. 퀴퀴한 냄새가 지독해요. 무리도 아니에요. 15년 동안 햇볕을 쬐지 못했으니까요. 하지만 우리가 모습을 싹 바꿔버리는 거예요. 만일 수전 베이커가 이걸 본다면—"

앤서니가 말을 가로막았다.

"약속을 잊었니?"

"잊어버렸어요. 진심으로 그런 건 아니에요. 나는 말하고 싶을 때는 수전의 일이든 낸이나 다이의 일이든 모두 이야기해요. 하지만 아저씨가 '과수원 언덕'을 고친다는 것만은 말하지 않겠어요. 굳게 약속했으니까요."

그로부터 한 시간 동안 쌍둥이들은 꿈꾸는 듯한 기분이라고 해도 좋았다. 두 아이는 지붕밑 다락방에서부터 지하실까지 빈틈없이 살펴보았으며, 질의 꿈은 순식간에 뭉실하니 부풀어올라 현기증이 날 것 같았다. P G도 점점 열을 띠어갔다.

꼭 한 가지 질을 소름끼치게 하는 것이 있었다. 12시를 가리킨 채 죽은 듯 멈춘 층계참의 시계였다. 케이스에 든 길다란 큰 시계로 잉글사이드 벽시계와 아주 비슷했다.

앤서니가 설명했다.

"15년 전 어느 날 밤 내가 멈추게 했단다. 블라이스 부부가 글렌으로 옮겨오기 전 일이었지. 그날 밤에는 미칠 듯 감정이 흥분되어 시간은 더 이상 내게 볼일이 없다고 여겼었지."

셋은 베란다로 나와 앉았다. 앤서니는 주위를 둘러보았다. 어쩌면 이토록 아름답고 쓸쓸해 보이며 반갑단 말인가. 옛날에는 그토록 떠들썩했었는데.

앤서니의 어머니가 사랑했던 뜰은 지금은 온통 파릇파릇한 풀로 덮이고 말았다. 흐드러지게 핀 짙은 가지색 제비꽃 말고는 아무것도 자라지 못하게 했던 저 한구석도 풀이 뒤얽혀 있다. 집이 자기를 비난하는 소리가 들려오는 것 같았다. 옛날에는 숱한 사람이 있었는데…… 이 집에서 서로 사랑한 남녀가 있었다. 태어남이 있었고, 죽음이, 그리고 고뇌와 기쁨과 기도와 평화와 휴식이 있었다.

집은 지금도 그것들을 바라며 기다리고 있었다. 좀 더 살고 싶다고 원하고 있었다. 이토록 험해지기까지 돌보지 않은 것은 부끄러운 일이었다. 앤서니도 이곳을 사랑했던 적이 있었다. 정면 현관에서 바라본 광경은 '훌륭하다'는 한 마디로 충분했다. 바다를 멀리 바라보며 세계는 은과 사파이어와 붉은빛으로 아름답게 채색되어 있었다.

잉글사이드에서 포 윈즈 항구를 바라보는 경치도 평판이 높았지만, 여기에 비할 바가 못되었다. 수전은 저 좋은 대로 우쭐대게 내버려두면 된다.

생각에 잠겨 있는 앤서니에게 질이 말했다.

"집으로 돌아가기 전에, 어째서 '과수원 언덕'을 못 본 척 내버려두었는지 그 이유를 들려주세요. 약속했으니까요."

"언젠가, 라고 했을 텐데?"

질은 물러남이 없었다.

"지금이 그 언젠가예요. 그리고 곧바로 하는 게 좋아요. 우리는 어두워지기 전에 빨리 돌아가야만 하고, 그렇지 않으면 엄마가 걱정하니까요."

마침내 앤서니는 비밀을 털어놓기로 했다. 아무에게도 한 적 없는 이야기였다. 15년 동안이나 가슴 깊숙이 담아두고 있었다. 그러나 이처럼 눈을 동그랗게 뜨고 있는 호기심어린 아이들에게 모든 것을 감추지 않고 말해 주기로 한 일에 이상한 위안을 받는 마음이 들었다. 어린 머리로는 이해할 수 없겠지만 넘쳐나오는 말은 오래된 상처의 아픔을 흘려버리는 것 같았다.

"옛날에 한 바보가 있었어—"

P G가 물었다.

"아저씨인가요?"

"쉿, 버릇이 나빠."

"괜찮아. 설교가 아니니까. 그래, 바보란 나를 말하는 거야. 지금까지도 그리 똑똑하지는 못하지만 말이야. 그리고 한 아가씨가 있었지—"

P G가 진저리치듯 말했다.

"꼭 여자가 나오거든."

그러자 질이 무섭게 야단쳤다.

"피그는 참!"

이야기를 해나감에 따라 앤서니의 눈길도 목소리도 꿈꾸는 듯이 되어갔다. 이제는 해적처럼 보이지 않았으며, 영감에 사로잡힌 시인 같다고 질은 생각했다.

앤서니와 그 아가씨는 어릴 때부터 다정하게 지내온 소꿉친구로 어른이 된 뒤 서로 사랑하는 사이가 되었다. 그는 영국으로 유학갈 때 연인에게 조그마한 반지를 선물해 주었다. 그리고 아가씨는 '다른 아무에게도 마음을 주지 않는 한' 그것을 몸에 지니고 있겠다고 맹세했었다.

3년 뒤 돌아와 보니 연인의 손가락에는 반지가 끼워져 있지 않았다. 그것은 이미 그에 대한 일은 아무런 생각도 하지 않음을 뜻했다.

앤서니의 자존심은 너무나 심한 상처를 입어 이유를 물을 기운도 없었다.

질이 말했다.

"남자란 언제나 그래요. 뭔가 이유가 있었을지도 모르는데요. 헐거워져 설거지를 하다가 빠져버렸거나, 망가졌는데 고칠 겨를이 없었거나."

"그래서 나는 이 집을 닫아버리기로 했지. 부모님이 돌아가시고 내 것이 되어 있었으니까. 그 뒤로 내버려둔 채였어."

질이 야무지게 말했다.

"현명한 일이었다고 생각되지 않아요. 그 아가씨에게 가서 왜 반지를 끼고 있지 않은지 물었더라면 좋았을 텐데요."

P G도 덩달아 말했다.

"나라면 물어보았을 거예요. 여자아이에게 속은 일 같은 건 없었거든요. 질의 말대로 간단히 설명할 수 있는 일이었는지도 몰라요."

"응, 그래. 실은 그녀가 다른 남자를 좋아하게 되었던 거였어. 그건 곧 알 수 있었지."

"어떻게요?"

"다른 사람들 소문으로—"

"본인이 그렇게 말한 건 아니었겠죠. 틀림없이 그 아가씨도 아저씨만큼 자존심이 강했던 거예요."

P G가 말했다.

"그렇더라도 '과수원 언덕'을 이렇게 되도록까지 내팽개쳐둔 것은 어째서일까 생각해요."

"남자들이란 정말이지 제멋대로예요. 수전 베이커도 그렇게 말하고 있어요. 블라이스 선생님은 아주 좋은 분이지만, 그래도 수전이 선생님의 밤참으로 벽장에 넣어둔 파이를 누군가가 먹어버리면 큰 소란을 벌인대요."

"사랑하는 남자란 어리석고 제멋대로란다, 질. 게다가 나는 너무너무 큰 상처를 입었었거든."

질은 햇볕에 그을린 손으로 진심을 담아 앤서니의 손을 잡았다.

"알아요. 아저씨를 그토록 가슴 아프게 하다니 나빠요. 어떤 아가씨였어요?"

—아! 그녀의 모습으로 말하면······.

"살결이 희고 부끄러움을 잘 타는 귀여운 여자였지. 좀처럼 웃지 않았지만, 웃는 모습이 참으로 아름다웠어. 마치—그래, 마치 달빛을 은은히 받은 흰 자작나무 같았지. 남자들은 모두 그녀에게 반했었어."

앤서니는 글렌 세인트 메리의 블라이스 의사부인이 어딘지 그녀를 떠오르게 한다고 생각하고 있었다. 그러면서도 두 사람은 조금도 닮지 않았다. 정신이 서로 닮은 것일까? 그녀가 자기와 결혼할 생각이 없었던 것도 무리는 아니다. 그 무렵 조그만 시골 땅밖에 가지고 있지 못한 남자였으니까.

"눈은 바다처럼 파랗고 별처럼 빛났었지. 그 눈을 위해서라면 죽어도 좋다고 생각한 남자가 많았어."

"마치 트로이의 헬렌과도 같은 눈이었군요."

"뭐라고? 무슨 헬렌이라고?"

"트로이요. 트로이의 헬렌을 알겠지요?"

"알지. 고전(古典) 지식이 많이 녹슨 것 같군. 남자들이 10년 동안이나 전쟁을 벌인 원인이 된 미녀였었지. 하지만 싸움에 이긴 자는 헬렌에게 그만한 가치가 있다고 여겼을까?"

"수전 베이커의 의견으로는 그렇게 해줄 만한 여자란 없대요. 하지만 수전 베이커 때문에 싸운 남자는 없는걸요."

"수전 베이커의 이야기는 이제 그만하도록 해. 그런데 너희들 '공상놀이'에서는 누구를 트로이의 헬렌으로 여기지?"

"헨리에터 고모댁 옆집에 여름휴가 동안 하숙하고 있는 화가예요. 이름은 모르지만 만날 때마다 다정하게 방긋 웃어주거든요. 예쁘고 파란 눈이에요. 굉장히 멋진 분이에요."

P G가 덧붙였다.

"퍽 멋진 사람이에요. 이미 젊지는 않지만."

P G는 '공상놀이'에서도 하드보일드 흉내를 내는 것을 가장 마음에 들어했다. 게다가 블라이스 의사가 그런 말하는 것을 들은 일이 있었다.

질이 마구 화내며 말했다.

"이제 좀 잠자코 있어줘. 그래서 그 사람은―그 아가씨는 결혼해버렸나요?"

"―아마 그랬겠지."

"아마라니요? 모르나요?"

"다음해 그녀 집안은 모두 서쪽으로 옮겨가버렸으니까. 그 뒤로는 몰라."

질이 정떨어진 듯한 얼굴로 말했다.

"알아보려고도 하지 않았군요. 정말 수전의 말이 맞아요."

"그때는 너무 괴로워 도저히 그렇게 할 수가 없었지. 자, 오늘은 이것으로 끝내자. 어머니는 어떻든, 트로이의 헬렌이 너희들을 걱정할 게다."

P G가 시무룩하여 말했다.

"헬렌이 우리 일을 알 게 뭐예요. 언제나 그렇듯 엄마가 꽤 걱정해 줄 거예요. 헨리에터 고모는 너무 횡포해요. 엄마의 언니가 아니라 아빠의 누이니까요. 수전 베이커가 고모는 이 섬에서 가장 까다로운 사람이래요. 블라이스 선생님도 말했어요―"

질이 진지한 표정으로 말했다.

"P G, 남의 이야기를 되풀이하는 것은 좋지 않아. 비록 다이 블라이스로부터 들은 이야기라도."

앤서니가 질에게 소곤거렸다.

"P G는 어느 쪽에 반했니? 낸 쪽일까? 다이 쪽일까?"

"양쪽 다예요. 그럼, 이 집은 어떻게 해요?"

앤서니가 대답했다.

"내일 잠깐 시내에 다녀오마. 다음주쯤에는 시작할 수 있겠지."

2, 3일 뒤 한무리의 직공들이 '과수원 언덕'으로 몰려와 질은 하늘 나라에 오르는 기쁨을 맛보았다. 이 세상에 태어난 뒤로 이처럼 유쾌하게 지낸 일은 없었다. 질은 이것저것 지휘하여 직공들을 호되게 부렸지만, 손가락 끝으로 남자를 다루는 방법을 알고 있었던지 아무 불평도 나오지 않았다. 직공들은 말없이 질의 뜻대로 일했다. 집 밖의 수리는 앤서니와 P G에게 대부분 맡겼지만 내부에 대해서는 질이 총사령관이었다.

몇 해 동안이나 잠들었던 집이 이제 완전히 잠에서 깨어났다. 굴뚝은 새것으로 바뀌고, 지붕은 초록빛과 갈색 판자로 덮었으며, 위에서 아래까지 배선공사가 끝나자 온갖 장치가 설치되었다.

질은 아주 낭만적인 성격이었지만 집안일에는 놀랄 만큼 뛰어난 재능을 발휘했다. 도자기 그릇 선반은 부엌과 식당 사이에 만들어야 한다고 주장했고, 멋진 초록색과 보랏빛과 짙은 자줏빛 욕실을 디자인했다. 이것은 본인이 보았다면 현기증이 날 만한 청구서를 가져오게 했다. 질은 특히 집안 바닥의 색채배합에 머리를 썼다.

마지막으로 새로 가구를 들이는 단계가 되자 질은 아이디어가 넘칠 듯했다. 앤서니는 홀에 두기 위해 질이 좋아하는 중국자수 벽걸이와 문에 꽃다발이 그려진 파란 도자기 장식장을 구해야 했다. 거실에는 봄을 떠오르게 하는 초록과 연한 금빛을 섞어 짠 금란(金欄) 커튼을 달았다. 질의 취미는 퍽 좋았다. 벽장문에는 모두 거울을 붙였다. 벨벳 같은 페르시아 카펫, 장작을 올려놓는 놋쇠 대(臺), 은촛대, 새

포치에는 레이스 같은 구리로 세공된 매다는 램프.

P G는 위로하는 얼굴로 앤서니에게 말했다.

"아무튼 저 창문만은 아저씨 거예요."

그 창문에 대해 질과 앤서니는 몇 번이나 의견이 부딪쳤다. 앤서니는 홀 문 쪽으로 창문을 내고 싶어했던 것이다. 그러면 멀리 보이는 포 윈즈 항구까지 포함하여 훌륭한 바다경치를 바라볼 수 있기 때문이었다. 한편 질은 벽이 형편없게 된다면서 새로운 창문을 내는 데 반대했다. 그러나 앤서니가 결코 뜻을 굽히지 않으며 벽 같은 건 어떻게 되어도 괜찮다고까지 말했으므로 질도 꺾여버렸다.

앤서니는 생각한 대로 창문을 만들게 되었다. 질은 그대신 울새알 같은 하늘빛으로 칠해졌던 침실을 앵무새무늬가 있는 어이없는 벽지로 다시 발라도 된다고 하였다. 앤서니는 어떤 방이 될까 걱정했지만 다 끝낸 뒤 보니 역시 질의 훌륭한 감각이 빛나고 있었다.

마침내 마무리되는 날이 왔다. 모두 다 끝났다. 직공들은 물러가고 모든 게 깨끗이 정돈되었다. 8월 끝무렵 햇빛을 받아 '과수원 언덕'은 집 안팎이 모두 아름답고 근엄하고 차분해 보였다.

질은 진심으로 만족스러운 한숨을 쉬었다.

"천국에 있는 것 같은 여름이었어요."

앤서니도 맞장구쳤다.

"나도 즐거웠어. 너희들 친구인 블라이스 씨네 딸들에게 이곳을 보여주고 싶지 않니?"

"어머나, 낸과 다이는 오늘 오후 왔었어요. 우리는 온 집안을 안내했어요. 훌륭하게 여기는 것 같았어요. 조금도 부러워하는 듯 보이지는 않았지만요. 하지만 이곳을 본 다음에는 잉글사이드도 하찮게 여겨졌을 거예요, 틀림없이."

얼마 전 잉글사이드에서 먹은 수전 베어커의 파이가 어찌나 훌륭했던지 항복하고만 P G가 말했다.

"잉글사이드도 똑같이 좋은 집이야."

질은 나무라듯 앤서니를 보며 말했다.

"이 집은 사람이 함께 살아주기를 바라고 있을 거예요. 그 점에서는 잉글사이드와 겨루지 못해요."

앤서니는 어깨를 으쓱했다.

"적어도 여름에는 누군가가 살게 되겠지. 뉴욕에 있는 백만장자가 별장으로 쓰겠다는 말을 해왔으니까. 아마 그 사람과 계약하게 될 거야."

"그래요⋯⋯⋯"

질은 땅이 꺼질 듯 한숨을 쉬며 마지못해 현실을 인정했다. 앤서니가 이제 여기서 여름을 지낼 생각이 없다면 아무도 없는 것보다는 누군가가 같이 있어주는 편이 낫다.

"꼭 닫아버려 다시 마구 황폐해지도록 내버려두는 것보다는 그편이 좋을 거예요. 하지만 먼저 개축 축하를 해야 해요. 계획을 이미 세웠거든요."

"그럴 줄 알았다. 수전 베이커도 부르겠지?"

"심술꾸러기군요. 블라이스 선생님 내외분만 모셔요. 구경꾼은 없어요."

"블라이스 부부라, 좋지. 이곳이 남의 손으로 넘어가기 전에 꼭 블라이스 부인에게 보여드리고 싶어."

"난로에 불을 활활 타오르게 지피도록 해요. 표류목을 줍는 법은 낸이 직접 가르쳐줄 거예요. 그리고 집안의 전등을 모두 켜놓을 생각이에요. 밖에서 보면 얼마나 호화로울까요?

시냇물이 바로 가까이에 있어서 그나마 운이 좋아요. 불빛이 물에 비치니까요. 집에서 음식을 가져다가 파티를 해요. 엄마가 만들어줄 거예요. 어젯밤 모두 다 이야기했는데, 이상해요, 이미 거의 다 알고 있었어요."

"어머니란 모두 그렇단다."

"내일 밤에는 여유가 있나요?"

앤서니가 농담처럼 말했다.

"저런, 벌써 날짜며 시간도 다 결정된 게 아니었니? 모든 것을 충분히 알아서 준비한 너였으니까."

질이 말했다.

"하지만 아저씨의 시간을 알아야지요. 아저씨 집에서 열린 축하니까요. 그리고 블라이스 선생님댁 사정도 있어요."

PG가 말했다.

"축하하는 날 밤 글렌 언저리에서 아기가 태어나지 않으면 좋겠어."

"이상한 말은 하지 마."

질이 말하자 PG도 대꾸했다.

"아기가 뭐 이상하다는 거야, 질? 그렇다면 너는 안 낳으면 되잖아."

질은 태연하게 말했다.

"나는 반 다스는 낳을 거야. 저, 아저씨, 만일 그 아가씨가 그때까지 반지를 끼고 있었다면 아기가 몇이나 태어났을까요?"

앤서니가 부탁했다.

"부디 그런 이야기는 하지 말아다오. 나는 옛날사람이어서 그런 물음에는 부끄러워 어쩔 줄 모르겠단다.

개축 파티는 마음대로 해줘도 좋아. 다만 그날 밤 블라이스 선생이 아기를 받으러 불려간다 해도 그건 내 탓이 아니야."

사실 쌍둥이들은 앤서니가 생각지도 못한 일을 계획하고 있었다. 앤서니는 두 아이의 어머니가 올 것은 알고 있었다―헨리에터 고모도 이를 흔쾌히 허락해 주었다. 그러나 앤서니는 한 번도 본 적 없는 화가인 엘름즈리 부인이 오는 줄은 미처 몰랐다.

PG는 처음에 질이 엘름즈리 부인을 초대했다는 말을 듣고 깜짝 놀랐다.

"왜 불렀지? 아저씨가 모르는 사람이잖아?"

"바보로군, 피그. 엘름즈리 아줌마는 그 집을 몹시 보고 싶어하는데다 이제 곧 위니펙으로 돌아가버려. 아저씨가 엘름즈리 아줌마를 좋아하게 될 겨를이 없을지도 모르잖아."

P G는 어이가 없었다.

"그런 걸 생각했었니?"

"그래. 꽤 미인이잖아? 문제없어."

"하지만 이미 부인이야."

"그런데 미망인이지, 피그. 아저씨가 엘름즈리 아줌마를 좋아해 주기 바라는 내 마음은 자연스럽잖니? 모르겠어? 그렇게 되면 틀림없이 '과수원 언덕'을 팔지 않고 여름에 여기서 살 거야. 그리고 아이가 셋—남자아이 둘에 여자아이 하나—태어나서 여자아이가 저 앵무새 무늬 벽지를 바른 방을 쓰는 거야. 아, 아무리 아저씨의 아이라 할지라도 그 방을 준다는 건 너무 약이 올라."

P G는 전에 없이 다정히 말했다.

"그때쯤 우리는 서해안에 있어. 다시 이 동쪽으로 올 수 있을지 어떨지 의심스러워. 그러니 그런 슬픈 생각은 하지 않아도 돼."

"하지만 언제나 상상되고 말거든. 벽지에 있는 '앵무새'가 그 아이의 눈이라도 찔러주면 좋겠어."

다음 날 밤, '과수원 언덕'에서는 15년 만에 전등불이 휘황찬란하게 번쩍였다. 표류목은 홀의 난로 속에서 시뻘겋게 타올랐다. 벽에는 빨강 초가 켜져 마치 붉은 장미꽃이 핀 것 같았다.

글렌 세인트 메리와 모블리 내러즈와 로브리지에 사는 사람의 절반이 자동차를 타든가 걸어서 '예부터 리녹스네 땅' 가까이까지 구경하러 왔다. 그 가운데 수전 베이커는 없었으나 다음 날 아침 블라이스 의사와 앤으로부터 천천히 이야기를 들었다.

수전이 말했다.

"미망인은 어떻게 생각할까요? 위니펙은 좋은 곳일지도 모르지만—내 조카가 그곳에 살아요—프린스 에드워드 섬보다 좋은 건 아니니까요."

질은 벽난로 앞 카펫 위에서 춤추고 있었다.

"이것은 '마법의 카펫'이라고 부르기로 했어요. 한 발이라도 올려놓으면 이 세상에서 일어나는 싫고 언짢은 일을 깨끗이 잊을 수 있어요. 아저씨도 한번 해봐요."

앤서니는 그때까지 불 옆 의자에 맥없이 앉아 있었는데, 일어나서 달빛에 젖은 밖을 내다보려고 창문으로 천천히 걸어갔다. 누군가 손님이 올까 생각하고 있었다. 블라이스 부부는 좀 늦어지겠다는 전화를 걸어 왔다. 운 좋게 그날 밤은 어디에서도 아기가 태어날 것 같지 않았었는데, 짐 플래그의 다리가 부러진 것이다.

질은 P G에게 걱정스럽게 소곤거렸다.

"가슴이 마구 두근거려. 이제는 슬슬 엘름즈리 아줌마가 올 시간이야. 잊지 않았으면 좋겠는데. 그림 그리는 화가는 믿을 수 없다는 말을 들은 적이 있어."

P G도 소곤거렸다.

"앤서니 아저씨는 어떻게 하고 있을까?"

앤서니 자신도 새로운 마법의 창문으로 밖을 바라보며 자신은 어떻게 된 것일까 의아해 했다.

나는 미쳐버린 것인가. 아니면 이 창문은 질의 공상처럼 정말로 마법에 걸려 있는 것일까. 왜냐하면 아름다운 그녀가 그 가벼운 걸음걸이로 달빛 비치는 잔디밭을 가로질러 이리로 오고 있지 않은가? 비어트리스가 '춤추는 별 아래 태어났다'고 여기게 하는 그 걸음걸이로.

다음 순간 그녀는 현관에 서 있었다. 그 등 뒤에는 그림자와도 같은 나무와 보랏빛 밤하늘이 펼쳐져 있었다.

사랑스러운 얼굴……그 눈동자……검은 머리……아니, 변할 리 없지 않은가.

앤서니가 외쳤다.

"버티!"

쌍둥이들도 외쳤다.

"엄마! 엘름즈리 아줌마는? 안 오나요?"

때마침 거기에 와닿은 블라이스 의사가 버티의 뒤에서 중얼거렸다.

"엘름즈리 부인이 오지 않기를 기도합니다."

짐의 치료가 생각보다 빨리 끝나 그는 막 달려온 참이었는데, 앤서니의 표정에서 곧 모든 사정을 알아차릴 수 있었다.

"적어도 조금만 더 늦게 왔으면 좋겠구료. 자, 앤, 장미꽃밭을 보기로 합시다. 아니, 내 말을 꼭 들어주어야겠소"

앤서니는 문 앞까지 나와 버티의 손을 잡았다.

"버티, 당신이었구료. 당신이—당신이 이 아이들 엄마였다니. 이름은 물론 들었지만 어디에나 흔히 있는 것이므로—"

어머니는 웃음을 풋 터뜨렸다. 왜냐하면 이 순간 꼬박 1세기나 나이든 것 같은 기분이 들었기 때문이다. 질은 잘 알 수 있었는데, 어머니는 눈물과 웃음이 한꺼번에 치밀어올랐던 것이다. 아직도 뭐가 뭔지 짐작도 할 수 없는 P G는 입을 딱 벌리고 눈도 깜박이지 않고 서 있었다.

"앤서니, 몰랐어요. 꿈에도 몰랐어요. 아이들은 당신 이름을 말하지 않았고, 나는 '과수원 언덕'이니 하는 말을 들어본 적도 없었는걸요. 한여름 내내 헨리에터 고모 옆에 붙어 있느라고 아무데도 나가지 못해서 떠도는 소문 하나 듣지 못했어요. 이 아이들은 언제나처럼 '공상놀이'로 당신을—당신을 마치—아! 언제나 하는 장난인 줄로만 여겼어요—아!"

누구나 다 당황하여 어찌할 바 몰랐으므로 질이 도와주러 나서야
만 될 형편이었다. 질은 이때의 앤서니처럼 놀란 얼굴을 본 적이 없었
다. 남편의 말을 무시하고 현관으로 돌아온 앤 블라이스도 마찬가지
였다.

"엄마, 엘름즈리 아줌마는 오지 않나요? 우리는—"

"그래, 머리가 몹시 아프대. 그래서 올 수 없다는구나. 미안하지만
잘 말해 달라고 했어."

그러자 앤서니가 느닷없이 말했다.

"질, 너는 올여름 동안 내내 내게 이래라저래라 지시했었지? 이번에
는 내 차례다. 자, 저리 좀 가 있거라. P G와 단둘이 어디라도 좋으니
30분 동안 좀 나가 있어. 그리고 블라이스 부인, 참으로 죄송합니다
만—"

"어머나, 나도 가야 하나요? 알겠어요. 저쪽으로 가서 남편에게 사
과하고 오겠어요."

앤서니가 말했다.

"자리를 비켜주는 사례로 이 일의 자초지종을 내일 수전 베이커에
게 이야기하셔도 괜찮습니다."

쌍둥이들이 저녁 식사가 준비되었음을 알리러 식당으로 들어가보
니 앤서니와 어머니는 난로 옆 긴의자에 앉아 있었다.

어머니는 줄곧 울고 있었던 듯하지만 지금은 굉장히 행복하여 이
제까지 본 적도 없을 만큼 아름다웠다. 이제 슬픈 일은 끝난 것이다.

앤서니가 말했다.

"질, 지난번 이야기가 끊임없이 이어지게 생겼단다."

블라이스 의사는 선룸 층계로 살그머니 돌아온 아내에게 말했다.

"점잖은 사람은 남의 이야기를 엿듣거나 하는 게 아니야."

앤이 말했다.

"그럼, 나는 점잖지 못한 사람이란 말이네. 하지만 그렇다면 당신도

마찬가지야."

앤서니는 이야기를 계속했다.

"굉장한 오해였어."

그러자 질이 의기양양하게 말했다.

"그것 보세요. 내가 말했었잖아요."

"그 아가씨는 틀림없이 반지를 몸에 지니고 있었다는구나. 쇠줄에 꿰어 목에 걸고. 내 일로 이러니저러니하는 소문을 들었다는 거야. 하지만 그 아가씨가 나를 나무랄 자격이 있을까?"

어머니가 방긋 웃으며 말했다.

"그래요, 큰소리는 못 치겠군요."

"어쨌든 아가씨는 내가 약속을 잊어버린 것으로 여겨 손가락에서 반지를 뽑았다는구나. 혼자서 멋대로 상처를 입다니 두 사람은 어리석은 젊은이였어."

"그 무렵 살아 있는 목적은 오직 한 가지뿐이었어요. 세상 사람들에게 언제까지나 지난 일을 못 잊고 괴로워한다고 여기도록 하고 싶지 않은—그것뿐이었어요."

앤서니는 좀 엄하게 말했다.

"그 점에서는 크게 성공했구료."

—역사는 되풀이된다고 하지만 하고 의사는 생각했다. 앤이 로이 가드너와 결혼하는 것으로 믿었던 그때의 나는……

—이것이 인생이 아니겠는가 하고 앤도 생각했다. 길버트가 크리스틴 스튜어트와 약혼한 것으로 생각하고 나는……

그러자 질이 야무지게 비난했다.

"그럼, 어째서 아빠와 결혼 같은 걸 했어요?"

당황한 어머니가 더듬거리며 말했다.

"—나 혼자여서 쓸쓸한데다—아버지는 다정하고 친절해—좋은 분이라고 여겼었지."

앤서니가 말했다.

"질, 그만해둬."

블라이스 의사가 웃으며 다가왔다.

"만일 어머니가 결혼하지 않았다면 너와 P G는 이 세상에 없었을걸."

P G가 말했다.

"저, 지금 내가 알고 싶은 것은 모두 저녁 식사를 어떻게 할 것인가 하는 일이에요."

앤서니가 말했다.

"모든 게 다 잘되었음을 알아주었구나. 그래, 우리는 모두 함께 여기서 사는 거다. 앵무새 무늬 벽지를 바른 방은 질, 네 방이다. 저 오래된 시계도 태엽을 감아주자. 시간은 또다시 내 것이 되었으니까. 블라이스 부인, 그 일을 맡아주겠습니까?"

입이 열리자 질이 대답을 졸랐다.

"정말로 아빠가 되어주는 거예요?"

"결혼신고와 결혼식을 끝내면."

질은 안도의 한숨을 내쉬었다.

"기뻐요. P G와 내가 줄곧 공상해 온 건 바로 그것이었어요."

꿈꾸는 여인

이즈머는 주말을 롱메도에서 지내는 일이 아무래도 마음내키지 않은 듯 얼굴을 찌푸리며 얄깃얄깃했다. 롱메도는 샬럿타운 변두리에 있는 배리 집안의 별장 이름이었다.

그녀로서는 앨러더이스와의 결혼을 확실히 결심하기까지는 그의 집을 찾아가는 게 바람직하지 않다고 여기고 있었다. 그러나 콘래드 삼촌과 헬런 숙모는 가는 편이 좋다는 의견이었으며, 이즈머는 이제까지 무슨 일이나 삼촌과 숙모의 말대로 해왔으므로 이번 일도 따르지 않을 수 없었다.

그리고 그녀가 앨러더이스와 결혼한다는 건 이미 다 결정된 이야기처럼 사람들은 저마다 말하고 있었다. 사업상 교제는 없지만 배리 집안사람들을 잘 아는 글렌 세인트 메리의 블라이스 의사는 이 결혼을 그리 좋게 여기지 않는다고 부인에게 이야기하고 있었다. 그는 앨러더이스 배리에 대해 뭔가 알고 있는 듯했다.

앨러더이스가 이즈머와 결혼한다는 이야기는 얼마쯤 파문을 일으키고 있었다. 사람들은 이즈머처럼 눈에 띄는 점이 하나도 없는 여자가 용케도 훌륭한 상대를 찾아냈다고 놀라워하며 말했고, 그녀의 가족도 그 점에서는 마찬가지로 내심 놀라고 있었다.

이즈머에게는 마음을 털어놓고 이야기할 친한 벗이 없었으므로 자기 생각을 가슴 속에 깊이 숨겨두는 버릇이 있었다. 이번 결혼에 대해서도 그녀는 남모르게 속으로 자기에게는 너무 분에 넘치는 일이라고 여기고 있었다. 그녀는 앨러더이스를 한 사람의 친구로서는 참으로 좋아했다. 하지만 남편으로서 정말로 좋아하게 될지에 대해서는 어쩐된 일인지 자신이 없었다.

그렇다면 다른 좋은 사람이라도 있다는 것일까? 아니, 그런 사람이 있을 리 없다. 프랜시스를 머릿속에 떠올리는 것은 어리석은 일이었다.

'프랜시스는 없었던 거야. 정말 없었다니까! 하지만……'

그녀는 자신을 좀처럼 납득시킬 수가 없었다. 아득한 옛날 달빛에 비춰진 버켄트리즈에서 그와 보냈던 그 멋진 시간은 결코 단순한 꿈이 아니었던 듯 여겨지는 것이었다.

그녀는 어릴 때부터 앨러더이스의 어머니를 한 번도 만나지 못했었다.

배리 집안사람들은 앨러더이스의 아버지가 세상을 떠난 뒤로 줄곧 외국에서 살아왔기 때문이다. 그들이 돌아와 피서를 위해 롱메도를 쓰기 시작한 지 채 여섯 달밖에 안되었다.

콘래드 삼촌의 말에 따르면, 어느 곳 아가씨든지 모두 앨러더이스를 '죽어라고 쫓아다닌다'고 했다. 그러나 이즈머만은 그렇지 않았다. 그 때문에 오히려 앨러더이스는 그녀를 사랑하게 되고 말았는지도 모른다. 또는 그녀가 다른 아가씨들과는 아주 달랐기 때문이었을까?

그녀는 살결이 흰 아름다운 아가씨로 퍽 섬세하고 조심스러웠다. 친척들은 그녀가 있는지 없는지도 알 수 없을 정도로 조용한 아이라고 늘 불평하고 있었다. 그녀는 해질녘 아이 같았다. 어스름한 초저녁 별의 반짝임이 그녀에게 가장 어울리는 듯 여겨졌다. 말씨며 태도가 차분하여 거의 웃지 않았지만, 그녀의 슬픈 듯한 애수에 젖은 분위기는 아름답고 또 매력적이었다.

앤 블라이스는 남편에게 말했다.

"그 아가씨는 결혼하지 않을 거야. 너무도 섬세하여 세상 현실에는 맞지 않는 게 아닐까?"

블라이스 의사가 말했다.

"그녀를 학대하는 거친 사나이와 결혼하게 되는 게 아닐까? 저런 얌전한 아가씨는 자칫 그렇게 되는 법이거든."

그러자 수전 베이커가 말했다.

"아무튼 앨러더이스는 사람을 놓치지 않아요."

이즈머를 만난 남자들은 언제나 그녀를 웃게 하려고 애썼다. 그러나 성공한 것은 앨러더이스뿐이었다. 그녀가 그를 좋아하게 된 것도 그 때문이었다. 그는 곧잘 유쾌한 우스갯소리를 했는데 그것을 들으면 누구나 다 웃음을 터뜨리게 되었다.

프랜시스도 재미있는 이야기를 하지 않았던가? 벌써 오래 전 일이었으므로 뚜렷이 기억나지 않지만 그녀는 그가 즐거운 우스갯소리를 했던 것으로 여겨졌다. 하지만 지금 그녀에게 분명히 생각나는 것은 오직 그의 모습뿐이었다.

배리 부인은 이즈머를 보았을 때 눈을 반짝이며 말했다.

"미운 아기오리가 백조가 된 게로구나."

이즈머를 조금이라도 마음편하게 해주려고 생각했기 때문이었다. 그러나 배리 부인이 이즈머를 좀 더 이해했다면 그런 마음을 쓸 필요가 없음을 분명 깨달았을 것이다. 그녀는 언제나 자기 세계의 여주인공으로, 많은 사람들—블라이스 의사부인은 달랐지만—이 부끄러움을 타는 탓이라고 오해했던 그 서먹서먹한 태도도 그녀가 사람들과 동떨어진 세계에 살고 있었기 때문이었다.

그리고 이즈머는 배리 부인이 자기를 자라난 뒤 아름다워진 미운 아기오리에 비유한 것이 마음에 들지 않았다. 그녀는 귀여운 아이는 아니었지만 사람들로부터 밉다는 말을 들은 일은 결코 한 번도 없었다. 그때 프랜시스는 그녀를 보고……

이즈머는 몸을 떨었다.

'프랜시스라는 사람은 없었어. 그런 사람이 있었을 리 없잖아. 만일 앨러더이스 배리와 결혼하여 그 아름다운 롱메도, 넓고 굉장히 호화스러운 그 롱메도의 여주인으로 들어앉을 생각이라면 그런 일은 잊어버려야 해.'

하지만 이즈머는 좀 더 작은 곳이 오히려 마음을 차분하게 해주는 듯했다. 이를테면 글렌 세인트 메리의 잉글사이드라든가, 버켄트리즈라든가.

그녀는 별안간 버켄트리즈가 몹시 그리워졌다. 그러나 지금은 그곳에 아무도 살고 있지 않았다. 존 페이지 삼촌이 세상을 떠난 뒤 그녀로서는 알 수 없는 어떤 법률상의 다툼으로 그곳은 굳게 닫혀져 황폐해질 대로 내버려져 있었다.

콘래드 삼촌네 집에서 3마일밖에 떨어져 있지 않은데도 그녀는 지난 12년 동안 한 번도 버켄트리즈를 찾아가지 않았었다. 잡초가 무성하고 거칠어질 대로 거칠어져 있으리라. 게다가 그녀는 그곳을 찾아가기가 두려운 생각이 들었다.

'……그 헤스터 고모도 안 계시는걸.'

머리가 좀 이상해진 헤스터 고모! 이즈머는 그녀를 생각하면 언제나 몸이 떨려왔다. 하지만 프랜시스의 경우는 달랐다.

그녀는 지금도 이따금 어린아이처럼 조그만 자기 손이 그 힘세고 큼직한 그의 손에 쥐어졌던 감촉을 떠올릴 수 있었다. 그것은 그녀에게 따뜻한 마음과 더불어 뭔가 두려운 기분을 불러일으키게 하는 감촉이었다.

'만일……만일 나도 헤스터 고모처럼 되어버린다면!'

그녀가 앨러더이스네 집에 있는 초상화를 본 것은 다음날 오후의 일이었다. 집 안을 안내하며 돌아다니던 앨러더이스가 그녀를 아버지가 쓰던 방으로 데려갔을 때 어두컴컴한 벽에 걸린 초상화가 그녀의 눈에 들어왔다. 그것을 본 순간 이즈머의 차가운 흰 얼굴이 별안간 장밋빛으로 물들었고, 그 뒤에는 전보다 한층 더 핼쑥해졌다.

"저, 저건 누구죠?"

그 목소리는 마치 대답을 두려워하듯 가늘고 약했다.

앨러더이스는 귀찮은 듯 되물었다.

"저거라니?"

그는 그토록 낡은 것에 대해서는 관심이 없었으며, 롱메도에서 더 이상 시간을 허비하는 것은 그만두어야겠다고 마음먹고 있었다. 다른 곳에 가면 좀 더 즐거운 일이 얼마든지 있다. 여기는 어머니가 늘 그막을 보내기에 알맞은 곳이다. 그는 언제나 어머니가 무거운 짐처럼 느껴져 견딜 수 없었다.

이즈머는 어머니처럼 되지는 않을 것이다. 시키는 대로 하고 그가 가고 싶어하는 곳으로 따라올 것이다. 비록 다른 좋아하는 여자가 생기더라도 그녀라면 그런 이야기를 믿지 않을 것이며 크게 소란피우지도 않으리라.

글렌 세인트 메리의 블라이스 의사에게 물으면 그의 생각과는 전혀 다른 의견을 말했을 것이지만, 앨러더이스는 블라이스 의사를 알지 못했고 알았다 해도 그의 의견에 귀기울일 사람이 아니었다.

그는 블라이스 부인을 꼭 한 번 만난 일이 있었다. 그때 그는 그녀를 보고 우스갯소리를 하려 했으나 어쩐지 서먹서먹한 분위기였다. 그 뒤로 그는 다시는 만나려 하지 않았고 그녀의 이름이 나올 때마다 그저 어깨를 으쓱했다. 그는 빨강머리 여자는 질색이라고 말하고 있었다.

앨러더이스가 말했다.

"저것 말이오? 할아버지뻘 되는 프랜시스 배리요. 1860년대에 젊은 선장으로 활약한 대담한 사나이지. 17살에 돛대가 둘 있는 돛단배의 선장이 되었다지만 지금은 믿어지지 않아요. 재목을 싣고 부에노스아이레스에 가서 거기서 돌아가셨다고 해요.

그때 그 어머니가 슬퍼한 모습이란 정말 굉장했던 듯해요. 눈에 넣어도 아프지 않을 소중한 아들이었던 것 같아요. 고맙게도 요즘은 그리 가슴이 찢어지는 듯한 일이 없지요."

"과연 그럴까요?"

"물론이오. 그렇지 않다면 이처럼 태평스럽게 살아갈 수 없잖소. 어머니의 이름은 댈리였던가 했는데, 아무래도 그 어머니와 아들에게는 이상한 점이 있었다고 해요. 사물을 있는 그대로 보지 않고 좀 더 딱딱하게 생각하면서 말이오.

우리는 현실적으로 살아야 해요. 그렇지 않으면 인생의 패배자가 되어버리지. 그건 그렇고, 저 프랜시스 할아버지는 참으로 위세가 좋은 젊은이였던 듯해요. 우리 가족의 역사를 알고 싶으면 어머니에게 물어보면 되오. 아주 기뻐하며 가르쳐줄 거요.

그런데 왜 그러지, 이즈머? 얼굴빛이 나쁜데. 너무 더워요? 밖으로 나가 신선한 공기를 쐬도록 합시다. 이런 오랜 집은 아무래도 곰팡내가 물씬 풍겨서 못쓰겠소. 어미니가 여기 오고 싶다고 했을 때 나는 반대했었지요. 하지만 당신을 만날 수 있었으니 지금은 잘했다는 생각이오."

이즈머는 그를 따라 포도덩굴에 덮인 베란다 구석으로 걸어갔다. 딱딱한 의자에 앉았을 때 그녀는 왠지 살아난 듯한 기분이 들었다. 그녀는 몸을 편하게 하려고 의자팔걸이를 꽉 잡았다.

'아! 이것이 현실의 감각이야! 둘레의 아름다운 잔디도 현실의 것이고 앨러더이스도 지금 여기에 버젓이 있어.

하지만 프랜시스도 정말로 있었잖아! 아니, 훨씬 옛날 이 세상에

있었다고 하는 편이 좋을까?'

그녀는 아까 본 초상화를 머릿속에 떠올렸다.

'그 사람이 1860년대에 세상을 떠났다니! 버켄트리즈의 그 작은 뜰에서 함께 춤춘 지 아직 14년밖에 지나지 않았는데!'

그녀는 앨러더이스에게 그 이야기를 대충 들려주었는데, 말하는 동안 그녀의 머릿속에 그때 일이 하나하나 생생히 되살아왔다.

그녀는 그때 겨우 8살이 되었을 뿐이었다. 부모를 일찍 여의고 여기저기서 삼촌이며 숙모 손에 자란 그녀는 그해 여름을 그녀의 본가인 버켄트리즈에서 지내게 되었다. 이곳 주인은 존 댈리 삼촌으로 이미 나이가 꽤 많았으며, 막내아들이었던 그녀 아버지의 맏형이었다.

거기에는 아직 결혼하지 않은 제인 고모도 살았으며 머리가 이상한 헤스터 고모도 함께 살았다. 이즈머로서는 제인 고모도 무척 나이 많은 것으로 여겨졌지만 헤스터 고모는 그리 많지 않아 아직 25살도 안된 것 같았다.

이즈머가 버켄트리즈에서 지낸 여름 동안 헤스터 고모의 태도는 누가 보아도 이상했다. 이즈머는 누군가가 헤스터 고모의 연인은 그녀가 20살 때 죽었다고 말하는 것을 들었다. 이즈머는 아주 얌전했으므로 사람들은 수다스러운 아이 앞에서는 결코 말하지 않을 일도 그녀 앞에서는 아무렇지 않게 이야기했다.

이리하여 이즈머는 작은 의자에 앉아 통통한 무릎에 팔꿈치를 괴고 손바닥에 동그란 턱을 올려놓고 '어른들'이 웃으며 이야기하는 것을 듣고 있었다. 헤스터 고모는 연인이 죽은 뒤로 '다른 사람'처럼 되어버렸던 것이다.

아이들은 대부분 헤스터 고모를 무서워했지만 이즈머는 그렇지 않았다. 그녀는 헤스터 고모가 공허하고 슬픈 눈으로 버켄트리즈의 자작나무 오솔길을 홀로 방황하며 혼잣말을 중얼거리거나 마치 옆에 사람이 있는 듯 하늘을 향해 이야기하는 모습이 기묘하게도 좋았다.

모두 그 고모를 '머리가 이상하다'고 말하는 건 그 때문이라고 이즈머는 생각하고 있었다.

헤스터 고모는 꼭 이즈머처럼 얼굴이 파리하고, 야릇하리만큼 머리가 새카맸다. 그러나 그 무렵 이즈머의 치렁치렁한 검은 머리는 호박색 눈에 아무렇게나 드리워져 있었으므로 어딘지 강아지 같은 느낌을 주었다.

이따금 이즈머는 8살치고는 신기할 만큼 아름답고 갸름한 손을 헤스터 고모의 싸늘한 손 안으로 살그머니 집어넣어 잡게 하고는 함께 조용히 산책했다.

때마침 찾아왔던 한 사촌언니는 참으로 이상하다고 여겨 그녀에게 말했다.

"나라면 1백만 달러를 준다 해도 그런 일은 하고 싶지 않아."

헤스터 고모는 여느 때 사람이 따라오는 것을 몹시 싫어했지만 이즈머만은 아무렇지도 않은 듯했다.

그녀는 이즈머에게 말했다.

"나는 그늘 속을 걷기 좋아해. 짙은 그늘은 햇빛비치는 양지 쪽에서는 보이지 않는 좋은 친구지. 하지만 너는 양지가 좋겠지? 나도 옛날에는 그랬었어."

이즈머는 말했다.

"네, 양지가 좋아요. 하지만 그늘 안에 있는 것도 좋아요."

"그러니? 그늘이 좋다면 따라오너라."

이즈머는 버켄트리즈가 아주 좋았다. 그 가운데에서도 그녀가 들어가기를 허락받지 못한 작은 정원은 참으로 훌륭하다고 생각했다. 그 정원에는 자물쇠가 굳게 잠겨 있어 그녀가 알기로는 아무도 들어가지 못했다.

주위에 높은 나무울타리가 둘러쳐지고 문에는 녹슨 자물쇠가 달려 있었다. 어째서 문이 잠겨 있는지 아무도 가르쳐주지 않았지만 거기에는 뭔가 깊은 사연이 있으리라고 이즈머는 생각했다. 밤이 되면 하인들도 결코 그곳에 가까이 가려 하지 않았다. 그러나 장미며 포도가 우거진 높은 나무울타리에서 안을 들여다보면 그다지 무서운 곳으로 여겨지지는 않았다.

이즈머는 그 안을 한번 탐험해 보고 싶었다. 어느 여름날 저녁, 그 언저리를 하릴없이 걷고 있을 때 그녀는 별안간 자기 둘레에 이상한 기적이 있는 것을 느꼈다. 그녀는 그때 느꼈던 기분을 어떻게 표현해야 좋을지 알 수 없었다. 공포심과는 사뭇 달랐다. 마치 자기가 정원으로 끌려가는 듯한 느낌이었다.

그녀의 숨결은 점점 빨라져 조금씩 헐떡임으로 변해갔다. 이 알 수 없는 이끌림에 따르고 싶은 기분과 두려움이 마음속에서 싸우고 있었다. 그녀의 이마에 조그만 땀방울이 배어나오고 있었다. 그녀는 떨었다. 가까이에 아무도 보이지 않았으며 머리가 이상하다는 헤스터 고모조차도 없었다. 이즈머는 두 손으로 눈을 가리고 온 힘을 다해 집 쪽으로 달려갔다.

키가 크고 엄격하지만 마음이 다정한 제인 고모가 홀에서 그녀의 모습을 발견하고 걱정스러워하며 물었다.

"왜 그러니, 이즈머?"

"저……저 정원이 나를 끌어당겨요."

이즈머는 소리쳤으나, 자기로서는 무슨 말을 하는지 또 무슨 말을 하려는 것인지 전혀 알 수 없었다.

제인 고모의 얼굴빛이 달라졌다.

"그 언저리에서는 놀지 않는 게 좋아. 다시는 거기서 놀지 않겠지?"

그러나 그 경고는 소용없었다. 이즈머는 그래도 여전히 그곳이 좋았다. 샐리라는 한 하인이 그곳에는 '망령이 나온다'고 가르쳐주었으나 이즈머로서는 무엇이 '나오는'지 도무지 알 수 없었다. 제인 고모에게 물어보았으나 고모는 이즈머가 한 번도 본 적 없는 무서운 얼굴로 하인들의 쓸데없는 이야기에 귀를 기울여서는 안된다고 말했다.

몇 년 뒤 여름에는 헤스터 고모가 훨씬 좋아져 있었다. 이즈머는 그것을 얼마나 바랐었는지 모른다. 어른들은 '헤스터의 용태가 퍽 좋아졌으며' 더욱이 전보다 훨씬 행복해 보여 만족스럽다는 이야기를 했다. 그들의 생각으로는 그러다보면 그녀는 '완전히 나을지도 모른다'는 것이었다.

확실히 헤스터 고모는 행복해 보였다. 지금은 자작나무 오솔길을 혼자 걸어다니거나 혼잣말을 중얼거리지도 않게 되었다. 그 대신 거의 언제나 백합 연못가에 앉아 무언가 기다리며 귀를 기울이고 있는 것 같았다. 이즈머도 곧 헤스터 고모가 한결같이 뭔가를 기다리고 있는 거라고 느꼈다. 하지만 대체 무엇을 기다리는 것일까?

그러나 이즈머는 마음속 깊은 곳에서 어른들의 이야기는 모두 잘못된 것으로 느끼고 있었다. 헤스터 고모는 행복한 듯 보이지만 사실은 조금도 좋아지지 않은 게 틀림없다. 하지만 이즈머는 그것을 아무에게도 말하지 않았다. 그런 말을 해 봐야 아무도 제대로 들어주지 않는다는 것을 알고 있었기 때문이다. 그녀는 아직 '어린아이'에 지나지 않았다.

그러나 이즈머는 버켄트리즈에 온 지 얼마 안되었는데도 헤스터 고모가 무엇을 기다리고 있는지 마침내 알아내고 말았다.

어느 날 밤, 여느 때라면 이미 잠들어 있어야만 했음에도 그녀는 혼자 잔디밭으로 나가보았다. 제인 고모는 외출했고 가정부 톰프슨은 골치가 아프다며 누워 있었다. 아무도 이즈머에게 주의하는 사람이 없었으므로 오늘 밤이야말로 자기 좋을 대로 할 수 있다고 그녀는 생각했다.

이즈머가 헤스터 고모와 사이좋은 것을 조마조마해 하며 지켜보고 있는 사람들이 있었다. 마침 그날 밤 샬럿타운에 갔다가 글렌 세인트 메리로 돌아가는 참이었던 블라이스 의사부부도 그런 의견을 가지고 있었다.

그 의사는 이렇게 말했다.

"그 아이가 헤스터 댈리와 가까이 지내는 걸 결코 허락해서는 안 돼."

앤 블라이스가 말했다.

"나도 곧잘 그런 생각을 해. 하지만 왜 안되지?"

의사는 짧게 말했다.

"마음이란 저절로 서로 반응하는 법이니까. 그런 마음도 있다고 말해야 할까? 낸이나 다이라면 걱정없어. ……하지만 댈리 집안사람들은 좀 달라. 그 집안사람들은 현실과 공상을 전혀 구별할 줄 모르거든."

"나도 늘 공상만 한다는 말을 듣는걸."

"그 공상의 의미가 달라. 이즈머 댈리는 굉장히 감수성이 강한 아이야. 지나치게 강할 정도지. 만일 그 아이가 내 딸이었다면 아마 걱정할 거야. 그 아이에게는 마음써줄 부모도 없고, 저처럼 헤스터 고모와 함께 지내다 보면 틀림없이 난처한 처지에 놓이게 된다고 누구 한 사람 걱정하는 듯싶지도 않아."

"그럴까? 내게도 부모님의 기억은 전혀 없어."

의사로서 길버트는 그녀에게 미소지으며 말했다.

"하지만 당신의 상상력에는 적당한 상식이 교묘하게 섞여 있어, 앤."

그의 미소짓는 얼굴을 보면 이미 아내로서 어머니로서 여러 해가 지났음에도 앤의 가슴은 언제나 두근거렸다.

"길버트, 헤스터 댈리는 정말로 미친 걸까?"

길버트는 웃었다.

"정신과의사에게 물어보지 않으면 나도 알 수 없어. 하지만 미쳤다고 잘라 말할 수는 없지 않을까? 아무도 살펴보지 않았으니까. 본인은 정상인데 주위 사람들이 미쳤을 때도 있어.

사람은 누구나 어딘지 모르게 이상한 데가 있다고 주장하는 이도 있어. 수전도 우리가 아주 정상이라고 여기는 사람들을 곧잘 미쳤다고 하잖아."

"수전은 헤스터 댈리를 '머리가 이상하다'고 해."

"하는 수 없지. 우리로서는 아무것도 할 수 없으니. 하지만 만일 이즈머 댈리가 내 조카나 딸이었다면 나는 그 아이가 헤스터와 함께 있지 않도록 조심할 거야."

앤은 불만스럽게 물었다.

"그렇게 생각하는 까닭을 조금도 밝히지 않은 채로?"

의사는 교묘하게 그녀의 물음을 피했다.

"그래. 그 점에서는 여자의 의견과 똑같아."

그동안 이즈머는 이토록 아름다운 밤은 잠을 자기에 참으로 아깝다고 생각하고 있었다.

'오늘 밤은 요정들이 마음껏 장난치며 노는 밤이야! 멋진 보름달의 맑은 빛 속에 밤이 완전히 잠겨 있는 것 같아!'

그녀가 늙은 개 지프를 데리고 백합 연못가에 앉아 있을 때 헤스터 고모가 잔디밭 위를 미끄러지듯 다가왔다. 그녀는 아름다운 흰 드레스를 입고 검은 머리에 흰 진주를 장식하고 있었다. 이즈머로서는 그녀의 모습이 전에 본 적 있는 신부처럼 여겨졌다.

이즈머는 헤스터 고모의 젊은 모습에 놀라며 소리쳤다.

"고모, 어쩌면 이토록 예쁘지요! 어째서 여느 때는 그런 옷을 입지 않아요?"

헤스터 고모가 말했다.

"이건 내 웨딩드레스가 될 예정이었지. 그런데 모두들 내게서 감추고 있단다. 하지만 어디에 감춰 두었는지 아니까 입고 싶을 때는 언제든지 손에 넣을 수 있어."

아직 옷에는 그리 관심이 없는데도 이즈머는 말했다.

"빛나는 옷이에요. 그리고 고모도 예뻐요."

"내가 예쁘다고? 기쁘구나, 이즈머. 오늘 밤 나는 아름다워지고 싶어. 만일 네가 다른 사람에게 절대로 말하지 않는다면 비밀을 가르쳐 주지."

"결코 이야기할 리 없어요!"

이즈머는 단둘이서만 비밀을 가질 수 있다면 얼마나 멋있을까 생각했다.

"그럼, 이리 오너라."

헤스터 고모는 이즈머의 손을 살며시 잡았다. 두 사람은 잔디밭을 가로질러 달빛이 비치는 긴 자작나무 오솔길을 지나갔다. 늙은 개 지프는 작고 오래된 정원의 자물쇠가 잠겨진 문까지 그녀들의 뒤를 따라오더니 으르렁거리며 뒷걸음질쳤다. 그 개의 등에 난 털이 바늘처럼 꼿꼿이 곤두섰다.

이즈머가 말했다.

"지프, 이리 와."

그러나 지프는 더욱더 뒷걸음질쳤다.

"이 개가 왜 이럴까요?"

헤스터 고모는 아무 대답도 하지 않았다. 그녀가 낡고 녹슨 열쇠를 문에 매달린 자물쇠에 집어넣자, 그것은 마치 새로운 물건과 마찬가지로 쉽사리 열렸다.

이즈머는 뒷걸음질쳤다. 그리고 무서운 듯 속삭였다.

"안으로 들어가나요?"

"그렇단다. 왜 그러지?"

"어쩐지 무서운 것 같아요."

"무서워할 것 없어. 아무 일도 일어나지 않으니까."

"그럼, 어째서 이 정원은 언제나 잠겨 있죠?"

헤스터 고모는 비웃듯 말했다.

"바보 같은 짓이지. 오랜 옛날 재닛 댈리라는 아이가 여기로 들어갔는데 다시 나오지 않았대. 그 때문에 여기에 자물쇠가 달려 있는지도 모르지. 마치 그 애가 나오고 싶어해도 못 나오도록 하고 있는 것 같지 뭐니."

이즈머는 소곤거리듯 물었다.

"그 사람은 어째서 나오지 않았어요?"

"그걸 어떻게 알겠니. 아마 이 정원에서 발견한 친구가 다른 친구보다도 재미있다고 생각했기 때문이 아닐까?"

이즈머는 이것도 헤스터 고모의 이른바 '기묘한' 말투 가운데 하나이리라고 여겼다.

"돌벽에서 강으로 떨어졌을지도 모르잖아요? 하지만 그렇다면 어째서 시체가 발견되지 않았을까요?"

"그 아이의 허락이 없으면 아무도 이 정원에 들어올 수 없어. 하지만 나와 함께 가면 괜찮아. 걱정하지 않아도 돼, 이즈머."

이즈머는 아직도 무서운 마음이 남아 있었지만 어떤 일이 있어도 그것을 인정하고 싶지 않았다.

헤스터 고모는 문을 열었다. 이즈머는 고모에게 바싹 붙어서 안으로 들어갔다. 지프는 홱 돌아서서 쏜살같이 달아났으나 그녀는 이미 개에 대해서는 생각지 않았다. 그녀는 곧 이제까지의 두려움을 깨끗이 잊어버리고 말았다.

'이것이 아무도 들어오지 못하는 그 이상한 정원일까? 그리 무서운 일은 없는 것 같아. 어째서 잠가버리고 손질도 하지 않은 채 내버려두는 걸까?'

이즈머는 여기서 '망령이 불쑥 나온다'던 이야기가 생각났지만 지금은 완전히 어리석은 소문으로 여겼다. 그녀는 어쩐지 고향에 돌아온 듯한 편한 마음이 들기까지 했다.

정원은 생각했던 것만큼 황폐해져 있지 않았다. 그러나 달빛을 받아 참으로 쓸쓸해 보였으며 마치 헤스터 고모처럼 뭔가를 기다리고 있는 것 같았다. 정원 가득히 잡초가 자랄 대로 자라고 남쪽 담을 따라 키 큰 백합꽃이 죽 피어 있어 거룩한 성인(聖人)들이 달 아래 나란히 늘어서 있는 것처럼 보였다.

어린 포플러 몇 그루가 바람에 흔들리며 사락사락 소리내고 구석 쪽에는 날씬한 자작나무 한 그루가 서 있었다. 왠지 모르게 이즈머는 이 나무를 아주 먼 옛날 어떤 신부가 심은 것으로 여겼다.

여기저기에 있는 어두운 오솔길은 반세기 전 젊은 연인들이 사이 좋게 걸어 돌아다닌 곳이었다. 사암으로 얇게 덮인 한 가닥 오솔길은 정원 한가운데에서부터 강기슭으로 이어지고, 정원과 시냇물 사이에는 나무울타리가 아닌 낮은 돌담이 가로막고 있었다.

'어머나! 정원에 누군가가 있어!'

이즈머의 눈에 젊은 남자가 팔을 벌리고 사암깔린 길을 이리로 걸어오는 것이 보였다.

그러자 이제까지 웃은 적 없는 헤스터 고모가 참으로 기쁜 듯 웃으며 외쳤다.

"제프리!"

마침내 망령이 나왔구나 하고 이즈머는 생각했지만 조금도 무서운 마음이 들지 않았다.

헤스터 고모와 제프리가 낮은 목소리로 이야기를 나누며 오솔길을 거니는 동안 그녀는 가만히 돌담에 걸터앉아 있었다. 그들이 무슨 이야기를 하는지 그녀로서는 알 수 없었으나 알고 싶은 생각도 그다지 들지 않았다. 그녀는 다만 되도록 밤마다 여기에 와서 이렇게 앉아 있었으면 좋겠다고 느낄 뿐이었다. 재닛이 돌아오지 않았던 것은 마땅하다고 그녀는 생각했다.

이제 나가야 할 시간이 되었을 때 그녀는 헤스터 고모에게 물었다.

"나를 여기에 또 데려와 주겠어요?"

헤스터 고모는 대답 대신 물었다.

"또 오고 싶니?"

"네, 몹시요."

"그럼, 여기에 왔었다는 말을 아무에게도 해서는 안 돼."

"네, 고모가 싫어하면 말하지 않겠어요. 하지만 어째서 말하면 안 되나요, 헤스터 고모?"

"왜냐하면 모두들 모르고 있기 때문이야. 나도 올여름까지는 몰랐어. 하지만 지금은 달라. 그리고 나는 아주 행복한단다, 이즈머. 그러나 이 정원에 올 수 있는 것은 보름달이 뜬 밤뿐이야. 때로는 기다리다가 참을 수 없게 될 적도 있지. 다음에 올 때에는 너에게도 친구를 찾아줘야겠구나. 어째서 재닛 댈리가 여기서 돌아오지 않았는지 이제 알았겠지?"

이즈머는 다시금 두려움을 느끼며 외치듯 물었다.

"하지만 재닛 댈리는 60년이나 전에 이 정원으로 들어갔잖아요?"

"이 정원에는 시간이 없어. 재닛은 돌아가고 싶으면 지금이라도 돌아갈 수 있단다."

헤스터 고모는 조용히 웃었다.

이즈머는 다음 보름달을 기다릴 수 없을 것 같았다. 이따금 꿈이었던 게 아닐까 여겨질 때도 있었다. 낮동안 있었던 정원은 전과 조금도 다름없이 쓸쓸했다. 그녀는 자기가 그날 밤 일이 꿈이기를 바라고 있는지 아니면 두려워하고 있는 것인지 모르게 되어버렸다.

그러나 다음 보름달이 돌아오자 이즈머는 또 헤스터 고모와 함께 그 작은 정원으로 사뿐사뿐 들어갔다. 그날 밤 상황은 전과 전혀 달랐다. 많은 사람들이 드나들고 있는 것 같았다. 꿈꾸는 듯한 눈길로 웃고 있는 소녀들······파란 불꽃처럼 여윈 여자들······잘생긴 소년들······눈을 반짝거리는 아이들. 그들 가운데 이즈머에게 관심을 가져주는 것은 그녀와 같은 나이 또래의 작은 소녀뿐이었다. 그 아이는 황금빛 머리를 이마까지 늘어뜨리고 큰 눈이 슬퍼 보였다.

어떻게 알았는지 모르지만 이즈머는 그 소녀의 이름이 재닛임을 어렴풋이 알고 있었다. 아름다운 녹색 나방을 쫓아 뛰어가던 재닛은 별안간 걸음을 멈추고 이즈머를 손짓해 불렀다. 프랜시스가 온 것은 이즈머가 막 그녀의 뒤를 쫓으려 했을 때였다. 그때 재닛의 뒤를 따라갔었다면 어떻게 되었을까 그 뒤 이즈머는 곧잘 생각하곤 했다.

그의 이름이 프랜시스임을 어떻게 알았는지 이즈머도 분명히 몰랐지만, 그와 옛부터 알고 지낸 사이처럼 여겨졌다. 그는 키가 크고 여윈 젊은이로 소년 같은 얼굴에 이상하리만큼 자신에 찬 표정을 떠올리고 있었다. 풍성한 갈색 머리는 한가운데에서 가르마를 탔으며 파란눈은 반짝이고 있었다.

그는 이즈머의 손을 잡고 둘은 정원을 거닐며 서로 이야기했다. 그때 나누었던 이야기 내용을 그녀는 까맣게 잊어버리고 말았으나 그가 그녀를 웃게 해주었던 것만은 확실했다.

이즈머가 재닛 생각이 나서 돌아보니 거기에는 이미 그녀의 모습이 없었다. 그 뒤로 이즈머는 그녀의 모습을 보지 못했지만 그리 마음쓰이지 않았다. 프랜시스가 너무도 즐겁고 멋진 사람이었기 때문이다. 이즈머는 그런 친구를 만난 일이 없었다. 두 사람은 말라버린 샘가의 풀밭에서 춤을 추었다. 거기에는 야생 박하가 빽빽이 우거져 있어 그들이 밟자 뭐라 말할 수 없는 상쾌한 향기가 언저리에 감돌았다.

댄스 곡을 듣고 있노라니 이즈머의 몸은 너무도 기뻐서 떨려왔다—이때의 감동은 기쁘다는 것만으로는 표현할 수 없었을지도 모른다. 그 음악이 어디서 들려오는지 그녀는 몰랐으므로 프랜시스에게 물어보았지만 그는 다만 웃을 뿐이었다. 그의 웃음소리는 어떤 음악보다도 그녀의 마음을 즐겁게 해주었다. 이즈머는 이처럼 듣기 좋은 웃음소리를 들어본 적이 없었다.

이 정원에 드나들고 있는 사람들은 아무도 그 두 사람에게 말을 걸어오지 않았고 관심도 가지지 않았다. 헤스터 고모도 가까이 오지 않았다. 그녀는 늘 제프리와 함께 있었다.

이즈머가 그 정원에 가게 된 뒤로 제인 고모는 그녀의 태도가 이상한 것을 알아차렸다.

'우울한 것 같아. 전처럼 뛰어다니며 놀려고 하지 않고 헤스터처럼 뭔가를 기다리는 듯한 공허한 얼굴로 가만히 잔디밭에 앉아 있으니 말이야.'

그녀는 몹시 걱정스러웠다.

이즈머는 헤스터 고모에게 말했다.

"밤마다 그 정원에 갈 수 있으면 좋겠어요."

헤스터 고모가 대답했다.

"하지만 보름달이 뜬 날 밤에만 그 사람들이 온단다. 달님이 둥그렇게 되기를 기다리는 것 같아. 보름달이 되어 자작나무 오솔길에 달그림자가 비치면 또 가도록 하자."

마침 그날 우연히 버켄트리즈에 찾아온 블라이스 의사는 콘래드 페이지를 만났을 때 이즈머가 되도록 빨리 버켄트리즈를 떠나도록 하는 편이 좋겠다고 충고했다.

그러나 문제는 완전히 다른 방법으로 해결되었다. 8월 보름달이 뜨는 날이 가까워져온 어느날 헤스터 고모가 세상을 떠났던 것이다. 그녀는 잠든 채 조용히 숨을 거두었다. 그녀의 얼굴은 젊어 보였고 그야말로 행복한 미소를 짓고 있었다. 블라이스 의사의 진단으로는 심장발작에 의한 죽음이었다.

그녀의 유해는 희고 아름다운 두 손에 꽃을 안고 누워 있었다. 친척들이 모여와 그녀의 모습을 보고 눈물을 흘렸지만 모두 남모르게 '가엾은' 헤스터 일이 이렇게 맥없이 해결된 것을 다행스럽게 여기기도 했다.

이즈머의 슬픔은 굉장했다. 그녀는 생각했다.

'고모는 제프리와 함께 있기 위해 가버린 거야. 나는 다시는 프랜시스를 만날 수 없게 되었어.'

처음에 이즈머는 그런 생각을 하면 더 이상 참을 수 없을 것 같았다.

그 여름 이후로 그녀는 버켄트리즈에 찾아간 일이 없었다. 존 삼촌은 세상을 떠났고 제인 고모는 샬럿타운으로 옮겨와 살고 있었다.

그러나 이즈머는 그 여름에 있었던 일을 결코 잊지 않았다. 생각날 때마다 그것은 꿈이었다고 스스로에게 말하곤 했지만, 아무래도 납득할 수 없는 점이 남는 것이었다.

"당신 할아버지 초상화, 앨러더이스. 그분은 내가 만났던 프랜시스예요. 그 정원에서 처음 만났던 프랜시스가 틀림없어요. 샐리의 말에 따르면 정원에는 '망령이 나온다'던데, 그게 옳은 말이었던 걸까요? 틀림없이 정말이었어요."

앨러더이스는 큰 소리로 웃으며 그녀의 손을 꼭 잡았다. 이즈머는 몸을 떨었다. 앨러더이스에게만은 이처럼 비웃음당하는 일을 바라지 않았고, 또 의미없는 경박한 웃음을 얼굴에 떠올리며 자기 쪽을 보는 걸 바라지 않았다. 이 사람의 웃음은 어쩌면 이토록 경박하단 말인가? 그런 그의 모습이 그녀로서는 왠지 낯선 사람처럼 여겨졌다.

그녀의 기분도 모르고 앨러더이스는 참으로 평범한 설명을 하기 시작했다.

"샐리는 어리석은 미신가요. 당신의 헤스터 고모는 머리가 돌았던 거요. 그게 틀림없어요. 나도 그분 이야기를 들었으니까. 정원에서 누군가를 만난 것으로 여기고 당신에게도 그렇게 생각하도록 하려 했던 거요. 당신은 감수성이 강한 사람이니까.

당신도 정원에서 누군가를 본 듯 여겼는지도 모르지. 아이들에게는 이따금 그런 일이 있으니까. 현실과 공상을 구별하는 능력이 아직 발달되어 있지 못하니까. 어머니에게 여쭤보면 알겠지만, 나도 어릴 때 곧잘 그런 기묘한 이야기를 했었다고 해요."

"하지만 헤스터 고모도 나도 프랜시스 할아버지의 얼굴을 몰랐었는걸요. 그런데 어떻게 그분 생각을 할 수 있었겠어요?"

"고모는 저 초상화를 보았었거든. 어린 시절 곧잘 롱메도에 왔었으니까. 제프리 고든도 여기서 만났을 테지. 이 집에 그런 사람의 초상화가 있는지 어떤지는 모르지만. 그리고 그녀는 그 사람에게 열중하고 말았던 거겠지. 당신에게 일어난 경우도 아직 세상물정 모를 때 여기에 와서 저 초상화를 보았을지도 모르고.

어쨌든 이제 그런 일을 생각하는 것은 그만두는 게 좋겠소. 망령을 두고 이러니저러니하는 건 어리석기 그지없는 일이오. 재미있을지는 모르지만 위험하오. 믿을 수 없는 이야기니까. 나도 망령이야기를 싫어하지는 않지만 자주 듣게 되는 건 질색이오."

그러자 이즈머가 말했다.

"나는 당신과 결혼할 수 없어요."

앨러더이스는 깜짝 놀라 그녀를 뚫어지게 보았다.

"이즈머! 무슨 그런 농담을!"

그러나 이즈머는 농담하고 있는 것이 아니었다. 그녀의 마음이 진지하다는 것을 앨러더이스가 알도록 하는 건 퍽 어려운 일이었으나 그녀는 끝내 그를 설득했다.

그는 분노에 떨며 나갔으며 댈리 집안의 피가 흐르는 여자와는 결혼하지 않는 편이 좋다는 것을 어떻게든 스스로에게 믿게 하려고 애썼다.

그의 어머니는 화냈지만 한편 다행스러운 심정이 들기도 했다. 그녀는 전부터 앨러더이스가 좀 더 훌륭한 상대와 맺어졌으면 하고 바랐던 것이다.

'누구나 알고 있듯이 이탈리아 황녀가 그에게 열중해 있다지 않은가? 그런 보잘것없는 이즈머 댈리가 내 아들을 우습게 알다니!'

이즈머로서는 콘래드 삼촌과 헬런 고모를 설득하는 게 가장 어려운 일이었다. 그들이 납득하기를 바랄 수는 없었다. 그들은 말할 것도 없고 모든 친척들도 이즈머는 참으로 어리석은 아이라고 나무랐다.

그녀의 선택을 인정해 준 것은 블라이스 의사부부뿐이었다. 그러나 이즈머는 그것을 알 리 없었으므로 우울한 나날을 보내야만 했다.

블라이스 의사가 말했다.

"앨러더이스 배리는 정말 지독한 사람이더군."

앤이 대답했다.

"나는 그 사람을 몇 번밖에 만나지 못했으니 당신 말을 믿을 수밖에."

수전도 말했다.

"이탈리아 황녀가 그 사람에게 열중해 있다느니 하지만, 그런 어이없는 이야기가 어디 있겠어요?"

10월 첫무렵 어느 날 밤, 이즈머는 집에 혼자 있었다. 모두 어디론가 나가고 없었다. 밝은 보름달이 환하게 비치는 밝은 밤이었다.

둥근 달을 보고 있노라니 이즈머는 버켄트리즈의 오랜 정원과 머리가 좀 이상했던 헤스터 고모, 그리고 성난 앨러더이스 배리의 얼굴과 그 괴로웠던 시절이 생각났다. 그녀는 지금까지도 그때 일을 용서받지 못하여 친척들은 일이 있을 때마다 걸핏하면 그녀에게 심하게 대하곤 했다.

강기슭 곁에 있는 그 닫힌 작은 정원! 별안간 그녀는 그것을 머릿속에 떠올리고 몸을 포르르 떨었다.

'아! 다시 한번 그곳에 가보고 싶어! 그 아름다운 정원은 지금도 나를 기다리고 있을까?'

그곳에 가면 안될 이유 같은 건 없다. 버켄트리즈까지는 지름길로 가면 3마일밖에 안되며, 이즈머는 몸이 아주 약해 보였지만 걷는 것만은 자신있었다.

한 시간 뒤 그녀는 버켄트리즈에 닿아 있었다. 해질녘 하늘에 희미하게 우뚝 선 낡아빠진 집은 잔디밭 위에 그 어두운 그림자를 던지고 있었으며 저 멀리 전나무숲은 이미 거무스름해져 있었다. 집은 황폐한 대로 내버려져 있었다. 여러 가지로 의논한 끝에 이 집을 남에게 넘기지 않기로 했던 것이다.

그러나 이즈머는 집에 대해서는 그리 큰 관심이 없었으므로 곧바로 자작나무 오솔길을 지나 그 비밀의 정원으로 서둘러 걸어갔다.

우연히 자동차로 그곳을 지나치던 길버트 블라이스 의사는 이즈머의 모습을 보고 의아하게 여겼다.

그는 좀 불안을 느끼며 생각했다.

'대체 저 아가씨는 이처럼 쓸쓸한 곳에서 무엇을 하려는 것일까?'

올여름 이즈머가 헤스터 고모와 마찬가지로 '점점 더 이상해져 간다'는 소문을 그도 들었다. 그 소문은 거의 앨러더이스 배리가 그녀를 '농락하다가 버렸다'고 말하는 사람들 입을 통해서 나왔다.

블라이스 의사는 그녀를 자동차에 태워 집까지 바래다줄까 생각했다. 그러나 글렌에는 병이 위중한 환자가 기다리고 있었으며 이즈머 또한 응하지 않으리라 생각했다.

이 의사는 전부터 아내의 날카로운 직감에 감탄하곤 했었는데, 그녀의 말에 따르면 이즈머 댈리는 그 다정한 태도 밑에 무쇠 같은 의지가 숨어 있다고 했다.

이즈머가 버켄트리즈에 온 목적이 무엇이든 그녀는 틀림없이 자신의 목적을 다할 것이다―라고 생각하며 그는 지나쳐버렸다.

뒷날 그는 곧잘 자기가 그녀를 내버려둠으로써 결혼을 하나 맺어주었다고 자랑하곤 했다.

정원 문은 잠겨 있지 않고 활짝 열려 있었다. 정원은 이즈머가 생각했던 것보다 훨씬 좁게 여겨졌다. 그녀가 프랜시스와 함께 춤추었던 곳은 풀잎이 시들어 오므라지고 줄기는 서리로 뒤덮여 있었다. 그것 또한 그녀의 꿈이었는지도 모른다.

그러나 그곳은 여전히 기분나쁠 만큼 아름다웠으며 지금 막 떠오른 달이 기묘하게 짙은 그림자를 드리우고 있었다.

소리라고는 전혀 들리지 않았으며 구석에 선 황금빛 단풍나무와 잘 조화된 전나무들 사이로 바람이 한숨을 쉬듯 불고 있을 뿐이었다. 강기슭으로 이어진 풀이 무성한 오솔길을 걸으며 이즈머는 이제까지 맛본 적 없는 쓸쓸함을 느꼈다.

그녀는 프랜시스를 생각하며 슬픈 목소리로 소곤거렸다.

"역시 당신은 없군요. 당신은 사실 없었던 거예요. 나는 참으로 바보였어! 앨러데이스를 그렇게 대하는 게 아니었을지도 몰라. 모두들 내게 화를 낸 건 마땅해. 앨러데이스의 어머니가 기뻐한 것도 당연한 일인지 몰라."

이즈머는 앨러데이스가 외국에서 보낸 시절의 생활에 대해 아무것도 못들었고 이탈리아며 러시아 황녀에 대해서도 알지 못했다. 그녀에게 앨러데이스는 프랜시스와 마찬가지로 그녀를 웃음짓게 해준 사람에 지나지 않았다. 존재하지도 않는 프랜시스를 언제까지나 마음속에 떠올리고 있었다니!

배리네 사람들이 롱메도를 닫고 다시금 외국으로 떠나버렸을 때 그 할아버지의 초상화는 어떻게 되었을까 그녀는 생각했다.

떠도는 소문에 따르면 배리 부인은 이제 다시는 캐나다에 돌아오지 않겠다고 말했다고 한다.

'이 언저리는 너무나도 초라해. 여자아이들은 모두 죽어라고 앨러데이스를 쫓아다녔고, 그녀는 앨러데이스가 될 대로 되라는 심정이 되어 어리석은 결혼을 하는 게 아닐까 걱정스러워했어.

나는 하마터면 그 사람과 결혼할 뻔했지만 어째서인지 안되었지. 앨러더이스도 머지않아 본디 자신으로 되돌아갈 게 틀림없어.'

이즈머는 그 초상화를 생각하고 있었다. 비록 꿈에 보았던 사람의 초상이었더라도 그녀는 그 그림을 아무래도 가지고 싶은 생각이 들었다.

그러나 그녀가 거의 허물어져가는 돌담 있는 데까지 왔을 때 시냇가에서 층계를 올라오는 프랜시스의 모습이 보였다. 층계는 크게 망가져 군데군데 없어졌으므로 그는 주의깊게 발 밑을 확인하며 올라왔다.

하지만 그의 모습은 그녀가 기억하고 있는 그대로였다. 키는 생각했던 것보다 좀 크고 요즘 유행하는 옷을 입었지만, 머릿결은 여전히 짙은 갈색이며 독수리 같은 파란 눈은 옛날처럼 용감한 빛을 담고 있었다(뒷날 그와 젬 블라이스는 독일군의 포로가 되지만 그 무렵은 아무도 그런 일을 꿈에도 생각지 못했었다).

흐릿한 시냇물과 황폐한 정원, 그리고 전나무들이 이즈머의 주위를 빙빙 도는 것 같았다. 만일 그가 군데군데 허물어진 돌담을 뛰어넘어 와 그녀의 몸을 떠받쳐주지 않았다면 그녀는 손을 내민 채 아래로 떨어져버렸을지도 모른다.

그녀는 헐떡이며 말했다.

"프랜시스!"

그는 웃으며 말했다.

"프랜시스는 내 본디 이름이고, 다른 사람들은 나를 스티븐이라고 부르죠."

그것은 그녀가 잘 기억하고 있는 솔직하고 친밀감있으며 풋풋하게 미소 지은 얼굴이었다. 이즈머는 정신을 차리고 몸을 떼려 했으나 그녀가 너무도 심하게 떨고 있었으므로 그는 그대로 그녀를 팔로 받쳐주었다. 그 팔의 따뜻한 체온도 전의 프랜시스와 똑같았다.

그는 다정하게 말했다.

"놀라게 해서 미안합니다. 내가 너무도 갑작스럽게 나타났기 때문입니다. 그러나 내가 잘생기지 못했다는 건 알고 있었지만 여자가 기절해 버릴 만큼 못생겼을 줄은 차마 몰랐습니다."

그녀는 자신의 어리석음이 스스로 생각하기에도 어이가 없어서 말했다.

"아니에요, 그런 게 아니에요."

자신 또한 헤스터 고모와 마찬가지로 머리가 이상한지도 모른다.

"아닙니다. 제 잘못입니다. 하지만 여기에 아무도 없는 줄 여긴데다 모두들 가로질러 가는 편이 좋다고 해서. 놀라게 해서 미안합니다."

이즈머는 필사적인 얼굴로 외쳤다.

"당신은 누구죠?"

그녀로서는 그것만이 관심끌리는 일이었다.

"이름을 밝힐 만한 사람은 못되지만, 스티븐 프랜시스 배리라고 합니다. 우리 집은 서해안에 있는데, 항구에 생긴 새로운 생물채집장에 근무하게 되어 며칠 전 동쪽으로 왔습니다.

오래 전 롱메도라고 불리는 곳에 먼 친척이 살았다는 이야기를 들었었는데, 오늘 밤 생각이 나서 지금도 그들이 있는지 어떤지 알아보려고 찾아오는 길입니다. 이미 외국으로 가버렸다고 말하는 사람도 있습니다만. 피라토가 옛날에 말했듯 '진실이란 무엇인가?' 라는 거죠."

이제 이즈머는 그가 누구인지 알 수 있었다. 전에 앨러더이스가 서해안에 육촌형제가 살고 있다고 경멸하듯 말했던 일이 생각났기 때문이다.

"그는 여전히 일을 하고 있지요."

앨러더이스는 그것이 부끄러운 일이기라도 한 듯 말했었다.

"나는 그를 만난 일이 없소. 그 집 가족들은 아무도 동쪽으로 오지 않으니까. 아마 벌레를 연구하느라고 바쁜 거겠지."

이즈머는 겨우 조금 몸을 떼어놓고 그의 얼굴을 찬찬히 들여다보았다.

그녀는 달빛에 비춰진 부드러운 벨벳 옷을 입은 자신의 모습이 얼마나 아름다운지 몰랐지만, 스티븐 배리는 알고 있었다. 그는 일어나서 아무리 보아도 싫증나지 않는 듯 그녀의 모습을 뚫어지게 지켜보았다.

이즈머는 진지한 얼굴로 말했다.

"내가 깜짝 놀란 건 당신이 갑작스럽게 나타나서가 아니에요. 실은 내가 본 적 있는 사람과 당신이 꼭 닮았기 때문이에요. 아니, 실제로 본 게 아니라 본 것처럼 여겨졌다고 하는 편이 좋을지 모르겠군요. 바로 롱메도에 있는 프랜시스 배리 선장의 초상화예요."

"프랜시스 할아버지 말입니까? 할아버지는 내가 당신을 꼭 닮았다고 곤잘 말하곤 했었지요. 그런데 내가 그 프랜시스와 그토록 닮았습니까?"

"정말로 똑같아요."

"그럼, 당신이 나를 유령으로 착각해도 하는 수 없겠군요. 그렇더라도 나는 몇 해 전 당신을 꿈에서 본 듯 여겨져 견딜 수 없군요. 이제야 겨우 꿈에서 깨어난 것 같습니다. 만일 괜찮다면 이름을 가르쳐줄 수 있겠습니까?"

"나는 이즈머 댈리예요."

어스름한 달빛 아래에서도 그녀는 그의 얼굴에 실망한 표정이 떠오르는 것을 알 수 있었다.

"이즈머 댈리! 들은 적 있습니다. 앨러데이스의 젊은 연인이지요?"

이즈머는 이성을 잃은 듯 손사래를 치며 소리쳤다.

"아니에요, 그렇지 않아요. 그게 아니에요! 롱메도에는 이미 아무도 없어요. 문을 닫고 팔려고 내놓았어요. 앨러데이스와 어머니는 외국으로 가서 이제 다시는 돌아오지 않을 것 같아요."

"않을 것 같다고요? 그럼, 댁은 잘 모릅니까? 그의 약혼자가 아니던 가요?"

이즈머는 다시 소리쳤다.

"그렇지 않아요."

뭔지 모르지만 그녀는 그가 그렇게 생각하는 사실에 도무지 참고 있을 수가 없었다.

"그 소문은 거짓말이에요. 나와 앨러데이스는 다만 친구 사이였을 뿐이에요. 아니에요, 친구도 아니었을지 몰라요."

그녀는 앨러데이스와 마지막으로 만났던 때의 일을 마음속에 떠올리며 되도록 정확하게 말하려고 덧붙였다.

"게다가 아까도 말했듯 그 사람과 어머니는 유럽으로 가서 다시는 돌아오지 않는데요."

스티븐은 참으로 즐거워서 웃으며 말했다.

"그거 참, 실망인데요. 나는 일부러 그들을 만나러 왔는데. 여기에는 두 달쯤 머무를 예정이라 꼭 만나 보았으면 했었답니다.

하지만 여기에 온 보람이 충분히 있었습니다. 유령이라도 나올 듯한 이런 시각에 달빛을 받으며 이쪽으로 걸어오는 당신을 만날 수 있었으니까요. 당신은 정말 유령은 아니겠지요, 이즈머 댈리?"

이즈머는 웃었다. 이처럼 즐거운 듯 그녀가 웃은 것은 처음이었다.

"네, 유령은 아니에요. 하지만 유령을 만나러 여기에 왔어요. 언제든 자세히 이야기하겠어요."

이 사람이라면 틀림없이 앨러데이스처럼 호탕하게 웃어버리지는 않을 것이다. 그리고 뭔든지 다 아는 척하며 설명하거나 하지도 않을 것이다. 게다가 지금은 그 설명이 될지 어떨지 아무래도 좋은 일이었다. 언젠가는 두 사람 다 틀림없이 잊어버리고 말 것이다.

스티븐이 말했다.

"그럼, 이 헐어빠진 돌담 위에 앉아 그 이야기를 들려주십시오."

때마침 블라이스 의사는 아내에게 한창 이야기하고 있는 참이었다.

"오늘 잠깐 스티븐 배리를 만났는데 몇 달 동안 샬럿타운에 머무를 예정이라더군. 그는 참으로 훌륭한 사나이야. 그와 이즈머 댈리가 어딘가에서 만나 서로 사랑하게 되면 좋을 텐데. 그들처럼 잘 어울리는 한 쌍은 그리 흔치 않거든."

앤은 졸린 듯 하품하며 말했다.

"어머나! 아주 열심이야. 인연을 맺어주고 싶어하는 건 어디의 누구일까?"

그러자 블라이스 의사가 반박했다.

"여자는 잠들기 전에 꼭 본심을 말한다더군."

Lucy Maud Montgomery
ANNE OF GREEN GABLES
《ANNE》의 에피소드

Chang kye

요리·바느질·채소가꾸기·가축돌보기, 끝없는 집안일

몽고메리는 집 안을 아기자기하게 꾸미는 취미가 있었고, 아름다운 드레스도 퍽 좋아했지만, 먹는 것에는 그다지 관심을 갖지 않은 것 같다. 그녀는 식물, 특히 꽃에 여느 사람 이상으로 정열을 쏟았으므로, 《앤》 속에는 온갖 꽃들이 등장하여 잊을 수 없는 역할을 하고 있다. 그런데 먹는 것의 경우는……?

몽고메리가 그린 시골 세계에서 주민들은 거의 필요한 것을 스스로 만들어 충당하고 있었다. 아주 좁은 보잘것없는 토지라고 해도 돼지나 닭, 그리고 최소한 암소 한 마리를 기르는 것이 보통이었다. 마당이나 작은 채소밭에서 한 집안의 식량이 대부분 생산되었다.

몽고메리는 지금이라면 공장에서 마땅히 처리될 일까지 부엌에서 해야 했다.

'주부답게 눈과 마음을 주의하여 햄 덩어리를 장아찌통에서 꺼내고 그 안에는 새로운 덩어리를 넣었다. 나는 햄을 좋아한다. 비극이나 연애 이야기로 배가 부르지는 않으므로 누군가 햄을 만들어야 했다.'(일기)

머릴러는 요리뿐 아니라 식용으로 쓰기 위한 돼지나 닭을 먹이고 돌보는 일까지 하고 있고 앤 또한 이런 일을 조금이나마 거든다. 저녁

캐번디시 해안 '황록색 저녁 무렵, 어렴풋이 어두운 바닷가로 둘러싸인 포 윈즈 항구에는 저녁 노을이……'

나절 앤이 젖을 짜기 위하여 젖소를 풀밭에서 헛간까지 몰고 돌아오는 장면이 있는데, 앤이 입양아가 아닌 그 집의 딸이었다고 해도 이것은 마땅한 의무인 것이다.

대체로 프린스 에드워드 섬의 사람들은 몹시 소박한 식생활을 하고 있었다. 앤을 맡았던 커스버트 오누이처럼 농업에 종사하는 집에서도 식생활은 그다지 다른 점이 없었다. 즉 자기 손으로 만든 것, 잡은 것을 손수 조리해서 먹었다.

그린게이블즈 양쪽에는 넓은 과수원이 있다. 한쪽은 버찌과수원, 또 다른 한쪽은 사과과수원—봄이면 흰꽃이 '하늘에서 내려온 것처럼' 만발한다.

언덕의 밭에서는 매슈가 정성 들여 감자나 순무 등의 야채를 심고, 머릴러는 소젖을 짜 버터를 만든다. 과수원이나 농장에서 거두어들인 것은 머릴러의 손으로 요리되어 식탁에 오르거나 설탕에 절이는 등 보존식품으로 만들어 지하저장고에 둔다.

다과회는 초대하는 쪽에도 초대받는 쪽에도 커다란 이벤트이다. 대접하는 것은 주부가 꼭 보여 주고 싶은 솜씨며 어떤 과자나 요리를 내놓았는지 곧 소문이 나기

《무지개 골짜기 *Rainbow Valley*》(1919) 초판본 표지

때문이다. 손님 쪽도 예의범절을 지키고 품위 있게 행동하지 않으면 안 된다. 앨런목사 부부를 다과회에 초대했을 때 머릴러와 앤은 꼬박 이틀 동안 준비하였다. 맛있는 요리는 '한천으로 굳힌 병아리고기, 차게 식힌 소혓바닥, 빨강과 노랑색 젤리, 휘핑크림을 끼얹은 레몬파이, 버찌파이, 3종류 쿠키, 설탕에 절인 과일이 들어간 과일케이크, 파운드케이크에 빵'이다. 게다가 앤이 직접 만든 층층케이크, 이것은 불행히도 실패했지만, 그래도 그날의 다과회는 즐거웠다.

식탁에는 건강한 손으로 직접 만든 소박한 음식을 올리는데, 그런 것들은 《앤》 속에도 여러 모양으로 나온다. 빵·케이크·파이·쿠키·과일설탕절임, 그리고 과일 주스에서 포도주까지 다양하게 있다.

여자들은 그런 것을 만들기 위해서 오랜 시간 부엌에서 지냈다. 앤

조부모와 함께 살던 모드의 어린 시절 농장에서 사용되었던 도구들   그린게이블즈 하우스

자신도 차츰 요리를 배워 간다. 앤은 요리에 대해 소질을 타고난 것이 아니었으므로 실패도 많다. 여자들뿐 아니라 매슈 같은 남자들 또한 집에 있는 시간 대부분을 부엌에서 보내는 것도 흔히 있는 일이었다. 그러므로 부엌은 가장 편하고 흥미있는 장소였다.

부엌의 중심은 주철로 만든 큰 난로였다. 물론 그것의 가장 큰 역할은 끓이고 익히는 일이다. 난로 위쪽에 뚜껑이 있어 직접 불이 필요할 때는 뚜껑을 떼어내면 되고, 다시 뚜껑을 덮으면 보온이 된다. 냄비나 주전자뿐 아니라 식기도 데울 수 있었다. 옆에는 오븐도 붙어 있다. 그 위에 걸레나 세탁물을 매달아 둘 수도 있었다.

그리고 무엇보다 이 난로로 언제나 부엌 전체가 따뜻했다. 한여름에도 22~23도밖에 되지 않는 프린스 에드워드 섬에서는 1년의 대부분을 불기 없이 지낼 수 없는데 얼마나 고마운 일인가. 매슈가 부엌 한구석에서 파이프 담배를 피우려 한 것도 무리는 아니다.

앤의 집(그린게이블즈 하우스) 거실

이 큰 난로는 집 안에서 피워도 그을음이 나지 않고 냄비나 주전자
가 더러워지지도 않으므로 매우 고마운 물건이었지만, 그 대신 난로
자체를 청소하는 데는 많은 수고를 들여야 했다. 주부는 날마다 아
침 일찍 일어나 난로의 검은 주철은 검은빛으로, 금빛 놋쇠 부분은
금빛이 나도록 깨끗이 청소한 뒤 불을 피워야 했다.

소가 있는 집에서는 짜낸 젖을 가공하여 크림이나 버터 또는 치즈
를 만들었다. 집집마다 만드는 솜씨가 다르므로 그 집 버터는 수분
이 많다든가, 치즈맛이 나쁘다든가 하며 제법 이야깃거리가 되었을
것이다. 앤이 그렇듯 좋아한 아이스크림 또한 집에서 손수 만들어 먹
었다. 크림에 얼음과 소금을 넣은 쇠통을 나무통 속에서 돌리면 아
이스크림이 만들어진다.

주방 안쪽에 식료품실이 있다. 수확한 것이나 그것을 재료로 만든

먹거리를 넣어두는 작은 방으로 그곳은 자연의 저장고인 것이다.

하루 중에서 가장 푸짐한 식사는 점심때였던 모양이다. 여느 때는 저녁 식사를 '티'라고 해서 가벼운 식사로 끝냈다. 이것은 저녁 일찍 샌드위치·스콘(작은 빵·케이크)·쇼트브레드(버터 쿠키) 따위를 차와 함께 먹는데, 스코틀랜드 출신자가 많았던 프린스 에드워드 섬 주민다운 영국 풍습이었다.

티는 저녁 일찍 먹는데다 간단한 식사였으므로 시간이 걸리지 않고 게다가 프린스 에드워드 섬은 여름이면 밤 10시까지도 밝기 때문에 저녁 식사를 마친 뒤에도 실컷 일할 수 있었다. 잉글사이드의 어린이들도 이런 이유에서 저녁 식사 뒤 '무지개골짜기'로 놀러갈 수 있었다. 지금은 프린스 에드워드 섬에서 이 티의 풍습을 거의 찾아볼 수 없다.

이렇게 간단히 살펴보아도 앤이 살았던 시대에 주부들의 가사노동이 얼마나 어려웠는지 짐작할 수 있다. 여자아이들은 어렸을 때부터 가사지도를 받았고, 결혼할 무렵에는 집안일을 척척 해낼 수 있어야만 했다.

그러므로 그린게이블즈에 막 입양되었을 때 앤이나 메러디스 목사 집 여자아이들처럼 아무것도 못하는 사람은 여자로서 실격이었다. 몽고메리는 《앤》에서 여성의 노동에 경의를 표하면서도 그것이 자연스러운 인생인 것처럼 묘사하고 있다.

프린스 에드워드 섬 여성들은 앤의 시대에도 앵글로색슨, 스코틀랜드, 아일랜드 등지의 가정공예 전통을 이어가고 있었다. 그리하여 미국여성들처럼 매우 실용적인 의미에서 유익한 일을 했다. 시골의 수공예는 검소한 생활 속에서 널리 퍼졌다. 여러 종류로 된 천 조각이나 입다가 헐어버린 양복 같은 것을 소재로 여러 가지 퀼트 제품을 만들었다. 코바늘뜨개질에 의한 깔개라든지 끈으로 엮은 러그 등은 가정에서 쓰다 버린 헌 것을 모아다 만들었다.

앤의 침실에는 '앤이 이제껏 본 적도 없는 끈으로 엮은 둥근 깔개가 깔려 있었다.' 여기서 '앤이 본 적도 없는'이라는 말은 좀 이상하다. 왜냐하면 이런 깔개는 해안 여러 주에서는 흔한 물건이었을 것이기 때문이다. 몽고메리는 이렇게 쓰는 것으로 앤의 이전 고용주가 형편없이 가난하고 무기력했다는 것을 나타내려 했는지도 모른다.

19세기 시골 여성들은 그 전시대 여성

부엌의 난로 머릴러가 뚜껑을 열고 음식을 조리하거나 케이크, 비스킷을 구웠을 구형 스토브이다.

과 마찬가지로 옷이나 가사도구의 소비자일 뿐 아니라 제작자이기도 했다.《그린게이블즈 빨강머리 앤》의 앞머리에서 린드 부인이 침대덮개를 16장이나 짰다고 되어 있다. 린드 부인이 만드는 이런 침대덮개는 디자인이 유명한 직물로 된 옛날의 침대보에 대신하는 것이었다.

앤도 짜는 방법을 배우기는 하지만 좋아할 수는 없었다. 실제로 공예나 전통적인 재주는 이 작품을 통하여 테마가 되고 있다. 앤 자신도 전통적으로 그런 재주를 익힌 여성이라고 말할 수 있다. 그녀는 병이 난 아이를 치료할 줄 안다.

여기서 앤은 자신 이외의 세계에서도 살아가며 유익한 일을 할 수 있다는 것을 증명하고 있다. 그녀의 관찰력이 다른 사람들에게 도움되고 공동체와 이어주는 역할을 하는 것이다. 앤의 능력을 본 배리 부인도 앤과 다시 교제하지 않을 수 없게 된다.

앤은 요리기술을 배우는 것은 뜻있는 일이라고 생각한다. 그녀는 남에게 맛있는 음식을 대접하는 일이 즐거워 견딜 수 없다. 몇 번인가 실패하지만 마침내 그녀는 잘하게 된다. 머릴러는 어떤가 하면 바느질보다 요리를 더 잘하는 것 같다. 그녀의 포도주 담그는 기술은, 이웃 사람들은 그리 좋아하지 않지만 그 자체가 귀중할 뿐 아니라 그녀의 예술적 또는 쾌락주의적 일면을 나타내는 것이다.

그러나 앤은 바느질은 전혀 좋아하지 않는다. 그리고 "조각보 만들기에는 상상의 여지가 전혀 없다"고 잘라 말한다. 린드 부인은 풍부한 색채의 퀼트나 복잡한 뜨개질 무늬를 넣은 침대덮개를 만드는 명인으로 앤이 민감하게 반응하는 자연세계의 색채며 생명력과 일맥상통한다. 린드 부인의 사과잎 무늬는 그녀도 앤처럼 봄의 아름다움을 잘 느낀다는 것을 뜻한다. 린드 부인의 상상력은 바늘을 통하여 흘러나온다고 말할 수 있을 것이다.

19세기 여성이 바느질을 한 것은 가족의 의복을 만들고 생활 필수품을 스스로 준비해야 했기 때문이었다. 18세기에도 그랬지만 여성은 한가한 시간이라도 손에서 바늘을 놓아서는 안 되는 것으로 알았다. 이것은 힘이 넘치는 개척자들의 이야기가 아니라, 시골집의 우아한 영국 귀족부인들에게도 마찬가지였다. 프린스 에드워드 섬에서 도시다운 곳은 샬럿타운 정도밖에 없었지만 여기서도 상류시민의 아내나 딸들은 늘 손에 바늘을 쥐고 있었다.

헝겊을 잘 맞붙여 꿰매는 기본적인 기술은 매우 중요했다. 머릴러가 앤에게 바느질을 완벽하게 가르치고 싶어한 것은 그 때문이다. 가난하면 가난할수록 기본적이고 비장식적인 것을 꿰매야 했다. 분명 머릴러는 자수를 취미로 즐겼던 것이 아니었다.

소설에 나오는 여러 집들의 사회적 신분이나 계급은 조금씩 서로 다르지만, 옷에 관해서는 어느 집이나 여성들의 바느질에 의존하고 있었다. 만일 좋아하는 스타일의 옷을 입고 싶으면 자기 집에서 만들어 입을 수밖에 없었다. 린드 부인은 훌륭한 솜씨를 발휘하여 앤의 옷을 짓는다. 그리하여 멋진 주름을 듬뿍 잡고 얇은 레이스로 목깃과 소매를 마음껏 치장한다.

앤의 침실
퀼트 이불과 끈으로 엮은 깔개.

옷을 새로 장만하려면 먼저 상점에서 천을 고르고 몸에 맞는 패턴을 만든다. 아름다운 비단이나 모슬린이 어떤 멋진 드레스로 만들어질까 하고 가슴 설레는 즐거움은 현대생활보다 훨씬 풍요롭게 느껴진다.

머릴러가 처음으로 앤에게 만들어 준 것은 아무 장식이 없는 실용적인 옷이었다. 고아원의 조잡한 교직옷보다는 나았지만 앤의 마음에 들지 않았다. 그런 옷밖에 없던 앤이 매슈로부터 부풀린 소매의 아름다운 드레스를 받았을 때의 기쁨은 엄청났다. 예뻐지고 싶은 것을 바라지 않는 여자가 있을까? 앤의 동경은 '검은머리에 짙은 보랏빛 눈동자, 장밋빛 뺨에 귀여운 보조개가 있는 소녀'이다. 그것은 이루어질 수 없는 바람이더라도 하다못해 빨강머리만이라도 아니었으면! 앤이 머리카락을 검게 물들이려 했다고 누가 꾸짖을 수 있을까? 게다가 싫어하는 초록색으로 물들여져 머리를 자른 앤은 이 소동으로부터 허영심을 누르는 교훈을 얻고 본디 상태로 되돌아갔다.

《그린게이블즈 빨강머리 앤》은 사회가 자급자족형 개척농 생활양식에서, 새로운 경제제도로 바뀌어 가는 양상을 뚜렷이 보여 주고 있다. 이 새로운 제도는 도시에서 만들어지는 물품을 이용하는 빈도가 높아지고, 집에서도 기계를 사용하게 되고, 광고 등 새로운 정보교환의 방법이 출현한 일 등이 특징이었다.

모드의 단편이나 시, 앤의 작품이 실린 잡지는 북미의 시골에 사는 사람들에게 광고를 침투시키는 수단으로서 큰 역할을 하고 있었다. 예를 들면 《첫사랑》에서는 다이애너가 앤이 쓴 단편소설을 베이킹 파우더 회사에 보내고 이것이 단편 연속물을 싣는 신문에 광고로 나가게 된다. 또 《그린게이블즈 빨강머리 앤》에서도 재봉틀 회사 사람에게서 받은 광고 그림을 소중히 하고 있다.

재봉틀의 등장으로 여성은 바느질이라는, 시간이 많이 걸리는 중노동에서 벗어난다. 동시에 이것을 이용하여 스스로 공들인 옷을 만들려는 야심을 일으키는 한편, 여성은 기계화된 세계와 관련을 가지기 시작하고 소비자가 됨으로써 생활의 공간을 넓혀갔다.

《그린게이블즈 빨강머리 앤》이 집필될 무렵 수공예품은 이미 가내공업으로 자리잡고 있었다. 몽고메리는 어린 시절에 잘 알고 있던 생활의 일들을 그대로 쓴 것이지만, 그 생활은 이미 목가적 매력을 띠

기 시작하고 있었던 것
이다. 《첫사랑》에서는 린
드 부인의 퀼트 이불을
본 핼리팩스에 사는 큰
부자가 그것을 양도하라
고 말한다.

　사실 모드 자신은 이
런 것에 대하여 앤보다
훨씬 흥미를 가지고 있
었다. 그러한 몽고메리의
한 면이 린드 부인의 모
습에 반영되고 있다. 모
드의 일기에 씌어진 것
을 보자.

▲ 재봉틀　그린게이블즈 하우스 소장.

▼ 모드의 〈스크랩북스〉 '부풀린 소매드레스'의 실물

　'오늘 퀼트 이불을 만
들기 시작했다⋯⋯ 최근
에는 아무것도 못하는
날이 이어지고 있다⋯⋯
초조한 기분일 때는 바
느질만큼 마음을 가라
앉혀 주는 것은 없다. 그
래서 이 일을 시작한 것
이다. 완성하게 될지 어
떨지 그것은 전혀 개의
치 않는다.

　퀼트 이불, 특히 이 패

턴을 만들고 있으면 언제나 말페크의 일이 생각난다. 일찍이 에밀리 숙모와 함께 거기서 한 겨울을 난 일이 있었다. 말페크에서는 반드시 어른이나 어린이나 여자이면 퀼트 이불을 만들었기에 그들은 패턴을 많이 알고 있어 서로 매우 강한 경쟁심을 불태우고 있었다. 나도 열의가 생겨 퀼트 이불을 시작했다. 모두 꿰매는 데 3년쯤 걸렸다고 생각된다. 무척 아름다웠지만 벌써 오래 전에 닳아 버렸다. 10년 전에 두 개째를 만들어 지금도 쓰고 있다.'

　그때 말페크의 여성들은 퀼트 이불 열병에 걸렸었던 것 같다. 모드가 맨 처음 여기에 손댄 것은 열세 살 때 무렵이다. 그리고 다음에 시작한 것이 1904년이라고 한다면 《앤》 집필을 시작했을 무렵에 아직 그것을 한창 만들고 있는 중이었을 것이다.

김유경
숙명여자대학교 미술대학 서양화 전공(부전공 영문학) 졸업
창작미협전 「정월」 특선 목우회전 「주왕산」 입상
지은책 「조선 열두달 이야기」 옮긴책 「잉걸스·초원의 집」
「몽고메리·앤스북스」 10권

Lucy Maud Montgomery
ANNE OF GREEN GABLES

ANNE

7
무지개 골짜기
루시 모드 몽고메리/김유경 옮김
1판 1쇄 발행/2002. 1. 1
2판 1쇄 발행/2004. 6. 1
3판 1쇄 발행/2014. 5. 5
3판 5쇄 발행/2022. 7. 1
발행인 고윤주
발행처 동서문화사
창업 1956. 12. 12. 등록 16-3799
서울 중구 마른내로 144(쌍림동)
☎ 546-0331~2 (FAX) 545-0331
www.dongsuhbook.com

＊

＊

사업자등록번호 211-87-75330
ISBN 978-89-497-0868-3 04840
ISBN 978-89-497-0861-4 (전10권 양장본)

한국독서대상수상

올컬러 **ANNE** 총10권

그린 게이블즈 빨강머리 앤 | 루시 모드 몽고메리 | 김유경 옮김 | 동서문화사

1만남 큰 눈에 주근깨투성이 빨강머리 앤이 꿈에 그리던 따뜻한 보금자리 그린게이
블즈에서 지내는 소녀시절. 아름다운 마을에서 펼쳐지는 우정, 갈등, 행복, 사랑 이야기.

2처녀시절 초등학교 신임교사로서 바쁜 나날을 보내는 열여섯 살 앤의 가을부터
이야기는 시작된다. 소녀에서 한 여성으로 성장해가는 앤의 정겨운 나날이 펼쳐진다.

3첫사랑 앤의 즐거운 학창시절. 하지만 괴로움으로 마음이 요동치는 밤도 있었다.
꿈에 그리던 대학에서 공부하며 진정한 사랑에 눈떠가는 과정이 아름답게 펼쳐진다.

4약속 서머사이드 중학교의 교장으로 부임한 앤을 맞이하는 사람들의 적의 시선. 타
고난 유머와 인내로 곤경을 헤쳐 나가는 젊은 여성의 개성 넘치는 모습을 그리고 있다.

5웨딩드레스 앤과 길버트는 해변 '꿈의 집'에서 달콤한 신혼생활을 보낸다. 특별한
이웃에 둘러싸여 행복하게 살아가는 둘에게 드디어 귀여운 아이도 태어나는데……

6행복한 나날 의사인 남편 길버트를 도와 여섯 아이를 기르게 되고 친구를 맞으면
서 바쁜 나날을 보내는 앤. 삶을 사랑하며 행복하게 살아가는 것은 더없이 멋진 일이다.

7무지개 골짜기 '무지개 골짜기'에서 황홀한 나날, 순수한 꿈과 바람은 어른들에
게 천사의 목소리로 울려온다. 자연과 인간 마음을 아름답게 그려낸 주옥같은 스토리.

8아들들 딸들 세계대전이 일어나 아들과 딸의 연인들이 잇따라 출정을 하게 된다.
전쟁에서 사랑하는 사람을 잃은 슬픔을 견디내는 어머니 앤과 막내 릴러의 의연한 모습.

9달이가고 해가가고 15년 만에 이루어진 사랑, 말 못하는 소녀를 구원하는 젊은
교사의 헌신적 애정 등, 앤 주위 사람들이 만들어가는 마음 따뜻한 주옥같은 이야기들.

10언제까지나 신시어 숙모의 고양이는 어디로? 샬럿의 옛 애인은 누구? 언뜻 평온
하면서도 뜻 깊은 애번리 여러 사건들, 그리고 감동적인 크리스마스 이야기가 펼쳐진다.